문학과지성 소설 명작선

이 소설 총서는
초판 간행 이후 시간의 벽을 넘어 끊임없이
독자와 평자들의 애호와 평가를 끌어 열고 있는
말의 바른 의미에서의 '스테디 셀러'들을
충실한 원본 검증을 거쳐 다시 찍어낸,
새로운 감각의 판형과 새로운 깊이의 해설로
그 의미를 더욱 풍요롭게 만든,
우리 시대 명작 소설들이 펼치는
문학적 축제의 자리입니다.

◇ 문학과지성사에서 펴낸 지은이의 책

녹천에는 똥이 많다(1992)

소지

이창동

문학과지성사

2003

문학과지성 소설 명작선 20

소지

초판 1쇄 발행__1987년 11월 14일
재판 1쇄 발행__2003년 10월 31일
재판 7쇄 발행__2023년 3월 17일

지 은 이__이창동
펴 낸 이__이광호
펴 낸 곳__㈜문학과지성사

등록번호__제1993-000098호
주　　　소__04034 서울 마포구 잔다리로7길 18(서교동 377-20)
전　　　화__02)338-7224
팩　　　스__02)323-4180(편집) 02)338-7221(영업)
전자우편__moonji@moonji.com
홈페이지__www.moonji.com

ⓒ 이창동, 2003. Printed in Seoul, Korea

ISBN 89-320-1455-8 04810

소지

차 례

여러분의 안전을 위해서

"야야, 지발 몸조심하그라이. 묵을 거 지때 찾아묵고오."

노파는 차창에다 입이라도 맞출 듯이 얼굴을 바싹 붙이고 소리를 질렀다.

"그저 삼시 안 거르고 묵는 것이 세상읎는 보약이라 생각혀. 멋이라? 아이고메, 워찌까."

노파의 얼굴이 금세 실룩거리며 창 쪽에 앉은 경철을 돌아보았다.

"쟈가 머라 그란다요? 귀구넹이 맥헥는지 통 들리지 않고마니라."

경철은 혀를 찼다. 아무리 소리를 지른들 고속버스의 두꺼운 창을 사이에 두고선 벙어리 시늉이나 다름없을 터였다. 아까부터 굳이 외면을 하고 있었지만, 경철은 비로소 차창 밖으로 내키지 않는 시선을 던졌다. 차에서 몇 걸음 떨어진 곳에서 여자는 손목을 까불대며 뭐라고 소리치고 있었다. 차창은 엷은 자주색으로 차광막이 칠해져 있었는데, 그래서 차창 너머로 보는 여자의 얼굴은 물에 빠졌다가 막 건져져서 추위에 떠는 아이처럼 파랗게 질려 보였다.

"무슨 소리겠어요. 조심해 잘 가시란 소리죠."

"그려, 그려. 너도 어이 들어가. 햄미 걱정할 거 읎어."

노파의 눈꼬리에 거짓말처럼 눈물이 질금질금 번지고 있었다. 경철은 상체를 던지듯 뒤로 젖히었다. 우선 차창으로 쏠린 노파의 몸이 가슴팍을 누르고 있기도 했지만, 무엇보다 노파의 몸 어디선가 퀴퀴하고 이상스런 냄새가 코를 찔러왔던 것이다. 그러나 경철이 몸을 피할수록 노파는 더욱 상체를 기울였고, 아예 그의 무릎 위에 손을 짚고서 염치 좋게 체중을 고스란히 싣고 있었다.

"보시요이, 쟈가 선상님헌티 인사허는고마니라."

노파가 경철의 무릎을 흔들었다. 아닌 게 아니라 여자가 경철에게 고개를 까딱하고 있었다. 그녀의 어린애 같은 표정을 보자, 경철은 바로 그 철모르는 어린애한테 놀림을 당한 것 같은, 상대가 아무것도 모르기 때문에 더 참을 수 없는 울화를 순간적으로 느꼈으나, 적어도 겉으로는 손을 들어 답례를 했다. 이어서 여자가 노파를 가리키며 무어라 손짓을 해보였는데, 아마 노파를 잘 좀 부탁한다는 뜻이 분명했고, 경철은 역시 잘 알아들었다는 고 갯짓을 열심히 하고 있었다. 뿐만 아니라 그는 자신의 안면 근육이 너그럽고 점잖은 웃음까지 짓고 있는 것을 깨달았고, 그래서 이번에는 자기 자신에 대한 울화를 참을 수가 없었다.

"아이고메, 썩을 년에 정신 보소. 이 일을 어쩌."

차가 움직이기 시작했을 때 노파가 갑자기 소리를 질렀다.

"야야, 집에 들어가걸랑 밥통 좀 열어보그라이. 방 웃묵에 있는 전기밥통 말여. 아이고메, 내 말이 안 들리는갑네, 이 일을 어찌까이."

노파는 주먹으로 차창을 두드리다가 운전석을 향해 "어찌까이, 어찌까이" 하고 소리를 질러댔다. 안내양이 몹시 성가신 표정으로 건너다보았고, 그대로 떠나버릴까 말까 차가 잠시 멈칫거렸다.

"할머니, 그 전기밥통 안에 뭐가 들었기에 그러시요?"

뒷자리 어디선가 장난기 섞인 소리가 들려왔다.

"밥통 안에 돈이 들었는디. 만 원짜리로 삼만 원이나 들었는디. 아이고메 땅 속에 들어가 누울 때가 된께 혼이 달아났는갑마. 그걸 우째 잊어뿌렀으까이."

"할무니, 참 걱정도 팔자시고마이. 밥 지을라꼬 열어보문 보이겄제, 전기밥통 갖고 엿 바꿔 묵을까 그러시요이."

또 누군가 큰 소리로 노파의 말투를 흉내 내며 말하자, 차 안의 승객들이 왁자하게 웃었다. 그 웃음을 신호로 차가 다시 움직이기 시작했다. 몇 걸음 따라오며 손을 흔드는 여자의 모습을 뿌리치고, 아직도 차를 타지 못해 아우성치는 사람들을 뒤로하고, 광주행 고속버스는 서울 터미널을 서서히 출발하고 있었다.

"아이고메, 그 돈이 어떤 돈인디. 저 불쌍한 년이 범 아구리 겉은 서울 와서 피 팔고 뼈 깎아 번 돈인디. 삼만 원을 손에 쥘라문 그놈의 공장에서 또 몇날 메칠이나 자봉틀을 돌레야 헐지 모를 일인디."

"근디 할무니, 그란 돈을 왜 해필 밥통 안에 넣어두셨으라? 밥통 안에 둔다고 쌀이 밥 되듯이 돈이 불어나는 것도 아닐 텐디."

공휴일과 일요일이 겹친, 이른바 황금연휴인 것이다. 때는 바야흐로 시월, 날씨는 째지게 좋겠다, 차는 떠나고 있겠다, 승객들은 다들 무슨 신나는 일을 숨기지 못해 저절로 웃음이 비어져

나오는 아이들처럼 활기에 들떠 있었다. 노파의 그 난데없는 밥통 타령조차도 차내의 넘쳐날 듯한 분위기를 유쾌하게 자극하는 성싶었다.

"글씨, 쟈가 이 늙어빠진 핼미 약값이나 허라고 싫다는 걸 죽으라고 쑤셔넣지 않을랍디여. 그래 떠날 때 쟈 모르게 얼릉 방구석에 있는 밥통 안에다 집어넣어뿌렀제. 아이고, 그란디 이 썩을 년에 정신이 차 타그 전에 이약헌다는 것이 그만 까맣기 잊어뿌렀고마니라. 방이라곤 쥐새끼 콧구넝만헌디 자췬가 멋인가 헌다고 말 겉은 체니가 넷이나 우글거린께, 인자 눈 까진 돈 되고 말았을 거고마이."

그러나, 승객들 중에 노파의 돈 삼만 원의 행방에 대해서 더 이상 걱정을 하고 있는 사람은 물론 아무도 없었다. 코가 뭉개지도록 차창에 얼굴을 붙인 채 노파가 넋두리를 늘어놓는 동안에도 차는 미끈미끈한 고층 건물 사이를, 변함없이 밀리는 차량들 틈을 부지런히 헤쳐나가고 있었다.

"승객 여러분. 여러분의 안전을 위해서 다소 불편하시더라도 좌석에 부착된 안전벨트를 한 사람도 빠짐없이 매어주시기 바랍니다. 다시 한번 말씀드립니다……"

안내양의 방송을 구실로 경철은 노파의 몸을 슬그머니 밀어내었다. 그러나 노파는 경철의 무릎 위에 얹고 있던 체중을 약간 옮겨갔을 뿐, 시선은 여전히 차창 밖에 매달고 있었다.

"할머니, 안전벨트 매셔야죠."

안내양이 다가와 어깨를 흔들었을 때에야, 노파는 차창에서 얼굴을 떼어냈다.

"멋이라?"

"안전벨트 매시라구요."

노파는 자신의 눈앞에 바싹 다가온, 짧은 치마 아래로 드러난 젊은 여자의 피부를 좀 지나치다 싶게 자세히 뜯어본 뒤, 비로소 고개를 들어 그 다리의 임자를 힐끗 쳐다보았다. 스타킹도 신지 않은 피둥피둥한 맨다리의 모습과는 달리, 그 위에 얹힌 얼굴은 피곤하고 짜증스런 표정을 담고 있었다.

"난 이런 거 안 매어야."

"어머, 왜 그러세요, 할머니. 이건 누구나가 다 매게 되어 있어요."

"글씨 난 안 맨단 말여. 이런 거 맨다고 죽을 목심이 살고, 안 맨다고 살 목심이 죽을 거 같으문 내가 벌써 죽어도 열두 번은 더 죽었제."

"할머니, 그거 매세요. 그래도 이런 걸 매고 있어야 죽어서 돈을 받아도 한푼 더 받는답디다."

뒤쪽에서 다시 들려온 누군가의 장난기 어린 목소리였다. 그러자 노파가 홱 고개를 꺾었다.

"누가 째진 주뎅이라고 함부로 나불댄디야? 죽긴 누가 죽는다는겨? 그라고 사람 목심을 돈허고 홍정을 헤?"

목소리의 주인공은 그저 실없는 우스갯소리나 하려던 것이 뜻밖의 반응에 부딪치자 찔끔하는 눈치였다. 아닌 게 아니라 경철도 깜짝 놀랐다. 눈물 콧물을 훌쩍거리며 손녀딸과 작별의 장면을 연출하던 주책없는 늙은이라곤 믿을 수 없을 만큼 험악한 말투였던 것이다.

"샥시도 씨잘데없는 데 신경 쓰지 말고 어여 가서 일봐."

노파의 태도에 질렸는지 안내양은 입을 비죽하고는 가버렸다.

경철은 새삼스럽게 노파의 모습을 훑어보았다. 허옇게 센 머리는 그나마 한 움큼 일부러 뽑은 듯이 정수리가 훤히 드러나 보이는 데다, 평생 동안 햇빛의 조사(照射)를 너무 많이 받은 듯한 검붉은 피부는 도무지 나이를 짐작할 수 없도록 닳고 닳아 있었다. 천릿길을 가면서도 허리끈 한 번 고쳐 매지 않았는지 입성은 허술하기 짝이 없어서 소맷부리에 때가 반들반들했다. 무엇보다 노파의 몸에서는 퀴퀴한 냄새가 풍기고 있었다. 곰삭은 새우젓 냄새 같기도 하고, 무슨 지린내 같기도 한 그 냄새가, 경철에게는 이제 어쨌든 이 노파와 광주까지 동행해야 한다는 어처구니없는 사실을 집요하게 일깨워주는 것 같았다.

처음 터미널 대합실에 들어섰을 때 경철은, 이건 전쟁이구나 하는 생각을 했다. 사이공 최후의 날을 연상케 할 만큼, 발 디딜 틈 없이 들어찬 사람들이 오로지 서울을 탈출하기 위해 악다구니를 벌이고 있었던 것이다.

광주행 매표 창구 앞에 와서도 그는 부장의 말대로 광주로 취재를 떠날 것인지, 아니면 고향으로 내려가야 할지 마음을 정하지 못했다. 고향에는 지난봄부터 집에 한번 다녀가라고 성화인 그의 늙은 부모가 있었고, 광주는 모 인기 여배우의 출생지였다. 부장은 그 여배우의 숨겨진 스캔들을 출생지에까지 가서 조사해보라고 시켰던 것이다. 그러나 그는 어느 곳에도 마음이 내키지 않았다. 평생을 농사만 지어온 그의 부모는 뼈 빠지게 일하고 빚까지 짊어져가며 대학에 보낸 자식이 서울에서 대단히 출세를 한 줄로만 알고 있었다. 그는 부모님에게 자기가 왜 얼른 집안 좋고 인물 반듯한 신붓감을 구해서 장가를 들지 못하는지 도저히 이해를 시킬 수가 없었다. 또한 이 황금 같은 연휴의 가을날

14

을 여배우의 냄새나는 과거지사나 들추며 다니고 싶지도 않았던 것이다.

"광주 가는 표 구할 수 없을까요?"

그때 그는 스무 살 남짓한 앳된 얼굴의 여자가 창구에 매달리는 것을 보았다. 매표원이 귀찮아 죽겠다는 듯이 손가락으로 유리창에 붙은 '완전매진'이란 종이쪽지만 가리키자, "사정이 급해서 그러는데…… 어떻게 좀 구할 수 없나요?" 여자는 안타까운 목소리로 사정을 했다. 그러나 매표원은 무슨 바보 같은 소리냐는 눈길로 힐끗 쳐다보았을 뿐 한마디 대꾸도 하지 않았다. 그때까지도 경철은 그 여자의 어린애 같은 조그만 얼굴에 담긴, 금방 눈물을 쏟을 것 같은 안타까운 표정을 감상하듯 바라보고 있었을 뿐이었다. 그러나 그녀가 도무지 이해할 수 없다는 막막한 시선으로 자신의 눈앞을 겹겹이 막아선 사람들을 보다가 체념한 듯 몸을 돌려 그 자리를 떠나려 했을 때, 갑자기 그의 머릿속에 무슨 생각인가 떠올랐고, 자신도 모르게 그녀를 불러세웠던 것이다.

"아가씨, 광주까지 가실 겁니까?"

그녀는 깜짝 놀라 돌아보았다. 그리고 미심쩍지만 지푸라기라도 잡는 심정인지 성급하게 고개를 끄덕였다.

"날 따라오세요. 나도 광주 가는데, 같이 갑시다."

"표가 없대요. 매진이래요."

"표는 내가 구해보죠."

그리고 경철은 매표구 앞으로 다가갔다.

"매표주임 계십니까?"

"주임님 잠깐 나가셨는데, 어떻게 오셨죠?"

"ㅈ신문사에서 왔어요. 아까 전화로 약속이 됐었는데……"

"아, 네에. 한 장 필요하다고 하셨죠?"

"아니, 갑자기 동행이 생겨서 두 장 필요하게 되었어요. 광주 행 두 장 말입니다."

그때 만약 매표원이 표가 한 장밖에 없다고 말했다면 어쩔 수 없이 그 여자를 돌려보낼 수밖에 없었을 것이다. 아니면 표를 여자에게 주고 그는 고향에나 가게 되었을지도 모를 일이었다. 그러나 매표원은 두말 없이 갓 찍혀져 나온 고액권처럼 빳빳한 승차권 두 장을 얌전히 내어준 것이었다.

"고마워요, 아저씨."

여자는 이렇게 쉽게 표를 구할 수 있다는 것이 믿어지지 않는 듯 감격한 표정이었다. 사람에게는 자신이 베푼 자선에 감격하는 표정을 보는 것보다 더 기분 좋은 일이란 그리 흔치 않은 법이다. 더구나 그것이 젊은 여자의 표정이라면.

"그러니까, 기자신가 보죠?"

경철은 고개를 끄덕였다. 여배우의 과거나 들추는 여성잡지의 기자이지만, 기자는 기자니까.

"제 차비를 드려야죠, 여기……"

"괜찮습니다. 뭐 큰돈도 아닌데……"

"어머 큰돈이 아니라뇨, 차표를 구한 것만 해도 얼마나 고마운 데…… 받으세요, 아저씨."

"정 그러시다면 말입니다. 에, 또…… 차시간이 삼십 분 남았으니까 커피나 한잔 사주시죠."

"정말 그렇게 해도 되겠어요?"

이층의 다방으로 올라가면서 경철은 여자의 뒷모습을 훑어보았다. 헐렁한 셔츠에 낡은 청바지 차림의 여자는 대학생인 것 같기도 하고 아닌 것 같기도 했다. 여대생이든 아니든 외모로만 따진다면 앞으로 다섯 시간 이상의 동반자로는 손색이 없을 것이라고 그는 생각했다. 다섯 시간뿐인가. 잘만 하면 이틀 간의 연휴가 문자 그대로 황금의 휴일이 될지도 모를 일이었다. 그러나, 그것이 얼마나 어처구니없는 생각인가를 알게 된 데에는 별로 오랜 시간이 걸리지 않았다. 여자의 뒤를 따라 다방에 들어갔을 때, 경철은 그녀가 다방 구석자리에 앉아 있는 한 시골 노파의 앞에 가 앉는 것을 볼 수 있었던 것이다.

"우리 할머니예요. 광주에 갈 사람은 제가 아니고 할머니거든요. 오늘 내려가셔야 하는데 차표를 구하지 못해 얼마나 걱정했는지 몰라요. 게다가 몸이 불편하시거든요. 아저씨처럼 마음씨 좋은 분이 같이 가게 되었으니 이제 맘을 놓아도 될 거 같아요."

자리에 앉았을 때 여자가 한 말이었다.

"아까 우리 갸가 그러던디."

노파가 몸을 돌려 경철에게 말을 걸어왔다. 차가 톨게이트를 지나 고속도로에 진입했을 때였다.

"선상님은 신문사에 기신담서라우?"

"네? 아, 네."

"참 좋겄고마니라."

"뭐가요?"

"신문사에 기자로 기시니까 얼매나 좋겄시요. 세상 젤로 좋은 직업이제. 허고 싶은 말 맘대로 할 수도 있고 말여. 안 그렇소이?"

그러면서 노파는 경철에게 웃어 보였다. 목구멍 안쪽에서 멀건 가래가 쿨룩쿨룩 끓는 듯한 기분 나쁜 웃음소리였다. 노파는 몸을 구부려 발치에 놓아두었던 보따리를 주섬주섬 뒤지기 시작했고, 한참 만에 손에 들려 나온 것은 소주병이었다. 그리고 작은 비닐 잔까지 따라나왔는데, 보아하니 병따개는 미처 생각을 못한 모양이었다.

"나가 이빠지만 성하다문야 이까짓 병 따깨이야 소리도 안 나게 딸 것인디."

아마 '이빠지' 성한 경철이 들으라고 한 소리겠지만, 그는 일부러 고개를 돌리고 모른 체했다.

"이봐, 샥시. 여그 병따개 좀 갖다주어이."

몇 번 소리를 질러서야 어렵게 일어서서 병따개를 들고 온 안내양은 호들갑스럽게 목소리를 높였다.

"어마, 술 아네요? 차 안에선 술 마실 수 없어요, 할머니."

"벨소리 다 듣겠네, 내 술 내가 마시는디 누가 머라고 한디야?"

"다른 승객들 생각도 하셔야죠. 고속버스 안에서는요, 술 마시는 걸 법으로 금하고 있다고요."

"벱? 난 그란 벱 몰라. 그라고 여그 이 양반들도 늙어빠진 할무씨가 술 한잔 묵겄다는디, 누가 뭐랄 인심이 있다요? 그렇잖소이, 기자 선상님?"

노파는 또 경철을 돌아보았다. 역시 그 징그러운 웃음을 달고 서였다.

"할머니가 술을 마시면 얼마나 마시겠소. 그냥 봐드립시다."

이번에도 안내양은 대단히 못마땅한 얼굴로 물러나는 수밖에 없었다. 노파는 흡족한 얼굴로, "선상님도 한잔 허시겠소?" 하고 비닐 잔을 내밀었으나 경철은 손을 내저었다. "세상 사는 낙은 요 것이 젤인디, 아이고, 고년이 워찌나 성화를 부리는지 고년 눈에 안 띄게 넣어오느라고 생똥을 쌌구마이." 노파는 금방 소주를 병째 삼켜버릴 듯 게걸스런 얼굴을 하고 잔에 술을 따르며 말했다.

"우리 정님이 말이지라. 우리 손지딸. 무슨 옷가지 수출허는 공장에 나간디야. 지 애비가 덜컥 세상 뜨고 나자 밥수깔 하나래 도 던다고 중핵교 마치고 서울로 올라와서 지금꺼정 저 고생 허 고 있지 않겄소이. 그래도, 서울 생활 삼 년이 넘었는디 고년은 쬐꿈도 변한 기 읎어야. 고렇기 착허고 물러빠제서 험한 세상 위 띠키 살라냐 혜도 배시시 웃기만 허제."

노파는 두 잔을 연거푸 입 속으로 쏟아넣었다. 그리고 술기운 이 금세 뻗치는지 자못 열이 오른 소리로 말을 이었다.

"맴 모질게 가져야 쓴다이. 고추보다 독허고 마늘보다 맵게 가 지야 쓴다이. 넘이 내 돈 백 원 먹을라고 뎀비문 이백 원 뜯어내 뿔고, 넘이 이녁 눈에 눈물 나게 허문 그 누깔에 핏물 내겄다는 각오로 살아야 쓴다이. 그란디 고년은 그게 아니라는 겨. 착하고 바르게 사는 사람이 언젠가는 복 받을 세상이 올 거라는 겨."

어느새 술병의 반이 비어 있었다. 술을 들이켜는 모습으로 보 아 노파는 벌써 이력이 난 모주꾼임에 틀림없었다. 그리고 보니 술병을 손녀 몰래 숨겨서 왔다는 것도, 굳이 차 안에서 술을 마 시겄다는 것도 예사롭지 않았다.

"고년은 죽은 지 애비를 쏙 빼다꽂았지라. 고 소눈맹키로 순한 눈매하며, 모진 데 읎이 착하기만 헌 맴하며……"

그러니까 노파는 서울에서 공장에 다니는 손녀딸을 만나보러 왔다가 돌아가는 길인 모양이었다. 경철은 광주행 매표구 앞에서 처음 보았던, 어린애처럼 발을 동동 구르던 여자의 얼굴을 떠올렸다. 그러자 그 여자의 앳된 얼굴 위에, 그가 지금 취재하러 가는 김금실의 얼굴이 겹쳐졌다. 김금실은 근래 때 묻지 않은 청순하고 앳된 용모로 선풍적인 인기를 모으고 있는 신인 여배우였다. 그러나 최근에 입수한 정보에 의하면 그녀는 고향에서 고등학교에 다닐 때부터 동거 생활을 한, 요란한 남성 편력의 과거를 가졌다는 것이었다. 잘만 뒤를 캔다면 소위 충격적 폭로 기사가 될 것이었다. 그런데도 경철은 이번 여행이 순조롭게 끝날 것 같지 않은 까닭 모를 불안감을 느끼고 있었다. 그 여자를 처음 만났을 때부터, 그리고 이 노파와 동행이 되면서부터 모든 것이 뒤틀리고 말 것이라는 불쾌한 예감 같은 것이었다.

"둘이서 어디 좋은 데 가시는갑만. 술 한잔 허실라우?"

노파가 이번엔 뒷좌석을 넘겨다보며 말을 붙였다. 뒷자리엔 애인 사이로 보이는 젊은 남녀가 앉아 있었다. 남자가 웃으며 손을 내밀자 노파는 사뭇 만족해서 술병과 비닐 봉지에 싼 삶은 계란까지 가져갔다.

"요놈에 술이란 음식은 노놔 묵는 게 맛이여. 많이는 읗응께 쬐께만 마시소이. 아따, 안주가 푸짐허고마니라. 닭 한 마링께. 한 마리는 너무 많은께 한쪽 귀텡이만 묵어."

고분고분 수작을 받아주자 신이 난 노파는 소주잔으로 고깔을 씌운 술병을 한 손에 들고, 다른 손엔 삶은 계란을 쥐고 통로로 걸어나갔다. 그리고 이번엔 다른 자리의 승객에게 말을 걸었다.

"안녕하셨으라우. 네꼬다이 매고 점잖어신 분 같은디 내 술 한 잔 받으시요이."

"앉아 계세요, 할머니. 이렇게 나와 돌아다니시면 안 돼요."

"글씨, 샥시는 가만 좀 있어. 요짐사 아무리 지 시아부지 성도 모르는 세상이라지만, 요것도 인연인디 해 빠질 때꺼정 한 차를 타고 가문서 옆 사람 코도 한분 안 보고 숨도 한분 안 쉬고 가서야 되간디. 여러분들, 어떻기 생각하시요이?"

그때까지만 해도 사람들은 노파를 그저 재미있는 할머니쯤으로 여기고 있었을 것이었다. 조금 주책이긴 하지만, 촌티가 줄줄 흐르는 노파의 주책이야말로 도리어 지루한 여행길의 여흥이 되리라고 생각했던 것이다. 누군가 익살스럽게 소리쳤다.

"할머니, 이왕 나오셨으니 노래나 한 곡 뽑으세요."

"객광시럽게 노래는 먼 노래여. 글 안 해도 나는 요짐 사람들 모였다 하문 노래나 부르고 지랄발광 떠는 거 젤로 싫더랑께. 하기사 노래라고 하문 우리 아들 당할 사람이 읎었지만서도. 노래 자랑 겉은 디 나갔다 하문 두말 않고 싹 씰고 와뿌렀응께. 그놈이 그 길로 나섰으문 멋이대야, 카수들 모지리 깡통 차고 나앉았을 거고마이."

"아따, 할머니는 무슨 자식 자랑을 그렇게 해쌓소? 자식 자랑 하면 팔불출이라는데."

"자식 자랑도 죽은 자식은 갠찮애야. 죽은 아들은 아들이 아니라 선배야, 선배. 저승 가문 그놈이 내 선배가 될 것인께. 그런디, 여그 서서 사람들 얼굴 체다본께 노래보담도 연설이나 한자리 했으문 쓰겄고마니라. 쩌그 기자 선상님도 기시지만……"

노파가 손가락으로 경철을 가리켰고, 경철은 고개를 돌려 사람들의 시선을 피하였다. 노파가 말끝마다 기자 선상님, 기자 선상님 하는 것이 도무지 속을 알 수 없었고, 다음엔 무슨 소리가 나올지 불안하기조차 했던 것이다.

"나는 그 기자라는 양반들이 젤로 부럽습디다. 테레비에 보문 마이크 잡고 떠들어대는 사람들 말여. 나보고 마이크 줄 텐께 한마디 혀보라고 허문 할 말이 무진장 많을 거 같아야. 기자꺼정은 안 되아도 말여, 니아까 끌고 다님서 마이크로 고구마 사려, 마늘 사려 허는 사람들 있잖여? 나는 물건 안 팔아도 좋은께 진청일 마이크 잡고 골목골목 다님서 허고 싶은 소리 실컷 떠들고 다녔으문 원이 읎겠단께."

그러면서 노파는 통로를 다니며 사람들에게 술을 권했다. 그것도 아까운 술이라 작은 비닐 소주잔에다 바닥에 겨우 깔릴 만큼 따르는 것이었다.

"한 잔 받았으문 나헌티도 한 잔 따뤄보소. 가는 정이 있으문 오는 정도 있어야제."

잔을 돌려받기도 했고, 때로는 상대방에게 억지로 말을 시키기도 했다.

"그라고 본께 동행이신 모양인디, 두 분이 워떤 사이다요? 나이로 보문 신랑 각시 같지도 않은디."

"허허, 참. 별걸 다 알려고 하시네. 그런 건 묻는 게 아니요."

"워때서 그라요. 길동무란 말도 있는디. 머 숨길 일이라도 있어라우."

사람들이 킬킬대며 웃었다. 여자는 20대인 데 반해 사내는 머리가 벗겨지고 살찐 턱을 가진 50대 초반이었는데, 사내 쪽에서 낮은 소리로 뭐라고 이야기하자, 노파가 소리를 높여 대꾸했다.

"그란께 혜사 여직원하고 출장 가는 길이란 말이제라. 수고가 많으시겠소이. 그란디, 워째 요런 복장으로 출장을 간다요?"

사람들의 웃음소리가 더 커졌다. 아닌 게 아니라 두 사람은 요란한 등산복 차림이었던 것이다. 사내는 그 벗겨진 이마가 벌겋게 되도록 화가 치민 모양이었지만 더 이상 입을 열지 않았다. 노파는 여전히 사람들 사이를 돌아다녔다. 술을 마시면 마시는 대로, 못 마시면 또 그대로 집적거리며 말을 시키곤 했다.

"아가, 너 참 이쁘게 생겼다이. 옜다, 이거 묵어볼 텨?"

네댓 살 난 계집애가 제 엄마와 함께 앉아 있었다. 파마를 한 머리에 노랗게 물까지 들인 아이였다. 아이는 선뜻 받지 못하고 제 엄마의 눈치를 보았다.

"자, 할무니 팔 아픈께 후딱 받어. 어른이 멀 주면 얼릉 고맙습니다, 허고 받는 것이다."

"고맙습니다."

"오냐, 오냐. 아이고 귀여운 거. 꼭꼭 씹어 묵으라이."

"엄마아, 왜 그래."

노파가 돌아서자 아이의 놀란 소리가 들리고, 여자의 호들갑스런 소리가 뒤를 이었다.

"그러게 꼭 쥐고 먹어야지. 할머니가 주신 건데."

어찌 된 일인지 삶은 계란이 아이의 손에서 떨어져 통로를 또르르 굴렀던 것이다.

"아이고메. 아깐 것……"

노파는 굴러가는 계란을 뒤쫓았다.

"아나, 갠찮에, 할무니가 깨끗이 닦았은께."

치맛자락에 쓱쓱 문질러 닦은 계란을 다시 아이에게 건네자, 여자의 눈꼬리가 심상치 않게 치켜세워졌다.

"할머니, 이걸 어떻게 먹으라고 앨 주세요? 아깝지만 버려야겠어요."

"버레야? 이걸 워째 버린댜? 암시랑토 안 헌디. 아나, 그럼 이거 묵어라. 할무니가 한입 베묵었지만 왼것이나 진배 읎은께."

노파가 이번엔 다른 계란을 아이에게 내밀자, 여자가 더 참을 수 없다는 듯이 소리쳤다.

"할머닌 왜 자꾸 우리 앨 갖고 그러세요. 기가 막혀 죽겠네."

"멋이라, 기가 맥혀? 기가 맥힌 쪽은 나여. 야는 묵을라고 하는디 왜 못 묵게 하는 거여? 이것도 음식인디 그라는 게 아녀. 아나, 아가 묵어라이."

한사코 아이에게 계란 하나를 쥐어주고 나서야 자리를 옮기는 것이었다. 처음에는 노파의 이야기에 장단을 맞추고 웃어주기도 했지만, 사람들은 차츰 노파를 성가시게 생각하는 눈치였다. 어느 사이엔가 차내의 분위기는 노파로 인해 여지없이 깨어져버렸던 것이었다. 더러 연인끼리 정담을 나누기도 하고, 창밖의 가을 풍경을 감상하거나 운전석 위에 매달린 비디오 화면에 눈을 주려고 해도 쉴 새 없이 돌아다니며 떠들어대는 노파 때문에 방해를 받아야 했던 것이다. 어떻게 보면 노파는 마치 사람들이 편안하게 앉아서 여정을 즐기는 것을 꼭 좀 방해를 해야겠다고 작정을 한 사람 같기도 했다.

경철은 "우리 할머니 몸이 불편하셔서 혼자 내려보내기가 얼마나 걱정되었는지 몰라요" 하던 여자의 말을 기억해냈다. 노파가 겉보기로는 멀쩡하지만 혹시 망령이 든 것이 아닐까 하는 의심이 불현듯 들었던 것이다.

"기자 선상님. 수고시럽겄지만 부탁 좀 해야 쓰겄고마니라."

차가 휴게소에 도착했을 때였다. 경철이 차에서 내리자 어느새 노파의 목소리가 뒤를 따라왔다.

"화장실에 핑 댕겨와야겄는디 고것이 어디 붙었는지 알아야제."

"절 따라오세요, 할머니."

"하이고, 하늘에 눈꼽 한점 읎고 햇살도 배터지겄고마니라. 요런 날은 그저 들에 나가 낟알 여문 베나 실컷 베봤으믄 쓰겄네."

노파의 말처럼 가을 햇살이 눈부셨다. 그러나 휴게소를 가득 메운 사람들은 햇살 따윈 관심도 없는지 식당이나 화장실 주위에만 북적거리고 있었다.

"수고허시는 짐에 나 용뻔 마치고 나오거들랑 차에꺼정 또 데불꼬 가주시요, 잉? 고놈의 차들이 똑같아놔서 당최 찾을 수가 있어야제."

화장실 앞에서 노파는 그렇게 말해놓고는,

"암매 시간이 쪼까 걸릴 것이라우. 벤빙께. 그저 믿을 사람은 기자 선상님배끼 읎고마니라."

그 기분 나쁜 웃음을 덧붙이는 것이었다. 그러나 경철이 화장실에 들렀다가 자동판매기에서 커피 한 잔을 빼 마신 뒤에도 노파는 나타나지 않았다. 휴식 시간은 어느새 지나 있었다. 오랫동안 화장실 문 앞에서 지겨움을 참고 기다리면서, 문득 경철은 노파를 두고 가버릴까 하는 충동을 느껴야 했다. 그러면 노파는 차를 찾으려고 고생깨나 해야 할 것이고, 어쩌면 영영 차를 놓쳐버릴지도 모를 일이었다. 광주행 고속버스의 승객은 빨리 승차하라는 확성기 소리가 흘러나왔는데, 경철과 노파를 찾는 방송임에 틀림없었다. 경철은 조바심이 나기 시작했다. 그것은 차를 놓칠지도 모른다는 불안 때문이 아니라, 당장이라도 노파를 남겨놓고 가버리고 싶은 충동 때문이었다. 시간은 자꾸 흘러갔고, 확성기 소리가 연거푸 들려왔다. 멀리 자신이 타고 온 차가 금방 출발할 듯 움직이기 시작한 것을 경철은 보았다. 안내양이 승강구 밖으로 고개를 빼고 있는 것이, 그들을 찾고 있는 모양이었다. 이제 더 이상 기다릴 수 없다고 경철은 생각했다. 그러나 경철이 마악 차를 향해 뛰어가려고 했을 때였다.

"보시요이, 기자 선상님. 혼자 가문 우짠디야. 날 델꼬 가야제."

등 뒤에서 노파의 소리가 들렸던 것이다. 노파는 하나도 서두를 것이 없다는 걸음걸이로 화장실을 나오고 있었다.

"왜 이렇게 늦으셨어요? 차 놓칠 뻔했잖아요."

"그란게 진작에 나가 벤비라고 허지 않았어라우. 나는 기자 선상님이 날 내삐리고 갔는가 혀서 얼매나 걱정했는지 몰라라우."

성긴 이빨을 드러내고 웃을 때, 문득 경철은 노파가 일부러 능장을 부린 것이 아닐까 하는 의심이 불쑥 솟구쳤다. 말하자면 경철이 자기를 내버리고 가나 어쩌나를 짐짓 시험해보기 위해서 말이다. 어처구니없는 생각이었지만 그만큼 노파의 태도가 천연덕스러웠던 것이다. 그들이 오고 있는 것을 보고서도 차는 조급하게 움직이고 있었다. 경철이 먼저 뛰어서 올라탔고, 뒤이어 차에 오른 노파는 안내양의 화를 돋우기에 딱 알맞도록 능청스럽게 말했다.

"아이고, 숨차라. 멋이 어짠다고 한갓지게 앉아 뒤볼 틈도 없디야."

차가 휴게소를 출발하자 비로소 차내가 조용해졌다. 술에 취해선지 노파가 곧 잠이 들었던 것이다. 서울을 떠난 뒤 처음으로 찾아온 평온함이었다. 경철은 차창으로 흘러가는 단조로운 풍경을 보았다. 투명한 햇살이 나지막하게 엎드린 한국의 야산과 구릉을 어루만지듯 내리쬐고 있었다. 눈이라도 붙여보고 싶었지만, 왠지 잠이 오기는커녕 점점 신경이 날카롭게 곤두서는 것 같았다. 숨을 쉴 때마다 조금씩 코끝에 묻어오는, 노파의 몸에서 풍기는 그 퀴퀴한 냄새 때문인지도 몰랐다. 문득 경철은 그 냄새가 매우 낯익은 것이라는 생각이 들었다. 무슨 지린내 같기도 하고 곰삭은 고기 비린내 같기도 한 그것은, 분명 그의 기억 속에 묻혀 있는 다른 어떤 냄새를 일깨우고 있었지만, 그것이 무엇인지를 도무지 알아낼 수가 없었다. 그는 입을 헤 벌린 채 세상 모르게 잠이 든 노파를 돌아보았다. 알 수 없는 불안감이 다시 고개를 들었다. 그리고 그러한 엉뚱한 불안은, 분명 낯익은 것 같으면서도 좀체 생각이 나질 않는 노파의 냄새와 함께 묘한 불쾌감으로 그를 쿡쿡 찔러대고 있었다.

노파가 잠에서 깨어난 것은 휴게소를 출발한 지 한 시간여를 지났을 때였다. 눈을 뜨자 왠지 불편한 듯 한참 엉덩이를 들썩거리더니, 안내양을 불렀다.

"이봐, 샥시! 나 좀 보더라꼬잉."

"왜 그러세요?"

노파의 다급한 어조와는 대조적으로 안내양은 이번엔 또 무슨 일이냐는 듯 앉은 자리에서 고개만 쏙 빼고 쌀쌀맞게 물었다.

"나 소피 쪼까 봐야 쓰겠는디, 워찌까이."

"뭐라구요?"

"오짐 싸고 싶어 죽을 지경이란 말여. 아까부터 참아왔는디 인자 더는 못 참겠그마이. 운전수 양반헌티 이약혀서 차 쪼까 세워주어, 잉?"

어지간히 급했던지 노파는 곧장 문을 열고 내릴 듯 통로 앞쪽으로 뒤뚱거리며 걸어갔다.

"어마, 왜 이러실까, 정말. 앉아 계세요. 여긴요 고속도로라구요, 고속도로. 함부로 차를 세울 수 없어요."

"고속도라고 차 세우지 말란 법이 있남? 사람이 이렇기 미칠 지경인디."

"글쎄 안 된다니까요. 할머니 한 분 때문에 이 많은 승객들을 불편하게 할 순 없잖아요. 앉아서 참아보세요."

"아니, 참을 것이 따로 있제 오짐 매린 걸 어떤 놈의 천하장사가 참는단 말여. 샥시는 오짐 안 누고 사남? 아 운전수 양반은 오짐 안 뉘?"

안내양은 어쩌면 좋겠느냐는 표정으로 운전기사를 돌아보았다. 그러나 기사는 여전히 앞만 바라보고 있을 뿐, 가타부타 반응을 보여주지 않았다.

"오메, 미치겠네. 이봐, 샥시. 지발 차 좀 세워주어, 잉? 지발 부탁이여. 잠깐만 세우문 내 싸게 일보고 올 것인께. 잠깐이문 되어."

"어이, 안내양."

마침내 경철이 고개를 빼고 말했다. 더 이상 노파의 일에 상관하지 않으려 했지만, 도와줄 사람은 당신밖에 없다는 듯 노파의 시선이 그에게 매달려왔던 것이다.

"기사 양반한테 말해서 차 좀 세우지 그래요. 할머니 사정이 매우 딱하신 것 같은데, 잠깐 서는 것쯤이야 승객들도 양해를 하시겠죠."

"무슨 소리야, 난 양해 못해."

굵직한 음성이 앞쪽의 좌석에서 터져나오면서 머리통 하나가 불쑥 솟구쳤다. 회사 여직원과 함께 출장을 간다는 머리 벗겨진 남자였다.

"도대체 승객 오줌 누일라고 고속버스 세우는 거 어느 나라 풍습이야. 그리고, 저런 할망구는 고생 좀 해봐야 돼. 경로사상으로다 내 지금까지 참아왔는데 말야, 모처럼 휴가 기분 다 잡치고 말았잖아. 저러니 노인네들이 대접을 못 받는다구."

그러나 노파는 그 사내의 말에 대꾸할 겨를이 없는 모양이었다. 안간힘을 쓰느라 얼굴이 시뻘겋게 충혈된 채 무슨 해괴한 춤이라도 추는 것처럼 엉덩이를 비비 틀고 있었다. 안내양이 난감한 표정으로 다시 운전기사를 쳐다보았다. 그제야 백미러에 비친 기사의 검은 색안경이 약간 흔들리는 것이 뭐라고 대답을 하는 모양이었다. 무슨 이야기인지 손으로 입을 가리고 웃던 안내양이 한참 만에 고개를 돌렸다.

"그럼 할머니, 이렇게 하겠어요. 사실 승객 한 사람이 소변을 보고 싶다고 해서 일일이 차를 세울 수가 없는 입장이거든요."

"하이고, 무신 말이 고렇기 많디야. 배창지가 터질라고 허는 디……"

"그러니까, 소변 보고 싶은 분이 다섯 분 이상 계시면 차를 세워드리겠어요. 그렇지 않으면 세울 수가 없으니 참으셔야 해요."

그리고 다시 승객들에게 큰 소리로 그 말을 되풀이했다. 경철은 주위를 둘러보았다. 승객들은 모두 노파가 일으킨 새로운 소동을 지켜보고 있는 중이었다. 그러나 당장은 아무런 반응이 없었다. 그들의 관심은 노파의 딱한 사정에 있는 것이 아니라, 이 흥미진진한 소동이 어떻게 진행이 될지 대단히 귀추가 주목된다는 식의 표정들이었다.

"내가 내리겠소."

경철이 손을 들었다. 안내양은 눈썹도 까딱 않고 좌중을 둘러보며 "또 없으세요?" 하고 물었다. 노파는 금방이라도 밑이 터질 것처럼 아랫배를 움켜잡고 사람들을 애원의 눈길로 둘러보았다.

"안내양! 나, 나도 내리겠소."

한 청년이 큰 소리로 외치며 벌떡 일어섰다. 벌겋게 상기한 얼굴이었다. 나이 든 대학생 같은, 조금 허약해 보이기도 하고 순진해 보이기도 하는 그 청년은, 그러나 사람들의 시선이 모두 자기를 주시하는 것을 깨닫자 이번에는 목덜미까지 벌겋게 물들이며 필요 이상으로 큰 소리를 내어 말했다.

"도대체 이 이럴 게 뭐가 있습니까. 차 한 번 세우는 게 무슨 힘이 든다고. 우린 지금 저 할머니를 고, 고문하고 있는 거나 마찬가집니다."

"이것 보쇼, 젊은 친구."

굵직한 음성이 청년의 말을 가로막았다.

"당신은 내리겠다는 세 사람 중에 한 명일 뿐이야. 그 이상 이러쿵저러쿵 떠드는 건 당신 권한 밖이라구. 무슨 말인지 알어?"

머리가 벗겨진 사내는 청년에 비해 대단히 침착하게 말했다. 그러자 청년은 무슨 말인가 계속할 듯하더니 주저앉고 말았다. 차는 여전히 달리고 있었고, 더 이상 아무도 손을 들지 않았다. 처음에는 그저 막연한 구경꾼의 심리로 방관하고 있던 승객들은 시간이 갈수록, 그리고 노파가 괴로워할수록 이 기묘한 놀음에 흥미를 느끼기 시작한 것 같았다. 개중에는 노파가 못 견뎌하면서 몸을 비비꼴수록 노골적으로 낄낄대며 웃고 있는 치들도 있었다. 사람들은 이 놀음의 끝장이 어떻게 될 것인가 몹시 궁금해하는 눈치였다. 적어도 경철에게는 그렇게 느껴졌다.

"참말로 미치겠고마니라!"

우는지 웃는지도 모르게 비틀린 노파의 입에서 튀어나온 소리였다. 노파는 허리를 제대로 펴지도 못하고 통로 바닥을 기다시피 오리걸음으로 건더니, 갑자기 노랑머리의 계집아이에게 달려들었다.

"야, 꼬맹아. 너 쉬이 하고 싶지야? 응, 쉬이, 하고 싶지야?"

"어머, 왜 가만 있는 애는 건드려요?"

여자가 아이를 부둥켜안으며 소리쳤다. 노파는 마침내 절망적인 얼굴로 사람들을 둘러보았다. 노파의 눈빛은 마치 더 이상 달아날 길이 없다는 것을 깨달은 가련한 짐승의 그것을 닮아 있었다. 아니 그것은 잠깐 동안의 느낌이었고, 경철은 곧 노파의 눈빛이 변한 것을 보았다. 그리고 일순 가슴이 섬뜩해오는 것을 느꼈다. 막다른 곳에 몰린 짐승이 항용 그러하듯 그것은 무섭도록 적의를 띤 눈빛이었던 것이다.

"어마! 이 할머니가 정말 미쳤나봐."

그때였다. 안내양이 자지러지게 소리를 질렀다. 그제야 사람들은 노파가 무엇을 하고 있는가를 알았다. 좌석 사이의 통로에 쭈그리고 앉은 노파는 속고쟁이를 내리고 오줌을 싸고 있었던 것이다. 그저 후련하기 이를 데 없다는 듯 노파는 만족스런 표정을 짓고 있었다. 안내양은 물씬 김을 피워올리며 통로 바닥을 흥건히 적셔가는 것이 사람의 배설물이라는 걸 아직도 믿을 수 없는 모양이었다. 들큰한 지린내가 밀폐된 차 안을 가득 채웠다.

"오머, 오머. 나 미쳐. 이게 웬일이야."

여자의 비명 같은 소리가 들렸고, 뒤이어 여기저기서 코를 싸쥐며 볼멘소리가 터져나왔다. 그러나 노파는 배설의 쾌감을 즐기기라도 하듯 천연덕스런 얼굴이었다. 지루하도록 오래 쭈그리고 앉았던 노파는 마침내 느릿느릿 허리를 폈다. 그리고 일부러 그러는 것처럼 무척 굼뜬 동작으로 속고쟁이를 끌어올려 매무새를 고치고 난 뒤, 비로소 입을 열었다.

"어떤 개자식들이 떠들어쌓는디야?"

누군가 낄낄대며 웃음을 터뜨렸다. 노파의 말이 어처구니없도록 당당하게 들렸기 때문이었을 것이다.

"에라, 이 쥐새끼 겉은 놈들."

뒤이어 노파의 입에서 빠져나온 말은 좀더 험악했다. 그러나 그것이 자신에 대한 욕설인지 채 알아차리지 못했는지 아직도 킥킥대며 웃음을 못 참는 승객이 있었다.

"내 그럴 줄 알았어야. 피도 눈물도 읎는 놈들이여, 너그 놈들은. 넘이 죽든 말든 지 손가락 가시만큼도 생각을 안 하는 놈들이여."

경철은 혹시 노파가 갑자기 정신이 돌아버린 게 아닌가 의심스러웠다. 노파의 목소리는 성한 사람의 그것 같지 않게 거칠고 또한 덜덜 떨리고 있었던 것이다.

"너그 놈들이 멋이여. 대체 너그 놈들도 사람이여? 네꼬다이매고 좋은 옷 입고 점잔 빼고 앉아 있다고 다 사람이여?"

이제 웃고 있는 사람은 아무도 없었다. 노파는 승객들 하나하나의 얼굴을 둘러보며 쑤셔박을 듯 손가락질을 해댔다.

"너그들이여. 바로 너그들이여. 우리 아들 쥑인 것은 바로 너그들이란 말여. 우리 아들이 워띠키 죽은 줄 아냐, 이놈들아. 하기사 너그 놈들은 벌써 까맣기 잊어뿔고 있겠지만, 나는 이날 이때꺼정 한시도 잊어본 적이 없어야. 하이고, 어림도 읎제, 안죽 내 아들이 땅 속에서 눈을 못 감고 있는디. 억울하고 원통혜서 썩지도 안 하고 있을 것인디. 너그 놈들이 내 아들 그렇게 만든 거여. 너그 놈들 아니문 내 아들이 왜 죽었겄어."

노파의 목소리는 말이라기보다는 목구멍 깊은 곳에서 꺽꺽 내지르는 부르짖음 같은 것이었다. 따라서 노파의 말을 정확히 알아듣기란 매우 힘들었다. 설사 제대로 알아들었다 하더라도, 왜 난데없이 노파의 아들 얘기가 튀어나왔는지, 아들이 도대체 어떻게 죽었다는 건지 짐작한 사람은 아무도 없었다.

"요놈들아. 그렇게 입 닫고 있지 말고 어디 말 좀 헤보아. 하눌 겉고 땅 겉은 우리 아들을 너그 놈들이 워띠키 했나 말여."

승객들의 반응이 없자 더 참을 수가 없는 듯, 노파는 더욱 거친 소리를 쏟아놓았다. 경철은 노파의 눈에 어느덧 핏발이 서려 있는 것을 보았다.

"아이고, 애닯아라. 우리 새끼 애닯아라. 그놈만 불쌍하게 되아뿌렀제. 그놈만 속은 기여. 원래 우리 아들이 펭생 넘을 으심헐 줄 모르고, 그저 넘에 맴이 내 맴인 줄 아는 착하디착해빠진 놈이었지만 너그 놈들헌티 속은 거여. 우리 아들, 아이고 불쌍한 내 새끼, 소처럼 순하고 양겉이 착한 우리 아들, 넘들처럼 호의호식하고 잘 살진 못혜도 넘헌티 페가 될 일은 어릴 적부텀 바늘 귀만큼도 못허던 우리 아들. 그런 내 아들이 아이고 무신 귀신이 씌었는지, 엄니 사람들 힘이란 게 무섭습디다. 사람들이란 게 참말로 대단혜요. 나는 사람들이란 것이 그렇기 든든하고 믿음직스럽다는 걸 처음 알았으라우. 모두가 한 뱃속에서 나온 내 형제 걸고, 그냥 아무나 막 껴안아주고 싶어라우. 무신 살판이 났다고 물 만난 고기모냥 생기가 나서 세탁소 일도 집어던져뿔고, 엄니 오늘 하루 당장 세 끼 밥 묵는 게 문제가 아니라우, 사람이 사는 데 더 중요한 일이 있어라우, 하던 내 아들을 너그 놈들이 워띠키 한겨? 너그 놈들이 그래 사람이여? 헹, 지랄들 한다. 입만 번지르해갖고 넘이야 죽든 말든 내 속만 채리자는 너그 놈들이? 에라, 썩을 놈들아. 배알도 읎고 염치도 읎는 놈들. 쥐새끼만도 못한 놈들, 버러지 겉은 놈들. 에라, 이 드럽고 치사헌 놈들아."

입 밖으로 꾸역꾸역 쏟아져 나오는 말들을 감당할 수 없는 양 쉬지 않고 토해낸 뒤에, 노파는 제풀에 지쳐 탈진한 듯 숨을 헐떡거렸다. 그것은 어떤 의미 전달을 위해 행한 말이라곤 도저히 생각할 수 없었다. 차라리 견딜 수 없는 내부의 충동으로 인해 발작처럼 터져나온 토악질이라는 것이 정확한 표현일 것이었다. 그리고 그것이 토악질이라면, 승객들은 앉은 자리에서 그 오물들을 고스란히 뒤집어쓴 셈이었다. 그러나 사람들은 기묘하리만큼 아무 반응도 보이지 않았다. 따라서 차 안에는 잠시 무거운 침묵이 흘렀다.

그때였다. 마치 꼭 이 순간이 오기를 기다렸다는 듯이 한 사내가 느릿느릿 일어난 것은. 30대 중반쯤 되어 보이는, 얼핏 보기에 순박하게 생겼달 정도로 표정이 없고 건장한 그 사내는 급하지 않은 걸음걸이로 노파에게 다가가더니, 대뜸 노파의 허리통을 두 팔로 안아올렸다. 노파가 발버둥치며 대항했으나, 사내의 힘에는 어림없었다.

"아이고, 이놈 사람 잡네. 이놈이, 이 불한당 겉은 놈이 생사람 잡는다아."

그러나 승객들이 보기에 사내는 특별히 완력을 쓰는 것 같지도 않았고, 오히려 사내의 몸놀림에는 어떤 협기 같은 것마저 있어 보였다. 별로 힘들이지 않고 노파를 좌석에 앉힌 뒤, 사내는 안전벨트의 중간 부분을 한 고름 잡아매어 길이를 짧게 한 다음 연결쇠를 채웠다. 그러고 보니 노파가 팔을 뺄 수도 없을 만큼 단단히 묶을 수가 있었는데, 그의 동작이 너무 능숙했기 때문에 사람들은 혹시 그가 그런 일을 전문적으로 하는 직업을 가졌지 않을까 의심이 들 정도였다.

마침내 노파는 그 질긴 가죽끈으로 든든하게 결박——그렇다. 그것은 결박이었다——되었다. 그러나 노파는 계속해서 버둥거리며 악을 쓰고 소리를 질렀다. 그것은 마치 덫에 치인 짐승과 같은 필사적인 버둥거림이었다.

"기자 선상님. 나 좀 풀어주시요. 지발 나 좀 풀어주시요이."

갑자기 노파는 경철에게 매달렸다. 경철은 거칠게 숨을 몰아쉬고 있는 노파의 검붉은 목에 굵은 핏줄이 금방 터질 듯이 불거진 것을 보았다.

"날 풀어줄 사람은 여그서 선상님배끼 읎고마니라. 기자 선상님은 내 사정을 잘 아실 것잉께, 지발 이것 좀 풀어주시요이……"

그는 차 안을 둘러보았다. 사람들은 이제 마음 놓고 비디오나 감상하자는 심산인지 다들 의자에 몸을 파묻고 더 이상 이쪽을 보지 않았다. 그러고 보니 서울에서부터 지금까지 이 노파 때문에 여정을 오붓하게 즐기기는커녕 소란이 그칠 사이가 없었던 것이다. 또한 노파를 묶은 가죽끈에 경철은 물론 차 안의 모든 사람들이 결박되어 있는 셈이 아닌가. 그런데도 유독 노파만 못 견뎌하는 것은 이해할 수 없는 일이었다.

"할머니. 그냥 좀 참고 계세요. 이제 목적지에도 다 와가니까……"

그러나 노파는 참지 못하는 정도가 아니라 아예 숨이 넘어갈 것처럼 눈자위를 허옇게 드러내었다.

"내 그럴 줄 알았당께. 다 똑같은 놈들이여. 너그들이 나를 쥑일라꼬 이러제. 숨이 맥히도록 혜가지고 쥑이뿔라고 이러제."

고래고래 악을 쓰는 노파의 외침은, 그러나 완강하고 두터운 벽을 두드리는 주먹질처럼 차 안을 공허하게 맴돌다가 마침내 맥없이 꺾여져갔다.

"나 좀 풀어주어. 나 좀…… 아이고, 숨맥혀. 아이고, 내 가심이야."

노파는 숨을 헐떡거렸다. 거칠게 숨을 몰아쉬면서 말소리도 겨우 뱉어낼 정도로 잦아들었다. 사람들이 간신히 알아들을 수 있었던 노파의 마지막 외침은 아마 다음과 같은 말이었을 것이다.

"아이고오 하나니임……"

그리고 그 마지막 말의 뒤를 이어 들려온 소리는 참으로 괴상한 신음 소리였다. 그로부터 많은 시간이 지난 뒤에까지도, 경철은 그때의 신음 소리를 도저히 잊어버릴 수가 없었다.

그것은 꺼억 하고 길게 트림을 하는 것 같기도 하고, 오래오래 울다가 지친 어린아이가 딸꾹질을 하는 것 같기도 한, 아니 사람의 것이 아니라 마치 짐승의, 그것도 도살당하여 숨이 끊어지기 직전의 짐승이 내지르는 것 같은 기분 나쁜 호흡 소리였던 것이다. 그것이 너무 참혹하게 들렸으므로 혹시 노파가 사람들의 동정에 호소하기 위해 무슨 실감 나는 연기를 하는 것이 아닐까 하는 의심이 들 정도였다. 그 소리를 끝으로 노파는 거짓말처럼 조용해졌다. 그리고 무엇인가 이상할 정도의 섬뜩한 느낌이 든 것은 바로 그 순간이었다. 노파는 눈을 뜬 듯 감은 듯한 채 입을 헤벌리고 있었는데, 경철이 흔들자 그의 가슴팍으로 안기듯 머리를 푹 떨구었다. 엉겁결에 경철은 비명을 질렀다.

"스톱, 스토옵! 차 좀 세워요!"

백미러로 기사의 검은 색안경이 보였다. 안내양이 일어섰다.

"왜 그러세요?"

"차 세우라고 해요. 이 할머니가…… 좀 이상한 것 같아요."

안내양은 선뜻 다가오지 못하고 불안한 눈초리로 기사를 돌아보았다. 마침내 차가 속도를 줄이더니 길가에 멈춰 섰고, 기사가 자리에서 일어섰다.

"도대체 무슨 일이요?"

기사는 검은 색안경을 벗으면서 돌아보았다. 차가 서울 터미널을 출발한 뒤 처음으로 승객들에게 자신의 얼굴을 보여주는 셈이었다. 안경을 벗자 그 역시 과중한 노동과 생활의 피로에 찌든 혈색 나쁜 얼굴을 가진, 이 땅 위의 어디에서나 만날 수 있는 흔해빠진 한국 사람의 모습을 하고 있었다.

"젠장할, 끝까지 말썽이군."

기사는 통로를 걸어오며 짜증스럽게 말했다. 그러나 노파의 곁에 다가와서도 선뜻 손을 대지 못했다.

"혹시 승객 중에 누구 의사 안 계십니까?"

기사가 차 안을 둘러보며 물었다. 아무도 대답하는 사람이 없자, 한 청년이 주뼛거리며 일어섰다.

"정식 의사는 아니고…… 의대 재학생입니다만."

노파가 용변을 본다고 했을 때 함께 내리길 자원했던 청년이었다. 청년은 누가 보더라도 몹시 서툰 솜씨로 노파의 눈을 까뒤집어 보고 가슴팍에 손을 넣어보고 하더니, 한참 만에야 허리를 펴고 덜덜 떨리는 목소리로 말했다.

"아직 주, 죽진 않은 것 같습니다."

마치 노파가 죽었다기라도 한 것처럼 여자들이 짧게 비명을 질렀다.

"이런 젠장할."

운전기사가 내뱉었다. 몇 사람이 가까이 다가와 어깨너머로 들여다보았다. 그 중에 예의 그 머리가 벗겨진 사내가 말했다.

"이건 정말 우습지도 않은 일이군. 아니 왜 갑자기 이러는 거요?"

"글쎄요…… 너무 흥분을 해서 졸도를 한지도 모르겠습니다."

청년은 땀을 뻘뻘 흘리며 더듬거렸다.

"제 짐작입니다만 간질의 발작인지도 모르겠습니다. 지나치게 흥분하던 거하며, 발작 직전의 증세하고 비슷한 점이 있었던 것 같기도 한데…… 아니면 다른 병이 있었는지도 모르지요. 지금으로선 더 이상 모르겠는데요."

그러나 아무도 청년의 진단을 믿지 않는 듯한 표정들이었다. 기사는 어찌해야 좋을지 모르는, 피로에 지친 얼굴로 서 있다가 투덜거렸다.

"내 참, 그러게 싫다는 걸 억지로 매더라니."

"무슨 소리요. 당신도 알다시피 이건 안전벨트야, 안전벨트. 안전벨트 매고 병났다는 소리 들어봤소?"

머리가 벗겨진 사내가 대꾸했다. 두 사람은 더 이상 논란을 벌여봐야 소용없다는 걸 알았는지 그쯤에서 말을 끊었다.

"아니, 언제까지 이러고 있을 참이에요? 빨리 갑시다. 빨리 도착해야 병원으로 옮기든지 할 거 아니에요."

노랑머리의 계집아이를 안은 여자가 신경질적으로 말했을 때에야, 사람들은 제자리로 돌아가기 시작했다. 기사는 운전석에 앉아 검은 색안경을 걸쳤다.

고속버스는 다시 움직이기 시작했다. 그러자 갑자기 울음소리가 들려왔다. 그 노랑머리의 꼬마가 겁에 질려 울기 시작했던 것이다. "애, 왜 우니. 그쳐. 아무 일도 아니란 말야." 여자가 달랠수록 아이는 더 악을 쓰며 울었다. 사람들은 모두 침묵에 잠겨서 그 아이의 악을 쓰는 울음소리를 듣고 있었다.

경철은 시계를 들여다보았다. 어느새 목적지인 광주에 도착할 시간이 다 되어 있었다. 그러나 그는 이 지루하고 괴로운 여행이 도무지 끝나지 않을 것만 같은 느낌이 들었다. 광주행 매표구 앞에서 만났던 노파의 손녀딸을 생각했다. 그리고 지금 자신이 취재하러 가는 여배우를 생각했다. 이 두 개의, 상호 아무 관련이 없어 보이는 존재가 양쪽에서 자신을 함정으로 밀어넣은 것 같았다. 그는 두려움 때문에 노파를 들여다볼 수도 없었다. 다만 눈을 감고 노파의 몸에서 아직도 풍기는 그 낯익은 냄새를 기억해내려고 애를 썼다. 그것이 그를 구해줄 유일한 해답인 듯이. 그러나 그 냄새는 기억의 깊숙한 갈피 속에 숨어서, 생각이 날 듯 날 듯하면서도 도저히 알아낼 수가 없었다.

차가 광주에 도착하자 사람들이 서둘러 자리에서 일어섰다. 긴 여행을 마친 사람이면 다 그러하듯 가능한 한 빨리 차에서 내리고 싶은 몸짓들이었다. 경철은 다른 사람보다 먼저 자기가 앞으로 나가야 하리라고 생각했다. 그리고 사람들이 내리지 못하도록 승강구를 막아서야 했다.

"기다려요! 아무도 내릴 수 없어요. 우린 모두 차에서 기다려야 합니다. 저 할머니가 어떻게 될지 아무도 모릅니다. 할머니를 병원으로 보내고 적어도 무사하다는 이야기를 들을 때까지 한 사람도 차에서 내려서는 안 됩니다. 왜냐하면 할머니가 저렇게 된 건 우리 모두의 책임이니까요. 생각해보세요. 우리들은 다 똑같은 사람들 아닙니까."

그러나 그 열변은 입 안에서만 맴돌았을 뿐, 경철은 어느새 자기가 사람들 틈에 섞여 차 밖으로 빠져나온 것을 알았다. 서울처럼 이곳에서도 사람들이 많았다. 그는 잠시 망연히 서서 그 사람들을 바라보고 있었다. 사람들은 어딘가로 가고, 어딘가에서 오고 있었다. 쉴 새 없이 떠들기도 하고, 소리 내어 웃기도 했다. 그러나 경철은 자기가 당장 어디로 가야 할지 알 수가 없었다. 그 자리에 서서 오고가는 사람들에게 어깨를 받히기도 하다가, 갑자기 그는 노파의 몸에서 풍기던 그 냄새가 무엇인지를, 왜 낯익다고 생각했던가를 깨달았다. 그는 몸을 돌려 방금 내린 고속버스를 향해 달려갔다.

그러나 다시 차로 돌아왔을 때, 검은 벨트만이 노파가 남긴 허물처럼 풀어져 있었을 뿐 노파의 자리는 비어 있었고, 노파의 모습은 어디에서도 볼 수 없었다.

(『창비신작소설집』, 1987)

불과 먼지

그날은 토요일이었다. 하늘은 오랜만에 맑게 개어서 전형적인 오월의 날씨였고, 잠실 야구장엔 해태와 OB의 주말 경기가 열리고 있었다. 그러나 거리에는 여전히 최루 가스가 감돌고, 경찰과의 충돌 위험에도 불구하고 야당은 인천에서의 개헌대회를 강행하기로 한 날이었으며, 또한 분신자살을 기도했던 두 서울대생이 전신화상을 입은 채 닷새째 사경을 헤매고 있던 날이기도 했다. 그날 나는 토요일 오전 수업을 마치고 꽃을 사기 위해 시장을 찾아갔다.

허름한 음식점들이 늘어선 좁고 어두운 시장골목으로 들어서자, 가지런히 발을 뻗고 뭉툭한 발톱을 드러낸 돼지족발, 방금 목욕을 끝낸 듯 허여멀쑥한 얼굴로 웃고 있는 삶은 돼지머리, 번들번들 검게 빛나는 곱창 등이 눈을 찔러왔다. 거기다가 역겨운 돼지고기 냄새, 튀김을 만드는 독한 식용기름 냄새까지 텅 빈 뱃속을 자극해서 나는 속이 뒤집힐 듯한 헛구역질을 참아야 했다. 오후 세시가 넘었지만, 그때까지 나는 점심 식사를 하지 못했다. 점심뿐 아니라 하루 종일 내가 먹은 것이라곤 학교 매점에서 아이들 틈에 끼어 억지로 삼킨 오렌지 주스 한 잔뿐이었다. 이틀 전부터 이유 없이 목 안이 부어올라 음식을 삼킬 수가 없었던 것이다. 목만 탈이 난 것이 아니고 두 눈은 안질에 걸려 빨갛게 충혈되어 있었다. 그러나 나는 그러한 신체의 고통을 마치 내가 당연히 치러야 할 무슨 계절병이나 되는 것처럼 병원에 한번 가볼 생각도 않고 견디어내고 있었다.

꽃가게는 시장골목을 깊숙이 들어간 곳에 떡집과 반찬가게를 양쪽으로 끼고 있었다. 채광이 되지 않아 낮인데도 형광등을 켜두고 있었고, 꽃들은 상가에 늘어놓은 조화들처럼 한결같이 생기가 없어 보였다.

"무슨 꽃을 찾으세요?"

주인여자가 물어왔다. 나는 좁은 가게를 빽빽이 메우고 있는 꽃들을 둘러보았는데, 내가 이름을 알고 있는 꽃이 거의 없음을 깨닫고 좀 당황했다. 이름은커녕 지금까지 살아오면서 내 손으로 꽃을 사본 경험이 한 번도 없었다. 어쩌면 나는 사람이 살아가는 데 꽃이란 것이 어떤 소용에 쓰이는지조차 모르고 있었다는 것이 옳을 것이었다.

나는 꽃들을 하나씩 손가락으로 가리키며 이름을 물어보았다. 주인여자는 안개꽃이니, 패랭이꽃, 수국, 칸나, 히아신스 등의 꽃이름을 일일이 대답해주었다. 그리고 미안하다는 듯이 말했다.

"요즈음 꽃값이 굉장히 올랐어요. 낙진 때문인가 봐요."

"낙진이요?"

"하늘에서 방사능이 먼지가 되어서 떨어진다잖아요."

아아, 낙진(落塵). 나는 도수 높은 안경을 끼고 어쩐지 병약해 보이는 주인여자의 얼굴을 쳐다보았다. 신문이나 방송에선 연일

소련의 체르노빌 핵 발전소가 사고를 낸 소식을 떠들어대고 있었다. 그곳에서 흘러나온 무서운 방사능이 제트 기류를 타고 한반도 상공에까지 이르렀을 가능성도 있다는 것이었다. 그러나 그것 때문에 한국의 꽃값이 올랐다는 얘기는 아무래도 좀 납득하기 어려웠다.

"그렇지 않아도 성수기라 꽃값이 비쌀 때지요. 다음 주에 어버이날이 있거든요."

여자가 덧붙였다. 그러고 보니 가게 안에 유독 많이 눈에 띄는 것이 붉은 빛깔의 카네이션만큼은 주인여자에게 묻지 않아도 내가 알아볼 수 있는 꽃이었다. 나는 타는 듯이 붉은 카네이션 다발에서 한 송이를 빼내어 들었다. 갓난아이의 꼭 움켜쥔 주먹처럼 아직 단단하게 뭉쳐진 봉오리였지만, 어린 숨결 같은 향내가 희미하게 코끝을 스쳤다. 문득 나는 가슴 안쪽으로부터 칼로 긋듯 줄달음치는 날카로운 고통의 균열을 느꼈다.

그러니까 만 일 년 전인 지난해의 오늘, 그 아이가 마지막으로 손에 쥐고 있었던 것이 바로 카네이션 한 송이였던 것이다. 그날 아내의 손을 잡고 시장에 따라갔던 아이는 노점 행상이 팔고 있던 카네이션을 사달라고 제 엄마를 졸랐던 모양이었다. 그리고 집으로 돌아오는 골목길에서 2.5톤 타이탄 트럭이 덮치던 순간까지 아이의 그 고사리 같은 작은 손에는 꽃이 쥐어져 있었다. 내가 전화를 받고 병원 응급실로 뛰어 들어갔을 때, 응급실 밖 복도에서 퉁퉁 부은 눈으로 울고 있던 아내가 무슨 잃어버려서는 안 될 물건처럼 한사코 쥐고 있던 것도 그 카네이션 한 송이였다.

"카네이션을 드릴까요?"

여자가 물었다. 나는 카네이션 송이들과 안개꽃 한 다발, 그리고 패랭이꽃을 함께 싸달라고 말했다.

"활짝 핀 걸로 주세요."

여자가 아직 꽃을 덜 피운 봉오리진 것들만 고르는 걸 보고 내가 말했다.

"병에 꽂아 두시려면 이게 좋은데. 활짝 핀 건 금방 시들어요."

"병에 꽂아 둘 게 아니니까 괜찮습니다."

나는 거의 푸른색으로 보일 만큼 핏기가 없는 여자의 손이 꼼꼼한 솜씨로 꽃을 싸는 것을 지켜보았다.

"낙진 때문에 꽃들이 다 죽어버리면 어떻게 하죠?"

희고 얇다란 종이에 싼 꽃을 내게 내밀며 여자가 한 말이었다.

"아주머니께서 꽃장사를 못하시게 되겠죠."

내 대답이 너무 멋대가리 없이 들렸던 모양이었다. 계산을 치르고 가게를 나올 때까지 여자는 배신당한 표정을 짓고 있었다. 나는 한 손에 꽃을 쥔 채 북적거리는 사람 틈을 헤치고 다시 그 독한 튀김 냄새, 삶은 돼지고기 냄새들을 빠져나왔다.

방사능의 낙진 때문에 땅 위의 모든 꽃들이 죽어버릴 것을 걱정하는 꽃가게의 여자는 그러나 봄이면 어김없이 피어나는 꽃 한 송이의 잔인함에 대해서는 모르고 있을 것이었다. 꽃 한 송이뿐만 아니라 생명을 가진 모든 것은 잔인한 것이다. 그것이 지난 일 년 동안에 나를 사로잡고 있던 생각이었다. 한 아이가 죽었는데도, 세상은 아무런 흔적이 없다. 변함없이 계절은 바뀌어 다시 봄이 되었고 햇살은 미열이 날 듯이 더워져 있었고, 교실 창문으로 내다보면 꽃가루들이 솜틀에서 빠져나온 솜먼지처럼 운동장

44

을 하얗게 떠다니고 있었다. 그리고 눈알에 와 박히는 따끔따끔한 공기, 느닷없이 재채기를 터뜨리게 하는 최루 가스가 섞인 매운 공기를 맡으면서 또다시 그 지긋지긋한 계절, 새로운 오월이 왔구나 하는 생각에 몸을 떨어야만 했다.

나는 큰길까지 걸어나와서 택시를 기다렸다. 차들이 분주히 밀려다니고 있었지만 빈 택시는 눈에 띄지 않았다. 차도에 한 걸음 내려서서 지나가는 택시를 향해 손을 흔들어대면서도 나는 집으로 전화를 해야 할지 어쩔지를 망설이고 있었다. 전화를 한댔자 딱히 할 말이 있을 게 없었다. 아내는 그 추도 예배인가를 위해 필시 교회 사람들을 불렀을 것이었다. 어쩌면 지금쯤 벌써 그들이 집에 와 있을지도 몰랐다.

"오늘 일찍 들어와주세요." 아침에 아파트 문을 나서는 내게 아내는 그렇게 말했다. "교회 목사님께서 오신다 했어요. 다섯 시부터 예배를 보기로 했으니까 늦지 않도록 하세요." 늘 그렇듯 내 시선을 피하고 서서, 그녀는 낮고도 메마른 목소리로 말했다. "그런 것 하지 말자고 했잖아." 나는 언성을 높였다. 아내가 나를 똑바로 쳐다보았고, 나는 그녀의 눈시울이 금방 붉어진 것을 보았다. "도대체 이유가 뭐예요? 난 당신이 왜 기어코 반대를 하는지 정말 이해할 수 없어요." "딴 날과 다름없이 오늘 하루를 그냥 넘기자구. 예배니 뭐니 다 부질없고 어리석은 짓이야." "그렇지 않아요. 난 그 애의 영생과 부활을 믿어요. 우리가 그 앨 잊지 않고, 끊임없이 기도한다면요." 목소리는 떨리고 있었지만 아내는 아주 고집스러운 표정으로 나를 쳐다보며 말했다. "어쨌든, 전화해서 취소했다고 말해. 난 그 시간에 들어오지 않을 거야." 나는 그렇게 내뱉고 문을 나서고 말았다. 등 뒤에서 육중한 철문이 요란하게 닫히는 소리를 들었다. 오층 꼭대기에서부터 아래층까지의 긴 계단을 밟고 내려오며, 나는 이 끝이 보이지 않는 사막 같은 날들이 언제까지 계속되어야 하는가 하고 절망했다.

영생과 부활. 나는 그런 말을 들을 때면 언제나 참을 수 없는 분노를 느껴야 했다. 한 아이의 죽음조차 그런 식으로 설명하고 위로하는 방식을 나는 도저히 받아들일 수 없었다. 세 살 난 아이의 죽음 뒤에 영생과 부활을 준비해둘 수 있다면 어째서 그 아이가 죽도록 내버려두겠는가. 도대체, 이제 막 세상을 바라보고 배우기 시작한 한 천진한 아이의 덧없는 죽음에 그 어떤 섭리와 뜻이 숨겨져 있다는 것인가. 그러나 아내는 집요하게 그런 것에 매달려 있었다. 전에는 다니지 않던 교회를 갑자기 어느 맹신자보다 열심히 다녔고 찬송과 기도를 통해 고통을 이기려 했다. 그러나 나로서는 그것이 정말 아내를 구원해주리라고 믿을 수 없었다. 그러면서도 또한 나는 아내로 하여금 고통을 이겨나가게 할 수 있는 다른 어떤 방법도 알지 못했다. 지난 일 년 동안, 잠자리에서조차 우리는 서로의 살갗이 몸에 닿지 않도록 애썼다. 마치 몸이 닿기만 해도 서로의 고통이 전달되듯이. 그녀는 돌아누운 채 자주 어둠 속에서 혼자 기도를 하거나 소리 죽여 울었고, 나는 그런 아내를 애써 모른 체했을 뿐이었다.

"한강으로 갑시다."

"한강 어디로요?"

택시 운전수는 내 얼굴과 손에 든 꽃을 번갈아보며 되물었다.

"저, 한강에 배 탈 수 있는 곳이 어딘지 아십니까?"

"배 타는 곳?"

"작년에 한 번 갔었는데 기억이 잘 안 나는군요. 배도 탈 수 있고, 유원지 같은 곳이었는데."

"그렇게만 말해서 어떻게 찾아가요. 정확히 지명을 알아야지요."

택시 운전수가 짜증스럽게 말했다. 어떻게 할 거냐는 투로 고개를 옆으로 빼고 앉은 기사의 시커멓게 그을린 목덜미를 보면서 나는 낭패감에 빠지고 말았다. 그제야 내가 너무 막연하게 길을 나섰다는 것을 깨달았던 것이다. 나는 일 년 전의 어느 날 내가 보았던 풍경들을 떠올려보았다. 그러나 그날의 기억들은 아주 희미하게밖에 남아 있지 않았다. 그날은 봄날답지 않게 궂은 비가 내렸었고, 그래서 긴 방죽이 비에 젖어 있었고, 강을 향해 터널처럼 뚫려 있는 오래된 갑문이 있었는데, 그 갑문을 나서면 배를 빌려주기도 하고 술과 매운탕을 팔기도 하는 허름한 집들이 늘어서 있었다. 비가 와서 행락객이 끊어진 을씨년스런 유원지의 풍경, 강변의 시퍼런 잡초들, 그리고 무엇보다 한강의 탁하고 거친 물살과 그 너머 강 저쪽에 무대의 세트 장치처럼 비현실적인 모습으로 늘어서 있던 고층 아파트군을 나는 떠올렸지만, 그런 것들을 운전수에게 말할 수는 없는 일이었다. 그날 나는 그곳에서 아내와 함께 배를 빌려 타고 강 가운데로 나아갔던 것이다. 그리고 한강의 거친 물살에 아이의 뼈를 뿌렸었다. 그러나 이상하게도 그때의 기억들은 마치 악몽 속에 본 풍경처럼, 또는 찢어진 몇 장의 사진들같이 앞뒤가 맞지 않는 단편적인 장면들로만 남아 있을 뿐이었다. 벽제 화장장에서 돌아오는 길에, 시내에서 영구차를 내려 택시로 그곳까지 가는 동안 질식할 것 같은 고통과 절망에 짓눌려 있어서 나는 그곳이 한강의 어디쯤인지 지명조차 알지 못했다. 결국 나는 택시에서 다시 내릴 수밖에 없었다.

거리에 가득 넘친 부신 햇살을 망연히 바라보다가 나는 공중

전화를 찾아 걸음을 옮기기 시작했다. 그날 화장터에서 그곳까지 동행해주었던 친구가 생각났던 것이다. 그러면 그곳이 어디인지 알고 있을 것 같았다.

"임마, 거긴 뭣 하러?"

마침 친구는 자리에 있었다. 그리고 내 이야기를 듣자마자 힐책하듯 소리를 질렀다. 나는, "오늘이 그 애가 죽은 날이야" 하고 말했다.

"그러냐? 벌써 세월이 그렇게 되었나? 그러면 일찌감치 집에 들어가서 계수씨나 위로해줘야지, 거긴 뭣 하러 가려고 그래."

"여하튼 거기가 어딘지만 이야기해."

"야, 그러지 말고 이리로 나와. 얼굴 잊어버리기 전에 네 꼴이나 좀 봐야겠다. 글쎄, 직접 얼굴 보기 전엔 말해줄 수 없어. 우리 회사 아래층 커피숍으로 나와. 몇 분 걸리겠냐? 삼십 분? 이십 분? 오케이, 정확히 이십 분 후에 내려갈게."

전화를 끊고 나는 시계를 들여다보았다. 네시가 가까워오고 있었다. 오후 네시라면, 그 애가 막 병원에 옮겨졌을 시간이었다. 공중전화 부스 옆의 가로수 잎사귀에 매달린 햇살을 바라보면서 갑자기 나는 가슴이 거칠게 뛰기 시작하는 것을 느꼈다. 불현듯 내 귓전을 때리는 아내의 목소리를 들었던 것이다. "어쩌면 좋아요, 묵우가 교통사고를 당해 병원에 와 있는데…… 가망이 없대요. 어떻게 해……" 아내의 목소리라고 얼른 알아들을 수 없을 만큼 울음 섞인 그 낯설고 쉰 목소리를 나는 그 후에도 자주 환청처럼 들어야 했고, 동시에 가슴이 칼날에 베이는 듯한 견딜 수 없는 아픔을 느껴야 했다.

택시로 병원까지 달려가면서 내가 할 수 있었던 생각은 그저 이것이 꿈이었으면 하는 것이었다. 또 "가망이 없대요……" 하던 아내의 말을 내가 잘못 들었기를 바랐다. 그러나 믿을 수 없게도 그것은 엄연한 되돌릴 수 없는 현실이었다. 병원 문을 열고 들어서자 아내는 응급실 밖 복도의 벽에 머리를 박고 서서 울고 있었다. "어떻게 해요……" 아내는 넋이 나간 듯 그 말만 되풀이하며 몸부림치고 있었다. 나는 응급실 문을 밀고 들어갔다. 차가운 쇠침대 위에 아이가 의식을 잃고 누워 있는 것이 보였다. 젊은 의사들 네댓 명이 아이를 둘러싸고 있었다. 그러나 내가 보기에 그들은 아무런 처치도 하지 않고 아이가 숨을 거두기만을 기다리고 있는 듯했다. 오른쪽 관자놀이 부분에 검은 피멍 같은 것이 보일 뿐 이상하게도 아이는 별로 외상이 없는 깨끗한 모습이었고, 내가 늘 보아온 낯익은 자세로 곤한 잠을 자고 있는 것만 같았다. "나가 계세요. 여기 함부로 들어오면 안 됩니다. 어이, 간호사. 왜 이 사람 들여보냈어." 누군가 고개를 빼고 소리쳤다. 그러자 다른 의사가 나를 떠밀어내었다. "최선을 다하고 있으니까 너무 흥분하지 말고 나가서 기다리세요." 그러나 나는 그 자리에 주저앉고 말았다. 그 순간 기도를 해야겠다는 생각이 들었던 것이다. 그때까지 나는 한 번도 기도란 것을 해본 경험이 없었고, 기도의 능력 같은 것도 믿어본 적이 없었지만 나는 지푸라기라도 붙잡으려는 절망적인 심정에서 시멘트 바닥에 무릎을 꿇고 손을 모았다. 나는 지금까지 당신의 존재를 믿지 않았던 나를 용서해달라고 빌었고, 내 모든 죄를 회개한다고 말했고, 그러니 제발 아이를 살려달라고 빌었다. 그 밖에 많은 말들이 내 입에서 빠져나왔다. 기도를 거듭할수록 나는 어떤 존재가, 아이의 생사를 좌우할 수 있는 어떤 전지전능한 존재가 틀림없이 있으리라는 믿음이 생겨났다. 그러자 나는 내 기도가 불충분하리라고 생각했다. 그가 믿을 수 있는 담보를, 내 기도에 흥미를 가질 수 있는 약속을 해야만 한다고 생각했다. 그래서 나는 내게 죄가 많다면 죄 없는 아이를 살려주고 나를 데려가달라고 기도했다. 만약 아이 대신에 내가 죽어야 한다면 기꺼이 목숨을 내놓겠노라고 맹세했다. 얼마나 많은 시간이 흘렀는지 알 수 없지만, 시멘트 바닥에 무릎을 꿇고 정신없이 기도하고 있을 때 누군가 내 어깨를 두드렸다. 흰 가운을 걸친 젊은 의사가 나를 내려다보며 말했다. "아이가 숨을 거두었습니다."

신문사의 아래층 커피숍에는 친구가 이미 내려와 있었다.

"난데없이 웬 꽃이냐? 이런 뒤숭숭한 세상에 그래도 꽃을 들고 다니니 역시 작가는 다르구나."

내가 자리에 앉기도 전에 녀석은 그렇게 이죽거렸다. 녀석은 고등학교 동창생다운 애정으로 나를 자주 작가라고 불러주지만, 신춘문예라는 관문을 겨우 통과한 뒤로 한 번도 제대로 된 소설을 써본 적이 없다고 생각하는 나로서는 그 말을 들을 때마다 어쩐지 놀림을 당하는 기분이 들곤 했다.

"작가, 작가 하지 말아. 듣기 거북하니까."

"작가가 어때서? 그래도 나처럼 짜장면 배달이나 하는 것보단 나아."

"짜장면 배달이라니? 그건 또 무슨 소리야?"

"나 참 드러워서. 때리치앗뿌리든가 해야지."

그가 입맛이 쓰다는 표정으로 허공에 담배 연기를 훅 밀어올렸다.

"무슨 일이 있었구나."

"글쎄 오늘 아침 마악 출근해서 자리에 앉는데 전화가 오더라구. 받으니까, 독잔데 어제 신문에 난 기사에 대해서 할 말이 있다는 거야. 어제 야당에 대해서 좀 깐 기사가 나갔거든. 하는 말이, 자기는 야당 당원도 아니고 순수한 시민의 입장에서 한마디 하겠는데 왜 그런 식으로 야당을 까느냐는 거야. 그거야 격려하는 뜻에서 하는 선의의 비판이 아니겠습니까 했더니, 그럼 왜 야당만 비판하고 여당은 안 하느냐더군. 당신들 언론은 뭐 잘난 게 있다구 맨날 야당만 동네북 치듯 하느냐는 이야긴데 얼마나 흥분을 했는지 목소리가 덜덜 떨리더라구. 더 상대했다간 곤란하겠다 싶어, 저는 그 기사를 쓴 사람이 아닙니다, 하고 꽁무니를 뺐지. 그러자 당신도 같은 기자이지 않느냐고 다그치대. 그래서 전 기자도 아니고 아무 관계도 없는 사람입니다고 했지. 내가 왜 그처럼 바보 같은 소릴 했는가 몰라. 그러니까 그 양반이 뭐라고 그러는지 알아? 갑자기 소리를 꽥 지르는 거야. 그럼 넌 뭐야, 임마. 짜장면 배달하러 온 놈이야? 짜장면 배달하는 놈이 건방지게 전화는 왜 받아, 이 병신 새끼야!"

녀석은 그쯤에서 말을 끊고 담배를 비벼 끄더니 불쑥 자리에서 일어났다.

"야, 나가서 술이나 한잔 빨자."

"대낮부터 술은 무슨. 그리고 너 바쁘잖아."

"오늘은 짜장면 배달 그만 할란다."

웃지도 않고 말하는 걸 봐서 그 말이 녀석에게 꽤 충격을 주었던 모양이었다. 녀석이 먼저 출입문께로 걸어나갔으므로 나는 그 뒤를 따라갈 수밖에 없었다. 햇빛 아래에 나서자 그가 내 얼굴을 들여다보며 말했다.

"눈은 왜 그래? 오다가 어디서 최루탄이라도 맞았냐?"

"안질이야. 결막염인지 각막염인지 병원에 안 가봐서 알 수 없지만."

"그대의 두 눈은 그대가 안은 카네이션 꽃처럼 붉었어라. 어때, 이만하면 나도 작가가 되겠냐?"

"소설 쓰는 게 뭐 잠꼬대하듯이 되는 줄 아나?"

"하기사 소설 쓰기도 어렵긴 어렵겠더라. 거리에서, 신문 지상에서 날마다 진짜 소설이 벌어지고 있는데 소설이 더 이상 무슨 말을 하겠니."

우리는 번쩍거리는 고급 승용차들이 늘어선 주차장을 빠져나왔다. 길에는 여전히 사람들로 북적거리고 있었고, 꽃가루가 날아다니고 있었고, 철망을 뒤집어쓴 전투 경찰의 버스가 있었다. 우리는 횡단보도의 신호가 바뀌기를 기다리면서, '88-1'이란 숫자가 씌어진 방패를 들고 경찰 버스의 뒤에서 보초를 서고 있는 사복 차림의 전경을 보았다. 그의 얼굴은 내가 매일 교실에서 만나는 고등학교 2학년쯤의 아이들처럼 앳되고 어려 보였다. 그 옆 횡단보도에는 '질서'라는 글씨의 모자를 쓰고 역시 '질서'라고 씌어진 노란색 깃발을 들고 교통 정리를 하는 아르바이트 여대생이 있었다. 그 둘의 표정이 너무 닮아 보인다고 나는 생각했다.

녀석이 내 옆구리를 쿡 찔렀다. 그리고 턱끝으로 앞을 가리켰다. 한 미국인 병사가 젊은 한국 여자를 끼고 서 있었다. 키 크고 잘생긴 그 미군 병사는 하늘색의 번쩍거리는 점퍼를 입고 있었다. 등허리에는 한반도의 지도가 금색 수실로 새겨져 있었는데, DMZ라는 영문 글자와 함께 굵은 선이 가로질러 두 동강을 내고 있었고, 서울, 부산의 지명과 황해, 동해까지 영문으로 표기되어 있었다. 지도 위에는 태극기와 성조기가 사이 좋은 형제처럼 나란히 붙어 있었다. "글씨를 잘 보란 말이야." 친구가 말했다. 나는 지도 아래에 좀더 굵은 글씨로 새겨진 영어 문장을 보았다. 내가 해석하기로는 그것은 다음과 같은 뜻이었다. '나는 장차 천당에 가게 될 것이 틀림없다. 왜냐하면 지금까지 지옥에서 충분히 봉사해왔으니까.'

"리퍼블릭 오브 코리아를 지옥이라고 공개하고 다니다니. 저건 유언비어 유포죄인가, 국가 기밀 누설죄인가."

횡단보도를 건너면서 녀석이 하는 말이었다.

"자기 군대 생활을 말한 거겠지. 군대 생활이란 누구에게나 지옥이라고 느껴지니까."

빌딩 숲 뒤쪽의 좁고 지저분한 음식점 골목을 그가 앞장서 걸어갔다. 그리고 '카페' 간판이 내걸린 작은 술집의 문을 밀었다. 안으로 들어가자 의외로 화려한 실내 장식에 은은한 조명과 음악이 흐르고 있었다. "대낮에도 이렇게 내놓고 술을 팔 수 있냐." 내 말에 녀석은, "모든 욕망이 원칙적으로는 개방된 세상 아냐?" 하고 말을 받았다. 입술을 빨갛게 칠한 젊은 여자가 주문한 맥주를 들고 와서 녀석의 옆자리에 앉았다.

"앉아도 되죠?"

"벌써 앉았잖아."

"그럼 일어날까요?"

"일어나고 싶지 않으면서 그런 말을 해?"

"일어날 줄도 알아요."

여자는 발끈 화가 난 얼굴로 일어나서 가버렸다. 녀석이 제 손으로 술을 따르며 "별로 이쁘지도 않은 년이" 하고 중얼거렸다.

"왜 그래? 애꿎은 여자한테 시비나 걸고."

"글쎄 말이다."

녀석이 갑자기 지친 표정으로 나를 쳐다보았다.

"이상하게도 요즘은 저년들 얼굴을 보면 증오심이 부글부글 끓어오른단 말야. 제일 만만하기 때문일까. 며칠 전엔 술집에서 내 옆에 앉은 여자 따귀를 때렸다가 아주 혼났지."

나는 맞은편에 앉은, 이제 막 30대 중반에 들어선 한 사내의 얼굴과 십여 년 전 그의 고등학교 적 얼굴을 겹쳐보았다. 그러자 녀석의 얼굴이 내가 생판 모르는 딴 사람처럼 아주 낯설게 느껴졌다. 고등학교 때 그의 별명은 '색시'였었고, 교지 편집반이었으며, 노래를 기차게 잘 불렀었다. 나는 빈속에 삼킨 맥주가 갑자기 거꾸로 치받쳐 오르는 것 같은 통증을 겨우 참았다.

"왜 사람들은 비굴해야 하나."

녀석이 술잔을 들여다보면서 혼잣말처럼 입을 열었다.

"그건 또 무슨 뚱딴지 같은 소리야?"

"자기가 가진 것을 버릴 용기만 있다면 우린 현상을 바꿀 수 있을 텐데. 그런데 인간이란 그렇지 못하단 말야. 인간 본성의 약점이 없다면 인류의 역사에 지배와 굴종이란 것이 있을 수 있겠나. 난 나치 수용소의 이야기를 읽을 때마다 늘 이해할 수 없는 것이 있었어. 그 많은 유태인들이 죽음을 눈앞에 두고서도 아무런 저항을 하지 않았다는 거야. 나치 장교의 손가락이 가리키는 방향을 따라 목욕탕에 가듯 줄지어 가스실로 가면서도 항거하지 않았거든. 그게 왜겠어? 수도꼭지를 틀어줄 때까지 스스로 죽기는 싫었던 때문 아냐? 인간이란 원래가 그렇게 나약한 존재야."

"그게 짜장면 배달꾼의 인생철학이냐?"

내가 짐짓 농조로 말했으나 그는 표정을 풀지도 않고 계속 지껄였다.

"그런데 지금도 대학생들은 자기 몸에 시너를 끼얹고 불을 지르잖아. 인간을 믿고 역사를 믿는다는 순진한 낙관주의자들. 하긴 순진한 게 무서운 것이지만. 누군가의 말처럼 이제까지는 늑대가 양을 잡아먹었는데 이제 양들이 힘을 합해서 늑대를 잡아먹자는 거 아냐. 양은 결코 늑대가 될 수 없다는 사실을 인정하지 않으려는 거지. 양이 아무리 힘을 합해봤자 이빨이 날 수 있어? 그래서 종교란 것이 있는 거고. 나중 된 자가 먼저 되리라, 오늘 가장 핍박받는 자가 내일 가장 높은 자리에 앉으리로다. 단, 하늘나라에 가서 말야."

중얼중얼 넋두리처럼 지껄이던 녀석이, 어느새 눈 가장자리가 벌겋게 된 얼굴을 들고, "야, 술 들어. 이 난세에 꽃을 들고 다니는 소설가야. 넌 뭣 때문에 소설을 쓰냐?" 하고 말했다. 물론 대답이 필요 없는 질문이었다. 나는 맥주를 마셨다. 부어오른 목구멍이 불에 덴 것처럼 화끈거렸고 뱃속 어딘가에서 불쾌한 통증이 거슬러 오르고 있는 것 같았다. 구역질이 날 것 같은 불쾌감을 참으면서, 나는 정말이지 왜 내가 그 소설이란 것을 포기하지 못하는 것일까 생각했다.

소위 등단이라는 관문을 거친 뒤 햇수로 사 년째가 될 때까지 나는 겨우 단편소설 몇 편을 토악질하듯 내던져놓았을 뿐이었다. 그나마 아이가 죽은 뒤로 일 년 동안 단 한 편의 글도 쓰지 못했다. 이제까지 세상을 향해 뚫려 있던 나의 알량한 세계관이란 것이 금이 간 정도가 아니라 아예 박살이 난 듯했고, 소설이란 것을 통해 도대체 삶의 무엇을 이야기할 수 있을지 알 수가 없었다. 삶은 내게 있어서 다만 찢어져 너덜거리는 화폭에 불과했다. 녀석이 자조적인 음성으로 말했다.

"사실은 난 그 애들이 죽기만을 기다리고 있어. 그 애들, 분신 자살을 기도했던 대학생들 말야. 사망 기사를 써야 하거든."

나는 이제 자리에서 일어나야 하리라고 생각했다. 해가 지기 전에 한강까지 나가야 했던 것이다. 그러나 내 이야기를 듣자 녀석은 "왜 거길 꼭 가려고 하니? 잊어버려. 잊어버리는 게 약이야" 하고 말했다.

"그 앤 찾아갈 무덤도 없어. 그래서 그 애의 육신이 먼지가 되어 흩어졌던 그 자리에 가서 꽃이라도 던져주려는 거야."

"자식, 죽은 마누라 찾아서 땅 밑으로 내려가는 올페처럼 뭐 그렇게 심각한 표정이냐?"

"아닌 게 아니라 내가 올페였으면 좋겠다. 왜 지금은 그때처럼 죽은 사람을 다시 불러올 수 없니?"

"얘가 벌써 취했나. 그건 신화야, 임마. 지금 신이 어디 있냐?"

"그러니까 지금은 왜 신이 없느냐는 거야."

"신이야 있지. 다 제 발에 하나씩 꿰차고 있지 않아. 농담이고. 신이 있다면 세상이 이꼴이겠냐? 하기야 신이 있던 세상이 행복했지. 죄악과 거짓이 넘치는 세상, 그게 신 없는 세상의 비극이야."

그리고 그는 정색을 하고 말했다.

"올페 이야기가 나왔으니까 말인데, 고등학교 때 읽어서 잘 기억은 안 난다만, 거기도 레테의 강인가 하는 망각의 강이 있지 않냐? 그게 왜 망각의 강이겠어. 잊으라는 이야기 아냐? 죽은 사람은 잊어야 하는 거야."

"하여튼, 거기가 어디야?"

"할 수 없군. 뚝섬 유원지였어."

거기가 뚝섬이었던가. 택시 속에서 나는 뚝섬이라는 지명과 일 년 전 그날의 기억을 일치시키려 해보았다. 그러자 가슴이 여리게 떨려오면서, 어찌할 수 없는 슬픔이 가득 차 오는 것을 느꼈다. 그날의 고통이 다시 무섭도록 생생하게 되살아났던 것이다. 친구 녀석의 말대로 부질없는 짓을 하고 있는 것이 아닐까 하고 생각했다. 내가 그곳에 다시 간다는 것이 무슨 의미가 있을까. 그곳은 어쩌면 어둡고 캄캄한 땅, 결코 산 자가 갈 수 없는 망각의 땅인지도 몰랐다. 나는 지금쯤 추도 예배를 하고 있을 아내를 생각했다. 아내는 아직도 아이를 잊지 않으려고 했다. 아주 사소한 기억들까지도 잊어버리는 것을 두려워했고, 마치 아이의 죽음을 인정치 않으려는 듯 망각 속으로 파묻혀가는 기억들을 한사코 놓치지 않으려 애를 썼다. 지난날 아이의 사진들을 늘어놓고 들여다보고 있거나, 어느 땐 "지난번 덕수궁에 놀러 갔을 때 그 애가 입었던 셔츠가 무슨 색깔이었지요?" 하는 식으로 내게 묻기도 했다. 제발 좀 잊어버리도록 하라고 말하면, "우리마저 그 애를 잊어버리면 얼마나 불쌍해요. 난 그 애를 잊는다는 게 그 애에게 죄를 짓는 것 같아서 견딜 수가 없어요" 하는 것이었다. 아내는 그것이 다만 부질없는 몸부림이란 것을, 아이는 이미 한 줌의 먼지처럼 우리들의 손가락 사이로 빠져서 사라져버렸다는 사실을 받아들이지 않고 있을 뿐이었다.

아이는 아내와 나의 기억 속에만 희미하게 존재하고 있을 뿐 이미 사라지고 없다. 내가 가장 견딜 수 없었던 것은 아이의 죽음이 무의미한 것이라는 사실이었다. 그 아이는 이제 마악 부신 눈으로 세상을 바라보고 자기 주위의 사물들을 하나씩 손가락으로 가리키며 배워가던 만 두 살의 나이로, 한 늙은 트럭 운전수의 부주의에 의해서 죽고 말았다. 한 마리의 곤충과 같은 그 허망한 죽음, 그리고 그렇게 죽고 말 그의 짧은 생애에 도대체 무슨 의미가 있는 것일까. 아니 우리 인간의 삶이란 것이 과연 무슨 의미를 가지고 있는 것일까. 분신자살을 기도한 학생들의 이야기를 TV 뉴스에서 처음 들었을 때, 나는 이미 내겐 만성 질환이 되어버린 예의 그 가슴의 통증을 느껴야 했다. 그러면서도 나를 사로잡던 의문은 과연 그들이 자신들의 죽음의 의미를 알고 있었을까 하는 것이었다. 그들은 온몸에 시너를 끼얹고 불을 붙인 뒤 무언가를 외치며 삼층 건물의 옥상에서 아래로 뛰어내렸다고 했다. 그들은 그 순간 무엇을 생각했을까. 나는 그날 밤 그 불붙어 떨어지는 무서운 모습의 환영 때문에 쉽게 잠을 이룰 수가 없었다. 그들은 과연 자신들의 삶을 뛰어넘을 어떤 가치를 안고 떨어지고 있었을까. 그들의 죽음과 내 아이의 죽음은 어떻게 다른 것일까. 나는 그들의 행동이 자신의 몸을 불사르며 역사와 사회 속에서 삶의 의미를 갖고자 하는 몸부림일 것이라고 생각했다. 그러나 그들이 죽음과 바꾸고자 했던 모든 것은 결국 비열하게 살아남은 자들의 몫이고, 그들은 다만 한 줌의 먼지로 흩어져 저 캄캄한 허무 속으로 사라지고 말 것이라는 엄연한 사실에 나는 몸을 떨었다.

아이를 화장하고 집으로 돌아왔을 때 우리들의 보금자리였던 좁은 전세방은 무섭도록 낯설고 적막했다. 그것은 결혼하고부터 그때까지 우리들의 생활을 빈틈없이 꽉 채우고 있던 아이가 사라져버렸기 때문만은 아니었다. 나는 그때 내 사후의 세상을, 이미 죽은 눈으로 내가 부재하는 세상을 보았던 것이다. 나는 책장에 변함없이 꽂혀 있는 책 한 권, 창문 밖으로 보이는 화단의 작은 꽃 한 송이에도 견딜 수 없는 증오를 느꼈다. 삶은, 살아 있는 모든 것은 잔인하며 비열한 것이었다.

차가 성수대교 못 미쳐 강을 따라 오른쪽으로 난 좁은 길로 꺾여 들어가면서 나는 문득 가슴이 두근거리기 시작했다. 차창 밖으로 보이는 풍경은 분명 언젠가 본 듯한 풍경이었던 것이다. 십자가가 선 작은 성당, 영세 공장인 듯한 먼지 낀 건물들, 길가에 늘어선 상점들까지 낯이 익었다. "여기서 내려주세요." 택시가 한 번 더 길을 꺾고, 저만치 방죽과 갑문이 보일 때 나는 택시 운전수에게 말했다.

늦은 오후의 비낀 햇살이 길을 가득 채우고 있었고, 강바람이 불어왔다. 나는 저만치 터널처럼 뚫린 갑문을 바라보며 걸었다. 죽은 아이의 무덤을 찾아가는 듯 가슴이 뻐근해오는 동통과 슬픔을 느꼈다. 아내는 아이를 화장하는 것에 반대했었다. 찾아갈 무덤 하나 없이 아이의 육신을 흩어버린다는 것이 견딜 수 없다고 했다. "이젠 우리가 아이의 무덤이야. 부모가 죽으면 청산에 묻고 자식이 죽으면 가슴에 묻는다고 그러지 않아." 그때 나는 아내에게 그렇게 말했지만, 사실은 내 허약한 가슴은 아이의 무덤 구실조차 온전히 해낼 수 없었던 것이다.

마침내 강을 향해 뚫린 낡은 갑문을 걸어나왔을 때, 그러나 나는 깜짝 놀라고 말았다. 나는 내가 보고 있는 광경을 믿을 수가 없었다. 그곳에는 강변을 따라 늘어선 집과 차양을 씌운 놀잇배들도, 머리를 푼 수양버들도 없었다. 뒤집어 엎어놓은 흙더미, 그리고 불도저 같은 중장비와 몇 대의 트럭이 보일 뿐인 황량한 공사장으로 변해 있었던 것이다. 그제야 나는 방송인가에서 들었던 '한강 종합개발'이란 것을 겨우 생각해낼 수 있었다. 그동안 이곳도 철거가 되고 모두들 어디론가 떠나가버린 모양이었다. 흙바람이 왈칵 내게로 달려들었다.

나는 파헤쳐놓은 흙을 밟고 강을 향해 걸어갔다. 강은 변함없이 무거운 몸을 힘들게 끌면서 흘러가고 있었다. 그날 이곳에서 우리는 작은 놀잇배를 타고 강 가운데로 나아갔었다. 늙수그레한 남자가 노를 저어주었고, 차양 틈으로 들이친 빗방울이 갑판 위에 떨어지고 있었다. 나는 화장장에서부터 줄곧 가슴에 품어왔던 봉투를 열었다. 일호 봉투에 반이 채 안 되게 담긴 아이의 뼈. 곱게 빻아져서 한 줌의 분말 같은 아이의 그 마지막 육신을 아내와 나는 조금씩 손에 쥐고 강물에 뿌렸다. 우리의 손을 떠난 고운 가루들은 거칠게 흐르는 강물에 삼키어져서 순식간에 사라져버리곤 했다.

나는 다시 지난날의 그 놀잇배를 타고 나가 아이의 뼈가 흩어졌던 자리에서 꽃을 던져줄 생각이었다. 그러나 이젠 그렇게 할 수가 없게 되었다. 나는 발밑의 탁하고 더러운 강물을 내려다보았다. 신문지, 비닐 조각이 떠다니고 있었고, 죽은 여자의 머리칼을 연상시키는 시커먼 수초가 물살의 흐름에 따라 이리저리 흔들리고 있었다. 부서져서 땅에 엎어져 있는 낡은 거룻배 곁에 서서 오랫동안 나는 눈앞에 소리 없이 흘러가는 검은 강을 바라보고 있을 뿐, 아무것도 할 수 없었다.

강변을 떠나 다시 갑문을 빠져나왔을 때, 나는 갑문 입구에 서 있는 허술한 포장마차를 보았다. 얼굴이 검은 주모가 몇 병의 소주와 초라한 안줏감을 지키고 있었고, 그 앞에 머리가 허옇게 센 늙은이가 술에 취해 코를 박고 잠이 들어 있었다. 나는 그 노인이 깔고 앉은 판자쪽 하나로 된 좁은 의자의 귀퉁이에 엉덩이를 붙이고 술을 청했다.

"여기 유원지가 언제 없어졌습니까?"

"작년부터요. 작년 가을에 공사 시작하고 몽땅 뜯겼어요. 안주는 뭘로 하실래요?"

안주가 나오기도 전에 나는 거푸 소주잔을 비웠다. 바람이 불 때마다 흙먼지가 포장 자락을 헤치고 들어왔다. "공사를 해서 그런지 이렇게 먼지가 많구만요." 여자가 변명하듯이 말했다.

"유원지가 없어져서 장사가 잘 안 되시겠군요."

"별 차이 없어요. 우리네 장사에 차이 져봤자 일이천 원 안짝인데요, 뭐. 또 유원지에 오는 사람 이런 포장마차 상대하나요. 이쪽 골목에 공장이 많으니까 공원들이 자주 들러서 떡볶이도 사가고 그래요."

나는 방죽과 연이어 있는 골목길 저쪽에서 붉은 쇠녹을 뒤집어쓴 더러운 러닝셔츠 차림의 젊은이들 몇 명이 와자하게 떠들며 공차기를 하고 있는 모습을 바라보았다. 문득 아내의 핏기 없는 얼굴이 떠올랐다. 그 추도 예배는 이미 끝났을까. 교회 사람들은 돌아가고 지금 아내는 무엇을 하고 있을까. 나는 갑자기 온몸에 엄습해오는 지탱할 수 없도록 극심한 피로를 느꼈다.

"유원지에 놀러 오셨다 허탕하셨나 봐요."

여자가 말을 걸어왔다. 나는 다시 소주잔을 비웠다. 몸은 쓰러질 듯 무거웠고 독한 소주 기운이 빈속을 휘젓고 있었지만, 왠지 취하지 않고서는 이곳을 떠날 수 없으리라고 생각했던 것이다.

"전 누굴 만나러 왔었어요."

"사람을 찾아요? 저기 유원지에 있던 사람인가요?"

여자가 안질로 벌겋게 충혈된 내 두 눈을 쳐다보았다.

"정말 그 사람들 다 어디로 갔을까요? 여기서 배 부리던 사람들 말예요."

"뿔뿔이 흩어졌죠. 천호동 나루터로 간 사람들도 있다지만, 대개는 뜨내기 신세로 이리저리 갈라지고 말았죠."

그때 자고 있는 줄로만 알았던 늙은이가 부스스 고개를 들고, "사람을 찾아왔다고? 누굴" 하고 말했다. 그리고 쑥대처럼 헝클어진 머리에 벌겋게 주독이 오른 코를 벌름거리며 주위를 두리번거렸다. "아유, 영감님. 이제 그만 들어가세요. 벌건 대낮부터 그렇게 취해서 정신을 못 차리면 어떻게 해요." 그러나 노인은 들은 척도 않고 "내 술 줘" 하고 눈곱이 진득한 두 눈을 꿈벅거렸다.

"무슨 술이요?"

"내가 맡겨논 술."

"맡겨놓은 술이 어딨어요. 마실 술도 없는데. 아유, 제발 들어가세요. 이젠 돈 준다 해도 술 안 팔아요."

그래도 노인은 뭔가 알아들을 수 없는 소리를 중얼거리고 있다가 "어서요!" 하고 여자가 소리쳐서야 비치적거리며 자리에서 일어났다. 바지 허리춤이 흘러내려 엉덩이를 다 드러낸 모습으로 금방이라도 쓰러질 듯 걸어가는 노인을 보면서 여자가 혀를 찼다.

"저 영감님도 원래는 여기서 배 부리던 사람이었어요. 몇십 년째 토박이로 살아오면서 고기도 잡고 했나 봐요. 이제 올 데 갈데 없어지니까 저렇게 폐인이 되었어요."

나는 자리에서 일어났다. 아무래도 뱃속이 탈이 나고 말았는지 세차게 치밀어오르는 토악질을 참을 수가 없었던 것이다. 속이 뒤틀리는 것 같은 아픔을 간신히 억누르며 나는 다시 갑문을 지나고 뒤엎어놓은 붉은 흙더미와 뿌리가 뽑혀서 자빠져 누운 버드나무를 타넘고 강가에 나갔다. 그리고 토하기 시작했다. 하루 종일 굶었던 터라 아무것도 나올 것이 없었지만 나는 내 속에 든 것을 모조리 뱉어낼 듯이 오래도록 토악질을 계속했다. 시퍼렇게 독이 오른 잡초들 사이로 작은 쇠파리들이 날아다니고 있었다. 그런가 하면 더러운 돌멩이를 비집고 이름 모를 앉은뱅이 꽃이 하늘을 향하여 꼿꼿이 머리를 쳐들고 있었다.

나는 한 마리 갈매기가 힘겨운 날갯짓을 거듭하여 어디론가 날아가고 있는 것을, 그리고 갈매기가 가고 있는 쪽으로 이제 마악 붉은 해가 떨어지고 있는 것을 지켜보았다. 문득 벙글벙글 웃고 있는 아이의 모습이 떠올랐다. 언제나 웃기를 잘하던 아이였다. 나는 불현듯 그 아이에 대한 못 견딜 그리움으로 목이 타는 것 같았다.

내가 그 여자아이를 만난 것은 그곳을 막 떠나려 했을 때였다. 저만큼 떨어진 곳에서 한 여자아이가 몸을 굽혀 강물을 들여다보고 있는 것이 눈에 띄었던 것이다. 가까이 갔을 때 나는 그 아이가 비닐 주머니 같은 것을 물에 담그려 애쓰고 있다는 것을 알았다.

"그게 뭐니?"

열한두 살이 되었을까. 아이는 몸을 굽힌 채 코가 오뚝한 얼굴을 쳐들고 나를 보았다.

"우리 집 금붕어예요."

"금붕어를 왜?"

"자꾸 죽으려고 하잖아요. 그래서 강에다 놓아주려고요."

"내가 도와줄까."

땅이 높아서 아이의 손이 물에까지 닿지 않았던 것이다. 나는 아이의 손에서 비닐 주머니를 받아들었다. 물을 넣은 비닐 주머니 속에서 두 마리의 금붕어가 이미 반쯤 배를 뒤집고 있었다. 나는 그것들을 물 속에 놓아주었다. 탁한 강물의 흐름 속으로 고기들은 허옇게 배를 드러내보이다가 금방 사라져갔다.

"금붕어는 강물에서 사는 고기가 아닌데."

"괜찮아요. 그래도 땅에서 죽는 것보담 낫잖아요."

"아냐, 저 고기들은 틀림없이 살 거야."

나는 석양빛을 받아 빨갛게 물든 아이의 얼굴을 보았다.

"너희 집은 어디냐?"

"여기서 가까워요."

그리고 아이는 당돌한 눈빛으로 나를 빤히 쳐다보며 말했다.

"아저씨는 왜 집에 가지 않고 여기 있어요? 아저씬 집이 없어요?"

"왜 집이 없어, 있지."

"결혼하셨어요?"

"결혼했지."

"그럼 부인이 기다리잖아요."

"부인?"

나는 웃었다.

"이 꽃 너 가질래?"

아이는 깜짝 놀란 얼굴로 내가 내민 꽃을 보았다. 그리고 탐이 난다는 표정을 숨기지도 않고 "카네이션이잖아" 하고 작은 소리를 내었다.

"가져가. 가서 니 책상 위에 꽂아둬."

아이는 고맙다는 말도 않고 꽃을 받아들었다. 코끝에 가져가 향기를 맡고 들여다보기도 하면서 몇 걸음 걸어가다가 갑자기 무슨 생각을 했는지 걸음을 멈추었다. 그리고 다시 내게로 걸어왔다.

"이 꽃 아저씨가 갖고 가세요."

꽃을 내 손에 밀어 넣어주고 아이는 재빨리 몸을 돌려 뛰어가버렸다. 뭐라고 말할 틈도 없었다. 나는 꽃을 안은 채 한참 동안 멀어져가는 아이의 뒷모습을 보고 있었다. 갑자기 까닭 모를 감동이 몸을 감싸는 것을 나는 느꼈다. 그래, 아이의 말대로 어서 이곳을 떠나 내가 가야 할 곳으로 돌아가야 하리라고 생각했다.

갑문을 나서기 전에 나는 걸음을 멈추었다. 눈부시게 붉은 노을이 강을 물들이고 있었다. 황량하게 파헤쳐진 공사장도, 소리 없이 흘러가고 있는 강물도, 길게 강을 가로지른 성수대교의 교각들, 그리고 그 너머 늘어선 아파트 건물들까지 같은 빛깔로 타오르고 있었다. 나는 땅 밑 죽음의 세계에서 아내를 데리고 나온 올페가 망각의 강을 건너기 직전 뒤를 돌아보다가 그만 아내를 영원히 잃고 말았다는 이야기를 생각했다. 그러나 나는 그곳을 오래오래 바라보았다.

분신자살을 기도했던 서울대생이 마침내 죽었다는 소식을 들은 것은 돌아오는 택시 안에서였다. 라디오 뉴스는 인천에서 있었던 야당의 개헌대회가 급진 좌경 세력의 폭력 난동 사태가 되었다고 전하고, 국내 기름값이 다음 주부터 대폭 내릴 것이란 소식, 올림픽대로의 개통, 실직한 근로자가 식품 회사에 독극물을 넣겠다고 협박하다가 검거되었다는 소식과 함께 한 젊은이의 죽음을 짤막하게 전했다. 사경을 헤맨 지 닷새 만인 오늘 오후 다섯시 삼십분이라고 했다.

"아까운 애들만 죽는군. 이놈의 세상, 얼마나 더 죽일라고 이래요?"

택시 운전수가 내뱉듯이 말했지만 나는 아무 말도 하지 않았다. 내가 그 황량한 강변을 헤매고 있던 시간에 그가 죽어간 것이었다. 나는 어쩌면 그의 죽음을 지키기 위해 그곳까지 나갔던 것은 아닐까. 나는 창밖을 내다보았다. 차는 전철이 다니는 고가 다리 밑 교각 사이를 지나는 중이었다. 거리는 아무 일 없이 하루가 저무는 중이었고, 머리 위로 굉음을 내며 전철이 지나가고 있었고, 진흙으로 빚은 것처럼 무표정한 사람들로 가득 찬 버스가 어딘가로 달려가고 있었다. 그러나 나는 오한이 들린 것처럼 내 몸이 떨리고 있는 것을 느꼈다. 가슴이 뽑히는 듯한 고통과 동시에 견딜 수 없이 뜨거운 희열 같은 것이 내 몸을 가득 채우고 있었다. 방금 나는 분명히 보았던 것이다. 어둠이 깃들기 시작한 거대한 콘크리트 교각 사이로 온몸이 불길에 싸여 타고 있는 한 인간의 모습을. 그러나 그것은 떨어지는 것이 아니라 위로, 죽음을 뚫고 상승하고 있었다.

(『문예중앙』, 1987)

친기(親忌)

　눈이 올 것 같은 날씨였다. 늦겨울 저녁의 바람끝이 제법 눅눅했고, 하늘 한켠이 쿡 찌르면 쏟아질 것처럼 무겁게 내려앉아 있었다. 정말 눈이라도 쏟아져주었으면. 나는 버스에서 내려 집으로 올라가는 비탈길을 쳐다보며 생각했다.

　크고 작은 건물들이 어깨를 밀치며 무질서하게 들어찬 산동네의 풍경을 한눈에 볼 수 있었다. 그것은 떨어지지 않으려 한사코 바위를 붙들고 있는 게딱지들 같은가 하면, 폭풍우를 피해 정박한 작은 통통배들, 찢기고 부서진 무수한 난파선들을 연상시키기도 했다.

　요즘 들어 버스길에 서서 그것들을 바라보며 언제나 내가 느끼는 것은 높디높게 솟은 담벼락 아래에 선 듯한 막막함이었고, 얼른 이 자리에서 도망가버렸으면 하는 충동이었다. 제대를 한 지 두 달이 지나도록 나는 아무것도 할 수 없었던 것이다. 여전히 빚쟁이들은 하루가 멀다 하고 몰려들었고, 집을 비워야 하는 날짜는 열흘 앞으로 다가오고 있었지만 아버지는 더 나아지지도 악화되지도 않은 상태에서 방 한구석을 지키고 있었으며, 나는 학교의 등록 일자가 가까워왔어도 복학할 엄두조차 내지 못하고 있었던 것이다. 아마 나는 그저 눈이라도 기다리는 심정으로, 눈이 내려 모든 것을 깨끗이 덮어버리고 새로운 변화를 가져오리라는 어린애같이 감상적인 생각으로 막연히 하루하루를 보내고 있었는지 모른다.

비탈길을 올라 집이 가까워오자 나는 문득 가슴이 뛰고 있는 것을 느꼈다. 어쩌면 집으로 꺾어 들어가는 골목 어귀의 전신주에는 '근조(謹弔)'라고 굵은 글씨로 씌어진 지등(紙燈)이 내걸려 있을 것 같은, 그리고 지금쯤 담 밖으로 통곡 소리가 터져나오고 있을 것 같은 상상 때문이었다. 그러나 막상 대문 안으로 들어섰을 때 수돗가에서 어머니가 혼자 빨래를 하고 있었을 뿐, 집 안은 불길하게 느껴질 정도로 조용했다.

"뭘 하고 계세요?"

무슨 생각에 골똘하게 잠겨 있었는지 어머니는 소스라치게 놀라 일어섰다. 차가운 물에 빨갛게 언 손으로 아버지의 내의를 빨고 있었는데 어린아이의 기저귀처럼 오물이 눌어붙어 있었다.

"이틀 동안 변 보자 소릴 안 하는 기 이상하다 캤더이만 오늘은 가랭이에 그냥 흘려버리셨다. 학교 일은 좀 알아봤나?"

어머니는 아직도 내가 복학을 할 수 있으리라는 턱없는 믿음을 갖고 있었다. 나는 버릇처럼 짜증이 치밀었다.

"고무장갑은 언제 쓰려고 맨손으로 그러세요."

어머니의 머리 정수리에 서리가 앉은 듯 머리칼이 하얗게 세어 있는 것을 나는 보았다. 이상하게 요즘 들어 어머니의 부쩍 늙은 모습을 볼 때면, 그리고 변함없이 아버지의 병 치다꺼리와 대소변을 받아내는 모습을 보면 안쓰럽다기보다 참을 수 없는 짜증과 울화를 느끼게 되는 것이었다.

"아니, 무슨 일이 있어요?"

비로소 나는 어머니의 태도가 왠지 이상하다는 것을 깨달았다. 아까부터 무엇엔가 정신을 빼앗긴 것 같은 얼굴을 하고 있었던 것이다. 어머니는 아버지가 누워 있는 방 쪽으로 불안한 눈길을 보내며 말했다.

"아부지 방에 좀 들어가봐라."

"왜 그러세요. 누가 왔어요? 또 빚쟁이예요?"

"글쎄…… 빚쟁이는 아인 거 같은데……"

어머니의 음성은 눈에 띄게 떨리고 있었다. 전에 없던 일이었다. 사람들은 하루가 멀다 하고 한 떼씩 우르르 몰려와 몇 시간이고 행패를 부리다가 돌아가곤 했는데, 처음에는 애걸도 하고 같이 목소리를 높여 다투기도 하던 어머니가 지금은 어느새 이력이 났는지 그렇게 해서 속이 풀린다면 화풀이나 실컷 하고 가라는 듯이 멱살을 잡아당기면 당기는 대로 끌면 끄는 대로 몸을 내맡길 뿐이었다.

"빚쟁이가 아니면 그럼 누구란 말예요?"

"글쎄 말이다."

이상하게도 말소리 하나 새어나오지 않는 아버지의 방 쪽으로 시선을 주며 중얼거리는 것이었다.

방문을 열고 들어서자 먼저 술 냄새가 코를 찔렀다. 방 안은 벌써 컴컴해져 있었으나 불도 켜지 않고 한 사내가 웅크리고 앉아 있었다. 더듬거리며 스위치를 올린 뒤 몇 번인가 껌벅거리는 형광등의 흐린 불빛을 통해 사내의 모습을 처음 보았을 때, 나는 가슴이 섬뜩해오는 것을 느꼈다. 술에 취해 벌겋다 못해 거무튀

튀하게 충혈된 얼굴로 사내는 아까부터 그 자세를 유지하고 있은 듯, 방 한쪽에 길게 누워 잠든 아버지를 꼼짝도 않고 앉아 노려보고 있었던 것이다.

"어떻게 오셨죠?"

마흔두엇쯤 되었을까. 나이의 흔적이 아니라 고생의 흉터처럼 보이는 골 깊은 주름살이 거칠고 찌든 피부를 함부로 그어놓고 있는 얼굴이었다.

"니 이름이 뭐꼬?"

사내가 말없이 나를 훑어보고 있다가 되묻는 말이었다. 내 얼굴에 끈끈하게 달라붙는 것 같은 사내의 눈길과 술에 취한 거친 말투에 나는 좀 당황했다.

"니 이름이 뭐냐고 안 묻나?"

"정웁니다. 도대체 누구시죠?"

"내가 누구냐꼬? 허어, 내가 누구냐꼬?"

내 말에 그는 기가 막힌 듯이 허공을 향해 헛웃음을 흘리더니

"내가 누구라꼬, 뭐라고 설명하믄 되겠노?"

하고 내게 반문했다. 나는 어이가 없었다.

"의식이 없는 기가 잠이 든 기가. 저 양반 말이다."

입을 벌리고 코를 골며 정신없이 자고 있는 아버지를 보며 그가 말했다.

"주무시는 겁니다."

"깨와라."

"네에?"

"잠이 들었으모 깰 수도 있다는 말 아이가. 깨와라."

나는 그때까지 그가 누구인지 짐작조차 하지 못했다. 겉모습

70

으로 봐서는 빚쟁이는 아닌 것 같았지만, 알 수 없는 일이었다. 시골 사람이 명절 나들이 차림을 한 것처럼 양복에 넥타이까지 매고 있었지만 한눈에도 막일을 하며 거칠게 살아온 얼굴임을 숨기지 못했다. 아까부터 커다란 검은색 비닐 가방을 끼고 앉았는데, 나는 문득 구부정하게 등을 구부리고 앉은 그의 모습이 왠지 몹시 낯익어 보인다는 생각을 했다.

아버지는 여전히 코를 골며 잠들어 있었다. 때 낀 이불을 감고 내던져지듯 누워 있는 아버지의 모습은 지나간 당신의 생애 가운데 거의 대부분의 밤마다 우리에게 보여주었던, 술에 만취해서 세상 모르게 쓰러져 잠이 든 모습과 너무 흡사했고, 누운 자리에서 대소변을 받아내면서 시시각각 죽음의 냄새를 풍기고 있는 육신과는 동떨어져 있는 듯한 뻔뻔스러울 정도로 태평스런 얼굴이었다. "어어, 누가 날 잡아당기노. 누가 날 잡아당겨." 지난 어느 여름날 아침 밥상머리에서 오이채 국에 밥 한 그릇을 다 비우고 아버지는 마치 장난하듯 뒷머리를 더듬다가 쓰러지더니 종내 일어나지 못하더라고 했다. 병원으로 옮기자 뇌졸중으로 아무래도 회복하기 어렵겠다는 진단이 나왔다. 그러나 의식불명의 식물인간이 되어서 손가락 하나 까딱하지 못하고 누워 있던 아버지는 일주일 만에 부스스 눈을 뜨더라는 것이었다.

"그땐 누구든지 저러다가 돌아가시겠거니 했지 저렇게 다시 깨어날 줄 누가 알았겠니?" 나중에 누나가 내게 한 말이었다.

아버지가 쓰러지자 기다렸다는 듯이 부도가 나기 시작했다. 몇 년 동안 아버지가 해오던 그 '사업'이라는 것이 불과 며칠 만에 형체도 없이 부서지고 남은 것은 엄청난 부채뿐이라는 사실이 드러났다. 우리 가족 중 아무도 아버지의 이른바 그 '사업'이란 것에 대해 제대로 알고 있지 않았으므로 그 부채의 내용을 따져볼 엄두도 내지 못하고 고스란히 떠안을 수밖에 없었다. 나는 그때 제대를 두 달 남겨놓은 초조하고 무료한 말년 생활을 보내면서 복학에 대비하여 내무반 구석에서 영어사전이나 뒤적거리고 있던 중이었다. 그때 내가 군대에 있지 않았더라도 사정은 마찬가지였을 것이다. 아버지가 사업을 시작한 것은 내가 입학하던 무렵이었는데 나는 처음부터 아버지가 '사업'을 한다는 것이 도무지 믿어지지 않았고, 평생을 두고 돈과 인연이 없다기보다 돈을 혐오하듯 살아온 양반이 육십 고개를 넘어선 마당에 왜 그 '사업'이란 것에 덤벼드셨는지 정말이지 이해할 수가 없었던 것이다. 아버지가 쓰러지지 않았더라도 부도는 났으리라고 나는 생각한다. 어쩌면 아버지는 부도를 도저히 막을 수 없게 된 파탄 직전의 순간에 편리하게도 뇌졸중이란 병을 얻어 도망을 가버린 것이 아닌가 하는 엉뚱한 의심이 들기도 했다. 내 어린 시절 매일 밤 술에 만취해서 들어와 우리 가족 모두가 빠져 있는 그 지긋지긋한 가난으로부터 완벽하게 무관한 얼굴로 쓰러져 잠들어버리던 것처럼 말이다.

"누, 누, 누가 와, 와, 왔나?"

그때 아버지가 부스럭거리며 눈을 떴다. 그리고 움직여지지도 않는 입을 억지로 놀리며 하품을 시작했다. 막상 아버지가 잠에서 깨어나자 사내는 갑자기 말문이 막힌 듯, 마치 소리 없는 비명을 지르고 있는 것처럼 온 얼굴을 일그러뜨리고 하품을 하는 아버지를 잠자코 보고 있었다. 한참 만에 그가 갈라진 음성으로 입을 열었다.

"날 알아보겠능교?"

72

"누, 누, 누군데?"

혀짧은 소리로 아버지가 되물었다. 나는 아버지를 부축해 일으켜서 벽에 기대어 앉도록 했다. 아버지는 초점 흐린 눈을 힘겹게 껌벅이며 사내를 보았다.

"덕수라 카문 알겠능교?"

"누, 누, 누······구?"

"덕수. 김, 덕, 수."

처음에 아버지는 아무런 반응을 보여주지 않았다. 짧은 순간 늙고 병색이 완연한 얼굴이 더욱 백치스런 표정을 짓고 있더니 문득 그 입에서 신음 같은 소리가 새어나왔다. 눈가의 살가죽을 경련하듯 떨면서 아버지는 믿어지지 않는 듯 뚫어져라 사내를 보고 있었다.

"니, 니, 니가······ 차, 참말로 더, 더, 덕수라 마, 말이가?"

"와요? 살아생전에 다시 못 들어볼 이름인 줄 알았능교?"

두 사람은 한참 동안 서로 마주 보고만 있었다. 아버지는 벽에 등을 기댄 채 그저 턱을 덜덜 떨고만 있었고, 사내는 바위처럼 꿈쩍도 않는 자세로 아버지에게 시선을 박고 있었다. 그들의 기묘한 모습에는 그러나 팽팽하게 당기고 있는 활시위같이 어느 한쪽이 한치의 틈만 보여도 삽시간에 와르르 무너질 것 같은 아슬아슬한 긴장이 있었다.

"내, 내가 여기까지 와 왔는지 아능교?"

목이 꽉 잠긴 음성으로 그가 천천히 입을 놀렸다.

"오늘이 음력으로 섣달 열엿샛날이구마. 이 날이 무신 날인지 아능교? 알 턱이 없을 끼요. 오늘이 우리 어무이 죽은 날이요. 사변 나던 해 내가 일곱 살 묵었을 때이께네 벌써 삼십오 년 됐구마."

의외로 먼저 무너지기 시작한 것은 사내 쪽이었다. 그의 툭박
진 얼굴이 실룩거리기 시작하더니 갑자기 구겨지듯 심하게 일그
러지는 것이었다. 가래가 파고 간 밭이랑처럼 눈가에 깊은 주름
이 생겨나면서 그 골을 타고 눈물이 번질번질 번져갔다.

"병들어서 쫓겨난 지 반년도 못 채우고 죽었구마. 우리 어무이
하고 날 우째 쫓아보냈는가 기억나능교? 아무리 반신불수로 들
눕어서 정신이 오락가락 죽을 날만 기다린다 캐도, 그거사 모른
다 카지 못할 끼구마."

방문이 열리고 어머니가 소리 없이 들어와 내 곁에 주저앉았
다. 어머니는 하얗게 질린 얼굴에 오한이 든 것처럼 심하게 떨고
있었다.

"병들어 기동도 못하는 사람 도라꾸 짐칸에 실어서 친정에 우
째 쫓아보냈능기요? 어데 말 좀 해보소. 도축장에 소 실어 보내
듯이 도라꾸 짐칸에 가마떼기 깔아 그 위에 눕히고 삼복더위에
겨울 솜이불 덮어가 떠나보냈지러요. 나는 안죽도 기억이 생생
하구마. 경주 외갓집까지 도라꾸 타고 가는데 길가에 아카시아
나뭇가지가 철썩철썩 가시 회초리맨쿠로 때리대고…… 우리 어
무이 그 두꺼운 이불 덮고도 덜덜 떨면서, 덕수야, 와 이리 춥
노…… 덕수야, 와 이리 춥노, 와 이리 춥노. 내 눈까리에 흙 들
어가기 전까지는 못 잊어뿔 끼구마. 아이고오…… 불쌍한 우리
어무이……"

그는 허물어지듯 머리를 땅에 처박더니 마침내 덫에 치인 짐
승처럼 비명인지 울음인지 모를 소리를 꺼억꺼억 내질렀다. 막
았던 물꼬가 터지듯 울음은 걷잡을 수 없이 커져갔다.

믿어지지 않는 일이었다. 나는 언젠가 어머니로부터 "니한테도 형이 하나 있었다" 하는 말을 듣긴 했었다. 그리고 어머니가 아버지에게는 두번째의 여자라는 것도 알고 있었다. 그렇지만 그러한 것들을 지금까지 한번도 마음에 두고 생각해본 일이 없었다.

"내가 나설 자리인지는 모르겠지만…… 진정하게. 술도 마이 취한 것 같은데."

어머니가 떨리는 목소리를 애써 다잡으며 말을 건네자 그가 번질거리는 얼굴을 번쩍 쳐들었다.

"진정하라꼬? 내가 술에 취했다꼬? 지금 내보고 진정하라 켔능교?"

"사람이 살다가 이런 자리가 쉽지 않네. 얼매나 기쁘고 반가운 자린고. 죽었다던 사람이 살아온 기나 다를 기 없고마는. 인지 와서 지난날을 따지고 원망을 하모 뭘 하겠는가."

"그라마 지금 내보고 얼싸안고 춤이라도 추란 얘긴교? 나는 그렇기 못하누마. 죽었다 깨도, 우리 어무이가 원통해서도 못하누마. 우리 어무이가 우째 죽었는데. 얼매나 원통하기 죽었는데. 천애고아나 다름없는 날 받아 키워준 우리 외할무이한테 귀에 못이 박히도록 들었구마. 너그 어무이 죽은 거는 너그 아부지 때문이다, 너그 아부지 빨갱이에 미쳐가 너그 어무이 죽인 기다."

사내는 술기운과 흥분으로 번들대는 눈으로 아버지를 노려보았다. 핏발이 선 때문일까, 그 눈길은 날카롭다기보다 흡사 불붙는 듯했다.

"참 꼴 좋구마. 우리 어무이 그러키 고생시키고 학대하고 쫓아내더이, 겨우 요러키 되었구마. 빨갱이짓에 미쳐가 처자식까지

버리더이 겨우 요모양 요꼴이구마. 그래 빨갱이들 법에는 조강지처 버리라는 말도 있는가. 우리 어무이가 우째 눈을 감은지 아능교? 돌아가실 때 이빨이 다 빠지더라꼬. 도랑가 가재 주워내듯이 술술 빠지는 이빨 주워냈다꼬. 못 묵어서, 하도 못 묵어서 영양실조로 그래 됐다꼬!"

나는 이런 경우 어떻게 해야 할지 알 수가 없었다. 사내는 마치 속에서 누군가 끊임없이 매질을 하고 있어서 말을 멈추면 고통이 더 심해지기라도 하듯 소리를 질러대었고, 아버지는 그저 눈만 허옇게 치켜뜬 채 아무 소리도 내지 못하고 있었다. 나는 아버지의 깡마른 가슴을 안고 자리에 눕혔는데, 초점을 잃은 텅 빈 눈을 허공에 던지고 있을 뿐 무슨 생각을 하고 있는지 알 수가 없었다. 숨을 쉴 때마다 목 안에서 가르랑거리며 가래 끓는 소리만 들려왔다.

"흐이그으!"

그런 아버지의 모습을 지켜보던 그가 주먹으로 방바닥을 쾅 내려치고 벌떡 일어섰다. 그가 문을 열고 밖으로 나가자 어머니가 내게 말했다.

"따라 나가봐라."

그는 신발을 질질 끌며 대문 쪽으로 나가고 있었다. 나는 비로소 그의 걸음걸이가 이상하다는 것을 알았다. 술에 취해서 비틀거리는 것이 아니라 한쪽 다리의 관절을 굽힐 수 없는 듯했고, 무거운 짐을 끌듯 한 다리를 질질 끄는 자세로 걸음을 옮겨놓고 있었다. 그는 구부정하게 등을 굽히고 절름거리며 어둠 속을 걸어가 골목 끝에 있는 구멍가게의 불빛 속으로 들어갔다.

나는 대문 옆 어둠 속에 서서 그가 다시 나오기를 기다렸다.

그제야 나는 그의 구부정한 등이 왜 눈에 익어 보였던가를 깨달았다. 그리고 보니 술에 취해 쏟아놓는 말투까지 닮아 있었다. 입술을 푸우푸우 불며 거친 숨을 쉬는 것, 억제하지 못하는 격정으로 이빨을 앙다물며 몸서리를 치는 버릇까지 믿을 수 없도록 같은 모습이었다.

어렸을 때 나는 아버지가 허구한 날 왜 그렇게 술을 마셔야 하는지 이해하지 못했다. 또한 술에 취하면 왜 그토록 무서운 표정으로 어금니를 물고 몸을 떨며 화를 내는지 알 수가 없었다. 아버지는 '미국 놈들'을 욕하고 이승만을 욕하고 박정희를 욕했다. 눈에 띄는 모든 것이, 재봉틀을 돌리며 힘겹게 생활을 꾸려나가는 어머니의 찌든 모습과 우리 삼남매까지 그는 참을 수 없어하는 것이었다. 아버지는 생활에 무능했고, 그것을 부끄러워하고 자책하기보다 오히려 떳떳하다고 생각하는 듯 생활에 대해 철저히 무관심하려 애쓰는 것 같았다. 우리는 남의 집 단칸 셋방을 무수히 옮겨다녔는데, 아버지는 한 번도 방을 구하고 이삿짐을 부리는 데 신경을 써본 일이 없었다. 이사하기 전날 슬그머니 집을 비웠다가 하루 이틀이 지나면 어떻게 찾는지 새로 옮긴 방에 나타나곤 했던 것이다.

언제나 습기 찬 방, 곰팡이에 얼룩지고 쥐오줌으로 축 늘어진 천장과 벽, 나일론 장판지를 들어올리면 김이 무럭무럭 솟아오르는 물이 질펀한 방바닥——그것이 내가 기억하는 우리들의 방들이었다. 그리고 개미가 있었다. 이상하게도 우리가 가는 곳엔 늘 개미가 들끓었다. 개미는 어디에나 파고들어서 낮에 학교에서 돌아와 밥통 뚜껑을 열면 새까맣게 바글거리는 개미떼를 보았다. 딱딱하게 덩어리진 굳은 밥을 두 번 세 번 찬물에 헹군 뒤에도 정작 밥을 씹으면 개미를 씹는 것 같은 욕지기를 느껴야 했다.

우리가 처음으로 우리 소유의 방을 갖게 된 것은 내가 고등학교에 막 들어갔을 때였다. 도시 변두리에 있는 시장 건물의 가게 한 칸을 얻게 된 것이었다. 나는 지금도 슬레이트 지붕으로 덮인 그곳의 후끈후끈한 열기와 악취, 한순간도 쉬지 않고 끓어오르던 사람들의 아우성 소리를 잘 기억하고 있다. 무슨 대단위 양계장처럼 길게 늘어선 건물에 블록으로 칸막이를 했는데, 그곳에서 사람들은 사육되는 짐승과 별반 다를 것 없는 삶을 꾸려나가고 있었다. 건물과 건물 사이의 통로 위에는 푸른색 플라스틱 슬레이트가 덮여 있어서 늘 햇빛이 푸른색이었고, 한마디로 숨이 막히는 곳이었다. 어머니가 재봉틀을 돌리는 가게 위 다락방이 동생과 내가 쓰는 방이었다. 슬레이트 지붕이 아주 낮아서 허리를 펼 수가 없었기 때문에 나는 늘 팬츠만 입고 드러누워 있어야 했다. 여름 햇빛이 슬레이트 지붕을 달구면 좁은 다락방은 한증막처럼 더워서 팬츠만 입고 있어도 땀이 온몸을 적셨고 나일론 장판은 땀으로 끈적끈적했다. 끈끈한 땀 속에 누워서 나는 앞 가게에서 틀어놓은 라디오의 음악을 들었고, 어머니가 밟는 재봉틀 소리, 하루에 한두 번은 어김없이 사람들이 악을 쓰며 싸우는 소리를 들었고, 미친 듯이 수음을 하면서, 아아 이것도 산다는 것일까, 이러한 삶도 감히 살아 있다고 말할 수 있을까 하고 절망했었다.

허술하게 지은 건물이라 연탄 가스가 지독했고 개미는 여전히 들끓었다. "아유, 지긋지긋한 집구석, 지긋지긋한 인생이야." 일찍이 집을 나가 먼 곳에서 직장 생활을 하고 있던 누나가 한 번씩 집에 돌아오면 그렇게 치를 떨었다. 처음 가게 문을 들어서는 사람은 누구나 한동안 숨을 못 쉬고 코를 싸쥐고 있어야 했을 정도로 연탄 가스가 지독했다. 그러나 하루 스물네 시간 늘 골머리가 아프고 약 먹은 쥐새끼처럼 비틀대기만 했을 뿐, 우린 아무도 죽지 않았다. 어딜 가든 따라다니며 무섭게 번식해가는 그 개미 떼는 아마 그러한 생활 속에서도 지겹게 생명을 이어가는 우리 가족들에 대한 일종의 신랄한 풍자가 아니었을지. 밤늦은 시간이 되면 아이스케이크 장사를 시작한 동생이 새까만 손에 몇 닢의 동전을 쥐고 기어들어오곤 했다. 시장이 철시하고, 통금 예비 사이렌이 울리고, 맞은편 편물점에서 들려오던 라디오 소리도 그치고 나면, 시장골목 저쪽에서부터 들려오는 소리가 있었다. 다락방에 누운 채 술에 취해 돌아오는 아버지의 노랫소리와 어지러운 발소리를 듣고 있노라면 내 가슴은 급하게 뛰기 시작하는 것이었고, 우리 가족 중에 가장 먼저 죽어야 할 사람이 있다면 그건 바로 아버지일 거라고 되뇌이곤 했었다.

"도대체 무슨 일이니? 왜 여기 나와 있어?"

누나가 숨이 턱에까지 차서 바쁜 걸음으로 골목을 걸어오다가 나를 보고 급하게 묻는 말이었다.

"엄마 전화 받고 왔다. 무슨 일이냐고 물어도 대답은 않고 그냥 빨리 와보란 소리만 하시는 거야. 가게 문 열어놓고 그냥 달려왔어."

누나는 여학교 정문 앞에서 아이들 상대의 조그만 분식집을 하고 있었다. 나는 그간의 경과를 대충 이야기했다. 그때 구멍가게의 유리문이 열리고 소주병을 양손에 하나씩 든 그가 걸어나왔다.

"저 사람이니?"

절룩거리며 다가오는 그의 어두운 그림자를 보며 누나가 속삭였다. 그는 대문 한켠에 서 있는 우리들을 거들떠보지도 않고 집으로 들어갔다.

"이리 좀 와보소."

마루문을 열고 들어가 바닥에 주저앉더니 어머니를 불렀다.

"인제 내가 와 이 집에 찾아왔는가 용건을 얘기하꾸마."

그는 이빨로 소주병을 땄다. 어머니가 김치 그릇과 소주잔을 내어놓기도 전에 병 주둥이가 그의 입 안에 수직으로 세워져 들어갔다.

"나 오늘 여기서 제사 좀 지내야 되겠심다."

"제사라니 누구 제사 말인가?"

"내가 남들처럼 삼십여 년 만에 만난 아부지 얼싸안고 울라고 왔는 줄 아능교? 천만에 말씀이라요. 오늘이 섣달 열엿새, 우리 어무이 제삿날이요. 우리 어무이도 엄연히 이 집 귀신인데, 저 영감 살아 있을 때 한 분이라도 제사를 지내야제. 저 영감 손으로 잔이라도 올려야제. 싫다 해도 내가 억지로라도 손에 쥐어서 올리게 할 끼구마."

"글쎄, 제사도 좋고 다 좋으네. 맺힌 기 있으모 풀어야제. 그렇지만 너무 원수 갚듯 하지 말고 좋은 낯으로 얘기하세. 술도 그만 마셨으면 좋겠구마는."

"술 안 마시고 우째 내가 여기까지 오겠능교. 오늘 같은 날 우째 좋은 낯으로 맨정신 채리고 있겠능교."

그의 투박하고 거친 손이 술병을 들어 잔에 따르더니 단숨에 입 안으로 털어넣었다.

"어무이 제사가 아니라면 나 찾아오지도 안 했심다. 내가 와 여기를 와? 무신 정을 나눌라꼬? 그런 기 눈꼽만치라도 있었으면 와도 벌써 왔제. 나는 벌써 몇 달 전부터 다 알고 있었구마. 치안본부에 컴퓨타 조회까지 해보고 우리 아부지라는 사람이 이 하늘 밑에 살아 있는가, 어디서 우째 사는가를 다 알아봤는기라. 부도 내고 쓰러졌다는 소리도 들었구마. 그래서 내가 온 기라요. 죽기 전에 우리 어무이 제사 한 분 지내주고 가야제. 그런다고 구천에 있는 사람이 만분지 일이라도 원을 풀 수 있을랑가는 모르지만."

"잠깐만요, 나도 한마디 합시다."

그때 누나가 앞으로 나앉으면서 입을 열었다.

"먼저 내 소개부터 해야겠군요. 내 이름은 연숙이에요. 출가외 인이라지만 엄연히 이 집 딸이에요. 댁에…… 아니, 어떻게 불러 드릴까요? 오빠라고 불러드릴까요?"

야무지게 늘어놓는 말투에 그는 조금 놀란 듯 붉어진 두 눈을 디룩거리고 누나를 보았다.

"어쨌든 좋아요. 엎어치나 메어치나 오빠는 오빠니까, 오빠라 고 불러드리죠. 우리 갖출 건 갖추고, 얘기할 건 합시다."

"시끄럽다. 얘기할 게 뭐가 있노. 니가 나설 자리가 아이다."

"나 전화 받고 얼마나 놀랐는지 아세요, 엄마? 아버지 돌아가 시는 줄 알았다구요. 그러지 않아도 요즘은 전화벨 소리만 들어 도 경기하는 애처럼 깜짝깜짝 놀라는데. 아이고, 숨이 차고 가슴 이 떨려 말이 안 나오네."

나는 누나의 얼굴이 흥분으로 달아오른 것을 보았다. 어릴 때 부터 남에게 지기 싫어하는 악착같은 성미였었다. 직장 생활을 시작한 지 얼마 되지 않아 곧 결혼했는데 뜻밖에 매부는 첫눈에 도 좀 건달처럼 보이는 남자였다. 그 후에 사느니 못 살겠느니

하여 몇 번 우여곡절을 겪더니 지금은 아주 착실한 운전기사가 되어서 개인택시 면허가 눈앞에 걸린 모양이었고, 누나는 두 아이를 키우면서도 분식집을 해나가고 있었다.

"나 잘은 모르지만 오빠 심정 이해할 수 있을 것 같아요. 하지만 삼십 몇 년 만에 찾아와서 꼭 이런 식으로 하셔야겠어요? 남들처럼 포옹하고 만세 부르고 울지는 못할망정 제사니 뭐니 하시니 정말 섭섭한 맘이 드는군요."

그는 누나의 얼굴을 멀뚱히 쳐다보더니 버릇처럼 술잔을 더듬어 쥐었다. 그의 거칠고 흠집이 많은 커다란 손과 작은 소주잔은 묘하게도 아주 친숙하게 어울리는 것 같았다. 그가 좀 힘이 풀린 소리로 말했다.

"나 너거들하고는 할 말이 없다."

"난 할 말이 많아요. 자꾸 우리 어무이, 우리 어무이 하시는데요. 우리로선 듣기가 거북하네요. 우린 뭐 고생 안 하고 호강하며 산 줄 아세요? 우리 엄마 저 얼굴 좀 보세요. 누가 예순도 안 된 얼굴이라 하겠어요?"

"그걸 와 나한테 얘기하노? 그것까지 내가 책임져야 하나? 이집에 들어와서 고생하며 살아달라꼬 내가 부탁이라도 했다 말이가?"

"오빠나 우리나 다를 게 없다는 말이에요. 그러니 빚 받으러 온 것처럼 너무 그러지 마시란 거예요. 이제 빚쟁이라면 아주 질렸다구요. 죽은 사람은 죽은 걸로 끝이지만 산 사람은 목숨이 붙어 있는 한 싫어도 살아야 해요."

"뭐라 캤노? 죽은 사람은 죽은 걸로 끝이다꼬? 그러이 너무 빚쟁이맨쿠로 굴지 말라꼬?"

술에 취한 얼굴이 더욱 검붉어지며 그는 소주잔을 쥔 손을 부들부들 떨었다.

"야, 죽은 사람 사정을 우예 알고 니가 그런 소리 하노? 사람 목숨을 뭐하고 바꿀 끼고? 말똥에 굴러도 이승이 좋다는 말도 못 들었나? 세상 사람이 무신 소리를 해도 너거는 그런 소리 못 한다. 너거 목숨은 우리 어무이 목숨하고 바꾼 기다. 우리 어무이 안 죽었으모 너거가 우째 세상 구경을 했을 끼라고 함부로 입을 놀리노."

그는 감정을 억제하지 못하고 손바닥으로 마루를 치며 소리를 질렀다. 그러나 누나도 지지 않고 목소리를 높였다.

"왜 말을 못해요. 우리가 무슨 죄가 있어 말을 못해요. 오빠 뭐 큰소리칠 권리라도 가졌다는 거예요? 오빠 억울하게 죽은 목숨을 한 사람밖에 모르는 모양인데요."

나는 누나가 왜 그토록 흥분을 하는지 알 수가 없었다. 전에 없이 상기된 얼굴로 지지 않고 대드는 것이었다. 어쩌면 지금까지 빚쟁이들에게 받았던 온갖 수모와 울분을 한꺼번에 터뜨리고 있는지도 몰랐다. 누나는 어머니의 손을 뿌리치며,

"가만있어 보세요, 엄마. 할 말은 해야죠. 엄마도 죄 지은 사람처럼 그러고 계시지만 말고 말씀 좀 하세요. 우리 외삼촌이 어떻게 돌아가셨는가, 누구 때문에 억울하게 돌아가시게 됐나를 얘기하시라구요."

"참말로 못할 소리가 없다. 인지 와서 그런 소리를 해서 우짜 겠다는 기고."

"왜 못해요. 이야기가 이쯤 됐으니 알 건 다 알아야죠. 그럼 내가 얘기해드릴까요, 오빠?"

누나가 그의 얼굴을 똑바로 쳐다보며 말했다. 그녀의 서슬에 그는 좀 당황한 듯했다.

"나도 내 눈으로 본 건 아니지만 여기 증인이 계시니까 틀림없어요. 원래 아버진 돌아가신 우리 외삼촌과 아주 막역한 친구였다고 그래요. 함께 좌익인가 뭔가 쉽게 말하면 빨갱이짓을 했다는 거죠. 우리 아버지 빨갱이짓 하신 거야 알 사람 다 아니까 이젠 숨길 것도 없죠, 뭐. 그런데 육이오가 나던 해 빨갱이란 빨갱이는 다 잡아들인다고 해서 두 분이 어딘가에 숨어서 피신을 하고 있었는데 어떻게 알았는지 경찰이 들이닥쳤다는 거죠."

그 이야기는 언젠가 나도 들은 적이 있었다. 은신처에서 두 사람이 붙잡혔는데, 무슨 이유에선지 외삼촌은 처형이 되고 아버지는 목숨을 건졌다는 이야기였다. 그러나 그것은 내가 이 땅에 태어나지도 않았던, 태어날지 어쩔지도 알 수 없었던 때의 일이었으므로 마치 소설 속의 이야기처럼 별로 실감을 느끼지 못했던 것으로 기억한다. 더구나 그 이야기가 이런 자리에서 이런 식으로 되풀이되리라곤 한 번도 상상하지 못했던 것이다.

"누군가 경찰에게 밀고를 했다는 거예요. 오빠 그게 누구라고 생각하세요?"

그는 질문의 뜻을 이해하지 못하는 것처럼 잠자코 누나의 얼굴을 쳐다보고 있었다. 그러자 누나가 덧붙여 말했다.

"아니, 오빠의 어머님이 왜 그때 쫓겨가듯 친정으로 가셔야 했을 거라고 생각하세요?"

그는 여전히 아무 말도 하지 않았고, 그래서 그가 누나의 이야기를 알아들었는지조차 짐작할 수가 없었다. 그러나 나는 그의 눈자위에서 빠르게 술기가 걷혀가는 것을 보았다. 한참 만에 그가 목쉰 소리를 내었다.

"지금 무신 소리를 하는 기고."

"무슨 소리긴요. 들으신 대로예요. 나중에 전쟁이 끝난 뒤 아버지는 우리 어머니하고 결혼을 하셨어요. 그리고 우리 외숙모는 지금까지 홀로 계시면서 아버지 얼굴도 모르는 자식들을 키웠어요."

술잔을 쥔 그의 손이 경련하듯 떨리고 있었다. 그리고 그 경련이 점점 빈도를 더해가면서 그가 무슨 말인가 꺼내려 했을 때였다. 갑자기 요란한 소리가 들려왔다. 우리는 깜짝 놀라 일어섰다. 방문이 벌컥 열리고 아버지가 문간에 쓰러져 있었던 것이다. 부축을 받지 않고는 돌아눕기도 힘들어하던 병자가 온몸을 끌며 방문까지 기어나와 있었다.

"마, 마, 마, 망할……년……"

아버지는 가슴을 펄떡거리며 누나를 노려보았다.

"니, 니, 니가 뭐, 뭐, 뭔데 그, 그 따위 소, 소, 소리를 하, 함부로…… 아, 알지도 모, 못하면서……"

아버지는 거칠게 숨을 몰아쉬며 토막토막 말을 뱉어내었다.

"제……제……제사…… 주, 주, 준비해라."

혀뿌리에서부터 부서져 나오는 아버지의 그 말을 모두 알아들었지만, 아무도 뭐라고 반응을 보이는 사람이 없었다. 너무 뜻밖의 말이었던 것이다.

"뭐, 뭐 하, 하고 이, 있노…… 제, 제사 주, 준비 하, 하, 하라는데."

"참, 아버지도."

마지못해 누나가 입을 열었다.

"제사는 뭐 저녁밥 차리듯이 하는 줄 아세요? 지금 갑자기 어떻게 준빌 해요?"

"그, 그, 그래서 모, 모, 못하겠다는 기가?"

아버지는 무섭게 일그러진 얼굴로 우리를 노려보고 있었다. 지난날 언제나 그랬던 것처럼, 우리는 아버지의 말을 거역할 수가 없다는 것을 알았다. 제사 준비는 그렇게 오래 걸리진 않았다. 그가 자신이 가져온 커다란 검정색 비닐 가방을 열고 신문지로 싼 물건들을 하나씩 꺼냈는데, 우리는 놀랍게도 그것이 제사에 쓸 과일이며 고기 종류인 것을 알았다. 떡과 전 부친 것도 있었고, 심지어 양초 두 자루와 향까지 꺼내놓았다. "우리도 조상 기리고 사는 사람들일세. 뭘 이런 것까지 다 들고 왔나. 가방만 무겁지." 신문지를 풀어 그것들을 늘어놓으면서 어머니는 그렇게 말하다가,

"자네 집식구가 솜씨 하나는 깔끔한 것 같네."

하고 치하를 해주었다.

마루 한쪽에 제상을 마련하고 그 뒤로 병풍을 둘렀다. 아버지는 마루문에 몸을 기대고 앉아 제기가 놓일 자리를 하나하나 지시하고 있었다.

"지, 지, 지방(紙榜)은…… 주, 준비가 아, 안 되었나?"

그가 마지막으로 가방 밑바닥에서 물건을 꺼내놓았다. 사진틀이었다. 그것이 수저가 놓여진 뒤쪽으로 세워지자 아버지는 잠깐 망연한 표정을 짓더니 곧 "햐, 햐, 향 피워라" 하고 지시했다. 그는 제상 앞에 꿇어앉아 향을 피웠다. 좁은 마루는 금세 향냄새로 가득 채워지면서 무겁고 고즈넉한 분위기로 가라앉았다. 낡은 사진을 얼굴 부분만 확대해서 만든 탓인지 사진틀 속의 얼굴

은 선명하지 못했다. 혼례를 치르는 신부의 모습으로 족두리를 머리에 얹은 모습이었는데 두 눈은 무엇에 깜짝 놀란 듯 동그랗게 뜨고 있었다. 구식 사진기의 마그네슘이 터지는 것에 놀란 것일까. 내 나이보다 훨씬 어리고 앳되어 보이는 얼굴이었다.

"자, 자, 잔 이, 이리 다고……"

그가 먼저 절을 하고 잔에 술을 따르기 위해 제상 앞에 꿇어앉자 아버지가 말했다. 그가 잔을 아버지에게 가져가면서, "니가 잡아라" 하고 내게 말했다. 나는 술잔 하나의 무게를 감당하지 못해 덜덜 떨고 있는 아버지의 손을 잡아드렸다. 그가 술병을 기울여 술을 따르자 아버지는 잔을 조금 들어올리는 시늉을 하더니 다시 형에게 인계했다.

"저, 저, 절 해, 해라…… 너, 너, 너거들도……"

아버지가 누나와 내게 말했다. 누나는 내게 잠깐 묘한 표정을 지어 보이더니 곧 손을 이마에 대고 얌전하게 시선을 내리깔면서 무릎을 굽히기 시작했다. 우리가 엎드렸다가 일어설 때마다 촛불에 비친 그림자들이 벽 위에서 크게 일렁거렸다.

"하, 하, 하…… 한 번…… 더……"

나는 아버지의 숨소리가 점점 거칠어가는 것을 알았다. 마치 힘겨운 노동을 하듯이 숨을 헐떡이면서도 그러나 아버지는 고집스럽게 마루문에 기대어 앉아 우리들에게 까다로운 제례의 순서를 하나하나 지시하고 있었다.

"무, 무, 묵념 해, 해라."

그가 숟가락을 밥그릇 가운데다 꽂았다. 우리는 마룻바닥에 오래 엎드려 있었다. 냉기가 무릎 관절을 날카롭게 찔러왔고 나는 몸이 조금씩 떨려오는 것을 참으며 "그만" 하는 아버지의 지시를 기다리고 있었다. 고개를 들어 제상 위 값싼 나무 액자 속에 든 여인의 얼굴을 주시했다. 세월의 무게를 켜로 뒤집어쓰고 여인은 여전히 놀란 듯한 표정으로 우리를 보고 있었다.

문득 어디선가 숨 죽여 흐느끼는 울음소리가 들려왔다. 그것은 처음에는 안으로 꾹꾹 눌러 담는 듯한 소리이다가 차츰 서럽게 풀어지고 있었다. 그 울음의 주인공이 다름 아닌 마루 끝에 돌아앉아 있던 어머니라는 것을 알자 나는 조금 놀랐다.

지금까지 나는 한 번도 어머니가 우는 모습을 본 기억이 없었다. 내가 어렸을 때 아버지는 술에 취해 들어와 어머니를 구타했었다. 밥상을 집어던지며 입에 담지 못할 온갖 욕설과 함께 어머니의 머리끄덩이를 잡고 이리저리 끌었지만, 그러나 언제나 어머니는 아무 저항이 없었고, 그저 "아야" "아이고, 아야" 하는 신음만 내뱉을 뿐이었다. 나는 아버지의 그 미친 듯한 폭행과 어머니의 침묵이 모두 이해할 수 없었다. 아버지는 어머니의 그 침묵이 더 견딜 수 없다는 듯이 "이 등신 같은 년, 이 등신 같은 년" 하고 소리를 지르며 쥐어박다가, 마침내 지쳐서 더 이상 때릴 힘조차 없어지면 "참말로 질긴 년이대이"라는 한마디를 뱉어놓고는 그 길로 나가버리는 것이었다. 아버지가 나간 뒤에도 어머니는 죽은 사람처럼 꼼짝 않고 쓰러져 있다가 한참 뒤에야 부스스 일어나 앉았다. 그러고는 방바닥에 어지럽게 널린 머리카락들을 재떨이에 주워 담고 태우기 시작했다. 동생과 나는 벽에 붙어앉아 그 마지막 순서, 머리카락이 타들어가는 소리와 매캐한 냄새, 그리고 허공으로 빨려오르는 그을음 등을 바라보고만 있었다. 그런데 그럴 때도 어머니는 한 번도 울지 않았던 것이다.

"정우야, 아버지 좀 봐."

누나의 다급한 목소리에 나는 고개를 들었다. 마루문에 기대어 앉아 있던 아버지의 몸이 어느샌가 바닥에 짚단처럼 힘없이 쓰러져 있었다.

"정신 차리세요, 아버지."

내가 달려가 안았을 때 아버지는 눈을 감고 입은 반쯤 벌려진 것이 거의 의식을 잃은 듯했다. 얼굴은 벌겋게 피가 몰려 있었고 양쪽 관자놀이에 어린애 손가락만한 굵은 핏줄이 불거졌는데, 입으로는 연신 풀무질하듯 거친 숨을 쉬고 있었다.

"아버지 눈 좀 뜨고 정신 차려보세요. 어떻게 해, 엄마. 이제 정말 일 치르는가 봐."

누나의 목소리는 어느새 울음을 담고 있었다. 그러자 선 채로 내려다보고 있던 그가 밀치고 들어섰다. 그리고 내게서 아버지를 받아 안더니,

"방에 가서 요 하나 갖고 오이소. 바닥이 찹심더."

고개를 들어 어머니에게 말했다. 침착하다 못해 당당하게 느껴지는 그의 말소리에 우리 모두는 비로소 정신이 드는 듯했다. 그러나 요를 마룻바닥에 까는 어머니의 손은 눈에 띄게 떨고 있었다.

"아버지, 제 말 들려요? 정신 좀 차려보세요."

요 위에 눕히고 난 뒤에도 변함없이 눈을 감은 채 가쁜 숨을 몰아쉬고 있는 아버지를 누나가 연거푸 흔들어대자 그가 말했다.

"그렇게 흔들어대모 명 재촉하는 거밖에 안 된다. 가만 눕히놓고 안정을 시키는 기 제일인 기라. 뇌졸중이라 카는 병에 대해서는 내가 조금 안다. 우리 외할무이가 이 병으로 세상 뜨셨으이께네."

"명 재촉하는 사람이 누군지 모르겠네. 그렇게 잘 아는 사람이

왜 이 지경이 되도록 속을 뒤집어놓았을까."

모진 음성으로 쏘아붙이더니 갑자기 누나는 소리를 높여 울음을 쏟아놓았다.

"아이고, 우리 아버지 정말 돌아가시는가 봐. 우린 이제 어떻게 해……"

누나의 울음은 북받치는 설움에서라기보다는, 어쩐지 내가 듣기엔 마치 이런 경우를 대비해 미리 준비하고 있었던 것처럼 거침이 없었다. 나는 문득 불쾌감 같은 것을 느꼈다. 어쩌면 그 불쾌감은 정작 이런 경우 아무것도 실감하지 못하고 어떻게 손을 써야 좋을지도 모른 채 앉아 있을 수밖에 없는 나 자신에게 향한 것인지도 몰랐다. 나는 어머니를 보았다. 어머니는 아버지 쪽은 보지도 않고 마루문의 유리창을 통해 바깥의 어둠에 하염없이 시선을 주고 있는 것이 차라리 다른 온갖 상념과 시름 속에 빠져 있는 듯했다.

아버지가 사업을 시작하게 된 것은 우리 고향 마을이 댐 공사로 수몰이 되고부터였다. 오래전에 이미 고향을 떠나왔지만, 그곳에는 조상이 남겨준 산이 있었다. 아무도 살 사람이 없는 돌산이라 이제까지 한 번도 우리 가족의 가난을 덜어줄 힘이 되지 못했지만, 막상 물에 잠기게 되자 거액의 보상금을 받게 되었던 것이다. 그 보상금을 안전한 방법으로 관리하면서 우리 가족의 길고 긴 가난을 청산할 수도 있었을 텐데, 무슨 이유에선지 아버지는 갑자기 사업을 하겠다고 나선 것이었다. 터무니없는 생각이었지만 우리는 아무도 말리질 못했다. 아마 사업에 수완을 가졌다는 많은 사람들이 아버지 주위로 몰려들었을 것이다. 어쨌든 처음 시작할 때 사업에 대한 아버지의 집념은 놀랄 정도였었다.

그 사업이라는 것은 미국 물건을 들여와 국내에서 파는, 말하자면 수입 총판 같은 것이었다. 군대에서 첫 외출을 나왔을 때 나는 남대문 시장에 있는 아버지의 사무실에 가본 일이 있었다. 벌거벗은 미국 여자가 온몸에 비누거품을 묻히고 목욕을 하는 선전 포스터가 벽을 가득 채우고 있었는데, 그 밑에서 회전의자를 타고 앉은 아버지의 구부정하게 늙은 모습은 내가 보기엔 아무래도 어울리지 않았다. 그러나 아버지는 아주 전망이 밝은 사업이라고, 문제는 자금인데 자금만 있으면 땅 짚고 헤엄치는 장사라고 전에 없이 자신만만한 표정으로 말했고, 자본주의 사회의 경제 구조와 그 맹점에 대해 열변을 늘어놓으시는 것이었다. 나는 하필이면 그 사업이란 것이 아버지가 그렇게도 욕하던 '미국 놈들'의 목욕 비누를 들여와 파는 것이라는 사실에 얼핏 납득이 가지 않았고, 아버지가 꿈꾸는 그 모든 것이 웬일인지 황당무계한 것으로만 여겨졌었다.

그 사업은 일 년이 되기도 전에 벌써 거덜이 나 있었던 것 같다. 그러나 아버지는 포기하지 않고 무리하게 사채를 당겨쓴 모양이었다. 나중에는 어머니를 앞세워 동네 사람들에게까지 고리의 이자를 앞세워 빌렸는데, 막상 부도가 나고 아버지가 쓰러지자 은행과 단자회사에서는 재빨리 담보물을 챙겼고 올 데 갈 데 없게 된 사람들은 바로 어머니의 말만 믿고 백만 원이나 이백만 원을 내어놓은 동네 사람들이었다. 그래서 집에 몰려와 울고불며 악을 쓰는 사람들은 골목 구멍가게, 세탁소집, 파출부를 나가며 전셋돈을 모아두었던 옆집 셋방 사람 등이었던 것이다.

어쩌면 아버지가 쓰러지고부터 우린 하루하루 아버지가 돌아가시길 기다리고 있었는지도 모르겠다. 아버지가 돌아가시면 법적으로 부채의 처리가 어떻게 되는지 나는 알지 못했다. 분명한 것은 어머니가 앞서서 빌려 쓴 우리 동네 사람들의 돈만은 언젠가는 갚아야 한다는 점이었다. 그것은 우리가 어딜 가더라도 따라다닐 빚이고, 바로 내게 짊어지워진 짐이라는 사실을 나는 잘 알고 있었다. 문제는 은행으로 넘어간 집이었다. 집은 경매에 붙여졌고, 이월 말까지는 비워주어야 했다. 그 날짜는 어느새 열흘 앞으로 다가와 있었다. 그러나 우리가 이 집에서 내쫓긴다면 가장 큰 걱정거리는 다름 아닌 아버지였다. 어머니는 누나의 집에 가서 가게 일을 거들거나 아이들을 봐주면서 있으면 될 것이었다. 동생은 벌써 오래전에 집을 나가 있었고, 나야 어디에선들 내 한 몸 해결하지 못하겠는가. 그러나 아버지가 반신불수의 병든 당신의 육신을 눕힐 곳은 아무 데도 없었다. 유일한 방법은 당신이 이 지상에서 몸소 물러가주시는 길밖에 없었던 것이다.

"우, 우……"

아버지의 입에서 무슨 소리가 흘러나왔다. 희미하게 눈꺼풀을 열고 입 언저리를 실룩거리면서 무슨 소리인가를 힘들여 만들기 시작했다.

"유언하시나 봐."

금세 울음을 그친 누나가 바싹 무릎을 당겨 앉았다.

"우, 우, 우……우지…… 마, 마, 마라……"

입 밖으로 빠져나오는 소리는 눈에 띄게 힘이 빠져 있어서 긴장하여 귀를 기울이지 않으면 알아듣기가 힘이 들 정도로 약했다.

"나, 나, 나…… 아, 아, 아직 아, 아, 안…… 주, 죽어……"

누나가 먼저 알아듣고 무안해서인지 안심이 되어선지 "아버지도 참" 하며 어이없다는 듯이 웃더니, 큰 소리로 말했다.

"그럼요, 아버지. 어떡하든지 오래오래 살으셔야죠. 됐어요. 정신 차리시니 됐어요."

"내, 내, 주, 주, 죽는다 캐도…… 우, 우, 울 거 어, 없다……"

아버지는 잠시 말을 멈추고 가쁜 숨만 몰아쉬었다. 그리고 눈을 이리저리 굴리며 완전히 마비되지는 않은 오른쪽 손을 꼼지락거리면서 주위를 더듬거렸다. 나는 아버지가 누군가를 찾고 있음을 알았다.

"더, 더, 더, 덕……수……야……"

다른 어느 것보다 발음하기 힘든 말을 하듯 한참이나 턱을 떨며 애를 쓰다가 마침내 그 이름을 입 밖으로 밀어내었다. 그러나 그는 대답하지 않았다. 그는 아버지의 오른쪽 손이 바로 자신의 무릎 앞에서 무엇인가를 잡으려는 듯 안타까이 꼼지락거리는 것을 내려다보고만 있을 뿐이었다.

"대답 좀 하세요. 그게 그렇게 힘이 드나요."

누나가 그의 귀에다 재빨리 속삭이더니 그의 손을 잡아 아버지의 명태처럼 깡마른 손 위에 가져다놓았다. 뼈만 남은 긴 손가락이 그의 마디 굵은 거친 손을 이리저리 더듬었다. 아버지는 여전히 눈을 허공으로 굴리며 다시 힘겹게 턱을 떨기 시작했다.

"지, 지, 지……금 어, 어, 어데서 사, 살고 있노……"

"개봉동에서 삽니더, 영등포요."

"어, 어, 어데……라……꼬."

"영, 등, 포요."

"바, 밥은 아, 아, 안 구, 굶나?"

"열심히 뛰어댕기모 밥은 안 굶도록 돼 있십니더. 호강은 몬 시키도 처자식 밥은 안 굶기고 살라는 기 내 평생 맹셉니더. 사우디도 갔다 왔십니더. 큰놈은 중학생이고 작은놈은 올 봄에 중학에 들어가는데 두 놈 다 공부를 곧잘 합니더."

그는 아버지에게 자신의 손을 맡긴 채 남의 말 하듯 억양 없는 목소리로 말했다. 아버지의 눈은 여전히 허공을 향해 있었는데, 눈가의 짓무른 살가죽이 가늘게 떨리고 있었다. 나는 그 살가죽 위로 물기 같은 것이 번져가는 것을 보았다.

"다, 다, 다리는…… 우, 우짜다가……?"

"남의 나라 전쟁에 가서 다쳤십니더. 이거 때문에 아아들 학비는 덕을 좀 봅니더."

"다, 내, 내, 내…… 자, 잘못이다…… 너, 너, 너거한테 하, 할 말이 없다……"

진득한 눈물이 촛농처럼 귀밑까지 흘러내렸다. 누나가 코를 훌쩍이며 다시 흐느끼기 시작했다.

"시, 시, 실패……하, 한 인생이다…… 나, 나보고 빠, 빨갱이라 카, 카는데 시, 실패한 빠, 빨갱이다. 자, 자, 자본주의 사, 사회에서 사, 사십 년을 사, 살면서…… 겨, 결국 이, 이것도 아, 아니고 저, 저것도 아, 아니면서 너, 너, 너거들만 고, 고생 시, 시켰다."

숨이 가쁜 듯 아버지는 잠시 말을 쉬었다.

"너……너거 어, 어마이가 미, 미, 밀고를 했느니 뭐니…… 하, 하는 소, 소리…… 귀담아 드, 듣지 마라. 사, 사, 사람이 너무…… 차, 착해서…… 그, 그저 나, 날 사, 살리겠다는 요, 욕심 때문에…… 내, 내가 쪼, 쫓아 보, 보낸 것도 미, 밀고니 뭐, 뭐니 때문이 아, 아니고…… 그, 그저 미, 미, 밉어서였다. 와 그, 그러키 미, 밉어해, 했는지…… 차, 착한 거, 것도 미, 밉고 나,

나를 이, 이, 이해하지 모, 못하는 무, 무식이 밉고 그, 그저 보, 보, 봉건적인 그 자, 자체가 미, 밉었는지…… 사, 사, 사……사이비였다. 하 하, 한 여자도 사, 사, 사, 사랑하지 모, 모, 못하면서…… 우, 우째 이, 이, 인민을 사, 사, 사, 사, 사랑한다꼬…… 그…… 그거 버, 벌써 자, 자, 잘못된 기……라……"

나는 놀랐다. '사랑'이란 단어는 대단히 흔해빠진 말이지만 그것을 아버지의 입을 통해 이런 식으로 듣게 될 줄은 몰랐던 것이다. 어렸을 때, 어머니를 미친 듯이 구타하고 나간 다음에는 아버지는 며칠씩 집에 들어오지 않았다. 짧게는 사오 일, 어떤 때는 보름씩이나 들어오지 않았는데 아버지가 들어오지 않는 날이 길수록 우리 형제에게는 좋은 일이었다. 그러다가 어느 날이면 어머니는 우리를 불러 보자기에 싼 반합과 주둥이를 신문지로 틀어막은 주전자를 내어놓으며 이렇게 시키는 것이었다.

"이거 들고 삼거리에 있는 동해여관으로 가거래이. 들어가서 김종만 씨 찾으러 왔다 카믄 어느 방인지 일러줄 끼다."

김종만 씨는 아버지의 성함이었다. 동생과 나는 주전자와 반합을 나누어 들고 여관을 찾아갔다. 우리는 뜨끈뜨끈한 쌀밥이 반합에, 그리고 구수한 냄새를 풍기는 동태국이 주전자 속에 들어 있음을 알고 있었고, 무엇보다 우리들이 가는 심부름이 무엇을 뜻하는가를 잘 알고 있었다. 다시 집에 들어오실 때가 되면 아버지는 아마 당신의 소재를 어떤 방법으로든 알리셨을 것이다. 그리고 우리를 그곳까지 보내는 것은 그것에 대한 어머니의 응답이었던 것이다.

시장골목에서 살 때의 일이었다. 어느 날 한밤중에 깨어나서 가겟방에서 들려오는 이상스런 소리를 엿듣게 되었다. 한참 만에야 나는 그것이 무슨 소리인가를 깨달았다. 쉴 새 없이 부스럭대는 소리, 숨 가쁘게 고조되어가는 거친 숨소리, "사랑해, 사랑해" 하는 아버지의 술에 취한 소리, "아아들이 깨는구만, 아아들이 깨는구만" 하고 되뇌이기만 하는 어머니의 숨 죽인 목소리. 그것이 내가 처음이자 마지막으로 확인한 아버지와 어머니의 동침이었다. 나는 온몸에 소름이 돋아올랐고, 밤새 두 귀를 틀어막고 이를 갈지 않으면 안 되었다. 그러나 그 이튿날 아침 밥상머리에서 어머니를 보았을 때, 언제나 그랬던 것처럼 어머니는 아버지를 약간 외면한 자세로 냉랭한 표정을 짓고 있었지만 그 얼굴은 숨길 수 없는 윤기로 빛나고 있었던 것이다. 나는 왠지 그 윤기가 무섭고 섬뜩하게만 느껴졌고, 어머니가 불현듯 낯선 존재로 내 손이 닿지 않는 어떤 세계, 끈적끈적한 땀이 있고, 어둠 속에서 눈 부릅뜬 적의가 있고 피고름과 같은 미움과 학대가 있고, 그리고 '사랑'이라는 단어까지 있는, 도저히 이해할 수 없는 어떤 세계에 속해 있다는 절망적인 심정에 빠져야 했던 것이다.

죽이고 싶다. 죽이고 싶다. 죽이고 싶다…… 동생의 책상 서랍에서 무수한 살의가 잔혹하게 판각된 일기장을 발견했을 때, 나는 그것들이 구체적으로 누구를 향한 것인지 알지 못했다. 그러나 하나의 예감처럼 나의 온몸을 뚫고 지나가는 충격은 동생 역시 우리 가족의 그 죽음보다 답답한 고통의 관계에서 벗어날 수 없구나 하는 참담한 심정이었다. 동생은 고등학교 1학년을 다 채우지 못하고, 그 무서운 살의를 남겨놓은 채 집을 나가버리고 말았던 것이다. 그리고 지금까지 돌아오지 않았다.

"더, 더, 덕수야……"

아버지가 다시 그를 불렀다.

"니, 니, 니하, 한테…… 부, 부, 부탁이 이, 이 있다……"

아버지는 아들의 손을 잡은 손가락을 쉴 새 없이 꼼지락거리고 있었다. 그러나 아버지의 손가락은 힘이 풀려 있어서 더 움켜쥘 수가 없었고, 그 역시 아까부터 손을 내맡긴 자세 그대로 빼내오지도, 아버지의 손을 힘있게 잡아주지도 않았다.

"나, 나, 나, 날…… 좀…… 데, 데, 데려가 다, 다……고."

아버지가 마비된 혀를 억지로 놀려 입 밖으로 뱉어내고 있는 말이 무엇인지를 깨닫자 우리 모두는 깜짝 놀랐다.

"너, 너……너거 지, 집으로……"

"참 할 소리가 따로 있지. 망녕은 안 든 줄 알았더이만. 너무 귀담아 듣지 말게. 기가 허해서 하는 소리이께네."

어머니가 혀를 차며 말했다. 아버지는 대답을 기다리는 것처럼 허공을 향해 허옇게 눈을 치켜뜨고 있었지만, 그러나 그는 묵묵히 앉아서 아무 대답도 하지 않았다. 나는 그가 지금 무슨 생각을 하고 있는지 알 수가 없었다. 그는 자신의 손을 힘주어 잡으려는 헛된 노력을 계속하고 있는 아버지의 나뭇가지처럼 깡마른 손을 오랫동안 내려다보고 있을 뿐이었다. 그러자 나는 그의 손이 천천히, 그러나 힘있게 아버지의 마른 손을 움켜잡는 것을 보았다.

"좋십니더."

그가 말했다.

"나하고 가입시더. 지금 당장 가입시더."

그의 말은 너무 뜻밖이어서 우리는 도리어 어이가 없었다.

"우째 그럴 수가 있나. 그렇기 해서는 안 되네."

"와 안 됩니꺼. 아무 소리도 마시소. 나도 사정 다 알고 왔십니더. 내가 모시고 갈 테이께네 지금 당장 준비해주이소. 나 택시 잡아오겠심더."

그가 먼저 자리에서 일어섰다. 그러나 우리는 어찌할 바를 모르고 있었고 무시해도 좋을 농담이라도 들은 것처럼 아무도 움직이는 사람이 없었다. 내가 그의 팔을 잡았다.

"택시는 나가면 금방 있습니다. 그것보다 형님, 형님 뜻은 알겠습니다만……"

나는 처음으로 그를 형님이라고 불렀다.

"어렵게 따질 거 없다. 내가 모시고 가는 기라. 이 말밖에는 할 기 없다. 무신 말이 더 필요하노?"

나는 내 손에 잡힌 그의 팔에서 전해지는 근육질의 딱딱한 움직임을 느꼈다. 그리고 그의 마음을 돌릴 수 없음을, 내가 그를 도저히 이길 수 없음을 깨달았다. 어쩌면 그가 이 모든 것을, 일이 결국 이렇게 되고 말리라는 것을 미리 예상하고 있었던 것이 아닐까 하는 생각이 문득 들었던 것이다.

그러나 우리가 막상 집을 나선 것은 그로부터 삼십 분이 더 지나서였다. 내가 아버지를 업고, 그가 가방을 들고 뒤따랐다. "아버지." 누나가 울음을 터뜨리며 매달렸다. "이렇게 가시는 거예요? 정말 이렇게 가시는 거예요?"

"아주 떠나시는 길도 아인데 그렇기 우는 거 아이다." 의외로 어머니의 목소리는 침착했다. "야가 집 알아오문 곧 찾아가겠네. 참말로 면목이 없고 사람 도리가 아인 것 같네."

"우리 아무 말도 마입시더." 그가 어머니의 손을 잡았다.

나는 조심스레 발걸음을 떼어놓기 시작했다. 언제부터인가 눈이 내리고 있었던 것이다. 골목 끝 전신주에 걸린 외등의 불빛 속으로 날벌레처럼 어지러이 날리는 눈발은 시리도록 선연한 흰 빛이었다. 허공을 향해 얼굴을 치켜들었을 때 눈발이 가득 찬 하늘은 마치 동이 트는 것처럼 밝아 보였다. 어떤 눈송이는 떨어지는 대신 깃털처럼 날아오르려고 애를 쓰고 있었다. 또 어떤 것은 한자리에 머물러 분노에 찬 얼굴처럼 공중에 눈 흡뜨고 떨며 떨며 사라지지 않았다.

"이름이 정우라 캤나."

그가 가까이 다가와서 말을 건넸다.

"아까 처음 볼 때부터 느꼈는데, 참 아부지 마이 닮았다."

나는 형님이 더 닮으셨습니다, 라는 말을 하려다 말았다. 그가 말없이 웃었다. 사람 좋아 보이는 너그러운 웃음이었다. 나는 가슴이 뿌듯해오는, 그리고 무엇인가 급하게 해야 할 일을 생각해냈을 때와 같은 설렘을 느꼈다. 나는 남해안 어느 공업단지에 있다는 동생을 생각했다. 집을 나간 후 한 번도 본 적이 없는 동생이었다. 내일이라도 그에게 찾아가리라고 생각했다. 그리고 집의 문제든, 복학의 문제든, 내가 짊어지고 가야 할 부채의 문제든 그 다음에 생각하기로 하자. 나는 알 수 없는 조바심 같은 것이 가슴속에 물결치는 것을 느꼈다.

택시를 잡으려는지 그가 절룩거리며 서둘러 걸어 내려가고 있었다. 아버지는 어린애처럼 편안하게 내 등허리에 얼굴을 묻고서 당신의 체중을 온전히 내게 맡기고 있었다. 어깨에서부터 등허리까지 무겁게 전해오는 아버지의 체중을, 나는 그것이 아버지가 아버지임을 말해주는 유일한 증거이기라도 하듯이 한 발짝 한 발짝을 아주 힘주어 떼어놓고 있었다.

(『창작과비평』, 1985)

소지(燒紙)

"할머니, 할머니. 큰일 났어."

타는 듯이 붉은 갑사(甲紗) 옷감에 오래도록 눈을 박고 있어서인가, 바느질감을 손에서 놓고 고개를 든 그녀는 눈앞이 횡하게 비워지는 듯한 어지럼증을 느꼈다.

"우리 아파트 앞에 수상한 사람이 와 있어. 수상한 사람이 삼촌 잡으러 왔어."

그녀는 제대로 눈을 뜰 수가 없었다. 베란다를 타넘고 들어온 햇살이 아이의 등 뒤에서 바늘끝처럼 눈을 찔러왔던 것이다. 아래층에서부터 한달음에 뛰어와 가쁜 숨을 씨근대는 아이의 얼굴은 어두운 그림자처럼 눈앞에서 어른거리기만 할 뿐 얼른 시선에 잡히지 않았다.

"그…… 그기 무신 소리고?"

"나보고, 너 402호에 살지 하고 묻더니, 니네 아빠 이름 김성국이지. 그러구, 니네 삼촌은 김성호지 하고 물었어. 그러더니 삼촌에 대해서 꼬치꼬치 캐묻잖아. 이리 와 봐, 할머니. 베란다로 내다보면 보인단 말야."

아이가 흥분해서 그녀의 팔을 잡아 일으키고는 먼저 베란다로 달려가 쇠난간 사이로 눈을 붙였다. 세발자전거만 끌어도 따글따글 소리가 날 만큼 온통 시멘트로 덮인 아파트 길바닥에는 그러나 초가을 오후의 약간 기운 햇살이 눈을 쏘고 있었을 뿐 아무도 눈에 띄지 않았다.

"너 거짓말 했제? 늙은 핼미 놀릴라꼬."

"거짓말 아냐, 진짜야. 아까까지 있었단 말야. 그 사람 형사가 틀림없어, 할머니."

"벨 소리 다 한다. 형사가 와 오노. 누가 무신 죄가 있다꼬."

"어떤 애가 그러는데, 그 사람 주머니에 수갑 들어 있는 거 봤대. 수갑이 뭔지 알아, 할머니?"

"암만 캐도 우리 식이가 테레비를 너무 많이 봤는갑다."

그녀는 버릇처럼 바느질감을 끌어당겼다. 그러나 베란다 아래로 얼핏 내려다본 아파트 길바닥의 부신 햇살이 눈이 아리도록 박혀 사라질 줄 몰랐다. 참말로 벨일이대이, 그녀는 속으로 혀를 찼다. 연탄 가스에 취한 것처럼 사정없이 뛰기 시작한 가슴이 도무지 진정이 되지 않았던 것이다. 마치 눈앞에 어둡고 깊은 구멍이 뚫린 듯했고, 자신의 몸이 그 속으로 가무룩하게 빠져드는 것 같았다. 그녀가 놀란 것은, 자신을 집어삼키는 그 아득한 두려움이 오랜 세월 동안 까맣게 잊고 있었지만 그러나 한 번도 자신의 몸 한구석을 떠나지 않고 있었던 것처럼 너무나 생생하고 낯익은 것이었기 때문이었다.

"거 봐, 할머니, 그 사람인가 봐."

그때 초인종이 울렸고, 아이가 겁먹은 얼굴로 그녀에게 매달렸다.

"누구로?"

꼭 잠긴 목안엣소리로 물었으나 대답이 없었다. 문은 잠겨 있지 않은데도 연거푸 초인종만 울려댔다. 그녀가 현관문의 렌즈 구멍에 눈을 붙이고 들여다보려 할 때에야 문이 비시시 열렸다.

"할마씨가 죽었나 살았나."

열린 문 틈으로 낯익은 허여멀쑥한 얼굴이 웃고 있었다.

"내가 못 올 데를 왔나. 와 산 사람을 송장 보듯 하노."

아닌 게 아니라 문을 열고 나타난 얼굴이 시누이가 아닌 다른 누구라 하더라도 그렇게 놀랄 수가 없었을 것이다. 한 달이면 두어 번은 찾아오는 시누이이지만, 입 한쪽이 흘러내리듯 헐거운 웃음을 띠고 있는 시누이의 얼굴은 오늘따라 이승의 것 같지 않게 섬뜩하게 느껴졌던 것이다.

"아이고 형님도. 안죽도 이런 걸 들고 앉았나."

방바닥에 두 다리를 뻗치고 퍼질러 앉으며 발치에 널린 바느질감을 보고 시누이가 말했다.

"이웃집에서 며느리 보는 혼수 옷이라고 부탁을 하길래 놓고 앉았으모 뭐 하나 싶어 들고는 앉았네만."

"인제는 이런 궁상 안 떨어도 되겠구만. 성국이 체면도 있고."

"안 그래도 성국이가 보믄 야단이 난다네. 인젠 늙어빠져 눈에 보이지도 않는 걸 며칠째 손때만 묻히고 있고마는."

큰아들은 그녀가 바느질을 하는 것을 싫어했다. 이십 년을 계속 해오던 삯바느질을 그녀는 이 아파트로 이사를 오면서 그만 두었다. 그러나 어떻게 소문이 났는지 가끔 옷감을 들고 찾아오는 이웃이 있었다.

"와 큰방에 기시지 않고. 넓고 밝은 델 놔두골랑 이런 콧구멍

102

같은 데서 무신 바느질을 한다꼬. 손가락에 실 꿰겠네, 원."

사실 그녀도 이 방이 관 속처럼 어둡고 답답하다고 느낄 때가 있었다. 그녀가 거처하는 작은 방은 창문이 조그맣게 서향으로 나 있어서 늘 침침하게 어두운 편이었다. 그녀는 그 방을 둘째아들인 성호와 함께 쓰고 있었다. 13평의 좁은 공간에 아홉 자 여섯 자짜리 방 하나와 마루, 부엌을 쪼개어내었고, 거기에다 그저 입내로 조그맣게 붙은 방이라 낡은 옷장 하나와 대학에 다니는 성호의 책상을 놓고 나자 모자가 돌아누울 틈도 없었다.

그녀는 며느리가 집을 나간 뒤로 큰방을 거의 쓰지 않았다. 그곳에 있으면 베란다로 난 넓은 문으로 햇살이 막힌 데 없이 쏟아져 들어와서 한결 속이 트이는 듯했지만, 성국이 출근하고 없는 낮 동안에도 그 방에선 엉덩이를 붙이지 않으려 했다. 며느리가 없는 방에 앉아 며느리의 손때가 묻은 화장대며 이불장 같은 세간들을 보고 있기가 싫었던 것이다.

"이눔 새끼야. 니는 우째 나만 보믄 피하노."

시누이는 아이를 향해 손을 내밀었다.

"자 고모할매한테 와봐라. 촌수가 달라서 그렇제 고모할매도 할매대이."

그러나 아이는 제 할미의 치마꼬리만 쥐고 있을 뿐, 걸음을 떼려 하지 않았다. 낯가림을 하는 아이는 아닌데, 이상하게도 제 고모할미만은 싫어하고 무서워했다. 시누이가 손가방을 열었다.

"이거 보이제? 우리 식이, 고모할매가 한분 안아보자. 빨리 오믄 이 돈 준대이."

그제야 아이는 비척비척 다가갔다. 돈을 받아들고 제 고모할미에게 안겨서도 쓴 약을 삼키듯이 얼굴을 찡그렸다. 시누이가 뺨에 얼굴을 들이대고 쩍 소리가 나도록 입을 맞추자, 아이는 입이 찢어져라 괴상한 소리를 지르며 달아났다. 수상한 사람이 있다고 떠들어대던 일은 까맣게 잊었는지 아이는 돈을 쥐고 신이 나서 뛰어나갔다. 계단을 쩌렁쩌렁 울리며 멀어지는 아이의 고함 소리에 귀를 맡기고 있다가 시누이가 입을 열었다.

"안죽도 소식이 없는 모양이제?"

"소식이 다 뭐꼬."

"요새 젊은 사람들은 참 알 수가 없네. 저런 자식을 내던지놓고 우째 잠이 지대로 오까. 무신 호강할 일이 있다꼬."

시누이는 소리 내어 혀를 찼다. 며느리는 성국이 일 년 남짓 지방 근무를 가 있는 동안 사귀었다며 데리고 들어온 여자였다. 밥을 대어먹던 부산의 어느 식당집에서 알았던 모양인데, 이미 배가 볼록하게 불러 있었다. 그녀는 기가 막혔지만, 그래도 한편으로는 없는 살림에 절차 없이 들어와 살 며느리를 얻은 게 다행이다 싶기도 했고, 이미 배가 부른 뒤라 떡두꺼비 같은 아들이나 낳아주었으면 하는 생각에서 별 소리 없이 받아들였던 것이다. 몸만 들어온 며느리인지라 이쪽에서 해줄 것도 없고 받을 것도 없었다. 아껴두었던 이불 한 채와 큰방을 내어주고, 성호와 함께 건넌방 거처를 시작했을 뿐이었다. 그러나 진작부터 집 안에 박혀 오래 살림을 할 여자가 아니었던지, 아이가 젖을 채 떼기도 전에 집을 나간 뒤 지금까지 소식이 없었다.

"그래도 아가 소견이 멀쩡한지 한분도 지 에미 이야기를 꺼내는 법도 없고……"

대꾸가 없어 돌아보자 시누이는 어느 틈에 앉은 채로 졸고 있었다. 한쪽 무릎을 세우고 그 위의 턱을 괴고 입을 반쯤 벌리고 있었는데, 이미 정신이 나간 얼굴이었다. 그녀는 혀를 찼다.

"가만 좀 있그라 보자."

시누이가 잠꼬대처럼 중얼거렸다.

"남우 집에까지 와서 졸라대모 우짜노. 염치는 무당집 떡자룰세."

반쯤 벌린 입술을 달싹거리며 중얼대고 있는데, 짜증스런 소리이긴 하지만 제 살붙이에게 하듯 허물없는 감정이 배어 있었다.

"그게 무신 소린가."

바늘귀에 꿰었던 실 끝이 자꾸 어긋나기만 해서 침침한 눈을 꿈벅거리고 있자, 어느새 깨어났는지 바늘을 빼앗아드는 시누이를 향해 그녀가 물었다.

"자네한테 뭘 졸라대기에 그러노."

"밥 달라꼬 그러잖나. 걸구신들이라 따라댕기며 졸라대는 통에 귀찮아 죽을 지경이대이."

실 끝에 침을 묻히며 시누이는 표정 하나 변하지 않고 버릇없는 제 자식 얘기하듯 했다.

"묵어도 묵어도 만족을 모르이 우애노. 밥 풀라고 주걱을 들고 앉았으모 엉머구리떼맹키로 몰려드는 통에 얼매나 성가신동 말도 못하제."

시누이가 이상한 증세를 보이기 시작한 것은 이삼 년 전부터였다. 죽은 사람의 혼백이 보인다는 것이었다. 귀신들이 산 사람과 다름없이 똑똑하게 보이고, 수작도 걸어온다는 것이었다. 그러면서 시누이는 때 없이 졸기를 잘했다. 밤낮 가리지 않고 더위먹은 닭처럼 비실비실 앉아 있으면 앉은 채로, 누워 있으면 누운 채로, 심지어 길을 가다가도 졸았고 잠꼬대 같은 헛소리를 내기도 했다. 그럴 때가 귀신들과 수작을 나눌 때라고 했다.

세상에 웬 귀신이 그렇게 많은지 아침에 일어나 부엌문을 열면 부뚜막에 귀신들이 빼꼭이 앉아 있고, 변소문을 열어도 귀신들이요, 대문을 나서도 귀신들이 발길에 차일 듯이 에워싸고 장난질하며 따라다닌다는 것이었다. 밤에는 머리맡에 몰려 앉아 있어서 잠을 제대로 잘 수가 없었다고 했다. 못 견디는 것은 본인뿐만 아니었다. 밤중에 자다가 보면 두런두런 얘기를 하고 있거나, 젖투정하는 어린애에게 하듯 짜증을 내거나 해서 자식들도 제 어미 곁에서 자기를 꺼려했다.

기도원이란 데를 들어가서 일주일 동안 금식 기도도 했고, 요양원에도 가 있어 봤지만 차도가 없었다. 병원에 얼마간 입원을 하기도 했지만, 의사들은 병명조차 제대로 대질 못했다. 언젠가 미아리고개에 용한 무당이 있다고 해서 불러다 굿을 하려던 적도 있었다. 그런데 그 무당이 방 안에 들어서서 자리보전을 하고 누워 있는 시누이를 바라보자 대뜸 한다는 소리가 "나 굿 못해여"였다. 왜 그러냐니까 "나보다 더한 무당인데 내가 그 병을 어떻게 고쳐" 하고는 쫓기듯 가버리더란 것이었다. 그런데 이상한 것은 그렇게 못 견뎌하던 시누이 자신이 차츰 시간이 지나면서 눈앞에 보이는 헛것들을 아주 자연스럽게 대하게 된 것이었다. 몸은 여전히 부대끼는지 잦아들 듯 자주 졸음에 빠지곤 했지만, 이젠 그 귀신들에게 산 사람 보듯 익숙해진 것이었다.

"참 내 정신 보게. 이러고 있을 때가 아닌데. 형님, 오늘은 내가 꼭 할 말이 있어서 왔다."

"무신 말인데?"

"근데 우선 내 말을 꼭 믿어야 한다. 안 믿을라믄 나 말 안 할

란다.”

“답답하기는. 무신 이야긴지 들어봐야 믿고 안 믿고 할 거 아
닌가.”

시누이는 선뜻 이야기를 시작하지 않았다. 그녀는 아무래도
오늘따라 시누이의 태도가 이상하다고 생각했다. 눈빛부터가 뭔
가 흥분해 있는 듯 이상스레 빛나고 있었다. 그녀는 왠지 아까부
터 자신을 감싸고 있던 아득한 두려움 같은 것에 가슴이 떨려왔
다. 눈이 시리도록 화사한 옷감의 빛을 받은 허여멀쑥한 시누이
의 얼굴은 진하게 분 바른 늙은 무당의 그것처럼 섬뜩하게 느껴
졌고, 그 입에서 무슨 불길하고 무서운 이야기라도 시작할 것 같
았다.

“나 어젯밤 오라부지 만났대이.”

한참 만에 무슨 점괘라도 읽듯이 시누이가 입을 열었다. 자칫
하면 알아듣지도 못했을 낮은 목소리였다. 그 말이 무슨 뜻인가
를 깨닫기 전에 먼저 눈앞이 아득해지고 손이 떨려오면서 그녀
는 바느질감을 바싹 끌어당겼다.

“오라부지라이?”

“이년한테 오라부지가 어디 또 있는가. 내 오라부지믄 형님하
고는 촌수가 우째 되제.”

“무신 소린지 모루겠네.”

“어젯밤에 오라부지가 날 찾아 안 왔나. 귀신 되어서 왔더라.
세상 뜬 지가 벌써 삼십 년도 넘었다 카데.”

“참 말 같지도 않은 소리는!”

“삼십 년이 넘도록 뜨신 밥 한 그릇 못 얻어묵고, 남의 집 제사
상 찾아다니미 동냥밥 한술씩 얻어묵었다 안 카나.”

바늘을 쥔 손을 제대로 놀리려고 애를 썼지만 번번이 허공만 찔러댔다. 뭐라고 한마디 해주고 싶었지만 입을 열 수가 없었고, 손은 자꾸만 떨려왔다. 시누이는 느릿느릿 아무 감정도 억양도 없이 계속 지껄였다.

"니 올케한테 이애기해서 그저 밥 한 그릇에 숟가락 하나 걸쳐 놔달라 캐라, 내 부탁일다…… 그라더라. 모르문 몰라도 그런 말 듣고 우째 가만있겠노. 형님, 오늘이라도 당장 제(祭)를 지내 야 안 될라."

"제는 무신. 공연한 소리 말게."

입 안이 바싹 타들어가는 것 같아서, 그녀는 간신히 말을 뱉어 내었다. 시누이가 공연히 이야기를 꾸며대고 있지 않은가 하는 의심이 들기도 했다. 시누이는 전에도 몇 번 행불[行方不明]로 올 라 있는 호적을 고쳐 사망 신고를 하고 제사를 지내자는 이야기 를 한 적이 있었던 것이다. 그때마다 그녀는 번번이 거절해왔다.

"형님, 제발 부탁일다. 어젯밤에 내가 오라부지한테 철석겉이 약속을 했다. 형님한테 이애기해서 제사 지내겠다고."

"자네가 헛거를 봤제. 자네 눈에 보이는 기 헛거라는 걸 와 모 리는고."

그녀가 냉랭하게 말을 받자, 시누이는 할 말을 잃은 표정으로 쳐다보았다. 갑자기 그녀는 입 한구석이 무엇으로 찔리는 듯한 날카로운 통증을 느꼈다.

입 안 오른쪽 가장 깊은 곳에 하나 남아 있던 어금니일 것이 다. 지난 봄 왼쪽 어금니가 빠지고 난 뒤 음식을 씹을 때면 아쉬 운 대로 그놈이 미덥고 든든했는데, 이제 그것마저 아파오기 시 작한 것이었다. 하나씩 썩어 부스러져가면서 이빨들은 잊어버릴

만하면 쑤셔왔다. 이빨이 빠지면 통증도 거짓말처럼 사라지고
또 어느샌가 새로운 통증이 시작되는 것이다.

"안 그래도 오라부지가 그러대……"

한참 만에 시누이는 남의 것처럼 거칠고 쉰 목소리로 입을 열
었다.

"천고만고에 니 올케겉이 모질고 박절한 사람 없을 끼다. 아무
리 없이 살아도 그래 개다리소반에 젯밥 한 그릇 못 올린다 말이
가. 귀신 박대하모 집안 망하는 줄도 모리나."

비록 남편의 말을 빌려서 하고 있긴 하지만, 시누이 자신의 가
슴 어느 구석엔가 파묻어두었던 말을 내뱉는 것이 틀림없다고
그녀는 생각했다. 그 퉁상스런 말투는 마치 그녀가 처음 시집을
갔을 때 공연한 일로 시비를 걸고 골을 부리던 그 여드름투성이
의 열여섯 살 난 처녀 때와 같았다. 그녀가 아무 대꾸도 않자, 시
누이가 다시 입을 열었다.

"어미는 글타 치고, 아 새끼는 와 그 모양인고. 나이가 그만하
고 인자 성인이 됐으모 지 애비 우찌 됐능가, 죽었능가 살았능가
생각해볼 때도 됐구마는."

"성국이 욕하지 말게. 내가 못하게 했는데 아가 무신 죄가 있는
고. 지 아부지 제사는 안 된다꼬 내가 벌써부터 못 박아논 기라."

"글씨 말이다. 성국이가 얼매나 진실하고 효심이 깊은 놈인데."

시누이가 그녀의 눈치를 살피더니 금세 목소리를 풀어서 말
했다.

"그래서 내가, 아이고 오빠, 그거사 참 애문 소리시더. 세상에
우리 형님이나 성국이 겉은 이도 없더. 형님은 이날 이때꺼정
오빠가 이 하늘 밑 어딘가에 살아 계시거니 생각하고 있잖니껴.

오빠가 이승 사람 아닌 줄 알고서야 우째 그랬겠니껴. 돌아가신 아부지 어매 제사도 한 분 안 거르고 지내는데."

"하여튼 쟈들 듣는데 그런 말 입 밖에도 꺼내지 말게."

"나는 형님이 와 고집을 부리는지 도무지 모르겠대이. 오라부지가 대구 형무소 앞에서 도라꾸에 실리서 떠날 때 우리가 가서 만났지 않능가. 그때 도라꾸 타고 떠났던 사람들 한 구덍이에서 다 죽었다는 소문도 나중에 들었고."

"만나기는 누굴 만나. 사람들이 형무소 앞에 몰리서 서로 지 서방 지 자식 찾느라고 밀치고 소리소리 질러대는데 자네나 내나 무신 정신이나 제대로 있었나. 얼굴이 길고 턱끝이 뾰족한 사람이 얼핏 보이길래 성국이 아부지요, 하고 소리 질러도 돌아보지 않던데. 안죽도 나는 그 사람이 긴지 아닌지 몰라."

"안죽도 내 말을 못 믿나. 어젯밤에 내한테 찾아왔을 때 오라부지는 국방색 바지에 긴팔 와이샤쓰를 입고 있었대이. 마지막에 입고 나갔던 그 옷이 맞을 거로. 바지에는 허리띠도 없고, 와이샤쓰는 때가 묻은 건지 피가 묻은 건지 새까맣기 얼룩이 져 있고."

"지발 그 입 좀 다물지 못할라!"

자신도 모르게 그녀는 소리를 질렀다. 바느질감을 옆으로 밀쳐버리고는 쓰러질 듯 벽에 몸을 기대었다. 바늘을 물고 있는 것처럼 이빨이 사정없이 쑤셔왔다.

"내사 무신 소리를 들어도 할 말이 없고마는. 지 오래비 잡아묵는 년이라 캐도 좋고."

시누이가 넋두리하듯 훌쩍거렸다. 땀인지 눈물인지 번질거리는 눈두덩을 손수건으로 연신 찍어눌렀다. 저 나이에 아직도 눈물이 남았나 싶어, 그녀는 혀를 찼다. 삼십여 년 동안 미우나 고

우나 서로 의지하며 살았고, 지지리 고생 끝에 이제 밥술이나 뜰 만하니까 정신까지 온전치 않아 밤낮으로 귀신들에 둘러싸여 사는 시누이이지만 가끔씩 이렇게 속을 뒤집어놓을 때가 있었다.

사변 나기 한 해 전 봄인가 시누이는 혼인을 했는데, 하필이면 그 상대가 경찰관이었다. 시부모가 돌아가시자 그녀는 남편을 따라 고향인 안동을 떠나 대구 대봉동 방천둑 곁에서 방 한 칸을 얻어 살고 있었다. 오랜만에 시집살이를 벗어나 따로 살림을 내었지만 남편은 거의 집을 비우다시피 했고, 대신 고향에 있던 시누이가 양말 공장엔가 취직을 하겠다고 올라와 있었다.

나간다는 공장에는 가지 않고 무슨 바람이 들었는지 시누이는 매일 밖으로만 나돌아다녔다. 아침부터 숱 많은 머리를 감고 세수하는 데만 두 시간은 걸렸고, 다시 거울 앞에 앉아서 분 바르고 입술연지를 칠했다 지웠다 하면서 한바탕 법석을 떤 뒤에야 집을 나서는 것이었다. 알고 보니 그렇게 야단스럽게 차리고 나가서 몰래 만나던 상대가 그 경찰관이었던 모양이었다. 키는 작았지만, 눈매가 가늘게 찢어지고 어깨가 딱 벌어져서 남자다운 데가 있는 사람이었다.

경찰이라 해서 나쁘다 할 이유는 없었다. 어떤 의미로는 가까운 곳에 경찰관 한 명쯤 있어서 결코 해로울 것이 없는 세상이기도 했던 것이다. 그녀는 그저 공부를 많이 한 사람인 줄로 알았던 남편이 나쁜 사상을 가졌다 해서 늘 경찰에게 쫓겨다녀야 하는 신세라는 것을 결혼 후에야 알았다.

그러나 그녀가 보기엔 남편은 그저 평범하고 차라리 감정이 여린 사람이었을 뿐이었다. 보도연맹(保導聯盟)이란 데에 가입하고부터 남편은 더 이상 쫓겨다니지 않아도 되게 되었다. 그래서 그녀는 시누이의 남편을 누구보다도 고맙게 생각했었다. 남편이 보도연맹에 가입하도록 권유하고 일을 봐준 사람이 바로 시누이의 남편이었기 때문이었던 것이다.

"자네가 무신 죄가 있다고 그러나. 다 팔자소관이제."

"와 죄가 없노. 구천에 가서도 못 갚을 죄가 많제. 오라부지 잡혀가게 한 것도 서방 잘못 만난 이년의 죄고, 저 불쌍한 성호한테 죄를 지은 것도 이년이고."

"참 벨일이대이. 성호 이얘기는 와 끄집어내는고."

"내가 그 천하에 날강도 겉은 사기꾼만 만나지 않았더라도……"

"어허 참!"

그녀는 아예 눈을 감아버렸다. 머리가 어질어질한 것이 아파트의 구석방이 풍랑에 떠내려가는 일엽편주이기나 한 것처럼 심한 멀미 같은 것을 느꼈다.

"형님 제발 부탁일다. 어데 가까운 절에라도 가서 제를 올리주자. 조우라도 태우미 극락왕생 빌어주모 오라부지도 얼매나 좋아하실로."

"인자 이야기 다 했으문 돌아가보게. 애비가 퇴근할 때가 됐으이 더 붙들지도 못하겠구마는."

그녀는 바느질감을 걷어치우며 잘라 말했다. 기가 막힌 듯한 얼굴로 할 말을 잃고 쳐다보다가 마침내 시누이가 일어섰다. 갑자기 더 늙고 지친 얼굴이 된 것 같았다. 시누이가 막 문을 열고 나가려 할 때 그녀가 말했다.

"우리 성호는 저그 아부지 닮았대이. 누가 뭐라 캐도 성호는 저그 아부지 천생으로 닮았는 기라. 자네도 그걸 꼭 명심하라꼬."

말을 하면서 그녀는 자신의 목소리가 떨려오는 것을 깨달았다. 그러나 그 말은 거짓이 아니었다.

성호는 원래가 하관이 빨고 턱끝이 뾰족한 얼굴인데 요즈음은, 아니 군대에 갔다 오고부터는 광대뼈까지 불거져 더 야윈 얼굴이 되었다. 제 형하고는 딴판인 얼굴이었다. 큰놈인 성국은 입을 꽉 다물면 양쪽 볼에 밤톨을 깨문 듯이 턱뼈가 튀어나오는 것이 차라리 그녀 자신을 닮았는데, 작은놈은 어릴 때부터 선이 길고 갸름한 얼굴이었다. 그래서 그녀는 "성호는 너그 아부지 닮았다. 너그 아부지 우째 생겼나 궁금하거든 니 동생 보믄 된다. 참말로 씨도둑은 없다 카더이 닮아도 닮아도 우째 그리 닮겠노"라고 큰놈에게 입버릇처럼 되뇌이곤 했다. 나이가 들수록 점점 더 닮는 것 같았다. 그리고 그녀에게는 그것이 놀라움이라기보다는 두려움이었다.

"헛거를 보고 있는 사람은 내가 아니라 바로 형님이요. 언제까지 자식을 속이고 자기 자신까지 속이미 살라능고."

시누이가 그 말을 뱉어놓고 문을 열고 나갔다. 그러나 그녀는 벽에 몸을 기댄 채 그대로 앉아 있었다. 어디선가 아이의 울음소리가 들려왔다. 그것이 손주 아이의 소리가 아닌가 하여 그녀는 귀를 모았다. 이빨의 아픔은 점점 더 날을 세우고 있었다. 그녀는 그 아픔의 끝이 몸 안 아주 깊은 곳에 숨어 있는 또 다른 아픔과 맞닿아 있다는 생각을 했다. 문득 그것이 무엇인지 깨닫자, 그녀는 소스라치게 놀랐다. 그것은 이미 감각을 잃어버린, 삼십여 년 동안의 두꺼운 굳은살을 덮어쓴 어떤 아픔의 기억을 날카롭게 일깨운 것이었다.

그러니까 삼십여 년 전 그날 저녁에도 그녀는 이빨을 앓고 있

었던 것이다. 사변이 터졌다는 소식과 함께 전세가 점점 급박해
져간다는 소문으로 뒤숭숭하던 그 며칠 동안 그녀는 지독한 이
앓이에 시달리고 있었다. 성국이를 배고부터 시작한 이앓이는
날이 갈수록 더 심해졌지만, 진통제조차 구하기가 쉽지 않은 때
라 그저 제풀에 물러가기만 기다리는 수밖에 없었다. 지금도 그
녀는 달구어진 바늘끝으로 찔리는 듯한 그때의 아픔을 생생하게
느낄 수 있을 것 같았다. 좁은 마루 끝에 앉아 그렇게 아픔을 참
고 있을 때였다. 담 밖으로 수상스런 발소리가 들리더니, 나무판
자로 된 문을 누군가 세차게 두드리기 시작했다. 남편은 하얗게
질린 얼굴로 일어나 다락문으로 붙어섰다. 사변이 터졌다는 소
식이 있자 남편은 다시 불안에 쫓기기 시작했던 것이었다. 바깥
에 누군가 찾아온 기척만 나도 다락으로 뛰어 올라가는 것이었
다. 캄캄하고 좁은 다락은 뒤쪽으로 장정의 허리통이 겨우 빠져
나갈 만한 조그만 들창이 있어서 그것을 통해 옆집의 지붕 위로
기어나갈 수가 있었다. "형님 계세요? 나예요. 나." 검게 콜타르
칠한 판자담 너머로 귀에 익은 음성이 들려왔고, 아마 다락 속에
서 엿듣고 있던 남편의 귀에도 그 소리는 들렸을 게 틀림없었다.
그녀는 문을 열었다. 그리고 어둠 속에서 어깨가 딱 벌어지고 땅
딸막한 몸집의 낯익은 모습을 보았다. 그가 목소리를 낮춰 물어
왔다. "형님 계시죠?"채 대답을 하기 전에 그녀는 문 옆 담장에
붙어선 두어 사람의 윤곽을 보았고, 동시에 다락문이 다시 열리
는 소리가 들려왔다. 그러나 그녀는 온몸을 경련하듯 떨고만 있
었을 뿐 소리를 지를 생각조차 못하고 있었던 것이다. 그저 그
어둠 속의 그림자들이 한없이 커져서 그녀를 짓눌러오는 것을
가위로 눌린 것처럼 바라보고 있었을 뿐이었다.

114

"할머니, 할머니……"

계단을 뛰어오르는 발소리가 요란하게 들리더니 아이가 문을 차고 쫓아 들어왔다.

"그 사람이 와. 지금 우리 집으로 오고 있단 말야. 아빠하고 같이……"

시누이가 떠난 뒤 넋을 놓고 앉아서 시간 가는 줄 모르고 있었던 모양이었다. 이미 방 안이 어둑어둑해 있었다.

"내가 뭐랬어. 그 사람 경찰이 틀림없다고 그랬잖아. 아빠가 집으로 들어오는데 그 사람이 아빠한테 김성국 씁니까, 그러더니, 나 이런 사람인데요 하면서 주머니에서 신분증을 척 보였어, 진짜 경찰 신분증……"

손짓으로 흉내까지 내면서 신나게 주워섬기던 아이가 갑자기 말을 멈추었다. 계단을 오르는 발소리가 문 앞에서 멎으며 문이 열렸던 것이다. 성국의 얼굴이 보였고, 그 뒤로 낯선 사내가 서 있었다.

"실례합니다. 성호군의 어머니 되시죠?"

"누……누구로?"

그녀는 갑자기 힘이 빠져 달아난 듯한 무릎을 두 손으로 붙들고 간신히 몸을 일으키며 아들에게 물었다.

"저…… 그러니까……"

핼쑥하게 창백한 얼굴로 성국이 더듬거리자 사내가 큰 소리로 대답했다.

"서에서 나왔습니다, 할머니."

"서라 카모…… 경찰서란 말인데. 대체 무신 일인고…… 우리네사 경찰서하고는 인연을 맺을 일이라꼬 없는데……"

"아무 일도 아닙니다. 걱정하지 마세요. 잠깐 얘기를 드릴 일이 있어 왔으니까요. 이게 성호군의 방인가요? 좀 들어가 봐도 괜찮겠습니까?"

대답도 듣지 않고 사내는 문을 열고 들어갔다. 두 손을 바지주머니에 찌른 채 방 안을 둘러보고는 성호의 책상으로 가 손에 잡히는 대로 책 한 권을 빼내어 들으란 듯이, "우리네야 이런 어려운 책은 알 수가 있어야지" 하며 건성으로 책장을 넘겼다.

"대체 무신 일로 오신지는 몰라도, 우리 성호는 참말로 착한 놈이시더. 책 보는 취미밖에는 없니더. 어릴 때부터 누구한테 맞고는 들어와도 때릴 줄은 모르는 놈이었다꼬요."

"요즘은 너무 착해도 탈이에요. 책을 너무 봐도 탈이고요. 자아 김 선생. 잠깐 얘기 좀 할까요?"

성국이 사내를 데리고 큰방으로 들어가 문을 닫아걸더니, 곧 다시 나와 그녀를 부엌으로 불러 목소리를 낮춰 말했다.

"어머니, 전번에 양주 한 병 갖다둔 거 있죠? 그걸로 술상 좀 보세요. 과일도 좀 깎아놓고."

"대체 무신 일이고? 성호가 무신 일을 저질렀는갑제?"

"걱정 마세요. 별일 아니니까."

"별일 아닌데 형사가 와 집으로 찾아오노."

"글쎄 어머닌 가만 계세요."

그녀는 아들의 눈자위에 하얗게 핏기가 가신 것을 보았다.

할 일을 잊은 사람처럼 그녀는 한참 동안 부엌 싱크대에 몸을 기대고 서 있었다. 무엇을 어떻게 해야 할지 도무지 아무것도 손에 잡히지 않았다. 오로지 이빨의 아픔만이 더욱 심해져서 생각하고 느낄 수 있는 모든 것은 이빨에 매달린 듯했다. 그것은 이제 단순한 이빨 하나만의 아픔이 아니라 온몸이 커다란 아픔의 덩어리가 된 것 같았다.

그녀는 문득 머리 위로 곤두박질쳐 쏟아지던 삼십여 년 전 그 여름밤의 깜깜한 하늘을 기억해냈다. 남편이 시매부와 함께 온 몇 사람의 억센 팔뚝에 결박되어 가던 그 순간에도 그녀는 견딜 수 없는 통증에 시달리고 있었을 뿐 무엇을 어떻게 해야 할지 아무것도 생각나지 않았던 것이다. 남편은 이렇게 될 것을 미리 예상했다는 듯이 사내들에게 두 팔을 순순히 내어맡기고 있었다.

"곧 무사히 나올 겁니다. 이건 순전히 보호 조치니까…… 나만 믿으시고 아무 걱정 마세요." 시매부가 전에 없이 싹싹한 말투로 그렇게 말했을 때도 그녀는 마루 밑에 쪼그리고 앉은 채 양손으로 턱을 싸쥐고 있었을 뿐이었다. 그때 어떻게 알았는지 시누이가 뛰어들지 않았으면, 남편의 그 길을 친구와 잠깐 외출하는 것을 보듯 그냥 그대로 떠나보냈을 것이었다. 시누이는 다짜고짜 제 남편의 바짓가랑이를 잡고 늘어졌다. "안 된대이. 우리 오라부지 델꼬 가문 안 된대이." "이거 왜 이래. 여편네가 알지도 못하면서." "내가 와 모리노. 다 알고 왔는데 내가 와 모리노. 못 델꼬 간다. 델꼬 갈라모 날 죽이고 가거라." 시누이는 아예 땅바닥에 드러누워 악을 썼다. 그러면서 몸이 질질 끌리면서도 제 남편의 바짓가랑이는 놓지 않았다. "아이고, 이 일을 우짜믄 좋을꼬. 내가 죽일 넌이제. 서방 잘못 만난 이년 때문에 우리 오라부지 죽는갑네…… 이 일을 우짜믄 좋을꼬." 마침내 시누이가 발길로 차이듯 그들을 놓치고 나서 땅바닥에 자빠진 채로 악을 쓰며 통곡을 할 때에도 정작 그녀는 마루 끝에 그대로 앉아 떨고만 있었을 뿐이었다. 마치 다른 모든 감각은 죽어버린 듯 그저 이빨의 미친 듯한 통증만을 느끼고 있었다. 그런 끔찍한 일을 당하면 아프던 것도 잊어버려야 할 텐데 참으로 알 수 없는 일이었다. 아마도 그 무서움에서 도망치고 싶었는지 몰랐다. 믿을 수 없는 현실에서 도망쳐 차라리 그 이빨의 아픔에나 매달리고 싶었는지도 모를 일이었다.

방문이 열린 것은 한 시간이 넘어서였다. 둘 다 얼굴이 벌겋게 되어 있었고, 낯선 사내는 신발을 꿰어신을 때까지 찢은 오징어포를 입에 물고 있었다.

"그럼 선배님만 믿고 갑니다. 좋은 술도 마시고."

"알고 보니."

성국이 사내가 내민 손을 잡으며 그녀에게 말했다. 술기운이 올라서인지 아들의 얼굴은 아까보다도 좋아 보였다.

"이 양반 고등학교 동창이에요. 종종 만나자구, 밖에서 보리술이라도 한잔 하던지."

"날 종종 만나서 뭘 하시려우. 우리 같은 사람 되도록 안 만나고 사는 게 신수가 편한 거요."

둘은 똑같은 크기의 소리로 웃었다. 그러나 사내가 나가고 나자, 그녀는 성국의 얼굴에서 웃음이 재빨리 걷히면서 얼굴 근육이 딱딱하게 굳는 것을 보았다.

"미친 자식."

그것이 방금 나간 형사에게 하는 말인지 제 동생에게 하는 것인지 알 수가 없었지만, 그녀는 다시 가슴이 덜컥했다.

"할머니, 그 사람 갔어. 가는 거 보고 왔어."

"삼춘은? 삼춘은 아직 안 보이제?"

"넌 쬐끄만 녀석이 밤중에 어딜 돌아다니니? 방구석에 박혀 있잖고!"

아들이 갑자기 고함을 지르자 아이가 놀라 그녀에게 매달렸다.

"아가 무신 죄가 있노. 내가 나가 있으라고 보냈다. 그 사람 있는데 성호가 멋모르고 들어오까 봐. 대체 무신 일인동 알 수가 있어야제."

"어머닌 걱정하실 것 없다고 그랬잖아요."

성국은 입을 다물었다. 그녀는 치마꼬리를 붙드는 아이를 떼어놓고 아파트 문을 열고 나왔다. 바깥은 벌써 어두워져서 휑하게 비어 있었다. 그녀는 아파트 건물 앞에서 서성대며 큰길 쪽 더 짙은 어둠을 바라보았다.

이제까지 집 안에서는 큰 소리 한 번 내지 않던 성국이었다. 원래가 말수가 적고 제 속을 쉽사리 드러내지 않는 성미여서, 제 속으로 나온 자식이건만 서먹하고 어렵게 느껴질 때가 많았다. 어릴 때부터 못 먹고 고생만 하고 자랐는데, 고등학교를 간신히 마치고 사관학교에 응시했다가 떨어지자 대학은 스스로 포기해버렸다. 그리고 곧장 공무원이 되어서 지금까지 말단으로 있는 모양이지만, 지금 살고 있는 시영아파트도 제 손으로 장만했고, 동생을 대학에도 넣었다. 제 처가 집을 나간 뒤에도 달라진 것은 아무것도 없었다. 일주일에 두 번씩 있는 숙직을 제외하곤 퇴근 시간을 정확하게 지켜 집으로 돌아왔고, 일곱시 십분 전철을 타기 위해 아침이면 날이 밝기 전에 집을 나섰다. 식전에 방 안에서 하는 맨손체조도 거른 적이 없었다. 그녀는 아침에 잠자리에서 일어나 혼자 체조를 하는 아들의 모습을 자주 보았다. 어려서 제대로 못 먹여서인지 메리야스 바깥으로 드러난 유난히 마르고 긴 팔을 흔들어댈 때, 눈알이 튀어나올 것처럼 붉게 충혈된 얼굴로 물구나무서기를 하는 것을 볼 때 그녀는 왠지 터지기 직전의 풍선을 보는 것처럼 답답하고 조마조마하기도 했다.

"여기서 뭘 하세요?"

깜짝 놀라 돌아보자, 어느 틈에 왔는지 성호가 세상 모르고 웃고 있었다.

"인제까지 기다리고 있었다. 니 밖에서 무신 짓을 저지르고 다니노? 집에 형사가 다 오고."

"그게 정말이요? 지금 안에 있어요?"

"니 형이 술 멕이서 보냈다. 들어가거든 조심해라, 심기가 안 좋으께네."

"제법인데요. 앞뒤가 막힌 양반인 줄 알았더니."

"니 술 마셨구나."

"정신은 말짱해요."

그리고 보니 녀석은 어깨에 웬 라면 상자 같은 것을 메고 있었다. 그것이 무거워서인지 녀석의 발걸음이 조금 비틀대고 있었다.

"도둑질하러 나간 놈겉이 밤중에 뭘 메고 다니노?"

"도둑질이요? 하, 하. 이건 책이요, 책."

문을 열고 들어서자 성국이 문간에 버티고 서서 기다리고 있었다. 성호는 비틀거리며 신을 벗으려 애쓰면서도 어깨에 멘 상자를 내려놓으려 하지 않았다. 신발에서 발이 뽑히지 않자 그냥 발목을 흔들어 뿌리며 비트적대는 동생의 모습을 팔짱을 낀 채 말없이 보고 있던 형이 상자를 빼앗아 마루 위에 팽개친 뒤, "네 손으로 열어라"고 말했다. 형의 서슬에 눌렸는지 성호가 순순히 상자를 풀었다. 그녀는 상자 속에 든 것이 책이 아니라 금방 인쇄된 글자들이 살아 있는 것처럼 어지럽게 펄펄 뛰고 있는 종이

들이라는 것을 알았다.

"너 도대체 정신이 있는 놈이냐?"

성국이 그 중에 한 장을 꺼내어 꼼꼼하게 읽은 뒤에 입을 열었다.

"이해해주십시오, 형님."

"이해를 해? 이런 걸 겁도 없이 만들고 다니는 놈을 이해하란 말이냐?"

"형님은 이게 무슨 폭발물인 줄 아세요? 이건 그냥 글이고, 생각이에요."

"넌 폭탄만 사람을 상하게 하는 줄 아는 모양이구나. 폭탄이야 너 한 놈만 끌어안고 자폭이라도 하지만 이건 여러 사람 다치게 한다."

"형님을 다치게 하진 않을 테니 걱정 마십시오."

"뭐라고?"

"난 그 말이 싫지만, 이게 다치는 거라면 다른 사람을 다치지 않게 하기 위하여 내가 다칠 수도 있다는 얘깁니다."

"그러니까 넌 이 종이에 담긴 생각을 위해서 경우에 따라 죽을 수도 있다는 얘기로구나."

"죽을 수밖에 없다면, 또 경우에 따라서는, 죽을 수도 있겠죠."

"에라, 이 사기꾼 같은 놈아."

"뭐요?"

"똑똑히 알아둬. 난 너 같은 놈을 제일 미워해, 알았냐? 너같이 말 잘하는 놈. 말로는 뭣이든 다 하겠다는 놈들. 제 부모형제 제 새끼에게 피해를 주고 못 살게 하면서 입으로는 온갖 고상한 소리를 다 하는 놈들. 무엇을 위해 죽겠다는 놈들. 그런 놈들은 무엇을 위해서 남을 죽일 수 있는 놈이야. 니들은 한마디로 빨갱이야."

"말씀 함부로 하십니다. 형님!"

"왜, 빨갱이라고 종자가 다른 줄 아냐? 너나 나나 빨갱이의 자식들이야, 임마. 그러니 니라도 대물림을 해야지."

"야야, 그기 무신 소리고? 마른하늘에 벼락 맞을 소리따. 누가 빨갱이란 말이고."

"내가 모르는 줄 아세요? 다 알고 있어요. 내가 왜 사관학교에 떨어졌게요. 승진시험에서 왜 번번이 미역국인 줄 아세요? 그 잘난 아버지 때문이죠. 이념과 사상을 위해서 처자식까지도 헌신짝처럼 미련 없이 던져버릴 수 있었던 그 위대한 아버지 말예요."

"니가 뭘 알아봤는동 몰라도…… 그, 그기 아니다. 니 아부지가 처자식을 버리다이…… 참말로 죄받을 소리대이."

"그렇지 않으면 왜 나타나지 않죠? 아버진 아직도 행불로 되어 있어요. 도대체 어디로 가셨어요? 남들처럼 육이오 때 실종이 된 것도 아닐 테고, 차라리 그게 더 나을 뻔했지만, 적어도 성호가 세상에 나올 때까지는 살아 계셨어요. 그런데 난 한 번도 아버지의 얼굴을 본 적이 없어요. 내 기억 속엔 아버지에 관한 것은 아무것도 없단 말예요. 도대체 무엇을 위해서, 어디서, 무슨 위대한 사업을 하신 거예요?"

그녀는 무엇엔가 머리를 호되게 얻어맞은 듯 눈앞이 아득해졌다. 뭔가 속에서 휘딱 뒤집히면서 어지럼증이 온몸을 마구 흔들어놓고 있었다. 무슨 말인가 하긴 해야 할 텐데 말라붙은 입이 떨어지지 않았고, 한편으로는 그 입이 떨어져 자신의 입에서 무슨 말이 나올지 견딜 수 없는 무서움에 빠지고 있었다.

자유당 말기의 한창 어수선하던 때였다. 어느 날 시누이가 오라버니가 살아 있다고 흥분해서 찾아왔다. 살아 있을 뿐만 아니라 이제 만날 수도 있게 되었다는 것이었다. 처음에 그녀는 그 말을 믿지 않았다. 남편이 그렇게 끌려가서 행방불명이 된 뒤 시누이는 때도 없이 곧잘 그런 말을 했던 것이다. 어디 가서 점을 쳐보았더니 틀림없이 살아 있다더라, 어떤 도사가 그러는데 다른 여자와 새장가를 들어 어디어디에 살고 있다더라는 등 별 소리가 다 있었다. 그러나 이번만은 달랐다. 어떤 사람이 남편의 전갈을 갖고 찾아왔다는 것이었다. 남편이 가까운 곳에 숨어 있는데 직접 올 처지가 못 되니 모일 모시에 만나러 오라는 이야기였다. 그리고 돈 이십만 환을 준비해오라고 했다. 물론 다른 사람에겐 절대 비밀로 해야 된다고 했다. 그 터무니없는 이야기를 무슨 귀신이 씌어 믿게 되었는지 그녀는 어렵사리 구한 이십만 환을 신문지로 싸고 다시 보자기로 찬찬 묶어서 가슴에 품은 채 시누이와 함께 그 남자를 만났다. 그 후에 아무리 기억을 하려고 해도 약간 매서운 듯한 눈매와 별로 말이 없으면서도 간간이 내비치는 북쪽 사투리 외에 이상하게도 도무지 윤곽이 잡히지 않는 얼굴이었다. 그를 따라 대구 근교의 동화사 입구까지 갔다. 초겨울이라 날씨가 매우 추웠다. 사내가 시누이는 남아 있어야 한다고 해서 절 입구의 어느 식당에 기다리게 하고 그녀만 따라나섰다. 조금 이상한 생각이 들기도 했지만 뭔가 감추는 듯하고 남의 눈을 조심하는 태도가 의심 없이 따르게 했는지도 몰랐다. 밤바람에 솔숲이 무섭게 울어대고 있었다. 그녀는 시종 이빨을 소리 내어 떨면서 한번 돌아보지도 않고 걸어가는 사내를 놓치지 않으려고 몇 번이고 돌부리에 걸려 넘어져야 했다. 인적이 없는 숲 속으로 따라가면서 그녀는 점점 목에까지 차오르는 무서움을 어찌할 수가 없었다. 어데 계시니껴, 어데…… 그녀가 막 그렇게 소리쳤을 때 그 사내가 걸음을 멈추었다. 그리고 어둠 속에 또 한 사람의 그림자가 천천히 일어서는 것을 보았다. 오시느라 수고 많으셨어. 그것은 남편의 목소리가 아니었다. 그녀는 뭔가 목구멍을 꽉 틀어막고 있는 것 같았고, 두 다리는 얼어붙은 듯 꼼짝할 수가 없었다. 그들은 그녀에게서 쉽게 돈을 빼앗아갔다. 아주머니같이 착한 사람들이 있어야 우리네가 먹고 살지…… 너무 나쁘게 생각하지 마시라요. 억센 힘이 그녀의 허리를 꺾었을 때, 그녀는 비로소 소리치기 시작했다. 커다란 손바닥이 입을 틀어막았고, 옷이 거칠게 찢기는 소리가 났다. 왜 이러시나, 재미 좀 보자는데. 사내의 입김이 얼굴을 훅훅 쏘았다. 듣자하니 과부라는데 잘 됐지, 뭘. 솔바람이 시종 몸서리치며 울어대고 있었다. 그녀는 자신이 죽어가고 있다고 생각했다. 이제 자신의 숨이 곧 끊어져서 이 모든 것에서 놓여날 수 있으리라고 생각했다.

"니가 뭘 잘못 알아도 크게 잘못 알고 있대이. 니 아부지는 절대로 그런 사람이 아이따."

그녀는 간신히 입을 열었다.

"에미는 이날 이때꺼정 니 아부지 기다리미 살아왔다. 우짜든동 어데든동 살아 계시겠제 하는 그 희망으로 살아왔대이."

"내겐 아버지가 없어요. 아버지란 사람이 지금 당장 살아서 저 문을 열고 걸어 들어온다 해도 난 일 없어요. 난 사관학교 떨어지고, 대학 포기하고, 동사무소 서기 하면서부터, 아니 그 이전부터 내 손으로 아버지를 파묻어버렸어요."

"참 대단하시군요."

그때까지 목뼈가 부러진 듯이 무릎 사이로 고개를 처박고 있던 성호가 번쩍 얼굴을 쳐들었다. 형을 바라보는 눈이 쇠꼬챙이처럼 날카로웠다.

"형님이야말로 무엇이든 죽일 수 있는 사람이군요. 사관학교를 위해, 승진을 위해 모든 것을 아버지까지도 죽일 수 있는 사람이군요."

"뭐라고, 이 새끼야."

성국이 벼락같은 소리로 동생의 멱살을 틀어쥐었다.

"너 말 잘했다. 아버지를 죽일 수 있는 놈이 너 하나 못 죽이겠냐? 너 나한테 죽어봐라."

말려야 한다는 생각뿐, 그녀는 온몸이 풍이라도 걸린 듯 와들와들 떨려왔다. 그리고 그녀는 오랜 세월 동안 자신이 무엇을 가장 두려워했던가를 알았다. 그녀는 문득 아이를 보았다. 아이는 한쪽 벽에 쪼그리고 앉은 채 눈을 감고 두 손으로 힘주어 귀를 막고 있었다.

"야아들애이——."

갑자기 그녀의 입에서 느닷없는 소리가 튀어나왔다. 소리를 지르고 나서야 자신의 입을 통하여 무엇이, 저 뱃속 깊숙이 똬리를 틀고 있는 오장 깊은 곳에서부터 견딜 수 없이 뒤틀리며 뻗쳐오르고 애쓰던 것이 순식간에 튀어나와버린 것을 깨달았다. 아들놈들이 눈을 크게 뜨고 그녀를 보았다.

"싸워래이. 치고 박고 물어뜯고 싸워래이. 한 놈만 죽을 기 뭐 있노. 니 죽고 내 죽고 다 죽어뿔 때까지 싸워래이. 에미 애비가 어딨고, 형제가 어딨노. 요놈들아 와 그래 앉아 있노. 힘이 모자라나 미움이 모자라나. 싸워래이, 얼릉 싸워래이——."

그녀는 자신이 무슨 말을 하고 있는지 몰랐다. 자신은 넋을 놓고 앉아 있는데 자신의 속에서 무슨 짐승의 울부짖음 같은 것이 저절로 빠져나오고 있는 것 같았다. 그리고 그것이 다 빠져나왔을 때, 그녀는 속이 텅 비어버린 것처럼 허전했다. 방 안은 이상할 만큼 조용했다. 문득 작은놈의 어깨가 허물어지더니 낮은 흐느낌이 새어나오기 시작했다. 어깨의 움직임과 흐느낌이 점점 격렬해지면서 걷잡을 수 없이 커져가고 있었다. 그녀는 마치 자신의 울음소리를 듣고 있는 것처럼 마음이 편안하게 가라앉았다. 성국이 쩝 혀를 차며 담배를 피워 물었고, 그것이 신호인 양 성호가 휙 몸을 일으켰다. 그리고 울음을 그치지 못한 채로 거칠게 문 밖으로 뛰어나갔다. 현관문이 아들의 뒤에서 요란하게 닫히는 소리가 무거운 정적으로 가라앉을 때까지 그녀는 미동도 않고 앉아 있었다. 아이가 그녀에게 울먹이며 다가왔다.

"할머니, 삼춘 어디 가, 응?"

"식아. 니 할매하고 이거 들고 나가자."

그녀는 착 가라앉은 소리로 말했다. 제깐에도 무슨 눈치를 아는 듯 아이는 상자를 문 밖으로 끌고 나서는 그녀를 순순히 따라왔다. 그러나 상자는 늙은이와 여섯 살 난 아이가 들기엔 너무 무거워서 사층 계단을 내려오는 동안에 몇 번이고 쉬어야 했다.

밖은 캄캄하게 어두웠고, 바람이 아파트 앞 광장을 쓸며 지나갔다. 아들의 모습은 어디에도 보이지 않았다. 그녀는 아파트 뒤쪽에 있는 공터를 생각하고 있었다. 되도록 사람의 발길이 닿지 않는 곳이어야 했다. 이빨은 여전히 쑤셔왔지만, 늙고 지친 잇몸은 이제 감각을 잃었는지 아픔조차 무디어진 것 같았고, 반쯤 뿌리가 뽑힌 이빨은 녹슨 못처럼 헐거워져서 혀끝에 닿을 때마다 흔들거렸다. 마른 잡초가 발목을 찌르는 아파트 뒤 공터에 오자 그녀는 상자를 풀고 그 속에 가득 담긴 종이들을 쏟아부었다. 그리고 쏘시개 삼아 몇 장의 종이를 쌓아올리고 성냥불을 그어댔다.

불길은 금방 살아올랐다. 종이는 가장자리에서부터 거멓게 타기 시작했다. 흰 종이에 선명하게 찍힌 검은 글자들은 불길 속에 먹혀들어가 몸을 뒤틀고 비명을 질러대면서도 결국은 사라지고 말았다. 그녀는 그 글자들이 무엇을 뜻하는지, 무엇을 말하는지 알지 못했다. 그러나 마치 오랜 세월을 두고 벼르던 일을 이제야 하는 것 같은 후련함이 있었다.

그날 밤 사내들에게 욕을 당하면서 그녀는 그저 죽는 것만을 원했었다. 그처럼 끔찍하고 무서운 순간에 저절로 숨이 끊어지지 못하는 질기고 더러운 목숨이 한심하고 원망스러웠다. 그리고 그녀는 남편을 생각했다. 이상하게도 그 순간 남편의 체온을 너무나 선명하게 느낄 수 있었다. 그녀는 남편의 등에 얼굴을 묻고 있었다. 남편은 자전거를 타고 있었고, 그녀는 자전거 뒷자리에 앉아 남편의 허리를 부둥켜안고 있었다. 남편이 보도연맹에 들어가고부터 그들은 처음으로 안정된 결혼 생활을 할 수 있었다. 남편은 금융조합에 직장을 구했고, 출퇴근을 위해 자전거도 마련했다. 어느 날 저녁 그녀는 처음으로 자전거를 타보았다. 한사코 타지 않으려는 그녀를 남편은 허리를 가볍게 안아 뒷자리에 태우고 방천둑으로 나갔던 것이다. 자전거가 둑을 달리기 시작할 때 그녀는 남편을 두 팔로 안았다. 남편의 허리통이 그렇게 든든하게 느껴질 수가 없었다. 남편은 휘파람을 불었고, 수성천이 흘러가는 쪽으로 저녁해가 떨어지고 있었다. 눈을 감아도 저녁노을이 눈 가득히 밀려와 있었다.

사내들이 물러간 뒤에도 그녀는 오랫동안 찢겨진 몸으로 누워 있었다. 뺨에 와 닿아 있던 남편의 훈훈한 체온도 물러가버렸다. 바람이 그녀의 몸을 사정없이 할퀴며 지나가도록 몸을 맡긴 채 그녀는 누워 있었다. 성국이 아부지…… 그녀는 작은 소리로 남편을 불렀다. 그녀는 다시 혼자가 된 것을 알았다. 그리고 그 이듬해, 그녀는 성호를 낳았던 것이다.

어디선가 바람이 불어와 불길은 몸을 일렁이며 타고 있는 종이들을 허공으로 밀어올렸다. 하얗게 형해(形骸)만 남은 종이들은 허공으로 빨리듯 떠오르다가 바람결에 바스러져 흩어지고 말았다.

더 올라래이. 높이높이 올라래이. 그녀는 문득 자신이 그렇게 되뇌이고 있는 것을 깨달았다. 고향에서 당제(堂祭)를 할 때는 이렇게 종이를 태워 올렸다. 죽은 혼백의 명복을 빌기도 하고 소원을 빌기도 했는데, 종이가 잘 살라져서 높이 올라갈수록 좋다고 했다. 헛거를 보고 있는 사람은 내가 아니라 바로 형님이요. 언제까지 자식을 속이고 자기 자신까지 속이미 살랑능고. 시누이의 목소리가 귓전을 두들겼다. 갑자기 그녀는 오랜 세월 두 눈을 덮씌우고 있던 바늘이 떨어져 나간 것 같았다. 그래, 인자는 모든 거를 털어놓아야 될 끼다, 성국이도 성호도 앉혀놓고 저그들 아부지에 대해서 이야기할 끼다. 더 이상 숨기고만 있을 수도 속여서도 안 된다는 생각을 곰곰 다지고 있었다.

"식아. 할매 이빨 좀 빼다고."

그녀는 아이 앞에 입을 크게 벌렸다. 아이가 찡그리며 고개를 흔들었다.

"할매가 아파서 안 그라나. 우리 식이는 할매 아픈 거 싫제?"

그녀는 아이의 손을 이끌어 금방 빠질 듯이 흔들리는 이빨을 두 손가락으로 잡게 했다. 아이는 미간을 찡그린 채 망설이는 듯 하더니 눈을 꼭 감았다. 이빨이 뽑히는 순간, 그녀는 아아 비명을 삼켰다.

믿어지지 않는 듯이 더러운 줄도 모르고 내려다보고 있는 아이의 손에서 그녀는 뽑힌 이빨을 빼앗았다. 그것은 흉측한 모습으로 뿌리까지 검게 썩어 있었다. 그러나 아픔은 금세 사라지지 않았다. 그녀는 아직도 작은 아픔의 덩어리인 것만 같은 신체의 일부를 불길 속으로 던져넣었다.

"할머니, 우는 거야? 아파서 그래?"

"울기는, 연기가 매바서 안 그러나. 핼미겉이 늙으모 울지도 못한대이."

그녀는 치마꼬리로 눈두덩을 찍었다. 그리고 쉬임 없이 불길 속으로 종이를 집어넣으며 아이에게 말했다.

"식아. 니도 소원 있으모 빌어라. 지금 소원을 말하모 무신 소원이래도 다 들어주신대이."

알아들었는지 어쨌는지 아이는 무엇을 골똘히 생각하는 듯한 얼굴로 잠자코 불길을 지켜보고 있었다. 제 어미가 돌아오기를 빌기라도 하는 것일까. 입술을 꼭 다물고 있는 아이의 두 눈이 불빛을 담아 이글거렸고 그녀는 아이를 와락 끌어안고 싶은 충동을 억눌렀다.

(『실천문학』, 1985)

끈

전화벨 소리에 나는 정신이 들었다. 벽에 기대어 잠깐 앉아 있던 사이에 의식을 잃듯 까무룩히 깊은 잠 속에 빠져들고 만 것이었다.

김대식 씹니까?

낮고도 또박또박한 음성이 귓속을 파고들었다.

여기, 경찰서 대공괍니다. 이영해 씨가 부인 되시죠?

갑자기 머리가 휑하니 비워지는 것 같았고, 나도 모르게 목소리가 떨려나왔다.

그, 그렇습니다만……

부인께서 여기 와 계십니다. 아홉시 삼십분까지 경찰서 앞 약속다방으로 나오시면 부인을 인계해드리겠습니다.

시, 실례지만 거, 거기가 어디라고요?

나는 몹시 말을 더듬었다. 말을 더듬는 것은 어릴 때부터의 고질적인 버릇이었지만, 무엇에 놀라거나 긴장을 하고 있을 때는 더욱 혀가 마비된 듯 말을 듣지 않았다. 그러나 전화선 저쪽의 사내는 내 말을 참을성 있게 기다린 다음 대답했다.

경찰서 대공팝니다.

그, 그럼 제 처가 무슨 사, 사고라도 당했단 말입니까?

사고가 아니라 조사할 일이 있었습니다. 일단 조사가 끝났으니까 댁으로 보내드리는 겁니다. 아홉시 삼십분까지 나와주십시오.

사내는 마치 민원 상담을 하는 것처럼 절도 있으면서도 싹싹한 목소리로 말했다. 전화가 끊어진 뒤에도 나는 한참 동안 망연히 앉아 있었다. 일어나야 한다고 생각하면서도, 얼른 몸을 일으킬 수가 없었다. 어쨌든 아내가 무사하다는 사실을 확인하고 긴장이 풀린 때문만은 아니었다. 아내가 무사하다는 안도감과 함께 또 다른 불안과 의심이 머리를 혼란시키고 있었다. 도무지 알 수 없는 일이었다. 어느 날 저녁 아무런 이유도 없이 아내가 돌연 사라졌고, 그 다음날 경찰서에서 인계해가라는 연락이 온 것이다. 그것도 그동안 경찰서에서 조사를 받았다는 것이었다.

나는 팔목시계를 들여다보고 벽시계와 견주어보았다. 내 시계는 삼 분이 틀려 있었다.

아내로부터의 결혼 선물인 그 시계는 '메이드 인 스위스'의 상표까지 붙어 있었지만, 실은 가짜였는지 제대로 시간이 맞는 적이 없었다. 생각날 때마다 버릇처럼 시계를 맞추면서, 나는 늘이 시계가 내 결혼 생활의 어떤 상징적인 징표가 아닐까 하는 불쾌한 예감을 떨치지 못하곤 했었다.

아내가 갑자기 사라진 것은 어제 저녁 무렵이었다. 퇴근하고 돌아왔을 때 나는 그저 아내가 가까운 가게에 나갔을 것으로 생각했다. 부엌에 저녁을 짓다가 만 흔적이 그대로 있었던 것이다. 뭔가 불안한 예감이 든 것은 저녁 시간이 훨씬 지나면서였다. 아내가 그렇게 오래도록 집을 비운 일은 한 번도 없었던 것이다.

집 앞에 나가 어둠 속에서 초조히 서성거리며 기다려보기도 했지만 아내는 돌아오지 않았다. 온갖 끔찍한 상상에 시달리면서도 나는 이런 경우 도무지 어떻게 해야 할지 알 수가 없었다. 집 안에는 아내의 실종을 설명할 아무것도 없었다. 모든 것은 늘 있던 그대로의 모습으로 제자리를 지키고 있었다. 다만 아내만 감쪽같이 증발해버리고 만 것이었다.

밤을 꼬박 뜬눈으로 새우면서, 나는 경찰에 신고를 해야 하지 않을까 생각했다. 그러자 불현듯 머리끝이 쭈뼛 서면서 알 수 없는 두려움에 싸이고 말았다. 두 번씩이나 가출 신고를 해야 하다니. 그리고 그때 문득 어머니의 목소리가 내 귓전을 두드리는 것 같았다.

그래, 너거들이 이 에미 쫓아내고 얼매나 잘 사는가 보자이.

어머니는 두 달 전에 집을 나가셨던 것이다. 물론 아내와는 달리 당신 스스로 나가신 것이지만, 어쨌든 지금까지 소식이 없었다. 경찰에 가출인 신고를 하고 여기저기 찾아다녔지만 소용없는 일이었다. 어머니가 집을 나간 뒤 나는 하루도 마음 편히 지내보질 못했고 늘 어떤 불안에 쫓겨왔었다. 나는 어쩌면 그 불안이 마침내 현실로 나타나고야 만 것인지 모른다는 생각을 떨쳐버릴 수가 없었다.

날씨가 추워진 탓인지 밤거리는 적막했다. 나는 택시를 잡아타고 경찰서 앞으로 가자고 말했다.

그 시계 정확한 겁니까?

나는 택시 기사에게 두 번이나 확인을 했다. 집에서 맞추고 나왔지만 왠지 또 틀려 있을 것 같은 조바심 때문이었다. 아홉시 삼십분이라고 일방적으로 못 박아 말한 사내의 말이 생각났고,

결국 그것을 어겨서는 안 될 것 같은 강박감에 사로잡혀 있었다. 차가 밤거리를 달려가기 시작했다. 도대체 아내는 왜 경찰서에 가게 된 것일까. 그리고 무엇을 조사받은 것일까. 나는 초조하게 창밖의 어둠을 내다보며 생각했다. 그리고 전화의 목소리가 말한 '대공과'라는 말이 아까부터 가슴에 걸려왔다.

꼴 좋다. 그래 내가 뭐라 카드노. 그년이 집안 망칠 년이라 카제.

어디선가 어머니가 그렇게 말하고 있는 것 같았다. 그러고 보니 요 며칠 동안 어머니를 깜박 잊고 있었던 것에 생각이 미쳤다. 갑자기 추워진 날씨에도 나는 어머니가 어느 알지 못하는 곳에서 모진 추위를 견디어내고 있는지 한번도 생각해보지 못했던 것이다. 나는 문득 부끄러움으로 목이 메어왔다. 내가 얼마나 무심했던가를 깨달은 것이었다. 어머니가 집을 나간 뒤에 겨우 경찰에 신고를 하고 가까운 양로원이나 무의탁자 수용 시설 같은 곳을 찾아가본 것으로 내 의무를 다했다고 생각하지는 않았는가 하는, 그리고 언젠가 당신 스스로 다시 집으로 돌아오실 것으로 막연히 믿고 있었던 것은 아닌가 하는 자책이 비로소 가슴을 찔러왔다.

아마 내 결혼을 하루 앞둔 전날 밤이었을 것이다. 문득 잠에서 깨어나 왠지 이상스런 기분에 눈을 떴을 때, 나는 그때까지 잠들지 않고 어둠 속에 혼자 앉아 계신 어머니를 보았다. 어머니는 창문으로 새어드는 어스름을 등에 지고 깎아지른 듯 앉아 있었다.

주무시지 않고 뭐 하고 계세요?

니 자는 거 보고 안 있었나.

참, 어머니도. 어두운데 뭣이 보여요?

짐짓 내가 잠에 취한 척 하품을 섞어 말하자, 어머니는 이상스럽게 가라앉은 목소리로 대꾸하셨던 것이다.

어둡다고 니 얼굴이 어데 갈 끼가. 아무리 깜깜해도 니 얼굴이사 에미 눈에는 눈썹 터래기 하나까지 다 셀 수 있다.

바깥바람에 창문이 와랑와랑 흔들렸다. 나는 어머니의 손을 더듬어 잡았는데, 내 손에 와 닿는 촉감이 마른 나뭇가지처럼 거칠고 스산했다.

니가 세상에 나오던 날도 이렇기 춥고 바람이 미친 듯이 안 불었더나.

손을 내게 맡긴 채, 어머니는 그렇게 말을 이었다.

암만 애비 없는 자식이라 캐도 천지강산에 집도 절도 없이 뜨신물 받아놓고 몸을 풀 방구들 하나 없었다. 우째우째 해서 남의 집 헛간에 들어가게 됐는데 사흘을 굶은 뒤라 힘을 쓸 수가 있어야제. 북풍한설 찬 바람은 얼매나 부는동 밤새도록 그놈에 대나무숲이 사람에 마음을 천 갈래 만 갈래로 비비대면서 울고, 난도 울었대이. 그저 그날 밤에 꼭 죽는 줄 알았으이끼네.

그것은 내가 어렸을 때부터 자주 들어온, 어머니가 넋두리처럼 되뇌이던 이야기였다. 그러나 나는 잠자코 귀를 맡기고 있었다. 유복자로 낳아 어렵게 키워온 하나뿐인 자식을 품안에서 떠나보내면서, 어머니로서는 지나간 세월의 온갖 아픔들이 그날 밤따라 새삼스럽게 살아나 도무지 잠을 이루지 못하셨을 것이었다.

그 무섭고 끔찍스러분 진통이 달려드는데, 그러면서도 또 까물치듯이 깜빡깜빡 잠이 오는 기라. 그렇게 아픈 데도 와 또 잠이 그렇게 쏟아지는동, 나는 암매 뱃속에 든 것도 죽고 난도 죽을랑갑다 생각했제. 우짜문 빨리 죽어뿌기를 바랬는지도 몰라. 그라다가 풋잠이 들었을 때 퍼떡 죽은 너거 아부지가 눈에 안 띄

나. 암말도 없이 씨익 웃는 둥 마는 둥하면서 내 손에 알밤 하나
를 쥐이주고 사라지는 기라. 빠알간 알밤이 그렇기 고울 수가 없
더라. 그때사 나는 니가 안 죽고 세상에 나올 줄을 알았다. 그 꿈
이 아니었으모 그 무서분 일을 우째 견디었겠노.

그때 나는 문득 내 얼굴에 와 닿는 어머니의 손길을 느꼈다.
건조하고 거친 손바닥이었지만, 그러나 아직 뜨거운 체온이 남
은 손이었다.

우리 대식이는 이 에미 버리지 않겠제. 장가가서 기집 자식 보
고 산다꼬 이 에미 버리지는 않겠제.

어머니는 마치 젖먹이 어린것에게나 하듯 내 얼굴을 손바닥으
로 연신 어루만지고 있었다. 그때 어둠 속에서 번들번들 눈을 빛
내며 열기를 띠고 되뇌이는 어머니의 목소리를 들으면서, 나는
내 몸을 훅 덮어오는 이상스런 전율을 느꼈었다.

그럴 리가 있나요, 어머니. 결혼해도 난 내 색시보다 어머니를
더 좋아할 텐데요. 난 어머니가 없으면 못 살아요.

나는 응석 부리는 어린애처럼 그렇게 말했다. 그러나 어머니
는 내 얼굴을 손바닥으로 감싸쥐고 더욱 열기 띤 음성으로 진저
리치듯 말하는 것이었다.

나는 이 세상에 우리 대식이배끼 없대이. 우리 대식이가 이 에
미 구찮아하고 구박하모 나는 그 길로 나가 죽어뿔 끼대이. 니
기집만 이쁘고 사랑시럽고 이 늙은 에미는 미워하모 나는 죽고
말 끼대이⋯⋯

나는 세차게 고개를 흔들었다. 그러나, 그럴 리가 없었다. 어
머니는 그렇게 함부로 어리석은 짓을 할 만큼 약한 분이 아니었
다. 어머니는 누구보다 질기디질긴 생명력을 지녔고, 바로 그것

으로 당신의 하나뿐인 자식을 혼자 힘으로 키워오신 것이었다. 나는 다시 시계를 들여다보았다. 그들이 약속한 시간까지는 충분히 도착할 수 있을 것 같았지만, 나는 까닭 모를 초조감으로 몸을 떨고 있었다.

내가 결혼을 한 것은 삼 년 전이었다. 그러니까 남보다 훨씬 늦은 나이였던 셈이다. 내가 직장을 구하고 생활이 어느 정도 자리가 잡히고부터 어머니는 거의 매일 며느릿감 구하러 다니는 눈치였으나, 웬일인지 마땅한 혼처를 찾을 수가 없었다. 선도 수없이 봤지만 늘 이 핑계 저 핑계로 일이 틀어져버리는 것이었다. 내 마음에 든다 싶으면 저쪽이 싫다 했고, 저쪽이 열을 내는 듯하면 어머니 마음에 들지 않았다. 아니, 어머니 마음에 꼭 맞는 신부란 없었다.

이를테면,

그 여자는 영 틀리묵었더라. 지가 잘나면 얼매나 잘났다고 맞선을 보는 자리에서 나 여기 있소 하고 고개를 뱀대가리맨쿠로 꼿꼿이 쳐들고 앉아서 사람 눈을 똑바로 쳐다보는데, 아이고 그런 년이 시집이라꼬 와 가지고 안방에 들어앉으모 오죽하겠나. 시에미 알기를 얼매나 우습게 알겠노.

또는,

니는 우째 봤는지 모르지만 내가 보이께 그 여자는 얌전한 거 같으면서도 그기 아이더래이. 고개를 배배 꼬고 앉아서도 앞을 핼끔핼끔 돌리면서 볼 거 다 보더라. 내 눈은 못 속인다. 그런 년이 부뚜막에는 먼저 올라앉는 법이고 지 서방 잠시도 못살게 들들 볶을 끼다.

하는 식으로 딱지를 놓았다. 어쩌면 며느릿감이 될 수많은 젊은 여자들을 만나보고 무슨 트집이든 찾아내어 퇴짜를 놓는 것에 어떤 쾌감이라도 느끼고 있지 않을까 하는 의심이 들 정도였다.

나로 말하면, 애초부터 배필이 될 여자에게 큰 기대를 가지고 있었던 것은 아니었다. 나 자신이 남들 앞에 버젓하게 내세울 것이 없다는 사실을 잘 알고 있는 데다, 무엇보다 여자 문제에 있어서는 거의 숙맥이나 다름없었던 것이다. 따라서 처음부터 내 아내가 될 여자를 찾는다기보다 어머니의 며느리를 고른다는 식이 되어버렸고, 그러니 혼인이 쉽게 성사될 리가 없었다. 몇 년 동안 선을 본다고 이끌려 다닌 것에 몸도 마음도 지쳐서 나는 그저 아무 여자하고라도 두 눈 딱 감고 식을 올리고 싶은 생각밖에 없었다.

지금의 아내는 우리가 살던 동네의 반장집 아주머니가 중매를 선 여자였다. 시장에서 조그만 수예점을 하고 있었는데, 어머니가 그녀의 가게로 한 번 가보고 오더니 의외이다 싶게 호감을 가지신 모양이었다.

오목조목 예쁘게 생기진 못해도 사람이 그저 무던해 보이더라. 혼자 장사하면서 고생을 해봐서 그런지 속이 차 보이는 기세상 물정 모르고 까부는 요즘 젊은것들하고는 첫눈에도 달라 보이는 기라. 나이도 묵을 만큼 묵어서 그런지 어른 무서버할 줄도 아는 거 같고.

신붓감을 보고 와서 칭찬만을 늘어놓는 것은 전에 없던 일이었다. 이상한 것은 어머니가 좋다고 말한 것들이 뒤집어놓고 보면 다 흉이 될 만한 것들이란 사실이었다. 우선 나이가 너무 많았다. 여자 나이가 서른을 넘겼다면 꽃다운 시절은 다 보내고 이제 시들어가는 때였다. 또 어머니는 겉멋을 부리지 않고 무던하게 생겼더라고 했지만 용모가 변변치 못하다는 얘기와 다를 바가 없을 것이었다. 어느 면으로는 나와 비슷한 점이 많은 여자라고 할 수 있었다. 어릴 때부터 편모 슬하에서 딸 하나로 외롭게 자랐는데, 그 어머니마저 암으로 고생하다가 작년에야 세상을 떠났다는 것이었다. 지금까지 수예점을 하며 병든 어머니의 약값이며 병원비를 대다 보니 그만 혼기를 놓쳐버렸다고 했다. 나는 하필이면 그런 여자가 어머니의 마음에 들었다는 것이 이해할 수 없었고, 지금까지 수많은 규수들을 무슨 구실을 붙여서라도 딱지를 놓은 것이 이런 흠집투성이의 여자를 구하기 위해서였나 싶어서 도무지 당신의 속을 짐작할 수가 없었다. 어쨌든 어머니의 성화에 못 이겨 나는 다음날 그 여자를 만나러 시장엘 찾아갔다. 그때까지도 별로 마음이 내키지 않았으므로 회사 마크가 붙은 작업복을 그대로 입은 채 그녀의 가게 가까운 곳에 있는 분식집에서 여자를 만났다. 여자 역시 가게에서 입던 옷차림이었다.

그것은 확실히 별난 맞선이었다. 여름 장마의 뒤끝이라 궂은 비가 추적거리고 있었다. 지금도 나는 비에 젖어서 분식집의 낡은 유리문을 열고 들어서던 아내의 첫 모습을 기억하고 있다. 미닫이로 된 허름한 유리문이 삐걱대며 잘 열리지 않자 그녀의 얼굴에는 한순간 절망적인 표정이 떠올랐었다. 내 첫인상으로는 무척 지쳐 있는 여자란 느낌이었다. 그 여자의 눈은 삶에 아무런 희망도 기대도 가지지 못한 사람의 그것이었다. 그녀는 이마에 달라붙은 젖은 머리칼을 쓸어넘길 힘조차 없는 사람처럼 멍하니 방심한 표정으로 앉아서 유리문 바깥의 시장골목에 추적거리고

있는 빗줄기를 보다가 이따금 생각난 듯이 두 사람 앞에 놓인 오
뎅꼬치를 뒤적거리곤 했다. 그런 그녀의 모습은 맞선을 보러 나
온 것이 아니라 고된 노동을 하던 도중에 잠깐 쉴 짬을 얻은 사
람처럼 보일 정도였다.

그녀는 내가 건네는 말에 건성으로 대답하는 듯했다. 어느 땐
대답을 않고 있다가 다시 물을 때야, 네? 하고 정신이 든 듯 반문
하기도 했다. 나는 새삼 어머니가 왜 이 여자에게 마음이 끌렸는
지 알 수가 없었다. 이미 시들어가는 나이에다가, 초라하고 볼품
없는 얼굴이었고, 의지할 부모 형제도 없는, 마음이 끌린다기보
다는 차라리 연민을 느낄 정도의 여자라고 해야 옳을 것이었다.

그런데 놀라운 것은, 내가 그녀 앞에서 말을 더듬지 않는다는
사실이었다. 어린 시절부터 나는 남들 앞에서 입을 열기를 두려
워했다. 말을 시작할 때면 입 안에서 몇 번이고 할 말을 연습한
뒤에야 간신히 입을 여는데, 그때마다 식은땀이 흐르도록 긴장
을 해야만 했던 것이다. 내가 말을 더듬지 않는 것은 오직 어머
니 앞에서뿐이었다. 이상하게도 어머니 앞에선 아무 걱정 없이
무슨 얘기든 지껄일 수도 있었다. 그래서 학교에서 돌아와 대문
안에 들어서면 마치 코를 쥐고 물 속에 잠겨 있다가 물 밖으로
빠져나온 것처럼 나는 비로소 질식할 것 같은 긴장을 풀고 막혔
던 숨을 길게 내쉴 수 있었던 것이다. 그런데 놀랍게도 그녀 앞
에서 내가 말을 더듬지 않는 것이었다. 말을 더듬지 않고서도 어
머니가 아닌 낯선 여자에게 그날처럼 많이 지껄여본 경험은 난
생 처음이었다. 한번 말문이 터지자 이야기에 굶주린 사람처럼
많은 이야기를 늘어놓았는데, 나중에는 여자의 얼굴에 거짓말처
럼 웃음이 피어오르게 할 수 있었던 것이다. 나는 차츰 인연이니

천생연분이니 하는 낱말들을 머릿속에 떠올렸고, 자리에서 일어설 때쯤에는 벌써 마음을 굳혀놓고 있었다.

그러나 우리의 결혼 생활은 처음부터 순조롭지 못했다. 그리고 지금 생각해보니 그 균열의 무서운 조짐은 결혼 첫날부터 시작되었던 셈이었다.

우리는 신혼여행을 부산으로 갔었다. 비싼 호텔이 아니라 송도에 있는 소위 장급 여관이란 곳에 숙소를 정했다. 여관의 창문으로는 철 지난 해수욕장의 좁은 모래밭이 내려다보였고, 밤바다의 파도가 찰싹찰싹 해변을 핥는 소리가 들려왔다.

우리는 그곳에서 바야흐로 첫날밤의 의식을 시작할 참이었다. 생각해보면 둘 다 어렵게 세파를 헤쳐오면서 늦게서야 겨우 결혼이란 것을 하게 된 입장이었지만, 그러기에 우리들의 첫날밤은 더욱 아름다운 것일 수도 있었다. 바다를 향한 넓은 창문이 훤하게 밝아서 침대에 반듯이 누운 그녀의 모습을 어둠 속에서 드러내고 있었다. 나는 성스러운 의식을 집전하려는 사제처럼 흥분했고, 그녀는 제단 위에 누워서 눈을 감은 채 어서 의식이 시작되기를 기다리고 있었다. 내 손이 그녀의 긴장한 몸에 닿았다. 그녀의 몸이 가늘게 떨리고 있었다. 나는 내 몸 속에서 뻗쳐오르는 욕망을 느꼈다. 그러나 바로 그 순간이었다. 참으로 알 수 없게도 그때 불현듯 어머니가 생각났던 것이다. 그것도 아주 어린 시절 언젠가 들었던 어머니의 목소리가 마치 바로 곁에서 들리는 것처럼 생생하게 귓전을 때렸던 것이다.

아이고, 징글맞으래이.

그곳은 어린 시절 우리가 세 들어 살던 집의 뒤안이었다. 뒷담과 면한 좁고 캄캄한 부엌 바닥에 나는 발가벗고 서 있었다. 여름날이면 어머니는 매일같이 그곳에 양동이로 물을 떠다놓은 뒤 내 몸을 씻겼던 것이다. 그때 어머니는 내 몸을 씻기는 데 왜 그토록 열심이었을까. 어머니는 마치 그것이 더할 나위 없는 즐거움인 양 내 몸을 오래도록 정성 들여 씻었다. 어머니는 먼저 머리를 감겼고, 그 다음 내 몸의 구석구석을 비누칠해서 살갗이 빨갛게 되도록 손으로 아프게 문질렀다. 그리고 몇 번이고 돌려세우며 남김없이 때가 벗겨진 것을 확인한 뒤에 마른 수건으로 닦아주는 것이 마지막 순서였다.

아이고, 징글맞으래이.

아마 어머니의 손이 내 다리샅을 씻고 있을 때였을 것이다. 두 눈을 꼭 감고 어머니의 손길을 견디고 있던 나는 깜짝 놀라서 눈을 떴다. 내 얼굴을 쏘아보는 어머니의 눈길과 마주쳐서야 나는 무엇이 잘못되었나를 알았다. 나도 모르는 사이 고추가 빳빳하게 일어서 있었던 것이다. 그러나 그때 내가 알 수 없었던 것은 반드시 화를 내는 것만은 아닌, 어머니의 이상스럽게 상기한 표정과 들뜬 음성이었다. 어머니는 손으로 그것을 탁 치면서 키득 웃기까지 하였던 것이다.

아이고, 징글맞으래이. 그 소리가 오랜 세월 속에 켜켜이 먼지를 뒤집어쓰고 있다가 왜 하필이면 그 순간에 난데없이 튀어나왔는지 이해할 수 없는 일이었다. 그 기억은 너무도 생생해서 나는 어머니가 손으로 탁 치던 그 기묘한 촉감까지 분명히 느낄 수가 있었던 것이다. 그것은 어처구니없게도 막 끓어오르던 내 욕망까지도 꺾어버리고 말았고, 우리들의 의식은 중단된 채로 첫날밤을 넘겨야 했다.

그리고 그나마 우리들의 신혼여행은 그 하룻밤으로 끝을 맺고 말았다. 다음날 아침 우리들은 서둘러 돌아와야 했던 것이다.

우짜모 좋겠노. 어제 저녁부터 갑자기 창자가 끊어지는 거같이 아프대이. 밤새도록 한잠도 못 잤다.

다음날 아침 집으로 전화를 걸었을 때, 수화기 속의 어머니 목소리는 겁이 덜컥 날 만큼 병색이 완연했던 것이다. 어머니는 신혼여행을 끝내고 곧장 돌아왔으면 하는 눈치를 노골적으로 드러내고 있었다. 그러나 막상 2박 3일의 신혼여행을 포기하고 집에 들어가자, 놀랍게도 어머니는 멀쩡한 얼굴로 우리를 맞았다. 아까 약방에서 소화제를 사먹었더이 씻어버린 듯이 낫더라. 어머니의 말이었다. 소화제를 먹어서 나을 병으로 신혼여행길에서 불러올린단 말인가. 나는 서운하기보다는 기가 막혔고, 어머니가 혹시 꾀병을 부린 것이 아닐까 하는 의심을 지울 수가 없었다.

그것은 공연한 의심이 아니었다. 어머니는 그 뒤에도 그런 수법을 곧잘 사용했다. 방 둘뿐인 좁은 집에서 조금 큰 방은 어머니에게 드리고, 우리 내외는 마루 겸 부엌 건너의 작은 방을 쓰고 있었다. 나는 밤이면 어머니 곁에서 연속극이나 보며 시간을 보내다가 건너오곤 했는데, 어머니는 조금이라도 나를 붙들어두려고 하는 것이었다. 어깨가 결리니 주물러달라든가, 때아니게 지난날의 묵은 이야기들을 끝도 없이 늘어놓아 좀이 쑤시게 만들기도 했다. 어느 땐 이쪽 방에 건너와 잠자리에 든 뒤에도 곧잘 불러내기도 하는데, 그럴 때는 언제나 아프다는 핑계였다.

야야. 저녁 묵은 기 없힜나. 와 이렇게 배가 아프노.

어쩔 수 없이 내가 건너가면 어머니는 당신의 아픈 배를 쓸어달라고 하셨다. 니 손이 참말로 약손이대이. 그 꼭 맥혔던 속이 우째 이리 봄눈 녹듯 가라앉겠노. 내 손이 당신의 배를 쓸어가면 어머니는 사뭇 만족한 표정으로 스르르 눈을 감았다. 나는 어쩌면 배가 아프다는 당신의 말이 거짓이 아닐지도 모른다는 생각이 들었다. 하나뿐인 자식을 품안에서 내보내고 홀로 밤을 보내는 허전한 심정이 당신의 속을 아프게 후벼파고 있을지도 모를 일이었다.

밤중에 잠자리에 누워 있을 때면 난데없이 좁은 마루를 왔다 갔다 하는 어머니의 발소리를 들을 수 있었다. 무슨 용무가 있어서가 아니라 우리 내외의 동태를 살피려는 것이 분명했다. 어쩌다 아내를 안고 있으면 어느 사이엔가 어머니의 발소리가 머리맡의 어둠 속을 자박자박 밟고 있는 것이었다. 그럴 때 아내는 이불이 부스럭거리는 소리는 물론 숨도 쉬지 않으려 애쓰곤 했다. 그러나 다음날 아침이면 노인은 귀신같이 간밤의 일을 알아내고 말았다.

아이고, 더럽어래이. 그 더러분 손으로 만진 음식을 우째 묵으란 말이고. 부엌에서 아침을 짓고 있는 아내에게 어머니는 버럭 소리를 내질렀다. 밤을 꼬박 밝힌 듯이 헝클어진 머리에 휑한 두 눈으로 아내를 잡아먹을 듯 노려보는 것이었다. 그리고 그런 날은 아내를 한사코 부엌에서 내쫓고 말았다. 당신의 자식과 잠자리를 같이 했다고 해서 며느리를 불결하다고 생각하는 어머니의 심정을 도대체 뭐라고 설명할 수 있단 말인가. 나는 애써 어머니의 그러한 증세가 일시적인 현상이라고 생각하려 애썼다. 시간이 지나면 어머니는 결국 당신의 며느리를 따뜻하게 받아들이게 되리라. 그러나 날이 갈수록 어머니는 아내를 노골적으로 학대하기 시작했다.

국이라고 끓여놓은 기 오뉴월 땡볕에 개구리 땀 흘려놓은 거

같네. 시에미 밉다꼬 묵다가 체해서 죽어뻐란 말이가.

밥상머리에서 밥 한술 채 뜨기도 전에 숟가락을 내던져버리는가 하면, 새삼스레 시집올 때 제대로 해온 것이 없다느니, 지지리 없는 집에서 자라서 하는 짓마다 궁상이 줄줄 흐른다는 식으로 흉을 보았다. 며느리가 미우면 발뒤꿈치까지 밉다는 말이 결코 과장이 아니었다.

그러한 어머니의 학대를 아내는 그저 묵묵히 받아들이고 있었다. 아내는 그 모든 것을 자신의 운명이라고 생각하는 듯했고, 처음 분식집에서 보았던 것과 마찬가지로 늘 멍하니 반쯤 정신을 놓고 있는 듯한 표정이었다. 어릴 때부터 겪어야 했던 온갖 고생으로, 그리고 어머니의 병구완에 매달려 젊음을 탕진하면서 생의 활기와 의욕까지도 모조리 잃어버렸는지 몰랐다. 행복이라든가 일상적인 안락에는 전혀 익숙하지 못했고, 불행에는 너무 길이 잘 든 여자였다.

그러한 아내를 결혼 전에 어머니는 왜 그토록 호감을 가지셨을까. 나는 이해할 수가 없었다. 수많은 신붓감 중에도 가장 흠이 많다 할 아내를 왜 선택했을까. 그러자 불현듯 무서운 생각이 머리를 스쳤다. 어머니는 수없이 맞선을 보고 다니면서 사실은 가장 못나고 흠이 많은 여자를 찾은 것이 아니었을까. 며느리를 고르는 데에도 당신의 투기심이 작용했을 가능성에 생각이 미치자 나는 소름이 끼치는 것 같았다.

며느리에게 화를 낼 때 어머니의 그 몸서리치는 듯한 표정과 부릅뜬 눈. 그것은 불같이 끓어오르는 투기심을 억제치 못하는 얼굴이었다. 또한 그것은 언젠가의 내 기억 속에 생생히 새겨진 바로 그 얼굴이기도 했다.

144

고향을 떠난 뒤 한동안 우리 모자는 거렁뱅이와 다름없는 생활을 했다 한다. 겨우 대구 봉덕동의 미군 부대 옆에 자리 잡게 된 것은 내가 일고여덟 살이 되었을 때부터였다. 그곳은 일명 텍사스촌이라고 불리는 곳으로 어지러운 영문 간판들과 이상야릇한 옷을 걸쳐 입은 양공주들이 득실대는 곳이었다.

　우리는 골목 안쪽 어느 집의 골방에 세를 들어 살았는데, 어머니는 그 일대 양공주들의 세탁물을 걷어 와서 빨래를 해주고 몇 푼 돈을 받거나 품삯 대신 소소한 미제 물건들을 얻기도 했었다. 그 당시에는 커피 깡통이랄지 양담배 같은 물건들을 양키 시장에 가져가면 곧장 돈으로 바꿀 수가 있었으므로 그럭저럭 생활을 꾸려나갔던 것이다. 그래서 우리가 세 든 집의 좁은 뒷마당에는 늘 두터운 코트에서부터 더러운 침대 시트와 속옷에 이르기까지 빨랫줄에 주렁주렁 널려 있었다. 그곳에서 외톨이로만 지냈던 나는 그 좁은 마루 끝에 앉아서 하루 해가 다 가도록 허기를 참으며 갖가지 형상의 빨래들에서 물이 떨어져 마당을 축축하게 적시는 것을 바라보곤 했었다.

　그때 우리 뒷집에 세 들어 살고 있던 양공주가 있었다. 그 여자의 이름은 '수우지'였다. 나이보다 조숙한, 그러나 대개는 팔다리가 비쩍 마른 아이들이 떼를 지어 골목의 습기 찬 그늘에 몰려 서 있다가 가끔 그녀가 지나가면 이빨 사이로 난잡하게 휘파람을 불면서, 헤이! 쑤우지, 캄온! 씨비씨비 오케이? 하는 식으로 놀려대던 것이 기억난다. 그런데 그 여자가 무슨 이유에선지 나를 무척 귀여워해주었다. 나를 자주 자기 방으로 데려가서 초콜릿을 주기도 하고, 먼 나라의 동화 같은 것도 이야기해주었다. 그녀의 방에는 미제 향수 냄새인지 여자 냄새인지, 여하튼 늘 야릇한 냄새가 코를 찔렀다. 따라서 그 방에 들어가 있으면 나는 왠지 속이 느글느글하면서 가슴이 울렁거렸는데, 이상하게도 그 냄새가 싫지 않았다. 사실 나는 초콜릿이라든가 동화 같은 것보다도 그녀의 몸에서 풍기는 독한 향내, 나를 안을 때 내 몸에 와 닿는 그녀의 미끌한 살갗의 촉감이 더 좋았던 것인지도 몰랐다. 그것은 이미 갖은 고생에 찌들어버린 어머니의 몸에서는 도저히 맛볼 수 없는 것이기도 했다. 그녀는 대낮에도 불을 켜둔 좁은 방 안에서 허벅지가 허옇게 드러난 잠옷 차림으로 지냈는데, 가끔 난데없이 눈물을 글썽이며 내 몸을 으스러져라 껴안아주는 때가 있었고, 그럴 때면 나는 숨이 막히고 온몸이 녹아드는 것 같은 이상야릇한 기분을 맛보곤 했었다.

그날도 나는 그녀의 방에서 놀고 있었다. 그런데 갑자기 문이 왈칵 열리고, 어떻게 알았는지 무서운 표정을 띠고 있는 어머니의 얼굴이 나타난 것이었다. 어머니는 다짜고짜 방 안으로 뛰어들어 내 팔을 낚아채고는 여자에게 달려들었다.

요 이년. 여시 같은 년. 남에 집 순진한 아를 꼬여내서 무신 짓을 할라 카노.

여자는 갑작스레 당한 일이라 어안이 벙벙해 있다가 금세 얼굴이 핼쑥해져서 눈꼬리를 치켜세웠다.

뭐라꼬? 지금 무슨 소리를 하는 기고?

야 이년아. 양갈보면 양놈한테나 팔지 어데서 누구한테 갈보 짓을 할라꼬 드나. 이 천벌받을 년아.

이년이 암만 캐도 미쳐도 한참 미쳤는 갑제. 그래, 나는 양갈보다. 그라모 니는 뭐꼬? 양갈보 빤스나 빨아주미 얻어묵고 사는 주제에 누구보고 큰 소리고?

그래 나는 미쳤다. 내가 와 미쳤는지 아나, 이년아. 이 순 빨갱이 같은 년아.

두 사람은 어느새 서로의 머리채를 휘어잡고 뒹굴었다. 그들이 악을 쓰며 싸우는 모습을 방 한구석에 쫓겨 앉아 겁에 질려 바라보면서, 나는 어머니가 왜 그처럼 화를 내는지 도무지 알 수 없었다. 머리를 어지럽게 풀어헤친 채 무서운 표정으로 악을 쓰는 어머니의 얼굴은 생판 모르는 딴 사람처럼 낯설게 느껴졌고, 어머니가 정말 미친 것이 아닐까 하는 두려움에 사로잡혀야 했다. 마침내 나는 와락 소리 내어 울음을 터뜨리고 말았다.

그 여자뿐아니라 어머니는 누구하고든 자주 싸웠다. 동네 사람들 중 어머니와 한두 번 싸우지 않은 사람이 없을 정도였다. 그리고 그때마다 어머니가 악을 쓰며 외치는 말이 있었다.

이 빨갱이 같은 년아.

어머니에게는, 당신의 삶을 괴롭히는 모든 것은 공산당이고 빨갱이였던 것이다. 내가 국민학교 4학년에 다니던 때였을 것이다. 그날도 어머니는 내 몸을 발가벗기고 목욕을 시키려 했는데, 그날따라 나는 목욕하는 것이 몹시 싫었다. 학교에서 장난을 치다 들켜 담임선생으로부터 맞은 회초리 자국이 있었던 것이다. 이게 뭐꼬! 아니나 다를까 어머니는 새파랗게 질린 얼굴로 소리쳤다. 본디 남보다 살이 무른 편이라 그 회초리 자국은 시커멓게 양쪽 종아리를 뱀처럼 휘감고 있었다. 나는 사실대로 털어놓을 수밖에 없었다. 그러나 어머니는 내가 장난을 치다가 벌을 받았다는 소리쯤은 귀에 들리지도 않는 모양이었다. 옷 입어라, 얼른. 지금 당장 나하고 학교에 가자. 일이 단단히 잘못 되어간다는 것을 알았지만 나는 어쩔 수 없이 어머니의 뒤를 따라나서야

만 했다.

학교에 들어서자 어머니는 곧장 교무실로 들어갔다. 나는 학교 현관문 옆에 숨어서 어머니가 빨리 나오기만을 기다리고 있었다. 그러나 조금 뒤 교무실 쪽에서 누군가 악을 쓰는 소리가 들려왔고, 나는 그것이 어머니의 소리임을 알았다. 나는 주춤주춤 교무실 쪽으로 다가갔다. 유리창 너머로 교무실의 풍경이 보였다. 어머니는 교무실 가운데 버티고 서서 고래고래 소리를 지르고 있었고, 그 주위를 몇 분의 선생님들이 둘러서 있었다. 그러나 어머니의 서슬에 눌린 듯 모두들 보고만 있을 뿐이었다. 나는 복도의 벽에 붙어선 채 지독한 부끄러움에 몸을 떨며 어머니의 고함 소리를 들었다. 어머니는 마치 미친 듯이 누구에게랄 것도 없이 교무실을 쩌렁쩌렁 울리며 그렇게 소리치고 있었다.

내 아들은 원호 유자녀이다. 빨갱이하고 싸우다가 저거 아부지 죽었다아. 대한민국이 어떤 나라라꼬 원호 가족을 이러키 괄세하나아. 내 아들 괴롭히고 못살게 구는 놈들은 전부 빨갱이고 공산당이다아.

어머니가 장인의 이야기를 꺼내었을 때도 내게 대뜸 떠오른 것은 이제 올 데까지 왔구나 하는 생각이었다. 그날 다른 때보다 늦게 퇴근하여 들어서는 나를 어머니는 끌다시피 방으로 데려갔다.

야아, 이 일을 우짜모 좋노. 내 안 그래도 저년이 뭔가 께름찍했는데, 알고 보이 큰일 날 년이더래이.

도대체 왜 또 그러세요.

니는 지금까지 그래도 니 기집이라꼬 감싸돌았는데 인제는 안될 끼다. 내가 알아보이께 말따. 저년 죽은 애비가 빨갱이라 안카나. 빨갱이로 형무소에서 몇 년 살다가 나왔다 카더라. 중매 섰던 그 반장 여편네가 하는 소리를 내 이 두 귀로 똑똑히 들었다.

나는 그 이야기를 이미 알고 있었다. 그러니까 장인이 부역 혐의로 형무소 생활을 하고 나온 뒤에 그때 상한 건강 때문에 일찍 세상을 버리게 되었다는 이야기를 나는 아내에게 들은 적이 있었다. 나는 짜증 섞인 소리로 어머니에게 되물었다.

그래서 어쨌다는 겁니까.

어데 그뿐인 줄 아나. 저년 외삼촌이 일본에 살고 있다 안 캤나. 그런데 그놈도 빨갱이라 카더라. 다른 재일교포들은 한국을 제집 드나들 듯하는 데도 그놈은 빨갱이라서 한번 오지도 못한다 카더라.

그러니, 어쨌다는 겁니까.

나는 다시 되물었다. 그러자 기세등등하던 어머니가 비로소 안색을 바꾸며 나를 보았다.

우짜긴 우째. 저런 년을 우째 집에 들이노. 너거 아부지가 와 죽었는데. 너거 외할부지 외할무이가 누구 손에 죽었는데.

그게 저 사람 잘못입니까.

오냐, 니가 벌써 기집한테 눈이 멀었구나.

제발 이제 그만 좀 하세요. 도대체 하나뿐인 며느리를 왜 그렇게 못 잡아먹어서 그러세요.

나는 그예 버럭 소리를 질러버리고 말았다. 그러자 어머니는 경악의 표정으로 입을 벌리고 나를 보았다. 그때까지 나는 한번도 어머니 앞에서 그런 식으로 소리를 질러본 적이 없었던 것이다. 나는 벌떡 일어나 내 방으로 건너오고 말았다. 방 한구석에 아내가 고개를 숙인 채 쪼그리고 앉아 있었다. 마악 담배를 한 대 피워 무는데, 다시 문이 벌컥 열리고 어머니가 들어섰다.

어머니는 이미 무섭게 변한 얼굴에 몸을 사시나무처럼 떨고 있었다.

뭐가 어째? 이놈아. 그래 니 눈에는 니 기집만 보이고 니 에미는 안 보인다더냐? 아이고, 씹물이 독하긴 독하구나. 씹물이 니 놈 그것도 녹이고 조상 뻐까지 녹인다더라, 이놈아.

어머니는 차마 입에 담지 못할 욕설을 퍼붓고도 분이 풀리지 않는지, 말을 제대로 잇지 못할 만큼 숨이 가빠 있었다.

니는 천고에 없는 기집인 줄 모르지만, 나는 저년하고 같이 못 산다. 저년이 이 집에서 나가든가 내가 나가든가, 나는 저년하고 같이 못 산다.

마음대로 하세요. 하지만요, 이 사람은 어머니의 며느리이기에 앞서 제 처란 말입니다. 나는 이 사람을 버릴 수가 없어요.

그때 내가 왜 어머니에게 그처럼 모진 소리를 했는지 제대로 변명할 길이 없다. 어쩌면 결혼 후 그때까지 이 년여 동안의 지옥 같은 생활이 너무 지긋지긋했기 때문인지도 모른다. 또는 굳이 변명하자면, 어머니에게 내 태도를 분명히 밝히고 싶었던 것일 수도 있었다. 내 태도를 분명히 밝힘으로써 어머니도 당신의 현실을 있는 그대로 깨닫고 받아들일 수 있기를 바랐던 것이다.

그러나 어쨌든 그것이 어머니와의 마지막이 되었다. 다음날 아침 아내가 황급히 나를 깨우며 어머니의 방이 비어져 있음을 알렸던 것이다. 그래도 나는 어머니가 그런 식으로 집을 떠나버린 것을 도저히 믿을 수 없었다. 어디 가까운 절에라도 가서 며칠 머리를 식히고 돌아오시겠거니 생각했던 것이다. 그러나 결국 어머니는 지금까지 아무런 소식이 없었다.

경찰서 앞에 도착한 것은 약속 시간을 십여 분 앞둔 때였다. 그들이 말한 다방은 바로 경찰서 맞은편에 있었다. 다방에 들어가기 전에 나는 길 건너 경찰서 건물을 올려다보았다. 어둠 속에 우뚝 솟은 그 건물은 밤늦은 시각인데 환히 불을 켜두고 있는 창들도 있었고, 캄캄하게 어둠에 묻힌 부분도 있었다. 저 차가운 건물 속에서 아내는 지난밤을 새웠을 것이었다. 나는 새삼 쫓기듯 조급한 마음으로 다방문을 밀었다.

다방은 손님이 별로 없었고 썰렁하니 추웠다. 어서 오세요. 텔레비전의 연속극을 보고 있던 여자가 일어서며 말했다. 나는 출입구가 마주 보이는 자리에 앉았다. 그리고 다방의 벽시계와 내 시계를 맞춰보았다.

저 시계 맞는 겁니까.

나는 엽차를 가져온 여자에게 물었다. 그럼요. 여자는 이상하다는 표정으로 나를 힐끗 보면서 말했다. 나는 초조하게 담배에 불을 붙였다.

벽시계가 아홉시 삼십분을 막 넘기고 있을 때였다. 다방문이 열리고 왈칵 찬바람을 앞세우며 사내 둘이 들어서는 것이 보였다. 나는 벌떡 몸을 일으켰다. 그 사내들 사이에 끼어 있는 아내의 모습을 보았던 것이다. 그러나 반가움에 울음이라도 터뜨릴 줄 알았던 아내는 사내들의 등 뒤에서 반쯤 얼이 빠진 듯한 표정으로 나를 바라볼 뿐이었다.

김대식 씹니까.

한 사내는 탁한 색깔의 두터운 방한복을 입었고, 다른 사내는 번들거리는 가죽 점퍼 차림이었다. 그들은 먼저 내 앞자리에 앉더니 그 중 방한복의 사내가 고개를 들어 아내에게 말했다. 앉으세요, 사모님. 그러자 뒷전에서 오두마니 떨고 서 있던 아내는 흠칫 반사적으로 놀라며 내 옆자리에 주저앉았다.

사실은 지금 모종의 대공 관계 사건을 수사하고 있는 중인데 사모님께서도 관련이 있어서 조사를 좀 했습니다.

제 처, 처가 무슨 죄, 죄라도 저질렀습니까.

나는 말을 더듬지 않으려고 필사적으로 애를 썼다. 그런 내 모습을 빤히 주시하며 방한복이 말했다.

지금 조사가 진행 중이니까 확실한 것은 말씀드릴 수 없겠습니다만, 여하튼 앞으로 김 선생님께서도 협조를 해주셔야겠습니다.

나는 아내의 얼굴을 돌아보았다. 핏기를 잃어버린 얼굴이 한결 지치고 늙어 보였다. 그녀는 감정 표현을 잊은 사람처럼 의자에 잔뜩 웅크리고 앉은 채 몸을 떨고 있었다.

도대체 내 아내를 어떻게 했소. 나는 순간 그들의 멱살을 잡아 흔들며 소리치고 싶었다. 그동안의 모든 불안과 울분을 그들에게 터뜨리고 싶었지만, 나는 그것들을 삼켰다. 그런 짓을 한댔자 이제 와서 아무런 도움도 되지 않을 것이 너무도 분명했기 때문이었다.

아직 조사가 끝나지 않았지만, 몸도 약하신 것 같고 집안일도 돌봐야 할 주부이시라 일찍 내보내드리는 겁니다.

그, 그렇습니까. 고, 고맙습니다.

무슨 선심이라도 쓰는 듯한 그들의 말에 나는 그렇게 말했다. 그저 그 자리를 한시바삐 벗어나고 싶은 생각뿐이었던 것이다. 여기 서명 날인을 좀 해주시오. 사내가 내게 종이 한 장을 내밀었다.

나는 그 종이쪽에 씌어진 문구들을 읽어보았다. 상단에 아내의 이름 석 자가 씌어 있고, 위에 적힌 사람을 본인이 틀림없이 인계받았음을 확인한다. 대충 그런 내용이었지만 자세한 것은 눈에 들어오지도 않았다. 나는 무슨 물품을 인수받고 영수증을 떼어주는 것처럼 그 종이쪽의 아랫부분에 내 이름을 썼다. 그러자 가죽 점퍼의 사내가 재빨리 검고 투박하게 생긴 인주통을 내밀었고, 나는 엄지손가락 끝에 인주를 묻혀 내 이름 옆에 눌렀다. 그 모든 동작을 아내는 여전히 반쯤 얼이 빠진 표정으로 자기와 전혀 무관한 일을 보는 것처럼 바라보고 있었다.

자, 그럼. 그들이 자리에서 일어서며 손을 내밀었다. 앞으로 잘 좀 협조해주실 줄로 믿겠습니다. 그, 그럼요. 여부가 있겠습니까. 나는 억지로 웃음을 띠려 애를 썼다. 그리고 서둘러 달려나가 그들의 차값까지 함께 치렀다.

여보, 이때 몸은 괜찮아? 어디 아픈 데는 없어?

그들이 다방문을 밀고 나간 뒤에 나는 다시 아내에게로 달려와 성급하게 물었다. 빨리 집에 가고 싶어요. 아내가 텅 빈 시선으로 나를 보며 말했다. 아내의 입술이 까칠하게 말라 있었다. 그렇지, 빨리 집으로 들어가야지. 우리의 보금자리로 가야지. 나는 짐짓 큰 소리로 그렇게 말하며 아내의 몸을 안아 일으켰다.

다방문을 나서면서 나는 차도로 뛰어나가 팔을 크게 휘저어 택시를 불렀다. 아내를 먼저 태우고 그 옆자리에 올라앉아서야 나는 비로소 딱딱하게 경직되었던 온몸의 뼈마디가 조금씩 긴장을 푸는 것을 느꼈다. 택시 안은 새 둥지처럼 좁고도 온기가 있었다. 그러나 아내는 오한이 든 것처럼 후두둑 후두둑 몸을 떨었다.

일본에 계신 외삼촌이 얼마 전에 들어왔는데, 뭔가 문제가 될 일을 하셨나 봐요. 하지만 난 아무것도 모른다고 했어요. 귀국한 줄도 모르고 있었고, 난생 한 번 본 적도 없는 외삼촌인데……
난 정말 아무것도 모른다고 했어요.

자, 이젠 괜찮아. 아무것도 이야기할 필요가 없어. 이제 다 잊
어버리자구.

나는 아내의 손을 잡았다. 밤 깊은 거리는 차량마저 뜸했고,
가끔씩 불빛에 드러난 사람들이 어깨를 추켜올리고 종종걸음을
치고 있었다. 나는 쓰러질 듯 피곤한 몸을 뒤로 누이고 눈을 감
았다. 그러자 감은 망막 위로, 또렷이 나를 보고 있는 얼굴이 있
었다. 어머니였다.

니를 낳고 이 에미가 탯줄을 우째 끊었는지 알기나 하나. 에미
혼자서 이 이빨로, 물어뜯어가 끊었능기라.

어머니는 그렇게 말하고 있었다. 그 이야기를 할 때면 어머니
는 실제로 이빨을 드러내고 몸을 부르르 떠는 시늉을 하곤 했다.

우짤끼고. 태를 끊기는 끊어야겠는데, 깜깜한 데 아무리 더듬
어봐도 손에 잡히는 거는 없고. 아이고, 그놈의 줄이 우짜문 그
렇기 질기던고. 어데 내 정신이 있었더나. 그저 이 줄을 끊어야
만 한다, 이 줄을 끊어줘야만 한다…… 그저 그 일념배끼 없었능
기라.

아아, 어머니는 도대체 어디 계시는 것일까. 삼십여 년 전 몹
시도 춥던 어느 겨울날, 이 세상에 한 생명을 내보내기 위해 당
신 혼자 힘으로 몸을 풀던 밤처럼, 지금도 어느 무섭고 고통스러
운 어둠 속에서 그 목숨만큼이나 질긴 끈을 끊으려 애쓰고 계시
는 걸까. 나는 마음속으로 부르짖고 있었다. 맞아요, 어머니. 그
줄을 끊으세요. 어머니와 절 잇고 있는 그 피비린내 나는 줄을
끊어버리세요, 어머니.

내일부터라도 우리 다시 어머니를 찾아나섭시다.

나는 아내에게 말했다.

전국을 다 뒤져서라도 찾아보자구. 어머니는 무사하실 거야. 필경 지금도 어딘가에서 우리가 찾아오기를 눈이 빠지게 기다리고 계실 거야.

아내는 아무 대답이 없었다. 그동안의 고초와 긴장이 한꺼번에 풀린 탓인지 어느 사이엔가 내 어깨에 머리를 얹은 채 잠이 들어 있었던 것이다. 나는 가만히 아내를 싸안았다. 아내의 몸은 잠이 들어서도 여리게 떨리고 있었다.

(『샘이 깊은 물』, 1987)

눈 오는 날

위병 보초가 엠 16 소총으로 여자를 가로막았다. 여자는 몸이 가냘파 보였고, 손에 든 여행용 가방이 힘에 겨운지 한쪽 어깨가 기우뚱했다. 보초에게 뭔가 이야기하고 있는 동안 여자의 입김이 찬 공기 속에서 하얗게 떠올랐다.

"야, 뭐래? 이리 들여보내."

부대 입구에 뎅그마니 서 있는 위병소의 창문이 달칵 열리더니, 방한모를 눌러쓴 하사가 소리를 질렀다.

"어떻게 왔죠?"

여자가 가까이 갔을 때 하사가 물었다.

"면회 왔어요. 일병 김영민 씨라구……"

"몇 중대 소속이요?"

"글쎄요. 그런 건 몰라요. 그냥 여기 있다는 것만 알아요."

여자의 얼굴은 추운 날씨에 먼 길을 걸어오느라 빨갛게 달아 있었다. 그녀는 이야기할 때마다 버릇처럼 흰 장갑을 낀 손으로 자주 입을 가렸다.

"아가씨. 그것만 가지곤 찾을 수가 없음다. 소속이 어딘지 확실히 알아야지."

녹슨 난로의 밑구멍에 머리를 처박고 불을 피우던 또 한 사람이 허리를 펴며 말했다. 계급이 병장이었는데, 길쭉한 코에 검댕이 묻은 얼굴이 우스꽝스러워서 여자는 쿡 웃음을 삼켰다.

"같은 부대 사람이니까 아실 수 있잖아요? 키가 크구, 갸름한 얼굴에 쌍꺼풀 진 사람이에요."

병장과 하사가 얼굴을 마주보며 웃음을 참는 눈치였다. 자못 흥미 있다는 표정으로 병장이 말했다.

"그 사람이 아가씨와 어떤 사인데?"

여자는 대답 없이 손으로 입을 가리며 웃다가 곧 새침해져서 고개를 돌렸다. 위병소 뒤쪽의 넓은 연병장이 하얗게 눈으로 덮여 있었다. 이곳까지 오는 동안 내내 그녀는 그 눈을 보지 못하게 될까 걱정했었다. 연병장 위로 햇살이 서릿발처럼 차갑게 빛나고 있었고, 부대 막사는 그 너머 짙은 산그늘 속에 묻혀 있어서 음양의 차이가 뚜렷해 보였다. 산의 검은 음영 속에서 드러난 소나무들의 머리끝이 기운 햇살을 받아 착검한 총구들처럼 줄지어 빛나고 있었다.

"에또, 아가씨가 먼 길을 찾아오신 것 같으니 특별히 알아봐드리리다."

여자는 들릴락 말락하게 고맙습니다, 하고 말했다. 병장이 수동식 전화통에서 송수화기를 들고 신호를 보내는 동안 하사가 출입자 기록부를 펼쳐 들었다.

"아가씨 이름이 어떻게 돼요?"

"이영숙."

"주소는?"

"서울이요."

"서울이 다 아가씨 집인가?"

송수화기를 든 병장의 짓궂은 음성이 끼어들었다.

"구로구 구로동이에요."

"아유, 좋은 데서 오셨네."

역시 짓궂은 병장.

"번지."

"26통 4반 169번지요."

"직업은?"

흰 장갑을 낀 여자의 손이 다시 입으로 올라갔다. 추위에 자줏빛으로 질린 조그만 입술이 대답을 망설이며 꼼지락거렸다. 하사가 볼펜으로 창문턱을 두들기며 재촉했다.

"직업 없어요?"

"공원이에요."

"네?"

"공원이요. 공장에 나간다구요."

하사와 병장이 다시 시선을 주고받으며 소리 없이 웃었다.

"공원이 뭐요. 고상하게 회사원이라고 하지."

병장의 말이었다. 그리고 마침 신호가 떨어졌는지 병장은 송수화기에 대고 크게 소리를 질러대기 시작했는데, 통화가 잘 되지 않는 모양인가 입술을 모으고 휘파람을 획획 불다가 다시 소리를 지르곤 했다.

"김영민이라니까, 글쎄. 일병. 뭐라고?"

갑자기 병장의 얼굴이 굳어졌다.

"그 친구 이름이 김영민이 틀림없어? 이런 젠장할."

병장은 송수화기를 손바닥으로 막고 하사에게 눈짓을 보냈다. 두 사람이 한쪽 구석에 붙어서서 소리를 낮춰 수군거리더니, 이번에는 하사가 눈에 띄게 긴장된 얼굴로 송수화기를 받아들었다. 여자는 불안한 눈으로 그들을 보다가, 유난스럽게 자신을 빤히 보고 있는 병장의 시선과 마주치자 고개를 돌렸다.

그녀를 여기까지 데려다준, 눈 쌓인 들녘 사이로 길게 뻗은 군사도로가 산허리를 돌아 꼬리를 감추고 있는 게 보였다. 그녀는 자기가 그 길을 되돌아갈 생각은 한번도 해보지 않았던 것을 깨달았다. 그러나 지금 보니 그 길은 현실이 아니라고 여겨질 만큼 몹시 멀었다.

위병소 옆에는 숫자로 된 부대 이름과 함께, '초전에 박살하자!'라든가 '멸공!'이라는 커다란 입간판이 위협하듯 서 있었다. 그녀는 부대 외곽으로 길게 이어진 철조망과 멀리 짙은 산그늘 속에 엎드린 부대 막사들, 하얗게 눈으로 덮인, 사람 하나 볼 수 없는 넓은 연병장에 차갑게 꽂혀 있는 겨울 햇살 등을 보았다. 그 모든 것들은 이상할 정도로 정적에 잠겨 있었다. 그러나 왠지 그 정적에는 마치 쩡 하고 얼음이 꺼지는 것을 보는 듯한 위태로움이 느껴졌고, 그녀는 문득 알 수 없는 두려움으로 오싹 몸을 떨어야 했다.

불현듯 그는 잠을 깬다. 잠을 깨자, 지극히 당연한 일이지만, 자신이 군인이고, 육군 일병이며, 지금은 야간 보초 근무를 서고 있는 중이라는 사실을 깨닫는다.

아마 선 채로 깜빡 졸았던 모양이다. 엠 16 소총을 비스듬히 어깨에 메고 그는 몸을 덜덜 떨고 있다. 특히 그의 무르팍과 이빨들은 보초 근무를 시작할 때부터 떨고 있었는데, 지금도 지칠 줄 모르고 떨고 있는 중이다.

그는 눈을 크게 뜬다. 가끔 바람 소리가 들려올 뿐 사방은 지극히 조용하다. 자신의 앞에 어둠이 깔렸고, 그 어둠 속 몇 걸음 떨어진 곳에 철조망이 있고, 철조망 너머로는 더 짙은 어둠이 있다. 조금도 변함없는 풍경이지만, 그러나 그는 왠지 무엇인가 달라져 있음을 느낀다. 그리고 문득 차갑고 축축한 것이 코끝을 때린 뒤에야 그것이 무엇인지를 깨닫는다. 눈이다. 어둠 속을 점점이 밝히면서 눈이 내리고 있다.

그는 자신의 뒤로 저만큼 떨어져 있는 초소를 돌아본다. 초소 안에는 또 한 명의 근무자가 있다. 그러나 눈이 오는 것을 아는지 모르는지 아무 기척도 없다. 어쩌면 철모를 엉덩이 밑에 깔고 잠이 든지도 모른다.

"얌마, 근무 똑바로 서. 순찰자가 오면 큰 소리로 수하를 하란 말야."

보초 근무를 시작할 때 녀석은 그렇게 말하곤 초소 속으로 기어들어갔었다. 고참이 그런 말을 할 때면 대개 자기는 안심하고 눈을 좀 붙여야겠다는 뜻이다. 그는 일병이고 녀석은 상병이다. 일병은 문득 상병을 부르고 싶어진다. 눈이 오고 있다고 큰 소리로 알리고 싶은 충동을 느낀다.

그러나 일병은 금방 후회하고 말았다. 녀석이 자기만큼 눈을 좋아할 리가 없다는 생각이 든 것이다. 고참은 역시 철모를 깔고 앉아서 자고 있었던지, 조금 허둥대며 초소 밖으로 나온다.

"뭐야, 무슨 일이야?"

"눈이 오고 있습니다."

"뭐라구?"

"눈 말입니다. 첫눈이 온다구요."

"비엉신새끼. 난 또 깜짝 놀랐잖아. 새꺄, 눈 오는 거 처음 보니?"

군대에 들어온 지 육 개월이 지났지만, 일병은 아직도 이해할 수 없는 것이 많다. 이를테면 군대에 오기 전까지만 해도, 눈 오는 것을 기뻐한다 해서 바보 취급을 받을 줄은 한번도 상상해보지 못했었다.

"얼마나 지났어, 시간?"

일병은 두터운 방한복의 소매 속에서 손목시계를 찾아내어 눈앞에 바싹 붙여 들여다본다. 어둠 속에 파묻힌 시계바늘은 쉽사리 눈에 띄지 않는다. 게다가 그는 지독한 근시다.

"삼십 분…… 아니, 사십 분 지났습니다."

"씨이팔, 일 분이 십 년 같구나."

상병은 이빨 사이로 찍 침을 뱉는다. 녀석은 말 한마디마다 욕설을 섞지 않는 때가 별로 없다. 그러나 녀석에게는 그것을 아주 독특한 억양으로, 하나도 욕같이 들리지 않게 하는 재주가 있다. 욕하는 것도 이곳에서는 일종의 관습인데, 녀석은 나이에 비해 놀랍도록 군대의 관습에 통달해 있다. 일병은 상병의 실제 나이가 자기보다 네 살이나 어리다는 것을 알고 있다. 호적의 기록이 잘못되어 일찍 입대했다는 녀석은 그 반들거리는 눈빛을 제외한다면 겉보기로는 어린아이처럼 앳된 모습이다.

그러나 녀석에 비하면 일병은 도무지 군대 관습에 소질이 없는 편이다. 머리를 깎고 훈련병이 된 뒤 얼마 동안 그는 관등성명을 제대로 댈 수가 없었다. 일석점호 시간에 교관이 지휘봉 끝으로 그의 아랫배를 쿡 찌르며 "너!" 하고 지적을 할 때면, "예! 훈련병 김여엉미인!" 하고 목이 터져라 고함을 내질러야 한다는 것을 그는 잘 알고 있었다. 그런데 그는 그렇게 할 수가 없었다. 그에게는 왠지 그런 것들이 서툰 연극처럼 느껴졌는데, 마치 소질은 없고 자의식만 강한 배우처럼 그는 도무지 그 연극을 제대로 해낼 수가 없었다. 그러나 아무도 그의 자의식 따위엔 관심이 없었으므로, 그는 관등성명을 제대로 댈 수 있을 때까지 침상에 발끝을 두고 머리통은 내무반 시멘트 바닥에 처박고 있지 않으면 안 되었었다.

"니미, 내일 오전엔 꼬박 제설 작업만 하게 생겼구나."

상병은 목을 뒤로 꺾고 점점 굵어지는 눈발을 쳐다보며 말한다. 그러고 보니 내일이 일요일이다. 눈이 오고 있는 것을 기뻐하기보다 오직 내일의 제설 작업만을 걱정해야 하는 것은 슬픈 일이 아닐 수 없지만, 그러나 그는 상병이 부럽다. 녀석은 군대식으로 느끼고 생각할 줄 알았다. 그는 녀석에게 종종 열등감을 느낀다.

"최 상병님은……"

아무래도 턱을 떨고 있기보다는 말을 하는 것이 나을 것 같아서, 그는 입을 연다.

"사회에서 무슨 일을 했습니까, 실례지만."

"실례지만? 새끼, 고상한 말 쓰는구나. 누가 대학생 아니랄까 봐서."

그리고 녀석은 그에게 얼굴을 바싹 디밀고, 은근한 목소리로 말을 잇는다.

"하긴, 야 군대가 좋긴 좋구나, 안 그러냐? 사회 같으면 니가 어떻게 내 앞에서 요러고 있었냐.”

  녀석은 이빨을 드러내고 웃고 있지만, 그는 따라 웃을 수 없다. 고참이 이렇게 변덕을 부릴 때 조심해야 한다는 것쯤은 이미 터득하고 있다.

  “그러고 보면 군대라는 것이 참 공평한 거여. 군대에서는 모든 것을 밥그릇 숫자가 말해준단 말씀야. 요것보다 더 공평한 게 어디 있냐? 난 말씀야, 군대 생활이 힘들다는 놈들을 이해할 수가 없어. 나는 사회에서 네 시간 이상 자본 적이 없는데, 여기서는 근무 시간을 빼고도 최소한 여섯 시간은 잔단 말야. 또, 하늘이 두 쪽 나도 하루 세 끼 밥 거른 적이 있더냐?”

  잠깐 말을 끊었다가, 다시 녀석은 내뱉듯이 말한다.

  “꼭 알고 싶냐? 내 직장은 목욕탕이었다.”

  “목욕탕이오? 목욕탕에서 무슨 일을 합니까?”

  “개새끼. 목욕탕에서 넥타이 매고 사무 보는 줄 아냐?”

  그리고 상병은 더 이상 입을 열지 않는다. 잠시 동안 눈을 밟는 소리만 들려온다. 일병은, 어쩐지 녀석이 화를 내고 있는 것 같다고 생각한다. 졸병 앞에서 필요 없이 너무 많이 지껄였다고 생각하는지도 모를 일이다.

  “야, 몇 분 지났어?”

  한참 만에 다시 녀석의 칼칼한 목소리가 들려오고, 그는 시계를 본다. 눈 때문에 주위가 한결 밝아진 것 같다.

  “이제 삼십 분 지났는데요.”

  “이 쌍놈의 새끼가.”

  그제야 일병은 뭔가 잘못되었다는 것을 깨닫는다.

  “너 아깐 사십 분 지났다고 했잖았어?”

"죄송합니다. 어두워서 그만……"

"일루 와, 새꺄."

그는 녀석의 앞으로 다가간다. 어둠 속에서 녀석의 두 눈알이 무슨 짐승의 그것처럼 반들거리고 있다.

"너 지금 고참을 놀리는 거야 뭐야, 임마. 아깐 사십 분이라더니 이제 삼십 분 지났다면 내가 너 때문에 몇 분을 손해 봐야 하는 거야?"

"글쎄…… 나는 다만…… 어두워서 시계를 잘못 봤을 뿐입니다."

"자식이 말이 많아. 군대에서 십 분이면 자그마치 빠구리 한 번 하고도 라면 한 그릇은 끓여 먹을 수 있는 시간이야, 임마 알어?"

그는 녀석이 기껏해야 고등학교를 마칠까 말까 한 나이밖에 되지 않았다는 사실을 생각한다. 녀석이 그 '빠구리'라는 것을 한 번이라도 해봤을까 의심스러워진다. 그러나 어쨌든 녀석은 잔뜩 목에 힘이 들어간 음성으로 말을 잇는다.

"지금부터 넌 육군 상병 최 상병이 억울하게 손해 본 십 분 간의 시간에 대해 책임을 져야 한다. 알겠나?"

그가 대답이 없자, 녀석의 목소리가 신경질적으로 높아진다.

"왜 대답이 없나? 어, 너 웃었어?"

"내가 어떻게 책임을 져야 합니까?"

"지금부터 내게 재미있는 이야기를 하는 거다. 시간 가는 줄 모를 만큼 기차게 재미있는 걸로."

"전…… 뭐 별로 얘기할 줄 모르는데요."

"왜 몰라, 임마. 넌 대학물도 먹었고 하니까 아는 것도 많을 거 아냐. 사회에서 연애하던 얘기해봐."

"연앤 못 해봤습니다."

"자식이 안 되겠는데. 군기가 쏙 빠졌어. 꼬라박아, 새끼야."

그는 철모를 쓴 채 땅바닥에 머리를 박는다. 눈이 목덜미로 차갑게 파고든다. 이런 경우에 그가 늘 하는 생각이 있다. 이것은 연극이다, 하는 생각이다. 녀석은 상병의 역할을 맡고 있고, 자신은 일병의 역할을 맡고 있다. 그러나, 아무래도 그는 연극엔 소질이 없다.

그는 자신이 얼마나 왜소하고 바보스런 존재인가를 생각한다. 군대에 와서 그가 깨달은 것이 있다면 바로 그것이었다. 마치 군대라는 거대한 조직이 바로 그런 사실을 인식시키기 위해 존재하는 듯했고, 그의 상관들이라든지 최 상병과 같은 그의 동료들까지도 그것을 위해 공모하고 충실히 그 임무를 수행하고 있는 것 같았다.

훈련소에서 그는 밤이면 자주 오줌이 마려워 고생을 했다. 긴장을 하고 있어서인지 하룻밤에도 대여섯 번씩 잠에서 깨어나야 했는데, 그러나 훈련소 규칙이란 오줌이 마렵다고 해서 곧장 변소로 달려갈 수 있는 것이 아니었다. 훈련병이 내무반 바깥으로 나갈 때는 항상 세 명씩 짝을 지어 다녀야 했던 것이다. 언젠가 새벽녘에 그는 잠을 깼는데, 극심한 요의를 참을 수가 없었지만 자고 있는 곁의 동료들을 차마 깨울 수가 없었다. 불침번은 그가 혼자서 변소에 가는 것을 허락하지 않았으므로 터질 듯이 탱탱해진 아랫배를 부여안고 쩔쩔매다가 어쩔 수 없이 동료들을 깨웠지만, 그들은 노골적으로 화를 내며 일어나지 않았다. 오줌이 찔끔찔끔 새어나올 지경이 되자, 그는 다시 침상 위로 기어 올라갔다. 그리고 수통을 꺼내어 모포를 덮어쓰고 누웠다. 모포 속의 어둠 속에서 그는 비참함에 이를 갈면서 수통 속에 오줌을 싼 것이다. 묵직하게 차오른 수통의 중량과 뜨뜻한 온기를 손 안에 느끼면서, 그는 이제 더 이상 자신을 지킬 아무것도 남지 않았음을 깨달았다. 그런데 문제는 그날 저녁 점호 시간에 있었다. 일직사관이 하필이면 훈련병들의 수통을 검사했던 것이다. 일직사관이 그의 수통 뚜껑을 열어보았을 때 그는 제발 일직사관의 코가 막혀 있기를 빌었지만, 그러나 일직사관은 축농증 환자가 아니었고 그가 수통을 거꾸로 쏟아부었을 때는 어떤 축농증 환자라도 내무반 바닥에 쏟아지는 것이 물이 아니라 오줌이라는 것을 알 수 있었을 것이었다. 그리고 그는 식수가 담겨 있어야 할 수통 속에 왜 오줌이 하나 가득 담겨 있는지 도저히 설명할 수가 없었다. 그가 군대에서 거의 공식적으로 바보 취급을 받은 것은 그때부터였다.

"야, 임마! 일어서!"

갑자기 상병이 그의 팔을 잡아끌며 날카롭게 속삭인다. 그리고 허리를 굽힌 채 다람쥐처럼 기어가 바위 뒤로 숨는다. 그는 엉거주춤 녀석의 등 뒤로 붙어서 어둠을 노려본다. 녀석은 벌써 멋있게 앉아쏴 자세를 취하고 있다.

"손 들엇!"

"어이, 나야, 나."

부대 막사 쪽에서 올라오는 언덕배기의 잡목들 사이에 사람의 검은 윤곽이 보인다. 목소리로 보아, 아마 순찰하사일 것이다. 그러나 상병은 아랑곳하지 않고 다시 바락 고함을 지른다.

"손 들엇!"

"젠장할, 나라니까. 순찰."

눈도 오고, 날씨도 춥고 해서 순찰자는 얼른 한바퀴 돌고 다시 모포 속으로 기어 들어가고 싶은 생각밖에 없는 모양이다. 그러나 뒤이어 쇠가 쇠를 마찰하는 몹시 날카롭고 기분 나쁜 소리가 순찰자의 발걸음을 제지한다. 상병이 노리쇠를 작동한 것이다. 그제야 순찰자는 황급히 걸음을 멈추고 팔을 쳐든다.

"뒤로 돌아."

상병의 목소리는 별로 높진 않지만 힘이 배어 있다. 순찰자는 연신 투덜거리면서도 엉거주춤하게 팔을 쳐든 상태로 고분고분 명령에 따를 수밖에 없다.

"호텔."

"베개."

"누구냐?"

"순찰자."

"용무는?"

"순차알."

녀석은 아주 진지한 자세로 또박또박 규정대로 묻고 있다. 일병에게는 녀석의 그런 모습이 마치 전쟁놀이에 지나치게 열심인 아이를 보는 것 같은, 바로 그렇기 때문에 어떤 알지 못할 전율 같은 것을 느끼게 한다.

"뒤로 돌아. 보초 전 삼 보 앞으로."

순찰자가 가까이 다가오고, 그제야 상병은 총을 거두고 멋들어지게 경례를 붙인다.

"추웅성! 근무 중 이상무."

"좋아, 좋아. 똑 소리 나는구나. 또 한 놈은 누구냐?"

입 안에서 우물거리는 소리로 대답하며 일병은 앞으로 나선다.

"누군가 했더니 우리 대학생 아저씨로군. 오늘은 총을 갖고 나오셨수?"

순찰자가 그를 흘낏 쳐다보며 이죽거린다. 일병은 이미 타성이 되어버린 모욕감을 느끼지만 잠자코 서 있다. 사람들이 그에게 대학생이라고 부를 때는, 그 반대의 의미를 말하고 있다는 것을 그는 잘 안다. 신병으로 배속된 뒤 처음 보초 근무에 나서던 날, 그는 자신의 소총을 내무반에 놔둔 채 빈손으로 초소에 나왔었다. 더구나 자신도 모르고 있다가 순찰자에게 적발되어서야 알게 되었던 것이다. 처음 나가는 보초 근무라 잔뜩 긴장하고 있었는데, 어째서 정작 가장 중요한 총을 잊어버렸는지 그 자신이 생각해도 이해할 수 없는 일이었다. 그런데 그 뒤로 사람들은 그를 '고문관'이라고 부르는 대신, '대학생'이라고 불렀다. 그가 생각하기엔 '고문관'과 '대학생' 사이에는 단순한 모욕감이 아니라, 그 이상의 묘한 상관관계가 있었다.

"근무 잘 서라구. 누가 아냐, 신문에 나고 포상 휴가라도 가게 될지."

순찰자는 그냥 가기가 뭣한지 하릴없이 초소 주위를 한바퀴 휘둘러보고 나서 한마디 던진다.

"젠장할, 이런 곳에 뭐가 잡히겠수. 산골에 물개가 있을 리도 없을 테구."

"꼭 물개라야 되냐. 재수가 좋으면 눈 까진 똥개 새끼가 살살 기어올지 모르는 일이다. 그것도 낮은 포복으로 말야."

하사가 비탈길을 내려가며 킬킬거린다. 얼마 전 해안 부대에서 있었던 일이다. 야간 경계 근무를 하던 어느 병사가 해안 모래밭을 기어오는 괴물체를 발견했다. 정지 명령을 했지만 그 시커먼 물체는 낮은 포복으로 계속 접근했고, 마침내 병사는 사격을 시작했는데, 알고 보니 그 괴물체는 한 마리 물개였다는 것이다. 물개를 잡은 그 행운의 병사는 투철한 야간 근무 자세, 일발필중의 사격 솜씨가 인정되어 특별 포상 휴가를 받았다는 이야기였다. 그들은 그 이야기를 전우신문에서 읽었고, 바로 어제 저녁에는 그 억세게 운 좋은 병사를 귀감으로 삼아 야간 경계 근무에 만전을 기하라는 부대장 특별 담화문까지 경청했었다.

"어떤 놈이 내 총구 앞에서 손을 쳐들고 있을 때의 기분이 어떤지 알어?"

순찰하사가 어둠 속으로 사라지고 난 뒤 상병이 불쑥 말을 건네온다.

"쏴버리고 싶어."

일병은 일순 소름이 끼친다. 녀석의 말이 농담이 아니라는 것을 알기 때문이다. 그는 어깨에 멘 소총을 바싹 끌어당긴다. 총의 차갑고 강퍅한 몸체가 옆구리를 찔러온다.

방아쇠는, 훈련소에서 사격술 교관은 늘 말했다, 애인의 젖가슴을 만지듯 부드럽게 당겨야 한다고. 그러나 그는 그 비유를 납득할 수 없었다. 방아쇠가 가진 그 쇠붙이 특유의 차가움과 여자의 젖가슴이라니. 다른 것도 마찬가지지만, 특히 그는 사격을 잘하지 못했다. 입대 후 지금까지 사격 측정에 한 번도 합격한 적이 없을 정도였다.

그는 지금까지 한 번도 외출을 하지 못했다. 자신의 순서가 되었을 때도 번번이 외출자 명령부에 빠져 있곤 했다. 서너 번 그런 일이 있고 난 뒤, 그는 중대장을 찾아갔었다. 중대장은 자기 책상에 앉아서도 사열을 받는 것처럼 허리를 꼿꼿이 세우고, 언제나 모자를 벗지 않는 사람이었다. 그는 왜 자신의 이름이 외출자 명령에서 빠지는지 알고 싶다고 말했다.

"그건 당연하지. 넌 외출을 나갈 수 없어."

그는 말문이 막혔다. 중대장은 더 이상 입을 열지 않고, 깊숙이 눌러쓴 모자챙 아래로 눈을 가늘게 뜨고 그를 빤히 올려다보았다. 한참 만에 그가 다시 말했다.

"그 이유를 알아도 되겠습니까?"

"넌 사격 측정에 불합격한 놈이야. 사격을 못하는 놈은 외출을 할 수 없다는 게 내 방침이야."

그는 그 자리를 물러날 수밖에 없었다. 그러나 그는 여전히 사격에 합격하지 못했고, 당연히 다음번에도 외출자 명단에서 빠져 있었다. 그는 다시 중대장을 찾아갔는데, 이번에는 중대장이 몹시 화를 내었으므로 그는 정강이에 멍이 든 채 쫓겨나야만 했다. 그러나 그는 외출자 명단이 발표될 때마다 지치지 않고 중대장을 찾아갔다.

"전 도저히 사격에 합격할 수 없습니다. 중대장님, 전 눈이 몹시 나쁩니다."

"그럼 안경을 맞추어 끼면 될 거 아냐?"

"안경을 맞추려면…… 외출을 해야 하지 않습니까?"

"그럼 사격에 합격을 해, 임마."

무모하고 우스꽝스러운 짓인 줄 알면서도 그는 항의를 포기할 수 없었다. 그러면서도 왜 무모한 짓을 계속하는지 그 자신도 알 수가 없었다. 처음에 찾아갈 때는 분명히 목적이 있었지만, 몇 번을 거듭하면서 목적을 잃어버리고 말았던 것이다. 정강이를

170

걷어채고, 명령 불복종으로 영창에 집어넣을 것이라고 위협을 받으면서도 그는 지칠 줄 모르고 중대장을 찾아갔다. 언젠가 중대장이 기가 막히다는 듯이 말했다.

"너 나한테 데모하는 거냐? 데모하는 덴 아주 이골이 난 놈이로구나."

그 무모하고 어리석은 행위를 포기하지 않은 것이, 자신이 바보가 아니란 걸 증명하려는 것인지, 아니면 자신이 바보이고 고문관이라는 사실을 확인하려는 것인지 그 자신도 도대체 알 수가 없게 되고 말았다. 나중에 그는 중대장 입에서 외출을 허락하는 소리가 떨어질까 두려워지기까지 했던 것이다.

"야, 몇 분 지났어?"

상병이 소리친다. 그는 다시 힘들게 시계를 들여다본다.

"이제…… 한 시간 십 분이 지났습니다."

"그럼 몇 분 남은 거냐?"

"오십 분 남은 셈이지요."

"우, 지겹구나, 지겨워."

상병은 치를 떠는 듯한 소리로 말한다. 일병은 허공에 명멸하는 무수한 눈송이들을 올려다본다. 하늘은 보이지도 않는다. 언덕 저쪽에 있는 막사들도 보이지 않고, 한국 땅의 어디에서도 볼 수 있는 고만고만한 산야도 보이지 않고, 보이는 거라곤 눈과 그리고 철조망뿐이다. 세상에 아무것도 남지 않고 철조망만 있는데, 우습게도 그들은 그 철조망을 지키고 있다.

"최 상병님은 집이 어딘가요?"

"뭐라구? 집?"

마치 집이란 말을 처음 들어본 것처럼 녀석은 큰 소리로 반문

한다. 두 사람은 쉴 새 없이 제자리걸음을 하고 있다. 발이 시린 탓도 있지만, 잠시라도 움직이지 않으면 발목이 눈에 파묻혀버리고 말 것이다. 한참 만에 그가 다시 입을 연다.

"새끼, 넌 쓸데없는 것만 묻는구나. 우리 집은 서울 사당동 산꼭대기에 있어. 볼 만한 곳이지. 없는 살림에 웬 놈의 새끼들은 그렇게 깠는지 사과궤짝만한 집구석에 여섯 식구가 바글거린다구. 야, 내가 이 세상에서 제일 미워하는 인간이 누군 줄 아냐?"

갑자기 녀석이 묻는다. 물론 대답할 필요가 없는 물음이다.

"바로 우리 꼰대야, 꼰대. 허구한 날 술 퍼마시고 들어와 지 새끼들 패는 게 일이니까. 그런 꼰대를 그래도 남편이라고 고양이 앞의 쥐처럼 찍소리도 못하고 죽어지내는 거 보면 우리 할망구도 정말 한심한 여자지. 그래서 내가 세상에서 두번째로 미워하는 인간은 바로 우리 할망구야."

녀석은 발밑의 눈을 힘껏 걷어찬다. 일병은 문득 녀석을 위로해주고 싶은 묘한 충동을 느낀다. 짐승처럼 눈을 빛내고 있지만, 녀석의 목소리는 어린아이의 그것이다. 그것도 무언가에 몹시 굶주려 있는. 쏟아지는 눈발 속에서, 일병은 그들 두 사람이 망망한 바다 위에서 썩은 널빤지를 함께 붙들고 있는, 난파선의 유일한 생존자인 것 같은 느낌에 사로잡힌다. "자넨 어쩌다가 세상을 미워하는 것만 배웠나." 그의 대학 주임교수가 한 말이었다. 어쩌다가, 묘하게도 교수의 말 중에서 그 한마디가 그의 가슴을 찔렀고, 왠지 다른 어떤 말보다도 불쾌하게, 모욕적으로 느껴졌었다. 그는 상병을 보며 생각한다. 넌 어쩌다가 세상을 미워하게만 되었냐.

한 달 전에 일병은 부대 막사 옆을 흐르는 개울을 깨고 식기를

172

닦고 있다가 행정반으로 급히 들어오라는 연락을 받았다. 즉시 휴가 준비를 해서 중대장에게 신고를 하라는 것이었다. 딱딱하게 언 고무장갑을 손에서 벗겨내고 내무반으로 달려가면서 그는 도무지 영문을 알 수가 없었다.

"오늘부터 3박 4일 간 특별 휴가다."

행정반에 들어서자 중대장은 그에게 종이쪽지를 내밀며 말했다. 그것은 그의 아버지가 사망했음을 알리는 전보용지였다.

"너, 이 자식."

그가 문을 나서려 할 때 중대장이 다시 불러세웠다.

"혹시 나가서 다시 안 들어오려는 거 아냐?"

그는 대답하지 않았다. 시외버스를 두 번 갈아타고 네 번이나 검문을 받으면서 서울까지 나왔고, 밤열차를 타고 부산에 내렸을 때는 새벽이었다. 거의 반년 만에 집에 들어섰을 때 누런 베 두건을 머리에 쓴 형이 "너 오냐"는 말도 없이 멀거니 바라다볼 뿐이었다. 형의 얼굴은 나이를 알아볼 수 없게 늙어 보였고, 어머니는 벽을 바라보며 누워만 있었다. 그러나 그는 도무지 실감이 나지 않았다. 형이 좁은 방을 가로질러 위태롭게 서 있는 병풍을 조금 걷은 뒤 그에게 들여다보라고 했다. 그는 이불 홑청의 끝을 들어 시신의 얼굴을 보았다.

"니가 입대한 뒤부터 부쩍 술을 마시기 시작하셨다. 원래 혈압 때문에 삼가던 술 아이가. 그날도 술이 억병으로 취해가 들어오시더니, 마 못 일어나시더라. 뭐 손써볼 틈이라도 있어야제."

형이 등 뒤에서 변명하듯 띄엄띄엄 쉰 목소리로 말했다. 그의 아버지는 시골을 전전하며 정년을 기다리는 국민학교 교감이었는데, 그가 수배를 받고 집으로 내려왔을 때 그를 옆에 붙잡아두고 경찰서에 전화를 걸었었다. 아버지가 보는 앞에서 그는 수갑을 찼고, 그리고 보름 뒤에는 훈련소로 보내졌었다.

삼일장이었지만 그가 왔을 때 이미 이틀이 지났으므로 그 다음날 그들은 시 외곽의 산비탈에 부스럼딱지처럼 드러누워 있는 무수한 주검들 사이에 또 하나의 주검을 매장했다. 귀대를 하루 앞두고 그는 서울로 올라갔다. 학교 앞에는 여전히 매운 연기가 가득했다. 낯익은 얼굴들이 그를 만나러 모여들었다. 그들은 변함없이 목이 쉬어 있었고, 변함없이 토론을 즐기고 있었다. 또한 아무도 그만큼 빨리 술에 취하지 않았다. 그는 이미 해서는 안될 경험을 해버린 어린아이가 예전의 친구들을 보며 느끼는 부러움과 배신감을 동시에 맛보았다. 그들이 예전의 그 노래들을 합창할 때 그는 침묵하고 있었다. 그들의 노래가 끝나자 그는 혼자 노래를 시작했다. 인천의 성냥공장 성냥 만드는 아가씨……그것은 군대에서 고된 훈련 중에 부르는, 도덕적으로 뻔뻔스러워지는 것이 어떻게 고통을 잊게 해주는가를 가르쳐준 노래였다. 특히 아가씨가 성냥갑을 치마 밑에 감추어 나오다가 무슨 무슨 털이 다 타버렸다는 대목에서 더욱 소리를 높여 악을 썼는데, 정신이 들고 보니 그의 곁에는 아무도 없었다. 중대장 말과는 달리, 그는 휴가증에 기재된 귀대 시간보다 하루 앞서 부대로 돌아왔다.

"내가 진짜 재미있는 이야기 하나 해주랴?"

아무래도 오늘따라 녀석은 좀 수다스러워진 것 같다. 눈발은 이제 훨씬 굵어져서 쏟아질 듯 퍼붓고 있다. 상병은 말을 시작해놓고는 잠시 목을 꺾고 하늘을 쳐다본다.

"내가 아까 목욕탕에서 일했다고 했잖냐? 미아리에 있는 어느 목욕탕에 있을 땐데, 밤 열시가 넘어서 일 다 마친 시간에 주인 여자가 날 부르는 거야. 주인여잔 혼자 사는 과부인 데다 돈 쓸 데가 없어 주체를 못하는 여자지. 들어갔더니 탕 옆에 벌거벗고 드러누워 있는데 숨이 칵 막히더라. 백 킬로가 넘는 진짜 헤비급 이거든. 그런데 이년이 누운 채로, 최군, 일로 와서 나 등 좀 밀어도고, 아 요러잖아."

녀석은 코맹맹이 소리로 여자의 목소리를 실감나게 흉내 낸다.

"내가 어쨌는지 아나. 등을 슬슬 밀어주면서 점잖게 한마디 해 줬지. 아짐마, 이대로 정육간에 걸어두면 보기 좋겠수. 그랬더니 그년이 눈알을 홱 뒤집고는 소리를 지르는 거야. 병신새끼가 주 제도 모르고 어따 대고 개소리냐구 말야. 그 순간 나도 모르게 그년의 목을 조르기 시작했어. 처음에는 버둥거리더니 나중엔 눈알을 허옇게 뒤집더구만. 아마 조금만 더 힘을 주었으면 꼴까 닥 했을 거야. 그리고는 그 길로 곧장 짐 싸들고 나와버렸지. 그 런데 말야. 그 뒤로도 그년의 그 비곗살이 손바닥에 잡히던 느낌 이 영 사라지지 않더란 말씀야. 뭘 하다가 만 것 같은 찜찜한 기 분이랄까……"

어느새 상병의 목소리는 어울리지 않게 착 가라앉아 있다. 녀 석은 잠시 말을 끊었다가 다시 잇는다.

"그 일이 있고 나선 말야, 길거리를 가다가도 목살에 비계가 낀 놈들만 보면 손 안에 넣고 조르고 싶어지더라 이거야."

일병은 짐짓 소리 내어 웃지만, 소리를 내고 보니 몹시 어울리 지 않는, 일부러 꾸민 것 같은 소리가 되고 만 것을 깨닫는다.

"농담이 아냐, 새끼야."

아니나 다를까, 상병이 팩 목소리를 돋운다.

"이놈의 세상은 전쟁이 터져 인구가 반쯤은 죽어 없어져야 돼."

녀석이 덧붙인 말이다.

"전쟁이 나면 최 상병님부터 먼저 죽을 수 있다고는 생각지 않습니까?"

"내가 왜 죽어, 임마. 난 살 자신이 있어. 그리고 설사 내가 죽는다 해도 상관없어. 어차피 기회는 마찬가지거든. 누가 먼저 남을 죽이고 내가 사느냐니까. 그거야말로 공평하잖아."

"그건 잘못된 생각입니다."

"잘못되긴 뭐가 잘못돼, 임마."

일병은 답답함을 느낀다. 이야기를 해야겠는데 무슨 말을 해야 좋을지 알 수가 없다. 어차피 말이란 것이 아무것도 변화시킬 수 없으리라는 무력감에서 벗어날 수 없다.

"어쨌든…… 아무도 죽어서는 안 됩니다. 그 목욕탕 주인여자나 최 상병님의 아버지 어머니나 최 상병님까지도…… 죽어도 좋은 사람은 아무도 없어요."

"지랄하고 있네. 너 이 새끼, 공부 좀 했다고 고참 훈계하는 거야?"

상병은 몸을 돌려 총 끝으로 그를 쿡 찌른다. 어둠 속에서 협박하듯 반들거리는 눈빛으로 노려보고 있지만, 발이 시린 것은 어쩔 수 없는지 녀석은 조급하게 제자리걸음을 하고 있다.

"최 상병님, 저도…… 이야기 하나 해드릴까요? 이것도 연애 이야기라고 할 수 있을진 모르겠습니다만……"

"자아식, 진작에 그렇게 나올 일이지. 좋아, 어디 시작해봐."

그러나 일병은 잠시 목을 젖히고 하늘을 올려다본다. 무수한 눈송이들이 불티처럼 빛나면서 떨어지고 있다. 상병이 초조하게 소릴 지른다.

"뭘 해, 임마. 감질나게시리⋯⋯"

두어 주일 전 일요일이었다. 부대 안에 있는 진중교회라는 이름의 조그만 교회에 위문단이 왔다. 서울의 어느 교회에서 온 성가대라는 것이었다. 교회 안은 학예회를 하는 국민학교 교실처럼 알록달록하게 꾸며져 있었다. 성가대는 지휘자를 제외하고는 모두 젊은 여자들이었고, 대부분이 여대생인 것 같았다. 성가대가 군인들을 위해 유행가를 불러주는 동안, 그는 줄곧 앞줄에 있는 한 여자를 보고 있었다. 많은 얼굴들 틈에서 왜 하필이면 그 여자가 눈에 띄었을까. 마음먹고 미장원에 가서 머리를 꾸몄지만 결과는 영 어울리지 않게 되어버린 촌티 나는 파마머리 때문이었을까. 그래서인지 그녀는 다른 여자들에 비해 어색해 보였고, 다른 여자들에 비해 필요 이상으로 긴장을 하고 있었고, 유행가를 부르면서도 마치 찬송가를 부르듯이 어린아이처럼 진지한 얼굴로 열심히 입을 놀리고 있었다. 그녀는 그의 시선을 깨닫자 금방 얼굴이 빨갛게 되었다. 처음에는 그의 눈을 피하다가 차츰 조심스럽게 시선을 보내오더니, 나중엔 그의 얼굴에서 눈이 떨어질 줄 몰랐고, 그러면서도 얼굴은 점점 빨개졌다.

"무슨 군인이 이렇게 손이 작아요?"

그녀가 그에게 처음 한 말이었다. 여자들과 군인들이 짝을 지어 손을 잡고 사회자 앞에 늘어섰을 때에 그녀가 작은 소리로 숨이 찬 듯 소곤거렸던 것이다. 노래가 끝나고 게임이 있었다. 여자들과 군인들이 두 사람씩 짝을 지어 하는 놀이였는데, 그 여자가 공교롭게도 그의 짝이 되었던 것이다. 여자의 손은 그의 것보다 마디가 굵고 거칠었다.

게임의 사회는 성가대의 지휘자가 보았다. 그는 사람 좋은 웃음을 늘 얼굴에 붙이고 있는, 주일학교 선생 같은 멀쑥한 사내였다. 기타를 목에 걸고 가끔 우스갯소리를 섞어가며 대체로 여자들이나 군인들을 어린애 다루듯 했다. 아닌 게 아니라 그가 한마디 할 때마다 여자들은 약속이나 한 듯 말 잘 듣는 국민학교 아동들처럼 까르르 까르르 웃어댔다. 놀이는 사회자가 요구하는 물건을 어느 쌍이 먼저 구해오는가 하는 시합이었다. 처음에는 성경 구절을 찾는 문제에서부터 나중에는 '군대 양말과 여자 스타킹 한 짝' 하는 식이었는데, 그녀는 누구보다도 열심이었기 때문에 늘 성적이 좋았다. 놀이가 절정에 달했을 무렵 사회자가 말했다.

"자, 이제 마지막 문제를 내겠습니다. 이번에는 세상에서 가장 구하기가 쉽고도 어려운 것이 되겠습니다. 그것이 무엇이냐? 사랑! 사랑을 찾아오십시오."

그때까지 떠들며 웃던 여자들과 군인들이 모두 멍청해졌다. 그러나 사회자는 결코 농담이 아니라는 듯 엄숙한 표정을 꾸미고 있었다. 군인들이 투덜거렸다. 그때 여자가 그에게 속삭였다. "우리가 나가요." 여자가 그의 팔을 끌고 사회자 앞으로 뛰어나갔다. 사회자가 연극적인 억양으로 놀라움을 과장하며 물었다.

"두 분은 사랑을 찾아오셨나요?"

"네!"

여자가 모범 학생처럼, 그러나 몹시 숨찬 목소리로 대답했다.

"어디 보여주실까요?"

그녀가 몸을 돌려 그를 똑바로 쳐다보았다. 어린애 같은 조그

178

만 얼굴이 왠지 빨갛게 달아올라 있었다. 그는 그때까지 여자가 무슨 속셈을 하고 있는지 짐작도 못했다. 사람들이 모두 그들을 지켜보았다. 잠깐 망설이는 듯하더니, 갑자기 여자가 두 팔을 올려 그의 목을 감았다. 그리고 여자의 상기된 얼굴이 다가온다고 느낀 순간, 그녀의 입술이 재빨리 그의 입술에 닿았다. 여자들이 탄성을 지르고 군인들이 요란하게 소리를 지르며 박수를 쳐댔다. 그러나 그는 여자의 입술이 눈 깜짝할 사이에 자신의 입술을 훔치고 물러난 뒤에도 그저 멍청하게 서 있었을 뿐이었다.

"뭐야, 끝난 거야?"

그가 더 이상 입을 열지 않자 상병이 소리친다.

"네, 이야기는 이걸로 끝입니다."

"새끼. 연애 이야기 한다더니 뭐가 그렇게 시시해?"

어쩐지 일병은 괜히 이야기를 했다는 생각이 든다. 이야기를 해놓고 보니 뭔가 더럽혀진 것 같은 모욕감을 느낀 것이다.

"야, 그러니까 그게 맛이 어떻든? 아주 고걸 깨물어 삼켜버리지 그랬냐."

상병은 아무래도 못내 아쉽다는 듯 입맛을 다시고 있다. 그런 행운이 자기에게 걸리지 않은 것이 섭섭하기 짝이 없다는 얼굴이다.

"이제 시간이 얼마나 남았어?"

일병이 마악 시계를 들여다보려고 할 때다. 두 사람은 거의 동시에 무언가 이상한 낌새를 느낀다. 그리고 그것이 무엇인지 깨달은 순간 갑자기 요란한 소리가 귓전을 때린다. 철조망에 매달린 빈 깡통들이 자지러지게 흔들리는 소리이다. 어느 틈에 그들은 맨땅에 배를 깔고 엎드려 있다. 어둠 속에서 어떤 시커먼 윤곽이 철조망에 걸려 있다. 그리고 그것은 사람의 윤곽임이 틀림없다. 일병은 땅바닥에 몸을 바싹 붙인다. 얼음 같은 전율이 등허리를 줄달음치면서 온몸이 경련하듯 떨려온다.

"누, 누구야?"

목이 졸린 것 같은 상병의 목소리다. 그러나 어둠 속에서는 아무 소리도 없다.

"대, 대답해. 누구냐니깐…… 쏘, 쏜다."

"쏘……쏘, 지 마시오……"

한참 만에 어둠 속에서 들려온 목소리이다.

"나…… 가, 간첩 아, 아니오……"

늙은 사내의 목소리다. 혀를 제대로 놀리지 못할 만큼 술에 취한, 공포에 질려 몹시 떨고 있는 소리이다. 사내는 간신히 그 말을 뱉어놓고 더 이상 입을 열지 못한 채 그대로 얼어붙은 듯 꼼짝 않고 웅크리고 있다. 병든 짐승처럼 거칠게 뿜어대는 숨소리만 들려온다.

일병은 왠지 안도감과 함께 기묘한 실망감을 느낀다. 아마 억병으로 술에 취해 정신없이 비틀대며 걷다가 철조망에 걸린, 부대 근처의 농사꾼일 것이다. 사내가 밭을 가로질러 철조망 쪽으로 접근하는 것을 그들이 보지 못했을 뿐이다. 그러자, 일병은 낮게 뱉어내는 최 상병의 목소리를 듣는다.

"저거, 잡아버리자."

"잡아버리다니, 무슨 말이오?"

"쏘아버리잔 말야."

"미쳤어요? 저 사람 민간인이오. 보면 몰라요?"

"소리 낮춰, 새꺄."

상병은 일병의 옆구리를 팔꿈치로 쿡 찌르며 목소리를 매섭게 깐다.

"내가 알아서 할 테니까 넌 아가리만 다물고 있어. 누가 알 게 뭐야. 정체불명의 괴한이 수하를 하고 정지명령을 했는데도 계속해서 기어오더라 이거야. 낮은 포복으로 말야. 저건 물개가 아니고 진짜 괴한이란 말야."

그는 소름이 끼친다. 녀석의 말 때문이 아니라, 그 순간 자신이 무슨 생각을 하고 있는가를 깨달았기 때문이다. 그가 느낀 것은 분명 살의(殺意)이다. 믿을 수 없게도 한 인간의 생명이 자신의 손가락 끝에 달려 있는 것이다. 가슴이 거칠게 뛰면서 숨이 막힐 것 같은 두려움과, 동시에 몹시 급한 생리 현상을 참고 있는 것 같은 조바심을 느낀다. 그 두려움과 조바심은 살의가 분명히, 더 생생하게 느껴질수록 점점 커져간다. 사내는 여전히 사선에 놓인 표적처럼 꼼짝도 않고 있다. 일병은 방아쇠의 차갑고 딱딱한 촉감을 손가락 안쪽에서 느낀다. 손가락이 조금만 움직인다면 이 얼어붙은 어둠의 정적이 일순간에 부서지고 말 것이고, 한 인간이 피를 흘리며 죽게 될 것이고, 어쩌면 세계 전체가 부서지고 말게 될지도 모를 일이다.

"일어서시오."

그 엄청난 유혹을 참을 수 없게 되었을 순간에, 일병은 사내에게 소리친다. 그러자 날카로운 쇳소리가 밤공기를 깨뜨리며 울려퍼진다. 상병이 노리쇠를 잡아당겨 실탄을 장전한 것이다. 어둠 속을 울리는 노리쇠의 소리는 소름끼치도록 섬뜩하다.

"이 새끼가 정말!"

일병은 자신도 모르게 녀석의 팔을 붙든다.

"어? 너 말 다 했어? 졸병 놈의 새끼가."

녀석이 몸을 일으키며 내지른 소리다. 그러나 일병은 녀석의 팔을 놓지 않았고, 둘은 부둥켜안은 채 땅바닥에 다시 쓰러진다. 녀석이 그의 밑에 깔려 악에 받친 소리를 지른다.

"놔, 이 새끼야. 안 놔? 정말 쏜다."

그 순간이다. 그는 갑자기 귀가 먹먹해오며 자신의 팔에서 힘이 빠져 달아나는 것을 깨닫는다. 처음엔 무엇이 어떻게 된 건지 도무지 알 수가 없다. 그러자 뒤이어 오른쪽 가슴팍이 불에 덴 것처럼 뜨거워진 것과, 녀석의 겁에 질린 목소리가 들려온 것은 거의 동시이다.

"쐈어…… 내가 정말 쐈어……"

그러고 보니 자신의 몸은 어느새 땅바닥에 나동그라져 있다. 땅의 냉기가 뺨에 전해져온다.

"쏘려고 한 게 아닌데…… 김 일병, 나 정말 쏘려고 한 게 아니었어……"

녀석은 땅바닥에 주저앉은 채 징징거리고 있다. 그는 오른쪽 가슴팍을 만져본다. 끈끈한 것이 손을 적신다. 그러나 이상하게도 통증은 조금도 느껴지지 않는다. 다만 팔다리가 남의 것처럼 말을 듣지 않고, 온몸이 땅 속으로 가라앉아가듯 무거워진 것뿐이다.

"난 이제 어떻게 하지……? 이제 어떻게 해…… 아이고……"

초소 안에 있는 유선 전화기가 따르륵 따르륵 울고 있다. 각 초소에 총소리를 확인하고 있는 중일 것이다. 그러나 녀석은 어린애처럼 울고만 있다. 그는 혼신의 힘을 다해 발을 들어올리고, 녀석을 걷어찬다.

182

"일어나. 어서 일어나서 내 말대로 해."

자신의 말소리가 녀석에게 전달되었는지조차 알 수가 없다. 그는 가능한 큰 소리를 내려고 애를 쓴다.

"먼저 저 사람을 쫓아버려. 빨리……"

그러나 이미 그럴 필요가 없다. 점점 흐려오는 그의 눈에도 눈 쌓인 밭고랑에 엎어지고 자빠지며 도망치는 사내의 모습을 볼 수 있었다.

"그리고……"

일병은 문득 기묘한 행복감을 느낀다. 군대에 들어온 후 처음으로 대열을 빠져나와 자기 자신으로 있게 된 것이다. 군인으로서가 아니라 한 사람의 인간으로서. 그는 두 눈을 찢어져라 크게 뜬다. 자신의 곁에 주저앉아 있는 녀석의 모습이 뒤로 물러나 가물가물 멀어져가는 것 같았기 때문이다.

"네 탄창을 빼서 내 것과 바꿔 끼워. 총은…… 총은 내가 쏜 거야. 내가 오발한 거야. 무슨 말인지 알아?"

그러나 녀석은 그대로 주저앉은 채 멀거니 그를 바라보고만 있을 뿐이다. 전화기의 따르륵거리는 소리가 더욱 조급하게 들려온다. 그는 다시 녀석을 걷어차려 하지만, 이미 발이 말을 듣지 않는다. 간신히 목구멍 깊숙이 거친 숨을 끌어올려 소리를 지를 수 있을 뿐이다.

"뭘 하고 있어, 이 새끼야."

그제야 녀석이 겨우 꿈지럭거린다. 몸을 심하게 떨고 있다. 그는 녀석의 동작을 낱낱이 지켜본다.

"됐어…… 이젠…… 전화를 받아. 보고해…… 오발 사고가 났다고."

그는 갑자기 자신의 수작이 대단히 어리석고 우스꽝스러운 짓이란 걸 깨닫는다. 아무것도 현실을 바꿀 수 없다. 녀석이 쏘았고 내가 맞았다. 그런데 나는 그 현실을 다만 소설의 한 장면처럼 그럴싸하게 윤색하고 있을 뿐이다. 고문관이 아니라는 것을 증명하기 위해서? 비인칭 주어의 군인이 아니라 한 사람의 인간임을 보여주기 위해서?

갈증이 목구멍을 바작바작 죄어온다. 바싹 마른 혓바닥이 아프게 경련한다. 온몸이 오한에 든 것처럼 와들와들 떨리면서도, 참을 수 없이 졸음이 밀려오기도 한다.

"야, 김 일병! 제발 정신 좀 차려……"

녀석의 울음 섞인 소리가 아주 먼 곳에서 들리는 것처럼 귓가에 가물가물 잡혀온다. 그는 녀석에게 무언가 꼭 하고 싶은 말이 있다고 생각한다. 가쁜 숨을 내쉬며 조급하게 생각을 모으지만, 그것이 무엇인지 알 수가 없다. 빨리 생각해내야만 한다. 시간이 없다…… 문득 그는 여자의 얼굴을 떠올린다. 낯선 군인의 목에 두 팔을 감고 올려다보던 터질 것처럼 빨갛게 단 얼굴이다. 이상하게도 이 순간 그는, 그때 여자가 남겨주고 간 입술의 감촉을 마치 불에 덴 것 같은 뜨거움으로 생생하게 기억해낸다.

"면회 올게요. 첫눈 오는 날. 기다려주시겠죠? 꼭."

위문 공연을 마치고 가면서 여자가 그의 귀에 대고 한 말이었다. 앞으로 자신의 운명이 어찌 되든 아마 한 가지 확실한 것이 있다면, 그것은 이제 여자를 만날 수 없으리라는 사실일 것이다. 그것이 지금은 다른 무엇보다도 그를 절망하게 하는 유일한 이유이다. 그는 이미 지칠 대로 지친 몸의 모든 힘을 다해 울음이 솟구쳐 터지려는 것을 억지로 참아내야만 했다. 어느새 눈발이 드문드문해져 있다.

"아가씨, 이거 안됐음다."

하사가 창문 밖으로 고개를 내밀고 말했다.

"에또…… 그 친구 후송 갔다는데요."

"후송이라뇨?"

"후송 몰라요? 병이 나서 입원했단 말요."

여자는 믿을 수 없다는 표정으로 두 사람의 얼굴을 번갈아 보았다.

"서울서 이곳까지 찾아와서…… 안됐지만 단념하고 돌아가야겠습니다."

"어디가 아파서 입원했을까요? 어느 병원이죠."

하사가 왠지 당황한 표정으로 우물거리자 병장이 재빨리 끼어들었다.

"그걸 우린들 알 수 있나요. 여하튼 그 친구는 지금 여기 없으니까 면회는 안 되겠음다. 무슨 말인지 알겠어요?"

무슨 말인지 도무지 모르겠다는, 백치 같은 얼굴로 쳐다보다가 여자는 말없이 가방을 집어 들었다. 가방이 몹시 무겁게 느껴졌다. 그녀는 식어서 굳어가고 있을 그 내용물을 생각했다.

"거 정말 안됐음다. 하필이면…… 오는 날이 장날이라더니."

"지금은 버스도 떨어졌을 테니 읍내 여인숙에라도 방을 구해야 할 겝니다."

병장이 긴 코를 찡그리며 그녀의 등에다 대고 소리쳤다. 몇 발짝 걷다가 돌아서서 여자는 위병소를 향해 까딱 고개를 숙였고, 위병 보초 앞을 지날 때는 한 손으로 얼굴을 가리고 종종걸음으로 지나쳤다. 그러나 그녀는 몇 걸음 못 가 눈에 띄게 기운이 빠진 걸음걸이로 가방을 끌다시피 어깨를 늘어뜨리고 걸었다.

"정말 알 수 없는 놈이군. 하필 여자가 면회 오기 전날 그런 짓을 저질렀을까."

"가마안 있자."

별안간 병장이 모자를 급히 눌러쓰며 일어섰다.

"나 두 시간만 다녀오겠수. 싸나이 체면에 저대로 보낼 수야 있나. 여인숙이라도 잡아줘야지."

"야, 너 말년에 일 저지르는 거 아냐?"

"군대밥이 몇 년인데 그만 눈치도 없으까. 입조심할 테니 걱정마소."

"입만 조심해? 딴 건 조심 안 하고?"

하사가 소리쳤을 때는 이미 초소의 문이 닫힌 뒤였다. 병장은 금세 여자를 따라잡았다. 병장이 뭔가 열심히 떠들어대며 여자의 가방을 받아들려고 손을 내미는 것이 보였다. 두 사람은 가방을 사이에 놓고 서로 고집을 부렸는데, 결국 병장의 고집이 이긴 모양이었다. 여자는 가방을 빼앗기자 모든 것을 빼앗긴 사람처럼 순순히 병장을 따라가고 있었다. 길옆에 숨어 있던 겨울새떼들이 그들의 앞에서 뿔뿔이 날라올라 흩어졌다.

(『80년대 소설그룹 신작 소설집』, 1987)

춤

대천읍 공용버스 주차장 안에도 자동판매기는 있었다. 그것은 낡아빠진 창고 속처럼 어둠침침하고 냄새 나는 대합실에 비해 대단히 현대적인 모습으로 당당하게 서 있었는데, 사이다와 주스는 떨어지고 콜라만 남아 있었다. 상철은 백 원 주화를 두 개씩 두 번 집어넣고 콜라 두 잔을 빼내었다. 한 잔은 그의 아내 몫이었다. 그러나 사람들의 다리 사이에 쪼그리고 앉아 있던 그의 아내는 그가 내미는 종이컵을 받지 않았다.

"어머, 미쳤어요? 이게 병으로 파는 것보다 얼마나 비싼지 아세요?"

"마셔, 더우니까. 잔소리 말고."

"덥다고 벌써부터 돈을 물 쓰듯 할 참예요? 아직 바다는 구경도 못했는데. 난 안 마셔요."

아내는 고개를 돌렸다. 땀방울이 그녀의 코끝에 매달려 떨어질락 말락하고 있었다. 그는 화가 났고, 자신이 화가 났다는 것을 보이기 위해 혼자서 두 잔의 음료수를 다 마셔버렸다. 그러나 그의 아내는 시선을 돌린 채로 알은 척도 하지 않았다.

대합실 안은 사람들이 저마다 피워올리는 더운 김과 땀으로 흡사 도축장처럼 후끈후끈하고 비릿한 냄새로 가득 차 있었다. 농부인지 어부인지 얼굴이 흙빛인 사람들, 후줄그레한 옷의 늙은이들, 외출을 마치고 귀대하는 몇 사람의 군인들이 차를 기다리고 있었는데, 하나같이 더위에 지친 얼굴들이었다. 상철은 그중에서, 역시 얼굴이 흙빛이고 후줄그레한 차림의, 더위를 잊어버리게 한다면 무슨 일이 일어나도 좋겠다는 표정을 한 중년 남자에게 말을 붙였다.

"해수욕장으로 가는 차는 몇 분마다 있습니까?"

"십 분마다 한 대씩 떠나유."

사내는 돌아보지도 않고 아까 매표구에서 들었던 것과 같은 똑같은 대답을 똑같은 억양으로 말했다.

"벌써 십오 분, 아니 이십 분이나 기다렸는데요?"

"맘 내키지 않으문 한 대씩 빼묵고 그래여. 차가 읎어서 못 가지, 사람이 읎어서 못 가진 않으니께."

"피서철인데도 이렇게 결행을 합니까?"

"서울서 피서 왔다는 사람덜이 누가 이런 털털이 버스를 이용헌냐. 우리 겉은 촌것들이나 고맙다구 타지. 길바닥에 널린 것이 택시구 역앞에 나가문 그 뭐시여 피서객 특별 수송 관광버스라는 것두 있는디."

하다가, 사내는 비로소 그들 내외의 차림을 아래위로 훑어보더니,

"쪼끔만 기다리시오. 곧 들어오긴 올 거유."

긴가민가 싶은 표정으로 말했다. 아닌 게 아니라 상철의 눈에도 대합실의 흙바닥에 쪼그리고 앉아 땀을 흘리고 있는 아내의 모습이 서울서 온 팔자 좋은 피서객으로 보기는 어려울 것 같았

188

다. 누가 뺏을세라 배불뚝이 여행가방을 한사코 손에 쥔 그녀는 유행이 지난 물방울 무늬의 원피스 차림에 오늘따라 왠지 짙은 화장을 하고 있었는데, 군데군데 얼룩진 땀이 그녀의 얼굴을 몹시 지쳐 보이도록 했고, 동시에 더욱 고집스럽게 보이게도 했다.

길바닥에 널린 것이 택시고, 피서객 특별 수송 관광버스라는 것이 역앞에 항시 대기하고 있는 줄은 그들도 알았다. 또한 택시는 해수욕장까지 요금이 삼천 원, 관광버스는 오백 원이라는 것도 알고 있었다. 그런데 공용버스 주차장에서 출발하는 털털이 버스는 한 사람당 백이십 원이었다.

그들이 대천에 도착한 것은 지금부터 한 시간 전, 열두시가 조금 지난 시각이었다. 서울역을 떠나 수원, 천안, 홍성을 거쳐 주로 서해를 끼고 달리는 장항선 통일호 열차는 피서객들로 초만원이었는데, 거의 네 시간 만에야 짜증과 무더위에 녹초가 된 그들을 대천역에 풀어놓았다. 내리자마자 바닷바람이 시원하게 불어올 것으로 생각했던 상철은 조금 실망했었다. 대천 읍내는 반도의 남쪽에 위치한 다른 어느 소도시의 역에서 바라보는 풍경과도 별반 다를 것이 없었고, 울긋불긋한 옷차림의 피서객들만 아니라면 근처에 바다가 있다는 증거는 아무 곳에도 찾을 수가 없었던 것이다. 알고 보니 바다는 차로 삼십 분쯤 더 나가는 곳에 있었고, 역 광장에는 그들을 실어 나를 관광버스와 택시가 줄을 잇고 있었다. 그러나 아내는 굳이 고집을 부려서 그것들을 마다하고 사람들에게 길을 물어 이곳 공용버스 주차장까지 온 것이었다.

"촌사람 인심이 좋기는 좋은가벼. 택시구 관광버스구 일류로 된 건 다 외지에서 온 사람덜한테 뺏기구, 정작 우리네야 이런

춤   189

고물차 타는 걸로 만족허니께."

그 중년 사내는 들으라고 하는 말인지 혼잣말인지 모를 소리를 중얼거리더니,

"허긴 그게 촌사람 인심이 아니라 돈인심이겠지만."

하다가, 갑자기 사람들이 일시에 웅성거리며 출구 쪽으로 몰려가기 시작하자,

"어이쿠, 차가 왔구만이라." 엉덩이에 깔고 있던 비료 푸대 같은 짐 꾸러미를 들고 느린 말투와는 달리 잽싼 동작으로 달려갔다. 이제까지 질펀하게 늘어졌던 사람들이 한꺼번에 몰려나가느라 대합실 안은 금방 난장판이 되었다. 사람들은 모두 훈련이나 받은 것처럼 재빨리 버스 안으로 뛰어올라 하나씩 자리를 차지하고 앉았다. 아까까지만 해도 세상일에 달관한 듯한 무표정을 하고 있던 늙은이들조차도 자리를 잡느라 허둥지둥했고, 일단 자리에 앉으면 언제 그랬느냐는 듯 다시 세상일에 달관한 듯한 무표정으로 돌아가서 바로 자신의 발 앞에 벌어지는 소동을 강 건너 불구경하듯 했다.

상철이 아내와 버스에 올랐을 때는 이미 만원이었다. 차는 서울의 시내버스처럼 좌석이 하나씩이고 통로는 넓게 되어 있었는데, 털털이란 이름에 걸맞게 낡아빠진 것이었다. 사람들이 버스 안을 다 메운 뒤에도 차는 출발할 생각을 하지 않았다. 사람들은 막상 차를 타자 별로 바쁠 것이 없는 모양이었다. 등허리가 물에 빠진 것처럼 땀에 흠뻑 젖은 작업복 차림의 젊은 사내가 누군가와 장난을 치다가 문간에 냉큼 뛰어올라 "내가 갔다올 동안 그놈의 주둥아리 성하게 보관하고 있어라. 얼른 한탕 뛰고 와서 형님이 버릇 좀 고쳐주게. 알겠냐, 십새끼야." 밖을 보고 소리 지르

며 낄낄대더니, 마침 그의 옆자리에 앉아 있던 영감에게, "어이쿠, 나오셨어유?" 하고 인사를 했다. 그 청년은 승강구에 매달린 채 손바닥으로 차를 땅땅 두드리며 "오라잇!" 하는 걸로 봐서 아마 차장인 모양이었다.

정류소가 따로 없는지 차는 읍내를 채 빠져나가기도 전에 손을 드는 사람이 있으면 어디든지 멈추어 실었고, 그래서 차 안은 갈수록 복잡하고 무더워졌다. 상철은 "그러게 내가 뭐랬어. 기껏해야 몇백 원 아끼려고 이게 무슨 고생이야" 하는 말을 하려다 말았다. 원래 차멀미에 약한 아내는 빈속에 피로가 겹쳐 속이 울렁거리는지 몹시 창백한 얼굴이었다. 서울을 떠나고 나서 아내가 먹은 것은 가락국수 한 그릇뿐이었다. 그러나 그녀는 여전히 고집스런 표정으로 입을 꼭 다물고 있었다. 바야흐로 힘든 싸움을 시작하는 듯이, 돌멩이처럼 단단하게 뭉쳐진 그녀의 표정에는 누구에게도 지지 않으려는 고집 센 어린애 같은 안간힘이 있었는데, 감출 수 없는 피로가 그녀의 안간힘을 더 안쓰럽고 위태롭게 보이도록 했다.

"미쳤어요? 우리 형편에 무슨 바캉스예요?"

그가 처음 피서 얘기를 꺼냈을 때 아내는 대뜸 그렇게 말했었다. '미쳤어요?' 하는 것은 그녀의 말버릇이었다. 결혼 전 그들이 형식적인 연애라는 것을 하고 있을 무렵, 그가 처음으로 용기를 내어 그녀의 손을 더듬어 잡았을 때도 그녀의 반응은 "어머, 미쳤어요?"였었다. 건드리기만 해도 몸을 꼬부리고 마는 작은 배추벌레처럼, 그들이 사소한 말다툼을 나눌 때나, 이를테면 그가 "어이, 오늘 저녁에 나가서 외식이나 할까?" 했을 때처럼 주로 돈 쓸 일과 관련되었을 경우, 심지어 재미있는 우스갯소리를 해주었을 때도 "미쳤어요, 당신?" 하는 것이 그녀의 버릇이었고, 그 말 뒤에는 으레 어린애 같은 고집이 기다리고 있기가 십상이었다.

"한번 집을 떠나면 돈이 얼마나 드는지 아세요? 올 때 갈 때 차비 들죠, 잠자야죠, 밥은 누가 공짜로 먹여주나요? 움직일 때마다 돈이라구요."

"누가 돈 드는 줄 모르나. 그러지 말고 콧구멍에 바람이라도 한번 쐬고 오자구."

"기껏 콧구멍에 바람 쐬려고 아까운 돈을 뿌려요? 가계부에 나는 구멍은 생각 못하구요? 난 안 가요. 정 가고 싶으면 혼자 갔다오시라구요."

"이번만은 나도 물러설 수 없어. 안 가면 끌고라도 갈 테니까."

"도대체 당신답지 않게 왜 이래요? 꼭 바캉스에 한 맺힌 사람처럼."

"그래. 난 바캉스에 한 맺혔어. 그러니 알아서 하라구."

저녁 내내 맞서다가 결국 아내가 고집을 꺾은 것은 상철의 태도가 평소와 다르다는 것을 알았기 때문이었을 것이다. 그러나 그는 애초에 그놈의 바캉스라는 것을 그렇게 부득부득 떠나고 싶었던 것은 아니었다. 그는 여름 휴가철이 슬금슬금 다가오면서부터 사무실 내의 분위기가 묘하게 들뜨기 시작하는 것을 그저 이해할 수 없는 심정으로 건너다보았을 뿐이었다. 위로는 부장에서부터 타이피스트 미스 김까지 틈만 나면 해수욕장은 어디가 좋고 교통편은 어느 쪽이 편리하다는 등의 얘기였고, 나중엔 여성잡지 부록으로 끼여 나오는 관광 지도까지 등장해서 도처에서 머리를 맞대고 수군거리는 풍경을 볼 수 있었다. 그러나 그는 언제나 그렇듯, 그런 분위기에 쉽게 섞여들 수가 없었다.

고학으로 어렵게 지방 대학을 나올 때까지 상철은 바캉스는 고사하고 그 흔한 등산 한번 제대로 가본 경험이 없었고, 지금도 왠지 그런 것들이 자신과는 아무 관련이 없는 얘기인 것처럼 생각되는 것이었다. 이를테면 자신이 앉은 책상을 가운데 두고 부장과 과장 사이에, 또 과장과 타이피스트 미스 김 사이에 '콘도미니엄' 예약이 어떻고, 날짜가 어떻고 하는 이야기가 머리 위를 오갈 때마다, 그에게는 그저 그 '콘도' '콘도' 하는 말이 엉뚱하게도 피임 기구의 이름처럼 느껴질 정도였다. 아닌 게 아니라 결혼한 지 일 년이 지났건만, 아직도 그는 밤마다 그 고무 제품으로 된 피임 기구의 신세를 면치 못하고 있는 실정이었던 것이다. 내 집 마련의 꿈을 실현하기 전까지는 아이를 가질 수 없다는 아내의 확고부동한 고집에서 비롯된 것이었다.

매표구에서 표 파는 사람은 해수욕장까지 삼십 분 걸린다고 했는데, 중간에 타고 내리는 사람이 많아서인지 삼십 분이 지나도 바다가 나타날 조짐은 보이지 않았다. 그러나 타는 사람보다 내리는 사람이 많아서 갈수록 승객들은 점점 줄어가는 것이 바다가 가까워오고 있는 모양이었다. 그런데도 좌석은 쉽게 나지 않았다. 아내의 얼굴은 점점 창백해져서 상철은 그녀가 금방이라도 토악질을 시작할 것 같아 조바심을 했다. 그러나 그녀는 고집스럽게 입을 다물고 창밖에 시선을 박고 있었다. 상철은 답답함과 짜증스러움을 느꼈다.

서울을 출발할 때부터 그녀에게는 휴가를 떠나는 사람이 가져야 마땅할 기대에 찬 설렘이나 들뜸이 없었다. 어쩔 수 없이 그의 뜻을 받아들여 휴가를 떠나기로 한 뒤, 그녀는 최소한의 경비를 들이는 알뜰 휴가 계획을 짜느라 하루 저녁 내내 계산을 하며 궁리를 했다. 회사에서 받은 휴가 날짜는 나흘이었지만 바캉스는 2박 3일로 결정되었다. 행선지를 대천 해수욕장으로 정한 것도 무엇보다 서울에서 가깝고 따라서 차비가 적게 든다는 그녀의 주장 때문이었던 것이다. 그리고 서울역에서 장항선 열차를 타고부터 그녀에게 바캉스란 한 푼이라도 아끼려는 지겨운 싸움이었을 뿐이었다.

길가에 빨간 우체통이 서 있는 어느 담배 가게 앞에 차가 섰을 때, 그들의 앞에 앉아 있던 사내가 자리를 비웠다. 아내가 그 자리에 쓰러지듯 앉자, 사내가 내리고 난 차문으로 커다란 보따리 하나가 들어오더니, 그 뒤를 머리가 반쯤 쉰 할머니의 주름진 얼굴이 따라 올라왔다. 보따리가 별로 무겁지는 않은 모양인지 한 손으로 냉큼 들고, 차를 타기 전에 미리 작정이라도 한 것처럼 하필이면 아내가 앉은 자리 옆으로 곧바로 다가왔다. 아내가 마지못해 주뼛거리며 일어서자,

"앉아 기셔유. 곧 내릴 텐디, 뭐."

하면서도 말을 끝내기도 전에 자리에 엉덩이부터 걸쳤다.

"결혼 잔치에 갔다가 못 먹는 쐬주를 억지로 한잔 받아 마셨더니, 안 그려도 더운디 속에 불이 나는 것 같네, 그랴."

하고 묻지도 않는 말을 늘어놓았다.

"쌔깽이도 키울 때 말이지, 요즘에서 죽 써서 개 준다고 넘 좋은 일만 시키는 거여. 근디, 색시 워디 몸이 불편한감유?"

"아니, 괜찮아요. 할머니."

"얼굴색이 말이 아닌데 그랴. 이리 앉어유. 나야 맨날 댕기는

194

길인디 자리가 있으문 앉구, 옳으문 서서 가구 그래유. 이리 앉
으래니께유."

그러자 그들의 앞자리에 앉아 있던 젊은 사내가 휙 고개를 돌
려 보더니, "여기 앉아유" 하고 화난 듯이 한마디 던지고는 성큼
성큼 차 앞쪽으로 걸어가버렸다. 그러나 사람들이 짐 보따리를
챙기는 것으로 봐서 내릴 때가 다 된 모양이었다.

차에서 내렸을 때, 상철은 이제부터 여름 휴가의 본격적인 일
정이 시작되는 게 아니라 고되고 힘든 여행을 모두 끝마치는 것
처럼 피곤하고 허탈했다. 여관이나 식당 같은 건물 사이로 시퍼
런 바다의 한 부분이 보였다. 예상을 하고 있었는데도 바다는 항
상 의외의 모습으로 나타나는 모양이었다. 그들은 잠깐 넋을 잃
고 바다를 보았다.

"맡아봐. 바다 냄새야."

"아녜요. 바다 냄새가 아니라 사람 냄새예요."

아내가 말했다. 바다의 것인지 해수욕장에서 바글거리는 사람
의 것인지 여하튼 비릿한 냄새를 가득 실은 바람이 그들의 코 안
으로 깊숙이 들어왔다. "민박하세요, 민박." 갑자기 그들 주위를
얼굴이 새까만 꼬마들과 여자들이 둘러쌌다. 아내가 물었다.

"방 하나 쓰는 데 얼마예요?"

"며칠 묵으실 건데?"

"이틀 밤예요."

"2박이면 만오천 원예요. 어디 가나 똑같애."

"아줌마. 깨끗한 방 있어요. 우리 집으로 가요. 해수욕장도 가
깝구요, 샤워장도 있어요."

그러나 아내는 그들을 모두 물리쳤다. 그리고는 무슨 생각인

지 차에서 만났던 그 할머니에게로 뛰어갔다. 할머니는 보따리를 머리에 이고 해수욕장과 반대 방향으로 걸어가고 있는 중이었다. 한참 무슨 이야긴가 하고 있다가 다시 돌아온 그녀는, "해결됐어요, 여보. 만 원에 하기로 했어요" 하고 말했다.

"무슨 소리야?"

"이런 곳에서 민박은 값만 비싸단 말예요. 내가 할머니한테 빈방이 있느냐고 했더니, 있대요. 그래서 만 원 드릴 테니 이틀만 쓰자고 했어요."

상철이 눈만 멀뚱거리고 있자, 그녀가 팔을 잡아끌었다.

"자, 가요."

"글씨, 이렇기 혀도 되는가 모르겠네유. 영감헌테 상의도 않고 말이여."

"걱정 마세요, 할머니. 저희들이 영감님께 말씀드릴게요."

"시방은 아마 밭에 나갔을 거구먼. 우리 영감이 황소고집인디. 워쩐댜."

그들은 해수욕장을 뒤로하고 버스길을 조금 걸어가다가, 논 사잇길로 접어들었다.

"너무 멀지 않아? 아무래도 숙소는 바다와 가까워야지."

"괜찮아요. 운동 삼아 걸으면 되잖아요. 멀면 얼마나 멀겠어요."

그러나 할머니는 좀체 걸음을 멈출 생각을 하지 않고 하염없이 걸어갔다. 햇빛이 머리 위에서 그들을 지독하게 두들겨대었고, 땀이 얼굴을 타고 툭툭 떨어져 어깨에서 등으로 흘러내렸다. 그는 피곤했고, 동시에 이미 지치고 무력해진 신경이 다시 한번 곤두서는 것을 느꼈다.

할머니의 집은 걸어서 십오 분 이상 걸리는 곳에 있었다. 낡은

196

집을 지붕만 개량을 했는지 연기로 그을린 흙벽에 어울리지 않게 주홍색 슬레이트 지붕이었고, 산자락 한 귀퉁이의 아카시아 숲에 둘러싸여 있어서 제법 고즈넉했다. "방이 누추해서 워짠대유." 할머니의 말대로, 방은 몹시 지저분했다. 헛간으로 사용하는지 흙벽이 그대로 드러나 있었고 윗목에는 곡식 가마들이 벽에 등을 기대고 있었다. 아내도 조금 실망했는지,

"이만하면 좋잖아요. 여기서도 충분히 피서할 수 있겠어요. 보세요, 울창한 숲 있죠, 시원하죠. 또 얼마나 조용해요."

짐짓 천연덕스럽게 말했다.

아무리 조용하고 시원하다고 해서 여기까지 피서를 와서 남의 집 구석방에서만 뒹굴 수는 없는 일이었다. 방을 대충 정리하고 짐을 푼 다음, 그들은 다시 뙤약볕 아래를 한참 걸어서 해수욕장으로 갔다.

그들은 두어 시간쯤 바다에 머물러 있었다. 그리고 등허리가 햇볕에 따가워졌을 무렵에야 돌아가기로 했다. 탈의장에 가서 옷을 입기 전에 우선 몸을 씻어야만 했다. 그들은 탈의장과 나란히 붙은 샤워장으로 갔다.

헛간 같은 건물의 벽에 '샤워장,' 그리고 '300원'이라는 페인트 글씨가 적혀 있었고, 입구에는 밀짚모자를 덮어쓴 남자가 음료수가 든 상자들과 물놀이 기구들을 늘어놓고 있었는데, 그들이 들어가면서 천 원짜리 지폐를 내밀자 "그냥 들어가슈. 돈은 내가 받는 게 아니유" 했다. "그냥 들어가다뇨, 공짜라는 얘긴가요?" 상철이 말하자, 얼굴이 새까맣게 타고 이마에 주름이 많은 그 남자는 눈을 흘겨뜨며, "그 양반 말씀 모질게 하시네. 누구 좋은 일 시키고, 누구 죽으라고 공짜로 혀? 들어가보슈, 돈은 기

계가 받으니까." 기분 나빠할 틈도 주지 않고 사내가 고개를 돌렸으므로, 기계가 돈을 받는다는 소리가 무슨 뜻인지도 알지 못한 채 그들은 안으로 들어갔다. 마치 공중변소처럼 건물 가운데로 블록 담이 신사용과 숙녀용으로 갈라놓고 있었고, 그 블록담 좌우로 역시 공중변소처럼 일정한 간격으로 줄지어 매달린 샤워기 밑에 사람들이 하나씩 들어가서 북적거리고 있었다. 그는 샤워기마다에, '자동 샤워기, 300원, 100원짜리 동전만 됩니다' 하는 판때기가 붙여진 것을 보았다. 그러니까 동전을 집어넣어야 물이 나오게 되어 있었다. 그가 다시 밖으로 나오자 입구에는 벌써 그의 아내가 나와 있었다. 둘 다 동전이 없었던 것이다. 그러나 밀짚모자를 쓴 문간의 사내는,

"미안하지만, 바꿔줄 동전이 없어요."

고개를 돌리지도 않고 말했다.

"아니 왜 안 바꿔준다는 겁니까? 동전을 바꿔주지 않으면 어떻게 샤워를 해요?"

"내가 언제 안 바꿔준다고 했소. 돈이 없다고 했지."

"어머, 기가 막혀. 저 많은 동전은 다 어디 쓰는 거예요?"

아내가 백 원짜리 주화가 가득 담긴 조그만 플라스틱 바구니를 손가락으로 가리켰다. 그러나 사내는 비로소 고개를 돌리더니 이마의 주름살을 잔뜩 만들어내면서 그들을 올려다보았다.

"이 동전들을 어디다 쓸 건지 아줌니가 꼭 알아야 되겠소?"

"네, 꼭 알아야 되겠어요."

아내가 말했다. 그녀는 예의 그 지지 않으려는 듯한 고집스런 표정으로 사내를 보며 대답을 기다렸는데, 정작 사내는 뭐 꼭 흥분할 필요도 없다는 듯이 느릿느릿한 말투로 입을 열었다.

"누가 물건을 사면 거스름돈으로 내줄 거요. 이제 되었소?"

그들은 할 말이 없었다. 더 생각해볼 것도 없이 동전을 바꾸려면 뭔가 물건을 사야 했다. 그가 아내에게 말했다.

"할 수 없어. 백 원짜리 껌이라도 하나 사자구."

"백 원짜리 껌은 없시다. 미안하지만."

"그럼 뭐가 있소?"

"보시다시피 먹는 거라곤 콜라밖에 없어요."

"그건 얼맙니까?"

"칠백 원이요."

아내가 비명 같은 소릴 내질렀다.

"세상에. 말도 안 돼. 이런 바가지가 어디 있어요."

사내가 손을 들어 밀짚모자를 벗더니 그들을 똑바로 쳐다보았다. 얼굴의 다른 부분에도 주름살이 많았다.

"이것 보쇼. 당신들은 놀러 온 것이지만 내겐 이게 먹고 살라고 하는 짓이요. 일 년 열두 달 가게문 열어놓고 있는 장사꾼하고, 우리처럼 메뚜기 한철 벌어먹는 장사꾼하고 물건값이 같것시요? 우리도 세금 물고, 임대료 내고, 물은 뭐 땅에서 그냥 솟는 줄 아쇼? 그리고, 저어기 비치 파라솔에 앉아서 콜라 한 잔 먹으면 오백 원 해요. 그럼 한 병이면 얼마요? 서울 사람들 다방에서 마시는 콜라 한 잔 값은 또 얼마고?"

"여보, 가요."

아내가 그의 팔을 잡아끌었다.

"가다니, 어딜 가?"

"아니 그럼 물 한 동이 끼얹는데 천 원씩 주고 할 셈이에요? 당신하고 나 두 사람이면 이천 원예요. 차라리 콜라로 샤워를 하는 게 낫겠어요."

"그렇다고 몸을 안 씻을 순 없잖아."

"조금만 참으면 민박한 집 뒤안에서 얼마든지 물을 뒤집어쓸 수 있어요. 뻔히 눈 뜨고 보면서 돈을 뺏길 순 없잖아요."

그는 번번이 자신을 맥 풀리게 하는 단단한 껍질 같은 것이 아내의 얼굴에 덮씌워진 것을 보았다.

상철은 잠깐 어찌할 바를 모르고 사람들의 아우성과 무더위가 정점에 달해가는 해수욕장을 둘러보았다. 넓게 펼쳐진 모래밭의 곳곳에 설치된 대형 스피커에서는 요란한 음악이 악을 쓰고 있었고, 울긋불긋한 크고 작은 천막들이 모래밭을 가득 채우고 있었다. 삼각형으로 된 그 작은 구조물들 속에서 사람들은 잠을 자기도 하고, 버너에 밥을 지어먹기도 하고, 고스톱을 치기도 했다. 그렇게 좁은 공간 속에서도 사람들이 이제까지 해온 삶의 방식과 관습을 그대로 고집하고 있는 것에 그는 놀라지 않을 수 없었다. 또한 그것은 사람의 살림살이라는 것이 기실 얼마나 보잘것없고 부질없는 것인가를 보여주는 셈인데, 사람들이 아우성치고 첨벙거리는 그 너머, 끝간 데 없이 유유히 펼쳐져서 일렁이는 바다와 대비해본다면 더욱 그랬다. 그러나 사람들은 그런 비교 따위엔 아무도 관심이 없는 듯했다. 상철은 그들이 부러웠다. 그들은 이곳에서의 유일한 미덕이 오직 쾌락과 욕망의 향유에 있음을 잘 알고 있었던 것이다. 그러나 그의 아내는 그들로부터 외롭게 떨어져서, 거대한 군무(群舞) 속에서 끈이 풀어진 인형처럼 무모하고 허망한 춤을 추고 있는 셈이었다.

탈의실에서 옷을 찾은 뒤 그녀가 뒤도 안 보고 걸어갔기 때문에 그는 어쨌든 그 뒤를 따르는 수밖에 없었다. 그들은 사람들

200

틈을 비집고 부지런히 걸어 모래밭을 빠져나왔다. 모래밭이 끝나는 곳에 여관이나 휴게실, 식당 같은 건물들이 줄지어 있고, 그 너머 길 하나를 사이에 두고 역시 비슷한 업종의 비슷한 건물들이 있었는데 그 건물들마저 지나서 몇 채의 민가 사이를 빠져나오면 바로 논이고 밭이었다. 농약 냄새를 풍기며 시퍼렇게 벼들이 일렁거리는 논 사잇길로 들어서자 상철은 비로소 자신들이 우스꽝스럽고 바보스런 꼴을 하고 있다는 것을 깨달았다. 몸을 씻지 못했으므로 그들은 아직 수영복 차림이었던 것이다. 그리고 그것은 모래밭에서와 달리 바다가 보이지 않는 이곳에서는 대단히 어울리지 않을 뿐 아니라 부도덕하고 뻔뻔스런 모습이었다. 논에서 일하던 농부들이 허리를 펴고 바로 그런 눈길로 무슨 재미있는 구경거리라도 보듯 쳐다보고 있었다. 그러나 이젠 다시 돌아갈 수도 없었고, 그렇다고 새삼스레 논두렁 가운데서 옷을 꿰어 입을 수도 없는 일이었다. 민박한 할머니의 집까지는 적어도 십 분 이상은 더 걸어야 하는데, 갈수록 더 뻔뻔스러워지고 부도덕하고 우스꽝스러워지는 수밖에 없었다.

햇빛은 아직도 뜨거워서 등허리는 다시 땀으로 젖었고, 씻어버리지 못한 소금기가 모래알처럼 따가웠다. 아내는 좀체 입을 열지 않고 고집 센 어린애 같은 표정으로 땀을 흘리며 앞만 보며 걷고 있었다. 멀리 물러앉은 산과 푸른 논들과, 그 사이로 난 논두렁길 등의 배경과는 결코 어울리지 않는 수영복 차림의 그녀의 빈약한 몸매, 육감적이 아니라 희화적인 엉덩이의 움직임, 그리고 고집과 땀으로 얼룩진 그녀의 얼굴을 보자 어찌할 수 없는 답답함에 울화가 끓어올랐지만, 화를 내기엔 시간이 너무 늦어버렸다. 밖으로 표출되지 못한 울화는 그저 자책감과 부끄러움으로 변해서 이번에도 그의 속에서만 매운 연기를 피어올렸을 뿐이었다.

민박한 집의 삽짝문에 들어서자, 삽자루에 달라붙은 개흙을 긁어내리고 있던, 몸이 바싹 마르고 햇빛에 까맣게 탄 늙은 영감이 그들을 보고 깜짝 놀라 허리를 폈다. 밭에서 돌아온 주인영감인 모양이었다.

"안녕하세요?"

아마 영감은 지금까지 살아오면서, 생판 처음 보는 젊은 남녀가 반벌거숭이의 모습으로 자기 집 삽짝문에 나타나게 되리라는 것을 한번도 상상해보지 못했음에 틀림없었다. 그의 두 눈은 경악의 표정으로 크게 떠진 채 수영복 차림의 그들을 보았다.

"누, 누구여?"

"민박한 사람입니다, 영감님."

"민, 뭐시여?"

"민박 말입니다. 아까 할머니께서 저 뒷방을 쓰라고 하셨어요."

그게 무슨 뜻인가를 생각하는 듯이 영감은 여전히 눈을 뜬 채 반응이 없었다.

"저, 당분간 신세를 좀 지게 되었습니다, 영감님."

그가 그렇게 말하며 고개를 꾸벅하자, 영감은 대꾸도 없이 삽자루를 홱 던져버리고 목에 걸치고 있던 수건을 탁탁 소리 내어 털면서 안으로 들어가버리고 말았다. 그리고 좀더 분명한 반응은 상철이 마당 한쪽에 있는 우물에서 두레박으로 물을 긷고 있을 때 들을 수가 있었다.

"돈만 주문 조상 신주꺼정 팔아묵을 챔인감."

하는 것은 영감의 목소리였고,

"누가 조상 신주 팔아묵는다 했남유. 그저 놀고 있는 빈방인디 워때서 그래유. 가만히 앉아만 있어두 생기는 돈인디. 하루 온종 일 밭에 나가서 땅 파봤자 그게 돈으로 치면 월마래유."

하는 것은 노파의 목소리였다.

"그렇게 안 혀고도 지금꺼정 살아왔어. 기껏 돈 몇 푼 구경하 자구 이 나이에 방 내놓고 장사허란 말여?"

"우리 집이야 해수욕장에서 머니께 그렇지, 저어기 아랫동네 만 혀도 민박 안 하는 집이 있남유?"

"아무리 배운 것 읎는 도시것덜이라도 그렇지, 여기가 워디라 고 벌거벗고 다니는겨. 벌건 대낮에."

"흥분허지 말어유. 듣겠시유."

"들으라고 혀. 나는 그런 꼴 못 보겠으니께."

방 안에서 흘러나오는 얘기를 들으며 그는 심한 부끄러움을 느꼈다. 그 부끄러움은, 아내가 마른 수건에 비누를 싸서 들고 와 "왜 그러고 있어요. 빨리 물 길어 올리지 않구요. 등물 해드 려요?" 했을 때 아내에 대한 짜증과 울화로 변했으므로 "여기서 어떻게 등물을 해? 사람이 염치가 있어야지" 하고 말했다.

그러나 아내는,

"어머, 우물가에서 등물을 하지 않으면 어디서 해요. 별소리 다 듣겠네. 엎드려요, 어서."

하는 말로 그의 울화를 간단히 불발로 만들어버리고 말았다. 더 구나 그는 아내가 그의 손에서 두레박을 빼앗아 물을 길어 올리 면서 "참, 좋은 생각이 났어요. 내일 해수욕장으로 갈 땐 미리 물을 준비해 가지고 가죠. 물통에다가 우물물을 담아가는 거예 요. 샤워하는 데 많은 물이 필요 있어요? 그저 소금기만 빼면 되는데, 잔돈 때문에 시비할 필요도 없고, 얼마나 좋아요?" 했을 때 그저 어이가 없을 지경이었다.

그들은 몸을 씻고 나서 마당 한쪽에 쭈그리고 앉아 버너의 불을 피워 밥을 지었다. 밥을 끓이는 동안 방금 물을 끼얹은 몸이 금세 땀으로 흠뻑 젖어버렸다.

그러나 밤이 되자 상철은 어쩌면 이곳을 숙소로 잘 얻었는지도 모른다는 생각이 들었다. 방에서 누워 쳐다보아도 하늘의 별이 보였다. 별들은 쏟아질 듯 초롱초롱하게 많았다. 그리고 바다 쪽에서 부는 바람이 집 뒤 아카시아 숲을 흔들어주었고, 개구리 소리와 풀벌레 소리가 끊임없이 들려왔다. 그들은 나란히 누운 채 그 소리들을 듣고 있었다.

그는 어둠 속에서 손을 뻗쳤다. 아내는 가슴 위에 두 손을 반듯이 모으고 누워 있었다. 그의 손이 아내의 옆구리와 팔꿈치 사이에 어중간하게 걸쳐진 채로 한참 머물러 있었고 아랫배가 그녀가 숨쉬는 데 따라 오르락거리고 있었을 뿐 두 사람 다 그 손의 존재에 대해 잊어버린 것처럼 그 자세대로 꼼짝도 않고 누워 있었다. 그러자 아내의 뱃속에서 꼬르락 소리가 들려왔는데 이상하게도 그 소리가 무슨 비명처럼 그를 깜짝 놀라게 했다.

그는 천천히 손을 움직이기 시작했다. 누구의 것인지 모를 땀이 그의 손바닥과 아내의 맨 살갗 사이에서 저항했다. 바깥 어둠 속에서 풀벌레가, 그리고 더 멀리서는 개구리들이 악을 쓰며 울고 있었다. 그가 아내의 잠옷 속으로 손을 밀어넣었을 때, 갑자기 그녀는 그의 손을 가로막았다.

"뭘 하시려는 거예요?"

"가만있어 보라구."

그러나 그의 손을 잡은 아내의 손아귀 힘은 의외로 강했다.

"안 돼요. 기구가 없어요."

"그 까짓 놈의 기구야 없으면 어때."

기구란 그들이 늘 쓰는, 피임을 위한 고무 제품을 뜻했다. 그는 상체를 일으켜 아내를 끌어안았다.

"어때, 좋잖아. 분위기도 그렇고."

"안 된단 말예요."

아내가 조금 신경질적으로 그를 밀쳤다. 그러나 그는 아내를 안은 팔에 더욱 힘을 주며 은근하게 말했다.

"그럼 여기까지 와서 잠만 자고 갈 거야? 휴가 기분도 있는데."

"미쳤어요, 당신?"

그는 아내가 그때 자신에게 특별히 무슨 모욕을 줄 생각은 아니라는 걸 알고 있었다. 그것은 "휴가 기분 때문에 우리들의 모든 것을 망치자는 거예요?" 하는 그 다음 말에도 알 수 있는 일이었다. 그러나 갑자기 그는 이런 경우 아내에게 결코 해서는 안 될 말이 생각났고, 그렇게 생각하자 왠지 그 말을 꼭 하고 싶은 충동을 참을 수가 없었다. 그래서 그는

"이런 젠장할. 미친 건 내가 아니고 바로 당신이야. 당신이야 말로 돈에 미친 여자야."

하고 말았다.

"뭐예요?"

그는 두 사람 사이의, 눈에 보이지는 않지만 서로 건드려서는 안 되는 아슬아슬한 경계선을 자기가 먼저 넘어버렸다는 것을 알았지만, 그 깨달음이 더 많은 말을 쏟아놓도록 만들었다. 두 사람은 서로의 아픈 부분을 찔러대기 시작했고, 그들의 무기는

양쪽에 날을 가진 창과 같아서 상대를 찌를수록 자신의 몸에도 피를 흘린다는 사실을 알았고, 그럼에도 불구하고 더욱 미친 듯이 찌르고 나서야 끝이 났다.

그녀가 울기 시작하자, 그는 어쩌할 줄을 몰랐다. 어둠 속에서 아내의 흐느낌을 속수무책으로 듣고 있자니, 문득 자기 자신을 향한 것인지 아니면 다른 누구를 향한 것인지도 모를 맹렬한 적개심이 솟구치는 것을 느껴야 했다. 일순간 그것은 걷잡을 수 없는 살의처럼 무섭도록 분명했지만, 그러나 동시에 그는 손가락 하나 움직일 수 없을 만큼 피곤하고 지쳐 있음을 알았다.

언젠가 그는 다른 날보다 일찍 퇴근한 적이 있었다. 벨을 누르려고 했을 때 안에서 음악 소리가 들려오고, 현관문이 잠겨 있지 않다는 것을 알았다. 별 생각 없이 문을 열고 들어가 요란한 음악 소리가 들리는 방 안을 들여다보았다. 방 안에는 커튼이 쳐져 있어서 대낮인데도 어두웠고, 아내는 그가 들어온 기척도 느끼지 못한 채 춤을 추고 있었다. 디스코인지 고고인지 괴상한 손짓과 발짓으로 온몸을 무질서하게 흔들어대는 춤이었다. 음악의 미친 듯한 곡조에 따라 아내의 사지가 숨가쁘게 움직였다. 눈을 감은 채 마치 신들린 무당처럼 정신없이 몸을 흔들고 있었다. 그는 아내가 눈치를 채기 전에 얼른 현관문 밖으로 나오고 말았다. 갑자기 무엇을 해야 좋을지 몰라 멍청하게 서 있다가 계단을 내려갔다. 무슨 끔찍한 죄라도 저지른 것처럼 가슴이 심하게 뛰고 있었다. 춤추는 즐거움보다는 고열에 들떠 견딜 수 없이 고통스러워하는 것 같은 표정이 눈앞에서 사라지지 않았다. 그가 다시 계단을 올라간 것은 하릴없이 삼십 분 이상을 보내고 난 뒤였다. 이미 음악 소리는 들리지 않았다. 문이 잠겨 있지 않다는 것을

206

알았지만 그는 연거푸 벨을 눌러대었다. 그리고 문을 열고 나타난, 믿을 수 없이 여느 때와 변함없는 아내의 창백한 얼굴을 보았다.

상철은 그때의 그 모습을 결코 잊을 수가 없었다. 그것은 아내의 어떤 모습 위에서도 환각처럼 나타나곤 했다.

그것이 무엇이었을까. 상철은 어둠 속에 누워 생각했다. 무엇이 그녀를 어두운 방 안에서 머리를 풀어헤치고 미친 듯이 춤추도록 했을까. 하루하루를 싸움하듯 살아가는 여자, 열 평 전세 아파트를 탈출하고 오로지 내집 마련이 소원인 여자, 일당 오천 원의 파출부도 마다않는, 한 달 곗돈 십오만 원에 매달리는 여자, 입술연지 한 번 바르길 인색해하는, 작고 고집스런 여자, 어둠 속에서 풍선 불듯 피임기구에 직접 바람을 불며 확인하는 여자. 그런데 무엇이 마법의 주문처럼 두껍고 강고한 빗장을 풀고 그 여자의 내면 깊은 곳에 갇혀 있는 자를 풀어주었을까.

비로소 상철은 자신이 왜 그토록 바캉스 떠나기를 고집하였는지 알 수 있을 것 같았다. 그러나 이곳에 와서도 그녀는 외롭고 지겨운 싸움을 계속했을 뿐이었다.

그는 돌아누운 아내의 어깨너머 그녀의 얼굴을 두 손으로 감쌌다. 얼굴에 손이 닿자 물기가 손바닥을 적셨다. 갑자기 아내가 몸을 돌려 그에게 말했다.

"잘못했어요. 당신 말대로 다 내 잘못예요. 내가 미친 여자예요." 그녀는 어린애처럼 계속해서 흐느끼면서 그의 목에 팔을 감았다. "해요, 어서 해요. 네? 빨리 해주세요……" 그러면서 그녀는 조급하게 옷을 벗기 시작했다. 그러나 막상 서둘러 시작하려 했을 때 그는 자기가 더 이상 힘을 쓸 수 없음을 알았다. 어둠 속

에서 무섭게 눈을 뜨고 애를 써보았지만 그럴수록 몸 어느 한구
석에서 시작한 무력감이 풍선에서 바람이 빠지듯 빠른 속도로
몸 전체에 퍼져가는 것을 느낄 수 있었을 뿐이었다. 마침내 그는
아내의 몸에서 물러나고 말았다.

　아내는 아무 소리도 내지 않았다. 그녀는 벗은 몸을 가리려고
도 하지 않은 채 꼼짝 않고 누워 있었다. 그는 참담한 기분으로
눈앞의 어둠을 바라보았다. 마당의 풀벌레들과 멀리 논배미의
개구리들이 여전히 지칠 줄 모르고 울고 있었다.

　그들이 서울로 돌아온 것은 이틀이 지난 뒤였다. 하기 싫은 일
을 의무적으로 하는 사람들처럼 그들은 그 바닷가에서 예정된
이틀을 마저 보냈다. 그리고 사흘째 그들은 서둘러 서울로의 귀
로에 올랐다.

　마침내 집으로 돌아왔을 때 이틀 밤밖에 비우지 않았지만 마
치 길고 오랜 여행에서 돌아온 기분이었다.

　무언가 이상한 예감이 뒷머리를 친 것은 열쇠 꾸러미를 꺼내
마악 현관문의 손잡이에 꽂으려는 때였다. 그리고 그 예감은 손
잡이를 비틀다 거짓말처럼 문이 비죽이 저절로 열리면서 현실로
나타났다. "세상에!" 아내가 하얗게 질린 얼굴로 문 안으로 뛰어
들었다. 그들이 떠나 있는 동안 그들의 보금자리에 무슨 일이 있
었던가를 그들은 한눈에 알아보았다. "도, 도둑이에요 여보!" 아
내는 미친 듯이 큰 방과 작은 방, 화장실과 부엌으로 쫓아다녔
다. 어느 곳이나 마치 일부러 그렇게 해놓은 것처럼 끔찍하도록
철저히 유린되어 있었다. 장롱문은 열려 있었고, 서랍이란 서랍
은 모두 빼내어져서 옷가지들이 내장이 드러나듯 참혹한 모습으

로 흩어져 있었다. 휴가철을 노리는 빈집털이 도둑들이 하필이면 그들의 집을 택한 것이 틀림없었다. 그러나 그것은 '하필이면' 하는 불운이 아니라 자신들의 삶이 필요하다면 언제든지, 그것도 철저히 파괴될 수 있다는 끔찍한 증거처럼 보였다. 대담하게도 밤참이라도 해먹었는지, 라면 가닥과 김치 쪼가리가 함부로 흩어져 있었고, 부엌에서부터 방 안까지 라면 국물이 점점이 떨어져 있는 것이 무슨 말라붙은 핏자국을 보는 듯했다.

"어떻게 해요, 여보! 경찰에 신고해야죠."

아내는 아직도 몸을 떨면서 그에게 말했다. 그때까지 그는 도무지 무엇을 어떻게 해야 좋을지 모르고 있었으므로, 경찰이란 낱말을 기억해낸 아내가 신통하게 느껴질 정도였다.

"근데 우리가 무얼 잃어버렸는지 알아야지?"

그들은 열려진 서랍과 흩어진 옷가지들을 다시 뒤지기 시작했다. TV는 물론 제자리에 있었고, 몇 안 되는 철 지난 옷가지들이 든 장롱 서랍에서도 당장은 없어진 것이 눈에 띄지 않았다.

"어머, 카세트 녹음기!" 하고 아내가 소리쳤지만 곧 그들이 휴가를 떠나면서 가져간 것을 기억해냈고, 유일한 결혼 예물인 두 돈쭝의 금반지는 아내의 손가락에 건재해 있었다.

"그런데," 숨 가쁘게 여기저기 뒤져보던 아내가 갑자기 그를 돌아보며 말했다.

"우리한테 도둑맞을 물건이 뭐가 있죠?"

그는 정신이 번쩍 드는 듯했다. 아닌 게 아니라 그들이 살고 있는 이 좁은 삶의 공간에 돈이 될 만한 물건이란 따지고 보면 아무것도 없었다. 채널 손잡이가 달아난 낡은 TV와 옷가지, 이젠 먼지나 잔뜩 뒤집어쓰고 있던 책 나부랭이들 외에 무엇이 있단 말인가. 아내는 은행을 이용하지 않았으므로 당연히 통장 같은 것은 있을 리 없었고, 그 흔한 카메라 하나 없었다. 그는 기가 막혔고, 동시에 무슨 허깨비에 홀렸다가 깨어나는 것 같은 기분이었다.

"그 도둑놈들도 하필 우리처럼 젓가락 하나 가져갈 게 없는 집에 들어오다니, 미안해서 어쩌죠?"

그것도 농담이라고 하는지 아내는 바보처럼 맹한 얼굴로 뚱딴지 같은 소리를 중얼거렸다. 누가 먼저인지도 모르게 그들은 웃기 시작했다. 갑작스레 긴장이 풀린 탓인지 한번 웃기 시작하자 웃음은 걷잡을 수 없이 비어져나왔다. 그래, 우린 아무것도 가진 것이 없다. 도둑이 들어도 집어갈 것 하나 없이 가난하다는 사실이 엉뚱하게도 누구엔가 극적인 복수라도 한 것처럼 통쾌했던 것이다.

"미쳤어요, 당신?"

자기가 웃고 있다는 것은 생각을 못하는지 웃음을 그치지 못하는 그에게 아내가 말했다. 어쩐 일인지 그는 아내의 그 말이 무슨 도발적인 유혹의 말처럼 자신의 몸 안 어딘가에 휙 불을 댕겨올리는 것을 느꼈다. 그는 햇빛에 탄 아내의 콧등에 상처의 흔적처럼 피부가 한 점 얇게 벗겨진 것을 보았다. 문득 그의 머릿속에 한 장의 그림이 순간적으로 그려졌다. 그것은 길고도 힘든 싸움에서 돌아와 승리를 자축하는 원시인들이 그러하듯, 도둑들의 노략질이 지나간 이 끔찍스런 잔해들 위에서 아내와 그가 함께 벌이는 한바탕 신명 들린 춤이었다.

(『문예중앙』, 1985)

빈 집

상수는 그날 저녁 절도 혐의로 체포되었다. 그는 집 앞 골목에서 방범대원에게 붙잡혀 파출소로 연행되었는데, 그곳에서 수갑이 채워져 다시 경찰서로 넘겨졌다.

사흘째 잠을 자지 못했다는 두 눈에 핏발이 선 형사가 그를 취조했다. 그는 상수의 이름과 나이, 주소를 묻고 조서를 꾸미기 시작했다.

"글쎄 난 도둑이 아닙니다. 아무 죄가 없는 선량한 시민이란 말씀예요."

상수는 파출소에 끌려갈 때부터 지금까지 해온 말을 되풀이했다. 그럴 때마다 형사는 볼펜을 움직이던 손을 쉬고 귀찮아 죽겠다는 듯이 핏발 선 눈으로 상수를 보았다. 그리고 다시 똑같은 질문을 반복했다.

"무슨 소릴 하시는 겁니까. 전과라니요. 난 이제까지 교통 위반 한 번 안 하고 산 사람입니다. 이건 뭔가 잘못되어도 단단히 잘못되었어요. 날 보내주세요. 난 집으로 가야 합니다."

이 친구 안 되겠는데, 하는 표정으로 형사가 옆에 선 동료를

올려다보았다. 상수를 파출소에서 연행해온 그 가죽 점퍼의 사
내는 들고 있던 쇠파이프를 책상 위에 올려놓았다.

"이건 누구 거야?"

상수의 대답을 들으려 하지 않고 가죽 점퍼는 다시 대형 회중
전등을 그 옆에 놓았다.

"어디 말씀해보시라구. 이게 다 누구 건지."

상수는 책상 위에 놓인 그 물건들을 보았다. 취조실의 백열구
불빛 아래 드러난 그것들은 상수가 여태 한 번도 본 일이 없는
물건처럼 낯설었고, 범행 현장에서 발견된 흉기를 보는 듯이 끔
찍한 느낌을 주고 있었다.

"우린 처음부터 당신을 의심하고 있었어. 어때 한번 설명해보
시지. 이 쇠파이프와 회중전등은 무엇에 쓰는 것이며 왜 한밤중
에 이것들을 들고 골목길을 배회했는가를 말야."

상수는 대답할 수가 없었다. 무슨 말로, 어디에서부터 이야기
를 시작해야 할지 알 수가 없었던 것이다. 무언가 거역할 수 없
는 힘이 그를 칭칭 동여매고 있었고, 그 속에서 자신의 사지가
힘 한번 쓰지 못하고 무너져내리는 듯한, 오랫동안 그를 괴롭혀
온 예의 그 무력감에 빠져들고 있을 뿐이었다.

전화벨 소리에 상수는 눈을 떴다. 눈을 뜨고도 그는 자기가 어
디에 누워 있는지, 왜 잠을 깼는지 얼른 알아차릴 수가 없었다.
다음 전화벨이 울릴 때까지의 아주 짧은 정적 속에서 그는 밤중
에 혼자 눈을 뜬 어린애와 같이 맹렬한 두려움을 느꼈다.

지난밤에 그는 술에 만취해서 집으로 돌아왔다. 아내가 현관
문에서부터 그를 끌고 들어와 양복을 벗기고, 넥타이를 끄르고,

양말을 벗겼다. 아내의 손길에 자신의 껍질이 하나씩 벗겨지도록 몸을 내맡기고 눈을 감은 채 그는 죽은 사람처럼 편안한 기분을 느끼고 있었다. 그리고 아마 잠이 들었던 모양이었다.

그는 한동안 어둠 속에서 눈을 뜬 채 전화벨 소리를 듣고 있었다. 곁에 누운 아내가 전화를 받거나 그저 제풀에 지쳐 끊어지기를 기다렸다. 그러나 전화는 집요하게 울어대었고, 아내 역시 웅크리고 누운 채 꼼짝하지 않았다. 그는 반쯤 몸을 일으켜 머리맡 어둠 속으로 손을 뻗쳤다.

"안 돼요. 받지 마세요."

아내의 손이 그의 팔을 붙들었다. 그녀의 타는 듯한 음성이 등 뒤로 바싹 매달렸다.

"틀림없이 그 전화일 거예요. 어쩌면 좋죠?"

"왜 그래? 그 전화일 거라니 무슨 소리야."

"당신 혹시 누구에게 원한 산 일 있수?"

아내가 바싹 몸을 붙이고 말했다. 그는 몸을 일으켰다. 잠이 빠르게 머리에서 달아났고, 숙취의 뒤끝이면 늘 그렇듯 머리가 쑤셔왔다.

"낮에 괴상한 전화가 두 번씩이나 걸려왔어요. 받으면 아무 소리도 없고 이쪽에서 수화기를 놓을 때까지 저쪽에선 그냥 듣고만 있는 거예요. 숨소리만 들려요. 그것도 식식거리는 남자 숨소리요. 무슨 전화 잡음이라고 그러시겠죠? 틀림없어요. 남자 숨소리였어요. 그것도 두 번씩이나."

아내의 말 도중에도 전화벨은 울어대었다. 그녀는 말을 마치며 진저리를 치듯이 몸을 떨었다. 상수는 어둠 속을 더듬거리며 일어나 벽 스위치를 올렸다.

"젠장, 무슨 소리라구. 그까짓 장난 전화 가지고 뭘 그래."

껌벅거리는 형광등 불빛이 아내의 얼굴을 드러내었다. 방금 능욕당한 계집애처럼 그녀의 조그만 얼굴이 불안에 떨며 빤히 올려다보고 있었다. 그는 수화기를 들었다.

"여보세요."

잠깐 동안 수화기 저쪽에선 아무 소리도 없었다. 그는 다시 한 번 큰 소리로 말했다.

"여보세요."

"누기여, 상수여?"

그러자 수화기를 통해서 놀랄 만큼 귀에 익은 목소리가 흘러 나왔다. 아내가 등 뒤에 붙어서 속삭였다.

"틀림없죠? 그 전화죠?"

"아니 이 밤중에 웬일이세요?"

"이 밤중 아니면 니가 언제 집에 있었냐? 에미는 잘 있고오? 뱃속의 아도 별일 없지야?"

"아, 예, 그럼요. 근데 상숙이는 집에 없습니까?"

"니가 내려온다고 해서 오늘도 밥을 해놓았는디. 괴기국도 끓이고. 근디 다 식어뿌리고 쥐새끼 잔치 시켜주었다. 왜 안 왔냐. 에미 눈 빠지는 줄 모르고."

"어머니, 상숙이 좀 바꿔보세요."

"상숙이 그년 말도 말어. 서방질한다고 정신없응께. 기집년 바람 든 건 부모도 못 말리는 벱이여. 근디 넌 언제 올 티여? 내일 올텨?"

"알았어요. 내가 내려가서 혼을 낼 테니까 상숙이 좀 바꿔주세요."

214

상수는 짜증을 누르려고 애를 썼다. 그러자 수화기 저쪽에서 가래 걸린 웃음소리가 이어졌다.

"근디, 상숙이가 누기여?"

그는 수화기를 놓았다. 아내는 이불을 머리끝까지 뒤집어쓰고 있었다. 이불 속에서 그녀의 작은 음성이 흘러나왔다.

"어머님이세요?"

상수는 대답하지 않고 담배를 찾아 불을 붙여 물었다. 아내가 이불을 뒤집어쓰고 있다는 것은 전화를 한 사람이 어머니란 사실을 알고 있다는 증거였다. 마치 눈을 감으면 눈앞의 사실들이 사라진다고 믿는 어린아이처럼 그녀는 이불을 뒤집어씀으로써 시어머니의 존재를 잊고 싶어 했다.

망할 년 같으니라구. 상수는 그의 누이동생에게 욕을 퍼부었다. 어딜 밤늦게 싸돌아다니느라고. 그러나 그는 자기가 누이를 결코 욕할 수 없다는 것을 알고 있었다. 그녀는 올해 스물여덟인가 아홉이었고, 따라서 노처녀였고 그러면서도 시집갈 생각은 않고 혼자 어머니를 모시고 있겠다는 시골 국민학교 여교사였다. 그것은 상수 내외에겐 아주 다행한 일이었다.

두 해 전부터 어머니는 약간 노망기가 들어 호롱불이 바람에 깜박거리듯 정신이 들었다 나갔다 했다. 그러나 신통하게도 상수의 전화번호만은 기억하고 있어서 새벽이든 한밤중이든 가리지 않고 전화를 걸어오곤 했다.

"아까 낮에 왔다는 그 전화 말이야."

상수는 아내의 머리 부분을 덮고 솟아 있는 이불자락에 대고 말했다. 이불 밖으로 그녀의 머리카락만 몇 올이 보여서 그는 어떤 끔찍한 연상을 몰아내려고 애썼다.

"그거 어머니가 거셨던 모양이야."

아내의 머리를 덮은 이불자락에서는 아무 대답이 없었다.

"딱한 노인이야. 시외전화를 거는 걸 보면 가끔 정신이 드시기도 하는 모양인데."

"아녜요. 어머님이 아니었어요. 그 숨소린 틀림없이 남자 것이었어요."

아내가 이불 밖으로 얼굴을 빼내며 빠르게 말했다. 상수는 갑자기 등허리를 훑고 내려가는 전율 같은 것을 느꼈다. 이야기에 굶주리고 자극에 굶주린, 그러면서도 조그만 공포에도 견디지 못하는 작은 짐승 같은, 벌써 처녀 시절의 단단하던 얼굴선이 형편없이 허물어지기 시작한 아내의 얼굴을 보자 까닭 모를 두려움을 느꼈던 것이다.

"아무래도 우린 이사를 잘못 왔나 봐요."

"무슨 소리야, 이 집이 어떻게 얻은 집인데. 그까짓 장난 전화로 별소리 다 하는군. 아니 이 집으로 이사 오기 전에 당신 얼마나 좋아했어?"

"그래요. 하지만 난 처음부터 생각했어요. 이 집이 우리에겐 너무 과분하다는 걸. 우리에게 이런 행운이 있다는 것이 도저히 믿어지지가 않았어요. 이런 행운이 있는 만큼 또 무언가 일이 잘못되리라고 난 늘 조마조마했다구요."

상수는 맥이 빠졌다. 아내는 확실히 불행을 과장하는 버릇이 있다. 아니 연약한 하등 동물이 흔히 그렇듯 불행의 냄새를 맡는데 비상한 재주가 있다. 결혼을 하고 신혼여행을 간 온천장에서 그녀는 밤새 울었다. 특별히 지금까지 길러준 부모님을 생각해서 우는 것도 아니었고 상수가 보기엔 행복해서 우는 것도 아닌 것 같았다. 결혼 때문에 헤어지게 된 비련의 애인이 있는 것은 더구나 아니었다. 그 후 그녀는 두 번 유산을 했고, 지금은 임신 팔 개월이었다.

"당신 정말 누구에게 원한 산 일 없죠? 남한테 앙심 품도록 심하게 대한 적은 없으세요? 당신 공장의 공원들한테라도 말예요."

"걱정하지 말아요. 그런 일 없으니까. 당신 요즘 너무 몸이 약해진 탓이야."

상수는 불을 끄고 자리에 누웠다. 이제 다시 잠이 들 수 있을까 하고 생각했다. 이즈음 그는 술에 취하지 않고는 쉽게 잠들지 못하는 버릇이 있었던 것이다. 머리는 여전히 쑤셔왔지만 술은 완전히 깨어버렸다.

"안 돼요. 얌전히 계세요."

상수가 아내의 가슴을 더듬자 그녀가 밀어내며 말했다. 그 대신 그녀는 상수의 손을 이끌어 자신의 불러오른 배에 갖다대었다. 그녀는 모래찜질을 받는 사람처럼 반듯이 누워서 좀 숨이 가쁜 듯한 소리로 소곤거렸다.

"안에서 막 놀아요."

그러나 상수는 아무것도 느낄 수 없었다. 그는 역시 반듯이 누운 채로 어둠 속을 노려보며 기다렸다. 오랫동안 아무 기척이 없었다. 그러다가 거의 잊어버렸을 즈음에 그것은 갑자기 손바닥을 쳤다. 그 움직임이 너무나 갑작스러워서 그는 깜짝 놀랐고, 얼마나 놀랐던지 하마터면 소리를 지를 뻔했다.

한 달 전 상수는 시가 수억 원을 호가하는 이 집으로 이사를 왔다. 방이 아래층에 여섯 개, 위층에 네 개, 거기다 지하실까지

치면 도합 열한 개의 저택이었다. 정원에는 양탄자를 깔아놓은 듯 손질이 잘된 잔디밭이 있었고, 관상용 정원수들이 적당한 자리에 적당한 모습으로 앉거나 서 있어서 운치를 더해주고 있었다. 게다가 담 아래로 저 옛날 우국충신들이 구국의 칼날을 갈았다는 세검정 일대가 한눈에 잡히는 전망이 좋은 집이었다. 아내의 말처럼 상수 역시 처음엔 자신에게 닥친 이 행운이 도무지 믿기지 않을 정도였다.

결혼하고 삼 년여 동안 집 때문에 얼마나 고생을 했는가를 필설로 다 나타낼 수 없을 것이다. 그들은 미아리고개 너머 백오십만 원짜리 단칸 전세방에서 결혼 생활을 시작했다. 육 개월 후에 그것은 이백오십만 원이 되었고, 그들은 망우리 너머에까지 달아나야 했다. 다시 일 년 뒤에 회사 사원복지회에서 얻어낸 백만 원 융자와 곗돈 부은 것을 합쳐 장안평에 있는 열세 평짜리 서민용 아파트를 전세로 얻었다. 일 년 뒤 아파트는 다시 백만 원이 올랐고, 그들이 가진 돈으로 특별시 안에서는 같은 규모의 전세방을 구할 수가 없었다. 그들은 마침내 서울을 포기하기로 결심하고 남양주군까지 후퇴했다. 상수는 왕십리에 있는 직장에 다니기 위해 편도 한 시간 반, 왕복 세 시간씩을 버스 속에서 매달려 있어야 했다.

자네, 집이 멀어서 고생이 많다지. 어느 날 부장이 말했다. 상수는 시내 한복판 이십층 건물의 십팔층에 있는 본사 사무실에서 부장을 마주보고 있었다. 사장의 조카뻘이라 실질적인 후계자라고 알게 모르게 소문난 몸이고, 미국의 유수한 대학에서 학위를 받았으며, 자신의 직속상관이긴 했지만 왕십리 공장에서 '생산주임'이란 직책으로 있는 상수로서는 어쩌다 전화 통화만

218

할 수 있는 본사 부장이 자신의 주거 문제에까지 신경을 쓰고 있
다는 사실이 상수는 놀랍기도 하고 약간 황송하기도 했다. 다른
건 몰라도 부하 직원들의 신상 문제만은 늘 관심을 두고 있다네.
시흥군이라 했지. 남양주군입니다. 아, 남양주군. 남양주라, 거
참 우리나라 지명들은 멋대가리가 없단 말이야. 하기야 미국에
도 사우스캐롤라이나라고 있지만. 자네 지금 전세금이 얼마나
되나. 한 삼백만 원 됩니다만. 삼백이라, 어렵긴 어렵겠군. 어때
시내로 이사 올 생각 없나. 저 세검정 쪽으로. 거기가 그래도 양
반동네라네. 내 처남 되는 사람이 말이야 공무원으로 있는데, 이
번에 외국엘 한 이삼 년 나가 있을 모양이야. 내게 부탁을 하더
군. 특별히 믿을 만한 사람에게다 집을 맡기고 싶다고. 그래서
내가 물색해봤는데 자네가 제일 적임자야. 무슨 말인지 알겠나.
　무슨 말인지 상수는 알고도 남음이 있었다. 집도 집이려니와,
특별히 믿을 만한 사람을 찾는데 상수가 적임자라는 것은 부장
이 자기를 그만큼 믿고 있단 이야기였다. 아울러 상수는 윗사람
이 원하는 것은 앞으로도 더 믿을 만하게 뛰어달라는 사실임을
모를 리 없었다. 부장의 제의에는 조건이 붙어 있었다. 열한 개
의 방 중에서 상수 내외가 쓸 수 있는 것은 아래층 문간의 두 개
뿐이고, 나머지는 주인집의 가구를 넣고 자물쇠로 채워두어야
한다는 것이었다. 말하자면 상수는 집주인이 없는 동안 그 집과
가구를 지키는 책임까지 떠맡은 것인데, 어쨌거나 전세금 삼백
만 원으로 시가 수억 원 나가는 집에서 내 집처럼 살 수 있다는
것이 어디 아무나 만날 수 있는 행운인가. 그 다음 일요일 그는
당장 집을 옮겼다. 그것은 여러모로 감격적인 입성(入城)이었
다. 비록 1.5톤 타이탄 트럭이 초라한 이삿짐을 싣고 외국 달력

사진에서 금방 빠져나온 듯한 세검정 고급 주택가를 기어오르는 것이 몹시 어울리지 않아 보이긴 했지만.

"여보, 앞으로 무서워서 어떻게 살죠?"

다음날 다른 때에 비해 일찍 들어온 상수에게 아내가 대뜸 한 말이었다.

"아니, 왜 또 그래. 또 그놈의 전화가 왔어?"

"우리 집에서 한 집 건너 윗집 있죠? 주인이 무슨 판사인가 변호사인가 한다는 집 말예요. 그 집에 오늘 도둑이 들었대요. 주인여자가 낮잠을 자고 있는데 느닷없이 웬 자루 같은 게 푹 씌워지더니 꽝 내리치더라는 거예요. 정신을 깨고 보니 현금, 패물은 물론이고 카메라, 비디오까지 싹 쓸어갔더래요. 대낮에 그것도 판사 집을 털었으니, 어휴 그런 도둑은 어떻게 생겼을까요?"

아내는 마치 그 도둑이 문 밖에서 엿듣고 있기라도 하는 양 귀엣말하듯 숨 가쁘게 소곤거렸다. 그리고 몸을 떨었다. 조금만 흥분하면 몸을 떠는 것, 그것은 아내의 버릇이었다. 결혼 전엔 상수에게 보호 본능을 자극하는 기묘한 매력으로 비쳤었고, 그 뒤엔 좀 짜증스럽게 여겨진 버릇이었다. 그런데 지금은 그 버릇이 임신 팔 개월의 영양 부족인 그녀의 안색과 어울려서 이야기 내용의 비정함과 살벌함을 잘 나타내주고 있었다.

"어제 온 그 수상한 전화도 도둑놈이 걸었을 거예요. 주인이 있는지 없는지 여자만 있는지 알아보려고 했던 게 틀림없어요. 이제 무서워서 어쩌죠?"

"무섭긴 뭐가 무서워. 우리 집이야 뭐 가져갈 게 있나. 저 지직거리는 흑백 텔레비를 가져간단 말이야, 다 낡은 전기밥통을 가

저간단 말이야."

"도둑놈들이 그걸 알 게 뭐예요. 집이 이렇게 크고 좋은데 억대 부자로 알잖겠어요? 정원 쪽에서 이상한 소리만 나도 머리끝이 곤두서고 사지가 떨린다구요."

아내는 과장된 흥분 속에 잠겨 몸을 떨었다. 벌써 잔주름이 침범하기 시작했지만 그녀는 여전히 어린애 같은 표정을 가지고 있었다. 상수는 좀 암담한 심정으로 그녀를 바라보았다. 그 어린애 같은 얼굴의 눈 밑에 선연하게 자리 잡은 기미 때문이었다. 그리고 그는 기미의 색깔과 같은 암울한 그림자가 불현듯 가슴 속에 번져가는 것을 느꼈다.

"여보, 우리 다른 데로 이사 갈까요?"

아내가 소곤거렸고, 상수는 짜증을 낼까 말까 망설였다.

"이런 집을 두고 이사를 하자니 무슨 소리야. 걱정할 필요 없어요. 도둑이 우리 사정을 더 잘 안다구. 판사 검사 집을 털어도 우리 같은 가난뱅이는 건드리지 않는 거야."

"걱정할 필요가 없는데도 걱정이 되는 걸 어떡해요."

"거 참 이제 그 쓸데없는 걱정은 그만 하라구. 삼백만 원 전셋집에 사는 주제에 도둑 걱정이라니 말이 되는 소리야."

"하지만 두고 보세요. 틀림없이 무슨 일이 일어나고야 말 거예요."

상수는 맥이 빠졌다. 언제나 짜증을 내기엔 시간이 너무 지나 있었다. 그리고 그녀는 두 번 유산을 했다. 또 잊어서는 안 되는데, 지금은 임신 팔 개월이었다.

그러나 그날 밤 걱정이 많은 아내는 곧 잠이 들었고, 상수는 오래도록 잠들지 못했다. 자리에서 일어나 정원과 현관문을 다시 한번 살피고 들어왔으나, 잠은 쉽게 오지 않았다. 누군가 어둠 속 그의 머리맡에 웅크리고 앉아서 그를 빤히 내려다보며 잠들기를 방해하는 것 같았다. 어제 저녁 아내에게 수상한 전화 이야기를 들었을 때부터 그의 머릿속 한켠에서 줄곧 슬금슬금 기회를 엿보던 얼굴, 그러나 그가 애써 밀어내던 얼굴이었다.

"두고 보세요, 김형. 난 절대로 이대로 물러나진 않습니다. 언젠가는 김형과 다시 만나게 될 거요. 그때 이 박용팔이가 어떤 놈인가를 똑똑히 알려드릴 테니 그런 줄이나 아쇼."

공장에서 쫓겨나는 날, 녀석은 그렇게 말했다. 비록 상수의 책상 위에 다리 하날 걸쳐놓았지만, 녀석은 일터를 쫓겨나는 공원들에게 흔히 상상할 수 있는 갈 데까지 다 간 듯한 욕설과 행패는 부리지 않았다. 오히려 국산 영화의 주인공처럼 잔뜩 멋을 부린 말씨를 사용하면서 여유를 보이고 있었다. 여전히 상수에게 "김형" 하는 것도 그렇고, 얼굴에 느물거리는 웃음까지 준비하고 있는 것부터가 이상하게 상수의 신경을 자극하는 모습이었던 것이다.

"다시 한번 말하지만 김형, 이 손을 잘 기억해두쇼. 우린 또 만날 기회가 있을 테니까 말요."

녀석은 붕대로 칭칭 동여매어진 한쪽 손을 휘저으면서 말했다. 그 몇 겹으로 감겨진 붕대 속에는 아마 망가진 손가락이 있었겠지만, 그 순간 상수의 눈앞에 들이밀어진 새하얀 빛깔의 붕대는 어떤 흉기보다도 끔찍한 느낌을 주고 있었다.

상수가 아주 힘들게 무겁고 녹슨 잠의 문을 밀고 들어서고 있을 때, 그는 갑작스럽게 밖으로 밀려나고 말았다. 전화벨이 요란하게 울었던 것이다. 그는 아직 꿈과 현실 사이의, 머리가 무겁고 답답한 경계에 있었다. 그는 머리맡을 더듬어 수화기를 들고 갈라진 음성으로 말했다.

"여보세요."

수화기 저쪽으로 전화가 혼선이 되는 듯한 잡음 같은 것이 들려왔다. 그 잡음이 귓전에 가라앉아 모아지면서 차츰 하나의 분명한 소리를 만들고 있었다. 상수는 순간 잠이 빠르게 달아나며 머릿속이 휑하니 비워지는 것을 알았다. 그것은 사람의 씨근대는 숨소리였던 것이다.

지난 봄부터 공장의 공원들 사이에는 수상쩍은 움직임이 일고 있었다. 그 움직임은 처음엔 눈에 띨락 말락한 것이었다가 시간이 갈수록 차츰 뚜렷한 모습으로 드러나기 시작했다. 우선 눈에 띄는 변화가 공원들의 상수에 대한 태도였다. 전에는 상수를 만나면 사람 좋은 웃음을 띠며 고개를 숙이거나 하던 그들이 언제부터인가 차갑게 굳은 얼굴로 대하곤 했다. 끼리끼리 모여 무엇인가 숙덕거리다가도 상수가 나타나면 괜히 헛기침을 하며 뻣뻣하게 고개를 세운 채 흩어져가는 것이었다.

그들에게서 전에 없던 생경한 어휘들이 나타나기 시작한 것은 그 다음의 일이었다. 근로 조건, 노동 시간, 잔업 수당, 안전 시설…… 그들은 처음에 그 말들을 조금 부끄럽게 사용하다가, 다음엔 그 말들이 갖는 위력에 놀라는 눈치더니, 드디어 그것들을 무기로 사용하기 시작했다. 그리고 직책상 그 무기에 피를 흘리며 맞서야 하는 것은 언제나 상수였다. 공장의 기계가 멎는 일이 잦아졌고, 생산 계획에 중대한 위협이 가해지기 시작했다.

공원들 중에서 특히 말썽을 부리고 다른 공원들을 선동하는 자들이 몇 명이나 되나. 어느 날 부장이 상수에게 물었다. 글쎄요, 약 스무 명가량 된다고 생각합니다만. 그 스무 명의 명단을 내게 올려주게. 더 이상 그자들의 농간에 회사가 놀아날 수 없어. 어떻게 하실 작정이십니까. 상수가 조심스럽게 물었다. 어떻게 하긴 어떻게 하나, 청소를 해야지. 부장의 손이 쓸어내는 시늉을 했다. 그건 좀 신중히 생각해봐야 할 것 같습니다, 부장님. 무작정 그들을 해고한다는 것은 위험천만한 일입니다. 더 큰 말썽을 일으킬 가능성이 많습니다. 그러나 부장은 단호한 어조로 말했다. 자넨 아무 걱정할 필요가 없어. 내게 다 생각이 있으니까.

"처음 뵙겠습니다. 박용팔이라고 합니다."

녀석이 나타난 것은 그즈음이었다. 신규 채용한 공원들의 신상 카드를 작성하기 위해 개별 면담을 하고 있을 때였다. 목구멍 안에서부터 잔뜩 가다듬은 목소리와 함께 눈앞에 커다란 손이 하나 내밀어져 있었다. 그것이 악수를 하자는 손임을 깨닫는 데는 조금 시간이 걸려야 했다. 다른 공원들은 하나같이 문을 들어서자마자 공손히 인사를 하고 앉으라는 소리가 떨어져야 대단히 송구하다는 듯이 소파 한쪽에 엉덩이를 겨우 걸쳤던 것이다. 상수는 얼떨결에 그 손을 잡았다.

"수고가 많으십니다. 앞으로 폐를 많이 끼치겠습니다."

녀석은 시골 장터에서 나누는 수인사처럼 그럴듯하게 늘어놓으며 상수의 손을 움켜쥐고 흔들었다. 상수는 하마터면 소리를 낼 뻔했다. 그의 손아귀 힘이 너무나 억세어서 자신의 손마디가 으스러지는 것 같았던 것이다. 상수가 소리 지르기 전에 녀석은 손을 놓았다. 그 후에도 오랫동안 상수가 녀석에게 가지는 느낌은 자신의 손을 으스러뜨릴 듯 움켜쥐던 손아귀의 힘과, 그 속에서 형체도 없이 졸아드는 것 같던 무력감뿐이었다.

그 다음날 상수는 자물쇠 수리상을 찾았다. 아무래도 집 안의 현관문이라든가 창문 고리가 허술하게 생각되었기 때문이었다. 그것은 아내의 부탁이기도 했다.

"아, 그 동네 말씀인가요. 오늘 오전에도 한 집에 가서 자물쇠를 고쳐주었는데 요즘 도둑 때문에 집집마다 걱정이 대단하더군요."

그는 동네 언덕길을 올라가며 길 양쪽에 늘어선 고급 주택에 눈알을 굴리며 감탄인지 한숨인지 모를 신음 소리를 내었다. 집에 들어서서 우선 현관문부터 점검해본 그는 또 감탄인지 한숨인지 모를 신음 소리를 내며 허리띠에 매달린 꾸러미 중에서 작은 쇠붙이를 꺼냈다. 그리고 현관 손잡이에 쑥 밀어넣었다. 그러자 현관문이 소리 없이 열렸다. 아내의 얼굴이 창백해졌다. 두터운 고급 목재로 만든 문이 그처럼 손쉽게 열리는 것을 보자 상수 역시 어이가 없었다. 상수네가 쓰는 두 개의 방도 그 기묘한 모양의 쇠붙이가 들어가자 거짓말처럼 열렸다.

"어머, 이렇게 허술한 걸 믿고 다리를 뻗고 잤으니."

"이런 건 자물쇠가 아니라 장식품이죠. 어때요? 특제 자물쇠를 쓰시죠. 미제, 일제, 대만제, 홍콩제…… 뭐든 다 있습니다."

"그 특제 자물쇠는 열 수 없나요? 도둑놈들이 말예요."

"글쎄요. 어느 도둑놈이고 못 연다는 보장은 없죠."

"그럼 열 수 있는 도둑놈도 있단 말씀인가요?"

"사람이 만든 걸 사람이 못 열겠습니까?"

아까 그 사람 눈매 보셨죠? 자물쇠 수리공이 가고 나자 아내가 속삭였다. 그 사람 열쇠로 안 열리는 자물쇠가 없잖아요? 여보, 파출소에 신고라도 할까요? 그 전화 말예요. 관둬. 그깟 장난 전화를 신고하면 우리만 더 우스워진다고. 경찰들이 도둑놈도 못 잡는 판국에 그 따위 장난 전화 신경이라도 쓸 것 같아? 그건 장난 전화가 아니에요. 도둑놈 전화예요. 그렇잖음 누구겠어요?

상수는 회사에서도 까닭 모를 불안에 쫓기고 있었다. 사무실에서 전화벨 소리에도 깜짝 깜짝 놀라곤 했다. 만원버스 속에서나 사무실에 앉아 창문으로 비껴들어온 오후의 햇살 속에 공장에서 날아온 먼지들이 어지럽게 부유하고 있는 것을 보고 있으면서 멍청하게 생각을 놓고 있을 때가 많았다. 무슨 생각의 실마리를 열심히 따라가고 있다가도 막상 정신을 차리면 그동안 무슨 생각을 하고 있었는지 감쪽같이 꼬리를 감추어버리는 것이었다.

그리고 온몸이 까닭 없이 노곤해지며 만사가 귀찮아지는 무력감에 시달리고 있었다. 버스를 타고 가다 지하철 공사장의 땅 밑으로 파헤쳐진 깊고 어두운 구멍을 우연히 보았을 때, 공장에서 용접하는 푸른 불꽃을 보았을 때, 웬일인지 까닭 모를 아득한 현기증을 느끼곤 했다.

다음날 아내의 공포는 더욱 가중되어 있었다.

"아까 방범대원인가 뭔가가 다녀갔어요. 난 문을 열어주지 않았어요. 두 명이 왔는데 이 동네 무슨 비상이 걸렸대나 해서 탐문 조사를 다닌대요. 어젯밤 저쪽 골목 끝집에 또 도둑이 들었다는 거예요. 외판원이고 검침원이고 간에 함부로 문을 열어주지 말라고 하더군요. 그러면서 자기네는 진짜 방범대원이니 문을 열어달라는 거예요. 난 끝까지 안 열어줬어요. 인터폰에 대고 몇 마디 하고는 그냥 가대요."

그리고 저녁에 슈퍼마켓에 다녀와 또 흥분을 해서 말했다.

"글쎄 우리 집 담벼락에 어떤 남자가 서 있다가 날 보더니 휙 숨어버리지 않아요? 가죽 점퍼를 입고 눈초리를 보니…… 보통 눈이 아니에요. 그 사람이 누구겠어요?"

그날 저녁 상수는 집 안 구석구석을 돌아다녔다. 그는 거실에 불을 켜고 현관과 정원에도 불을 켰다. 이층으로 오르는 계단은 언제나 어둠에 잠겨 있었다. 그것은 거대한 맹수의 벌린 입 속을 보는 것 같았다. 정원에도 두 개의 등이 있었으나 그것으로 어둠을 밝히기엔 정원이 너무 넓었다. 정원의 군데군데에 놓인 석등이 위협하듯 웅크리고 있었다. 정원은 어느 구석에 도둑놈 몇쯤 웅크리고 있다고 해서 전혀 달라져 보일 것 같지 않았다.

상수는 그들이 사용하는 아래층 두 개의 방을 제외한 나머지 아홉 개의 방문이 잠긴 것을 일일이 확인하고, 마지막으로 지하실을 살펴보았는데, 그는 그곳에서 노획물로 커다란 쇠파이프를 하나 주워들고 방으로 들어왔다.

"아니 그걸로 뭘 어쩌시려고 그러세요?"

방 안에 들어와 파이프의 붉은 쇠녹을 닦아내고 있자 아내가 도둑놈이 들이미는 흉기라도 본 것처럼 하얗게 질린 얼굴로 말했다.

"당신 그걸로 도둑과 맞서려고 그러세요? 밤중에 남의 집 담을 넘는 사람이 그깟 몽둥이 보고 도망갈 것 같아요? 오히려 큰 탈 보시기 전에 도로 갖다두세요."

"그냥 가만히 앉아서 당하는 것보다야 내 몸을 지킬 무엇이라도 손에 쥐고 있는 게 마음 든든하지 않겠어?"

"여보. 도둑이 강도 되고, 강도가 살인범 되는 거 모르셨어요?"

그러나 그들은 그날 밤 그 쇠파이프를 머리맡에 두고 잠자리에 들었다. 여느 때와 마찬가지로 상수는 잠이 쉬 오지 않았다.
　정적 가운데에서도 무슨 소리인가 쉴 새 없이 들려왔다. 어둠 속에서 조심조심 걸어가는 발짝 소리. 누군가의 낮은 헛기침 같기도 한, 창문을 흔들다 금세 사라지는 수상한 바람 소리. 그 밖에 무엇인지도 모를 갖가지 소리가 환청처럼 또는 이명처럼 그를 괴롭혔다. 넓은 정원에 깃든 어둠이 속 모르게 깊어 보이고 늘 닫혀 있는 이층의 방들에게도 신경이 곤두섰다.
　사실 그는 잠겨진 이층의 방 안으로 한 번도 들어가본 적이 없었다. 그것들은 그저 튼튼하게 잠겨져 있을 뿐이고, 그것이 그렇게 변함없는 모습으로 잠겨 있도록 하는 것은 상수의 책임이었다. 지금 어둠 속에서 귀를 기울이고 있는 그에게 무슨 소리인가 끊이지 않고 들려왔다. 그것은 그냥 창문이 삐걱거리는 소리일 수도 있고, 쥐새끼가 가구에 이빨을 문지르는 소리인지도 모르며, 단순한 환청일 수도 있었다. 그러나 상수는 그 모든 방들이 지금 어둠 속에서 깨어나 문이 여닫히고 가구들이 옮겨지며 떠들썩하게 생활하는 듯한 착각에 빠지고 있었다.

　입사한 지 얼마 되지 않았는데도 이상하리만큼 용팔이는 다른 공원들과 쉽게 어울렸다. 점심 시간 같은 때 공장의 좁은 마당에 한 무더기씩 모여 배구공을 쳐올리며 떠들썩하게 시간을 보내는 공원들 중에서 가장 높은 소리로 떠들어대는 녀석을 상수는 종종 볼 수 있었다. 가끔 상수가 그들 곁을 지나칠 때면 유독 녀석만이 아는 체를 하며 "어때요, 김형. 김형도 한번 끼어보시죠." 그 특유의 지어낸 듯한 말투로 이야기를 붙여오는 것이었다. 그는 대개 원색의 팔 없는 러닝셔츠를 입었다. 그 셔츠 위로 드러난 잘 가꾼 상체 근육을 볼 때마다 상수는 어쩐지 좀 질리는 듯한 느낌을 받아야만 했다. 의리의 사나이라는 별명답게 그는 남의 일에 나서기를 좋아했다. 언젠가 나이 어린 공원 하나가 과로로 쓰러졌을 때 그는 자진해서 나서서 부조금을 거두어 입원을 시키고 회사에서도 얼마간의 돈을 받아낸 적이 있었다. 또한 무슨 돈이 있는진 모르지만 동료들에게 곧잘 돈을 꾸어주는 모양이었다. 상수는 녀석이 공장일이 끝난 뒤 동료들을 몰고 회사 앞 선술집으로 향하는 모습을 볼 수 있었다. 녀석은 어느새 공원들 사이에서 자신의 위치를 확고하게 굳혀나가고 있었던 것이다.

어느 날 박용팔은 작업 중에 손을 다쳤다고 보상금을 요구했다. 선반 작업을 하던 중에 작동 중인 절삭기에 새끼손가락을 다쳤다는 것이다. 그는 전치 4주의 진단서를 제출했다. 그러나 이 사건에 대해 부장은 전화를 통해 일언지하에 거절했다.

무슨 소리야. 재해보상은 본인의 실수에 의한 것이면 지급할 수 없다는 걸 자네도 잘 알잖아. 더구나 이번 경우에는 당사자의 성분이 문제라구. 이번에 양보하면 전례가 될 우려가 있단 말야.

"그럼 내 실수가 아니면 어떻게 하겠소?"

상수가 회사의 대답을 통고하자 녀석이 말했다.

"본인의 실수가 아닌 걸 증명할 수 있나요?"

"그럼요. 내가 미리 말하지 않았는데 사실은 작업을 하고 있을 때 옆에 쌓아두었던 베어링 더미가 무너졌어요. 그래 엉겁결에 피하려다 싹."

그는 상수의 앞에 붕대가 감긴 손을 내밀었다.

"이렇게 됐죠. 이건 말이죠, 회사 측에 책임이 있는 겁니다. 우선 작업장의 면적이 너무 좁아요. 또 자재들을 창고에 쌓아두고 필요한 양만 꺼내와야 하는데 작업 능률이 어쩌니 하면서 작업장에 쌓아두고 있지 않습니까? 그러니 항시 사고가 날 위험이 있었던 것이고 그 사고를 내가 당했을 뿐이란 말씀예요. 정 의심스러우면 곁에서 목격한 친구들을 불러다 물어보면 될 거 아니요?"

녀석은 마치 이런 경우를 대비해서 그랬던 것처럼, 어느새 많은 후원자들을 거느리고 있었다. 더구나 이번 경우는 재해보상이라는 공동 관심사가 걸려 있어서 공원들의 호응이 대단했다. 그는 목격자의 서명서를 제출했다. 서명서엔 스무 명 정도의 공원들이 도장을 찍었다. 작업하다가 갑자기 베어링 더미가 무너지는 것을 봤다는 사람들이었는데 사실상 그들은 공장 내에서 공원들의 움직임을 주도하고 있는 인물들이었다. 그들은 제각기 자신의 이름을 쓰고 그 옆에 도장을 찍어두었다. 상수는 서명서를 벌겋게 물들인 그 인주의 대열을 보았다. 그것은 혈서에 말라붙은 피를 보는 것같이 끔찍했다.

그러나 이틀 뒤 누군가 상수에게 와서 귀띔을 했다. 용팔이 작업 중에 다친 것이 아니고 공원들과 함께 술 먹으러 가서 태권도 시범을 보인다고 손으로 술병을 깨다가 다쳤다는 것이었다.

"박용팔 씨 태권도 몇 단이오?"

그 정보를 입수하자 상수는 녀석을 불렀다. 그리고 단도직입적으로 물었다. 일순 그의 얼굴 위에 혼란의 빛이 지나갔다.

"갑자기 태권도 이야긴 왜 물으슈? 김형도 태권도 하십니까."

"이걸로 병도 자르신다는데."

상수는 손을 칼처럼 세워서 허공을 자르는 시늉을 해보였다. 녀석의 얼굴이 굳어졌다.

"어디서 무슨 이야기를 들으신 모양인데."

"아니라고 할 참이요?"

녀석의 눈알이 재빠르게 좌우로 구르면서 사무실을 둘러보았다. 그리고는 바짝 목소리를 낮추었다.

"김형이나 나나 밥 빌어먹기는 마찬가지 아뇨? 내가 먹으려는 돈의 임자가 김형이 아닐 바에야 그렇게 따질 게 뭐 있소?"

"내 돈은 아니지만 또 그게 아무나 먹으라고 있는 돈은 아닐 겁니다. 여하튼 난 원칙을 지키겠어요. 내가 밥 벌어 먹을 수 있도록 한 사람들이 이런 것을 지켜보라고 내게 월급 주고 있는 것 아뇨?"

그가 어금니를 불끈 물며 상수를 노려보았다. 그러나 상수는 되도록 그의 시선을 이겨내려고 애를 썼다.

"젠장, 도대체 얼마를 원하슈? 김형만 눈감아주면 되는 것 아뇨? 김형, 우리 반타작합시다."

그의 얼굴이 놀랍도록 비굴한 웃음을 만들어냈다. 녀석의 얼굴은 어떤 표정이라도 아주 자연스럽게 어울리도록 만들어진 것 같았다. 상수는 구역질을 느꼈다.

"안 되겠습니다. 보고하겠어요."

"씨팔."

그의 표정이 순식간에 변했다.

"그 돈은 말요. 내가 실제로 공장에서 다쳤더래도 주지 않으려고 했던 돈이요. 당연히 주어야 할 돈인데 말요. 난 그걸 받아내려고 했어요. 이 문제는 사실 내가 공장에서 다쳤거나 그렇지 않거나가 중요한 게 아니란 말씀요. 무슨 말인지 모르겠소?"

"어거지 쓰지 말아요. 그 돈은 근로자가 당연히 받아야 할 때

지급하도록 되어 있는 돈입니다. 아무나 무슨 술수를 써서 타먹는 돈이 아니란 말야."

"좋아요. 어디 두고 봅시다."

이상하게도 마지막 순간 녀석은 웃었다. 그리고 나중에까지도 상수는 녀석의 웃음이 무엇을 뜻하는지 좀체 알아낼 수가 없었던 것이다.

상수는 밤중에 눈을 떴다. 잠을 깨기 전에 이미 온몸이 팽팽하게 긴장하고 있었다. 그는 귀를 기울였다. 아내가 코를 골고 있었고 정원에서 나무를 흔드는 바람 소리가 들려왔다. 그 밖에도 그는 많은 소리를 들었다. 무슨 소리인지 알 수 있는 것도 있었고, 알아낼 수 없는 것도 있었다. 그는 알아낼 수 없는 소리들을 하나하나 알아내려고 애를 썼다. 분명 이층에서 무슨 소리가 들린다고 생각했다. 그는 머리맡을 더듬어 쇠파이프를 손에 쥐었다. 그리고 조심스럽게 방문을 열고 나갔다. 거실은 어두웠지만 이층으로 올라가는 계단은 더 어두웠다. 그리고 이층을 향해 소리를 질렀다.

"누구야?"

그는 정적을 깨뜨리며 울려퍼졌다가 벽에 부딪쳐 공허하게 되돌아오는 자신의 목소리를 들었다. 그러자 잔뜩 겁에 질린 목소리가 그의 등 뒤에서 들려왔다.

"여보, 당신 왜 그러세요?"

다음날 오후 상수는 부장에게 호출을 당했다. 본사 사무실에서 상수는 부장과 마주앉았다.

"자네도 알다시피 그동안 공장에서 작업을 제대로 하지 못했지. 말썽을 피우는 공원들 때문에 말이야."

부장은 몸을 꼿꼿이 세운 채로 아주 조용히 속삭이듯 말했다. 그래서 상수는 그의 이야기를 놓치지 않기 위해서 몸을 앞으로 굽히지 않으면 안 되었다.

"이 기회에 종업원들을 정리해야겠어. 질이 나쁜 자들을 내보내야겠다는 얘기야."

"그건 곤란합니다, 부장님. 특별한 사유 없이 공원들을 내보낸다는 것은 위험천만한 일입니다."

"왜 사유가 없나, 이게 그 사유지."

부장은 지난번 상수가 올린 박용팔에 관한 보고서를 쳐들었다. 박용팔이 꾸며낸 사건의 목격자들이 올린 서명서도 있었다.

"이자들은 범법 행위를 한 자들이야. 허위 증언, 사기 행위의 공범자들이야. 쇠고랑 차지 않은 것만도 다행이지. 그 친구들이 아무리 날뛰어봤자 부처님 손바닥 아닌가. 이럴 때야말로 법이 필요한 때지. 우선 법대로 하는 거야. 자넨 내일 그자들을 불러 사유를 설명하고 회사의 결정을 통고하게. 퇴직금은 전액 지불하고 특별히 이달 상여금까지 얹어준다는 것도 얘기하라구. 물론 회사의 결정에 승복하는 경우에 한해서야. 그리고 자네도 그동안 수고가 많았어. 이제 공장의 두통거리는 해결되었네. 따지고 보면 이게 다 그 박용팔이란 친구 덕분이지만."

부장은 무슨 대단한 농담이라도 한 듯이 큰 소리로 웃었다. 상수는 부장이 언제나 단정하게 정리된 표정을 풀고 그렇게 입을 크게 벌리고 웃는 것은 처음 보았다. 부장의 벌린 입을 통해서 그의 죽 고른 잇바디와 어금니 쪽의 금니가 엿보였다. 그 죽 고른 잇바디와 금니를 보자 왠지 모를 역겨운 생각이 치밀었다. 웃음을 거두면서 부장이 말했다.

"그건 그렇고, 어때 자네 그 집에서 살 만한가?"

부장의 방을 나와 엘리베이터를 타고 내려오면서도 상수는 부장의 그 웃음을 이해할 수 없었다. 뭔가 속여놓고 속고 있음을 눈치 채지 못한 상수의 우둔함을 비웃는 것 같았다. 공장으로 돌아가는 시내버스 속에서도 그는 예의 그 까닭 모를 불안감을 느끼고 있었다. 자신은 지금 까맣게 모르고 있으나 세계 전체가 공모하여 미구에 무엇인가 엄청나게 두려운 일이 벌어지고 말 것 같은 느낌이 가슴속에 점점 커져가는 것을 막을 수가 없었다.

공장에 돌아오자 그는 책상을 대충 정리하고 서둘러 퇴근 준비를 했다. 공원들의 얼굴을 마주 대하기가 부담스러웠던 것이다. 퇴근 직전에 집으로 전화를 넣었으나 아내는 전화를 받지 않았다. 이것은 전에 없던 일이었다. 아내는 집을 비운 적이 없었다. 그는 수화기를 통해 흘러나오는 신호음을 열 번까지 듣다가 수화기를 내려놓았다. 두번째 걸었을 때 그는 열다섯까지 세었는데 텅 빈 집을 미친 듯이 울려대고 있을 전화벨 소리와 함께 엄청난 불행을 예고하는 소리가 자신의 가슴을 질타하는 것을 깨달아야 했다. 사무실을 나와 버스 정류소 가까이에 있는 공중전화를 걸어보았지만 아내는 전화를 받지 않았다. 버스가 세검정에 가까이 갈수록 어떤 불길한 예감이 점점 상수의 몸을 죄어왔다. 누군가의 손길이 사타구니께로부터 가슴으로 거슬러 올라오는 듯한 기묘한 느낌이기도 했다. 그것은 뭐랄까, 가슴이 설렌다고 표현해도 좋았다. 불길한 예감이면서도 어쩐지 그 불길한 결과에 대한 막연한 기대 같은 것이었다.

버스 정류소에 내려 집에 도착하기까지 그는 되도록이면 시간을 끌려고 노력했다. 콘크리트로 잘 포장된 언덕길을 최대한의 느릿느릿한 걸음걸이로 올라갔다. 자꾸만 갖가지 모습으로 전개되는 끔찍한 상상을 막을 수가 없었다.

마침내 그는 벨을 눌렀다. 그리고 기둥에 붙은 인터폰의 작은 구멍들을 바라보았다. 자기가 지금 그곳으로부터 아내의 목소리가 흘러나오는 것을 기다리는지 아니면 아무 소리도 없을 것을 기다리는지 알 수가 없었다.

"누구세요?"

그러나 인터폰으로 변함없는 아내의 목소리가 흘러나오자, 그는 역시 자신이 그 목소리를 듣는 쪽을 원했다는 사실을 깨달았다. 그 깨달음이 너무 강했기 때문에 그는 들어서자마자 화를 내기 시작했다.

"왜 하루 종일 전화를 받지 않는 거야."

"아니 전화한 게 당신이란 말예요? 오전에두요? 무서워서 안 받았어요. 아침에도 설거지를 하는데 두 번이나 왔었단 말예요. 이러다간 노이로제 걸리겠어요."

상수는 맥이 빠졌다. 언제나 아내에게는 화를 내기 전에 맥이 빠지도록 하는 비상한 재주가 있었다.

저녁을 먹고 나서 그는 쇠파이프를 쥐고 집 안을 둘러보았다. 이층의 방들은 굳게 잠겨 있었다. 그러나 그는 문득, 그 방들 속에 누군가 숨어 있을지 모른다는 어처구니없는 생각에 빠져들었다. 한 번도 열어보지 못한 그 방 속에 누군가가 숨어서 생활하고 있다. 그리고 한밤이면 몰래 내려와 나돌아다니는 것이다. 이런 상상일 수밖에 없는 상상에조차 몸에 소름이 끼쳐오는 듯하자 그는 치를 떨었다.

그때 요란한 전화벨 소리와 함께 아내의 자지러지는 소리가 들려왔다. 그녀는 층계참까지 달려나와 손을 가슴에 모으고 있었다.

"또 왔어요. 또 왔어요."

아내는 몸을 떨며 그의 얼굴에서 시선을 떼지 않았다.

"당신이 받아보세요. 난 가슴이 떨려 죽겠어요."

상수는 쇠파이프를 든 손에 힘을 주며 수화기를 들었다. 그리고 그는 목소리를 가라앉히기 위해 심호흡을 했다.

"여보세요."

"김형이요? 나요, 나."

그는 박용팔이었다. 그러나, 괴전화가 아니라는 안도감과 함께 난데없이 튀어나온 박용팔의 탁한 음성이 너무 뜻밖이었기 때문에 상수는 잠시 동안 아무 말도 할 수가 없었다.

"나 모르시겠수? 나 용팔이요. 박용팔."

그는 상수의 대답을 기다리지 않고 떠들어댔다.

"나 방금 부장님과 헤어지는 길입니다. 저녁 같이 하고 술 한 잔 했지요. 부장님 꽤 기분이 좋으시두만. 김형 얘기도 했지요."

상수는 순간 머리가 휑하니 비워져가는 것 같았다. 녀석이 무슨 말을 하는 건가. 부장님 기분이 좋으시더라. 저녁 같이 하고 술 한잔을……?

"여하튼 이번 일에 김형께서 수고가 많으셨습니다. 내 역할도 내 역할이지만 김형 역할이 아주 중요했지요. 내 한 번 얘기했지요? 우린 다시 만날 기회가 있을 것이라고. 언제 한번 만납시다. 내가 술 한잔 사죠. 이젠 손으로 병 깨는 짓은 안 할 테니까 안심

푹 놓으시고…… 하하……"

전화를 끊고 나서도 상수는 멍청하니 서 있었다. 그리고 비로소 그를 와락 사로잡는 두려움을 느꼈다. 그것은 마음속 어느 한 부분이 덥석 잘려나가는 듯한 아픔이기도 했다. 그는 쇠파이프를 쥐고 정원으로 달려나갔다. 그리고 온몸이 땀으로 젖을 때까지 무협영화의 주인공처럼 쇠파이프를 휘둘러대었다. 담 너머로 멀리 서울의 야경이 보였다. 그곳은 여전히 훌륭한 조망을 준비해두고 있었다. 서울의 한부분이 이때 멋있지 않느냐 하고 허리를 주욱 펴고 있었다. 눈앞에 보이는 집들도 불을 밝히고 저녁의 안락에 잠겨 있었다. 어디선가 피아노 소리가 들려왔고 어둠에 잠긴 정원수 사이에 앞집의 화려한 샹들리에가 보였다. 그는 문득 녹슨 쇠파이프를 휘둘러대고 있는 자신의 모습이 몹시 우스꽝스럽다고 생각했다. 마치 서울의 야경과 고급 주택가를 배경으로 한 거대한 무대의 한구석에 있는 초라하고 어울리지 않는 단역배우 같은 느낌이었다.

"김형, 세검정에 있는 아주 대궐 같은 호화 주택에 살고 계시다면서요?"

언젠가 녀석은 그런 말을 했었다. 아마 보상금 문제로 밀고 당기고 하던 때였을 것이다. 둘은 공교롭게도 화장실에서 만나 나란히 서서 용무를 보고 있던 중이었다.

"허 그런 눈으로 보지 마쇼. 남의 뒤나 캐고 다니냐는 눈치신데, 일부러 캐지 않아도 다 아는 수가 있지요. 그런데 김형은 이 화장실을 어떻게 생각하시오?"

녀석은 그의 신체 중에서 방금 임무를 끝낸 부분을 요란한 몸짓으로 추스른 뒤 바지 단추를 채우며 말했었다.

"이 화장실은 미국에서 공부를 하고 오셨다는 생산부장님의 작품이라고 합니다. 난 십 년째 기름밥을 먹지만 이렇게 호화판 화장실은 처음이오. 아마 이런 양변기에 평생 처음 앉아보는 공원들도 많을 겁니다. 헌데 좀 이상하지 않소? 공장의 작업 환경은 그렇게 더러운데 화장실만은 호텔처럼 꾸며놓다니. 내 생각엔 말요, 사람이 자기 처지를 한번쯤 생각해보는 때가 있다면 그건 똥 누려고 앉았을 때인 것 같아요. 아무리 노예처럼 부려먹어도 똥 눌 때만 임금처럼 대접해주면 자기가 임금인 줄 알아요. 모르긴 몰라도 아마 화장실을 이렇게 고친 뒤 생산성이 좀 올랐을 겁니다."

"화장실 고쳐서 생산성 오른다는 소린 좀 엉뚱하지만, 어쨌든 나쁠 거야 없지 않소?"

"그럼 나쁠 거야 없죠. 김형이 호화 주택에 전세 사는 거나, 우리네가 이런 화장실에서 똥을 싸는 거나. 신경 쓰지 마세요. 그저 한번 해본 얘기니까. 하. 하. 하."

상수는 문득 귀를 세웠다. 대문 밖에서 무슨 소린가 들려온 것이다. 그것은 조심스런 발짝 소리였고, 조심스러웠으므로 그의 신경은 날카롭게 곤두섰다. 그 소리는 담밑을 따라 소리 죽여 걷다가 대문 앞까지 와서 멈추었다.

그는 쇠파이프를 쥐고 대문까지 접근했다. 밖의 발소리가 멀어지고 있었다. 그는 재빨리 대문의 빗장을 열었다. 길끝에 서 있는 외등이 어둠을 힘겹게 밀어내고 있었다. 그 외등 아래로 검은 그림자가 하나 재빨리 모퉁이로 돌아 숨는 것이 보였다. 상수는 잽싸게 뒤를 따랐다. 쇠파이프를 쥔 그의 두 손과 다리가 후들후들 떨리고 있었다. 손바닥에 밴 축축한 땀을 바지 엉덩이에

문지르고 쇠파이프를 단단히 거머쥔 뒤 모퉁이를 막 도는 순간 그는 갑작스레 앞으로 고꾸라지고 말았다. 누군가 그의 정강이뼈를 호되게 걷어찼던 때문이었다. 동시에 엄청난 힘이 그를 내리눌렀다. 누군가 거칠게 소리쳤다.

"잡았다. 이놈! 꼼짝하면 죽어!"

상수는 경찰이 며칠째 자기 집 주위에 잠복 근무를 하고 있었다는 사실을 알았다. 또 특별히 그의 집을 지목하고 있었다는 사실도 알았다. 경찰의 생각으로는 사건의 성격으로 봐 범인이 그동네 거주자일 가능성이 있다는 것이고 그들의 수사에 의하면 상수네가 가장 의심의 대상이었다. 말하자면 이러한 호화 주택에 사는 것이 어울리지 않는 사람이 바로 상수라는 것이었다.

상수는 집에 있는 아내가 걱정이 되어 전화라도 걸 수 있도록 부탁했으나 그들은 단호하게 거절했다. 그들은 어떻게 해서든 상수를 범인으로 만들어 이 사건을 끝내고 싶어 했다.

결국 그가 풀려난 것은 새벽 네시가 넘어서였다.

"정말 미안하게 됐습니다. 일진이 나빴다고 생각하시고 잊어버리세요. 이만하기 다행입니다."

그를 데려다준 방범대원이 말했다. 그는 그 소리를 형사와 파출소장에게서 이미 두 번 듣고 있었다. 그는 방범대원에게서 세번째 이 말을 들었다. 그러나 상수는 그 일을 자신이 잊을 수 있을 것이라고는 생각지 않았다.

대문 앞에서 그 방범대원의 얼굴을 바라보았다. 놀랍게도 그는 아주 앳된 얼굴을 하고 있었다. 공장의 어린 공원같이 숫된 모습이었다. 상수는 갑자기 이 모든 것이 어처구니없는 연극인 것 같은 생각이 들었고, 이제 이 연극의 끝을 낼 때가 된 것 같았다.

그는 벨을 눌렀다.

그러나 아무 대답이 없었다. 그는 그제야 대문이 열려 있다는 것을 알았다. 문을 밀고 들어서며 아내를 불렀다. 그러나 아내는 대답이 없었다. 넓은 집의 어디에고 아내는 없었다. 이층과 지하실, 깊디깊은 어둠을 싸고 있는 정원을 돌아다니며 아내를 불러 보았지만 대답이 없었다. 집 안에는 아내의 부재를 설명하는 어떤 흔적도 없었다. 그는 무너지듯 소파에 주저앉았다. 그리고 조각조각 부서져 달아나는 생각들을 주워 맞추어보려고 노력했다. 어쩌면 그녀는 갑자기 없어진 남편을 찾으러 나섰는지도 모른다. 그래서 지금쯤 어느 골목에선가 떨고 있을지도 모른다. 어쩌면 갑자기 산고가 시작되어 병원으로 갔는지도 모른다. 그래서 이제 곧 병원에서 전화가 걸려올지 모를 일이었다. 그는 아내가 지금까지 두 번이나 유산을 했으며 임신 팔 개월이라는 사실을 기억해냈지만 더 이상 생각을 이어나갈 수가 없었다. 그는 그 넓은 집을 감싸고 있는 적막과 어둠을 바라보는 것 외에는 할 일을 잊어버린 것처럼 망연하게 앉아 있었다.

그때 전화벨이 울렸다. 수화기를 들자 탁하게 가라앉은 웃음소리가 들렸다.

"누기여, 상수여? 니가 내려온다고 해서 오늘도 밥을 해놓았는디. 언제 올텨? 내일 올텨?"

상수는 아무 말도 할 수 없었다. 그는 지금까지 한 번도 경험한 적이 없는 두려움을 느끼고 있었다.

『문학사상』, 1983)

240

슈퍼스타를 위하여

김씨가 그 아이를 만난 것은 어느 여름날 밤이었다.

서울에 온 뒤로 김씨는 밤중에 잠을 깨는 때가 많았다. 아들 녀석이 걸어오는 국제 전화의 요란한 벨 소리에 소스라쳐 눈을 뜨기도 하고, 가위에 눌려 물에 빠진 사람처럼 허우적대다 간신히 깨어나거나, 또는 아무 이유도 없이 불현듯 눈이 떠지기도 했다. 그리고 한번 눈을 뜨면 다시는 잠을 이루지 못하였다.

"나요, 아버지. 여기 미국이요."

그날도 김씨는 아들의 전화에 잠을 깼다. 아들은 꼭 한밤중에 전화를 걸어오는데, 미국 간 지 한 달이 가까워오는데도 전화 첫 머리에 "여기 미국이요" 하는 말은 잊어먹는 법이 없었다.

"웬일이냐, 이 밤중에."

"아버지도 참, 몇 번 말해야 아세요. 여긴 밤중이 아니라 쨍쨍한 대낮이라구요. 지금 난 지구 반대편에 있어요. 한국에서 해가 뜰 때 여긴 해가 진단 말예요."

미국에 간 뒤로 전화를 통해서 듣는 아들의 목소리는 늘 무엇엔가 흥분한 듯 들떠 있었다. 그러나 아직도 전화 받는 것에 익숙하지 못해서인지, 김씨는 지구 반대편에서 건너왔다는 쨍쨍한 금속음이 아들의 것이 아닐지도 모른다는 불안에 사로잡힐 때가 많았다. 아들을 대신해서 다른 사람이 이야기하고 있는 것 같은 엉뚱한 상상 때문에 함부로 말을 놓기도 조심스러울 정도였다.

"일 없이 전화하지 말어. 전화세 비쌀 텐데."

"걱정 마세요. 이 나라 전화세는 한국 물값보다 싸니까. 서울 날씬 좀 어때요? 여긴 사십 년 만인가 오십 년 만인가 첨 보는 더위라고 코쟁이들이 난리가 났어요. 아스팔트 길바닥에 계란을 까놓고 몇 분 만에 후라이가 되는가 내기를 할 정도니까. 그런데 그놈은 잘 있죠?"

"그놈이라니, 누구 말이냐?"

"누구긴 누구예요. 우리 슈퍼스타 말이죠. 가끔 바깥바람도 쏘이고 운동도 좀 시켜주고 하세요."

"그 멧돼지 같은 놈을 날 보고 데리고 다니라고. 내가 무슨 힘으로. 가까이 가기만 해도 물어뜯지 못해 날뛰는데."

"하하, 아버지. 아직도 우리 슈퍼스타와 못 사귀셨어요? 그놈 잘 좀 돌봐주세요. 내게는 그놈이 행운의 상징이고 복덩어리라구요. 내가 여기 미국까지 온 것도 다 그놈 덕분이니까. 아시겠어요, 아버지? 내 말 꼭 명심해야 합니다."

아들은 어느샌가 전화를 뚝 끊어버렸다. 정신없이 제 할 말만 늘어놓다가 전화를 끊어버리는 것이 아들의 버릇이었는데, 할 이야기가 아무것도 없는 것 같다가도 막상 전화가 끊어지고 나면 김씨는 갑자기 중요한 이야기라도 빼먹은 것처럼 아쉽고 허전해지는 것이었다. 그리고 그 후에는 으레 잠을 이룰 수가 없었다.

그날 밤 어둠 속에서 무슨 소리인가 들려온 것은 김씨가 눈꺼

풀을 쥐어짜듯 잠을 청하려고 애쓰고 있을 때였다. 그 소리는 처음에 환청처럼 희미하게 들리기 시작했다가, 점점 커지면서 어둠을 휘저어놓고 있었다. 그것은 어린아이의 울음소리였다. 어디선가 밤중에 길을 잃고 헤매고 있는지 어린아이의 날카로운 울음소리가 그칠 줄 모르고 들려오고 있었던 것이다.

김씨는 그 울음소리를 애써 물리치고 다시 잠을 청하려 해보았으나 소용없는 일이었다. 이제 그것은 점점 쨍쨍한 소리로 그의 머리맡에까지 뛰어들어 그를 들쑤셔대고 있었다. 마침내 김씨는 자리에서 몸을 일으켜 창밖을 내다보았다. 어둠에 잠긴 아파트 단지가 보였다. 이 시간이면 늘 그렇듯 아파트 단지는 사람이 사는 기척조차 느낄 수 없도록 휑하니 비어져 있었다. 창밖으로 목을 길게 빼고 까마득한 아래쪽 길바닥을 내려다보고 있던 김씨는 갑자기 허공에 발을 헛디딘 것처럼 눈앞이 아찔해지는 어지럼증을 느꼈다. 눈을 감고 두 손으로 창틀을 놓칠세라 힘주어 붙잡고 있는 동안에도 자신의 몸은 끝없이 가라앉고 있는 것만 같았다. 아들을 따라 이 아파트촌에 처음 오던 날부터 시작한 어지럼증이었다. "저어기 맨 꼭대기 층이 제 집이요, 아버지. 저래 뵈도 말요, 저거 한 평이 시골 밭뙈기 열 마지기 잡아먹는 금싸라기 집이라구요." 택시에서 내리기가 바쁘게 아들이 자랑스럽게 주워섬겼는데, 아들의 손끝을 따라 고개를 쳐들자 갑자기 심한 어지럼증이 그를 사로잡았던 것이다. 고개를 젖히는 순간 그 십오층 건물이 머리 위로 곤두박질쳐 떨어지고 있었던 것이었다.

그것이 시작이었다. 어지럼증은 그 뒤에도 계속 머리 한쪽 어딘가에 숨어 있다가 불시에 달려들곤 했다. 여름 내내 김씨는 아파트의 그 십오층 꼭대기 방에 갇혀서 어지럼증에 시달려야 했는데, 처음엔 드물게 시작하던 어지럼증은 차츰 횟수가 잦아지면서 나중엔 무시로 그를 사로잡았다. 갑자기 머릿속이 하얗게 비워지면서 온몸이 땅 속으로 잦아드는 것 같은 증세였다. 십오층 창 아래로 아파트 동과 동 사이 시멘트 길바닥의 눈부신 햇볕을 내려다볼 때, 또는 밤중에 어둠 속을 노려보며 억지로 잠을 청하려 애쓰고 있을 때, 그것은 갑작스레 덮치듯 찾아오는 것이었다.

아이는 시간이 지날수록 더욱 맹렬하게 울어대고 있었다. 아이의 쨍쨍한 울음소리에 쫓기듯 그는 어둠 속을 더듬어 서둘러 옷을 찾아 걸쳐 입었다.

길에 나서자 아이의 울음소리는 더욱 뚜렷하게 들려왔다. 그러나 김씨는 악을 쓰는 아이의 그 울음소리가 어느 쪽에서 들려오는지 얼핏 분간해낼 수가 없었다. 빈 차들이 줄지어 늘어서 있을 뿐 거리는 텅 비어 있었고, 악을 쓰는 아이의 울음소리에도 아파트 주민들은 아무도 내다보지 않았다. 모두가 무섭도록 깊은 침묵에 잠겨 있어서, 김씨는 자신이 듣고 있는 쨍쨍한 울음소리가 자신의 귀에만 들리는 환각이 아닌가 의심이 들 정도였다.

그러나 아파트 건물들의 모퉁이를 두어 번쯤 돌았을 때, 김씨는 분명히 볼 수 있었다. 저쪽 상가 건물 앞에서 한 아이가 누군가에게 끌려가고 있었다. 아이는 온 힘을 모아 발버둥치며 울고 있었는데, 가까이 다가가서야 김씨는 아이를 끌고 있는 사람이 제복을 입은 순경임을 알았다. 아이가 징징거리며 애원하고 있었다.

"아저씨, 놔주세요. 난 집으로 가야 해요. 우리 엄마가 눈이 빠지게 기다린단 말예요. 제발요, 아저씨."

"집 좋아하네, 이 자식아. 엄마 좋아하네, 이 거짓말쟁이야."

가로등 불빛에 그들의 그림자가 어지럽게 흩어지고 있었다. 열 살쯤이나 되었을까. 바싹 마른 몸매에다 햇빛에 새까맣게 탄 얼굴은 땀인지 눈물인지 지저분하게 얼룩져 있었다. 아이는 끌려가지 않으려고 악을 쓰며 울었고, 순경이 그러는 아이의 머리통을 사정없이 쥐어박으면 아이는 또 죽어라고 소리 지르며 울어대곤 했다.

"할아버지, 나 좀 살려주세요. 순경 아저씰 좀 말려주세요."

김씨의 모습을 발견하자 아이는 이번엔 김씨를 향해 숨 넘어가는 소리로 애원하기 시작했다.

"제발요, 할아버지. 나 좀 살려주세요."

아이는 아예 길바닥에 몸을 내던져 버티었지만, 순경은 아랑곳하지 않고 팔을 질질 끌었다. 끌려가면서도 아이의 눈은 김씨에게 매달려 있었다. 이상하게도 그는 그 눈에서 시선을 뗄 수가 없었다. 아이는 온몸을 버둥거리며 울고 있었지만 그 눈빛만은 전혀 다른 사람의 그것처럼 말똥말똥하게 김씨의 얼굴에 늘어붙어 있었던 것이다. 그제야 김씨는 그 눈빛이 아주 낯익은 것이라는 사실을 깨달았다.

며칠 전 한창 해가 뜨거울 오후 시간에 김씨는 아파트 상가의 식당에 앉아 있었다. 그는 마른 김밥 한 접시를 앞에 밀어둔 채 바깥의 끓어오르는 햇볕을 무료히 바라보고 있던 중이었다. 식당 문으로 한 아이가 쭈뼛거리며 들어서는 모습이 보였다. 잠깐 식당 안을 둘러보다가 다가오는 아이의 걸음걸이가 몹시 이상스러웠다. 한쪽 다리를 심하게 절룩거리고 있었던 것이다.

"안녕하세요, 할아버지."

그의 눈앞에 작은 손바닥이 바싹 내밀어졌다.

"아무도 돌보는 이 없는 가련한 어린 생명입니다. 택시 운전사인 아버지는 교통사고를 내고 감옥소에 가시고, 어머니는 병들어 누웠답니다. 불쌍한 어린 양에게 제발 한푼 적선해주세요."

처음에 김씨는 아이가 무슨 말을 하는지 얼른 알아들을 수가 없었다. 아이의 목소리는 무슨 노랫가락처럼 이상스런 억양으로 빠르게 이어졌던 것이다. 그제야 김씨는 햇볕에 새까맣게 타고 금방 눈물을 쏟을 것 같은 아이의 얼굴을 자세히 살펴보았다.

"한푼만 보태주세요. 네, 할아버지. 한푼만 보태주세요."

그런데 그 애처로운 목소리와 표정과는 어울리지 않는 것이 있었다. 그것은 김씨의 코앞에 바싹 내밀어진, 때에 절어 반질거리는 작은 손바닥처럼 강요하듯 빤히 쳐다보고 있는 아이의 당돌한 눈빛이었다. 김씨는 주머니를 뒤져 동전을 꺼내들었다.

"너 몇 살이나 먹었냐? 집은 어디 있고?"

아이의 눈은 동전을 쥐고 있는 그의 손에 가 있었다. 그리고 돈을 주지 않으면 대답을 하지 않겠다는 듯이 한사코 입을 다물고 있었다. 김씨는 동전을 내밀었다. 채 손바닥 위에 놓아주기도 전에 아이는 뺏듯이 움켜쥐었고, 다음 순간 동전은 아이의 몸 안 어느 곳으론가 사라지고 없었다.

"어른이 물으면 대답을 해야지."

아이는 여전히 입을 다물고 있었다. 김씨는 아이의 눈길이 이번에는 식탁 위의 김밥 접시에 가 있는 것을 알았다.

"이거 먹고 싶으냐?"

아이의 얼굴에 거짓말처럼 교활한 웃음이 피어났다.

"먹어도 돼요?"

김씨가 고개를 끄덕이는 것과 동시에 아이의 손이 김밥을 입 안으로 밀어넣기 시작했다. 눈 깜짝할 사이 쟁반이 비워졌다. 입이 터질 듯 김밥을 씹으면서도 아이는 연방 뭔가 탐색하듯이 또릿또릿한 눈빛으로 김씨를 보았다. 그리고 입 안의 음식을 급히 삼키고 탁자 위의 엽차까지 마신 뒤, 마치 준비한 것을 외듯이 빠르게 이야기를 시작했다.

"옛날에 식인종 남편과 식인종 마누라가 아기를 업고 소풍을 갔대요. 그런데 등에 업은 아기가 오줌을 쌌걸랑요. 그때 식인종 마누라가 식인종 남편에게 뭐라고 그랬는지 아세요?"

그리고 아이는 잠깐 김씨를 쳐다보다가 말했다.

"여보, 우리 도시락 국물 쏟겼어용."

말을 마치자마자, 도대체 무슨 소린가 김씨가 얼떨떨해할 틈도 없이 아이는 발길을 돌렸다. 심하게 절룩거리는 걸음걸이로 다른 탁자로 걸어가는 것이었다. 이어서 예의 그 애처로운 소리가 노랫가락처럼 들려오기 시작했다.

"안녕하십니까. 길가에 버려진 불쌍한 어린 생명에게 한푼 보태주시기 바랍니다. 병석에 계신 어머니와……"

그쪽 자리에는 아파트 관리소 직원들이 푸른 작업복의 앞 가슴팍을 풀어헤친 채 늦은 식사를 하고 있었다. 그들은 재미있는 구경거리라도 만난 양 빙글거리며 아이를 바라보고 있었다. 그리고 아이의 말이 채 끝나기도 전에 그 중의 한 젊은이가 냅다 고함을 질렀다.

"이 망할 놈의 자식아! 지난번에는 조실부모한 천애고아라고 그러더니 오늘은 웬 병든 에미가 누워 자빠졌니? 누가 그 따위 새빨간 거짓말에 속을 줄 알았더냐?"

순간 아이는 어쩔 줄 모르는 표정으로 사내들을 둘러보았다. 김씨의 눈에도 금세라도 울음이 터질 것처럼 새빨갛게 질린 아이의 얼굴을 볼 수 있었다. 그러자 다른 사내의 빈정거리는 목소리가 이어졌다.

"이 새꺄. 그리고 넌 왜 멀쩡한 새끼가 절뚝발이 행세를 하니? 누가 널 동정해서 한푼이라도 더 줄까 봐 그러고 다니냐, 이 쇠똥도 안 벗겨진 사기꾼 녀석아."

"씨팔!"

갑자기 아이가 욕설을 뱉어냈다. 그리고는 문 쪽으로 쏜살같이 달려간 뒤 몸을 핵 돌려 소리쳤다.

"이거나 먹어라."

그것은 주먹을 기묘한 모양으로 내지르는 욕이었다. 그러자 이쪽의 젊은 사내들이 화를 내기는커녕 오히려 재미있다는 듯이 낄낄대고 웃었고, 아이는 더욱 화난 얼굴로 주먹을 내질렀다.

"이거나 먹어라, 이거나 먹어라, 배터지게 먹어라."

뒷걸음으로도 빠르게 걸어가며 아이는 계속해서 주먹을 내지르더니 길 한복판의 끓는 햇빛 속에서 몸을 돌려 뛰어가버렸다. 김씨는 바깥의 길바닥에 변함없이 넘쳐나는 여름 오후의 햇볕을 보고 있었다. 그 햇볕이 너무 눈부셨기 때문에 그는 마치 아이가 햇볕 속에서 곧장 증발해버린 것 같은 느낌을 받았고, 문득 심한 어지럼증을 느껴야만 했었다.

"실례이오만……"

김씨는 순경을 불러세웠다. 순경은 아이의 팔을 단단히 붙잡은 채 짜증스럽고 지친 얼굴로 김씨를 보았다.

"이 늙은이가 참견할 일이 아닌 줄은 알지만…… 하도 딱해 보여서."

젊은 순경의 얼굴에 불쾌한 빛이 지나가면서 김씨를 수상쩍다는 눈길로 훑어보았다.

"영감님은 누구시요?"

"나는 그저 여기 사는 늙은이오만…… 이 아이가 무슨 죄를 짓기라도 했소?"

"아니에요, 아니에요, 난 아무 죄도 짓지 않았어요."

"입 닥쳐, 요놈의 자식아!"

김씨를 보고 아이가 기가 나서 소리치자 순경은 아이의 머리를 사정없이 쥐어박았다.

"집 나온 놈예요. 이런 놈들 때문에 아주 골칫거리라구요. 아파트 옥상이거나 지하도나 아무 데서나 잠을 자는 놈들이지요. 그리고 심심하고 배가 고프면 무슨 일이나 저지르는 아주 무서운 놈들입니다."

"아니에요, 생사람 잡지 마세요. 난 집에 갈 거예요. 울 엄마가 기다리고 있어요."

순경이 사납게 팔을 잡아끌자 아이는 자지러질 듯 비명을 질러대기 시작했다. 온몸을 버둥거리며 끌려가면서도 아이의 눈은 김씨에게 매달려 떨어지지 않고 있었다. 이상하게도 김씨는 아이의 그 눈에서 시선을 뗄 수가 없었다.

"잠깐만, 순경 양반."

김씨는 순경을 불러세웠다.

"아이를 데리고 가서 어쩔 작정이시우?"

"파출소로 데리고 가서 아동보호소 같은 데로 넘겨야죠. 하지만 거길 가도 별수가 없을 거요. 어차피 이런 놈들은 집에서 부모 밥 얻어먹는 것보다 길거리에서 남의 돈이나 훔쳐 먹는 걸 더 좋아하는 놈들이니까요."

"그래서 하는 말인데…… 글쎄 내가 이런 말을 해도 될지 모르겠지만……"

김씨는 말을 더듬거렸다. 자신이 지금 무엇을 하려는지를 깨닫자, 갑자기 가슴이 거칠게 뛰기 시작했다. 아이는 여전히 그를 빤히 올려다보고 있었다. 김씨는 그 집요한 시선에 쫓기듯 말했다.

"아이를 나한테 맡기시지요."

"무슨 말씀이세요, 영감님?"

"내가 애를 데리고 갈 테니까, 나한테 맡기시란 말씀이오. 어차피 보호소엔가 파출소엔가 간다니까, 그것보다는 오늘 밤만이래도 내가 데리고 재우는 것이 낫지 않을까 말요. 날이 새면 부모를 찾아줄 수도 있겠고."

순경은 도무지 믿기지 않는다는 듯이 김씨를 훑어보았다.

"영감님이 어디 사신다고 했죠?"

"이 아파트 단지 안에 살아요. 그러니까…… 28동 1203호지. 저어기 저쪽일 거요."

순경은 김씨가 가리키는 곳을 보지 않았다. 그는 갑자기 할 일을 잊은 사람처럼 망연히 서 있다가, 한참 만에 입을 열었다.

"물론 영감님 같은 분이 잘만 보호해준다면야 보호소보다야 낫지요. 어차피 거기서도 도망갈 놈이니까. 하지만……"

순경은 어느새 김씨의 팔에 매달려 있는 아이를 내려다보았다.

"조심하셔야 합니다. 손버릇이 나쁜 놈이니까요. 그리고 거짓말을 밥 먹듯 하는 놈이란 말예요."

그리고 몸을 굽혀 아이의 볼을 잡아 흔들었다.

"윤석아. 넌 오늘 아주 복 터진 줄 알아야 해. 이렇게 마음씨 좋은 영감님을 만났으니까 말야. 알았어?"

"쳇 정부미는 밥맛이 없어."

순경이 가고 나자, 아이가 한 말이었다. 어둠 속으로 순경이 사라지자 아이는 언제 울었느냐는 듯 천연덕스런 얼굴을 하고 침을 찍 소리 내어 뱉었다.

"정부미라니, 그게 무슨 소리냐?"

"공무원들은 정부미, 민간인들은 일반미라고 부른대요. 식인종이요."

아이는 김씨를 쳐다보았다.

"식인종 모르세요? 사람 잡아먹고 사는 종족이 있어요. 근데 날 데리고 가겠다는 말 진짜예요?"

"넌 이 할애비가 거짓말쟁이로 보이냐?"

그러나 아이는 별로 내키지 않는다는 듯이 심드렁한 어조로 물었다.

"할아버지 집에 누구누구 있어요?"

"아무도 없어. 나 혼자야."

믿을 수 없다는 듯이 아이가 김씨를 빤히 올려다보았다. 김씨는 아이의 깡마른 손목을 붙잡았다.

"너 몇 살이나 되었냐? 집은 어디 있고?"

아이는 입을 굳게 다문 채 탐색하듯이 또릿또릿한 눈빛으로 김씨를 보고 있었다.

"어른이 물으면 대답을 해야지."

김씨가 큰 소리로 다그치자, 갑자기 아이는 노래하듯 커다란 소리로 이야기하기 시작했다.

"옛날에 식인종 마누라하고 식인종 남편이 살았거들랑요. 그런데 하루는 식인종 마누라가 새끼를 낳았어요. 식인종 남편이 '여보 수고했어요' 하니까, 식인종 마누라가 뭐라고 그랬는지 아세요?"

대답할 짬을 주는 듯 아이는 잠깐 말을 멈추더니, 곧 이상하게 꾸민 코맹맹이 소리로 말했다.

"여보, 식기 전에 드세용."

혼자서 깔깔대며 웃다가, 아이는 금세 표정을 바꾸어 다시 물었다.

"정말 아무도 없어요? 할아버지 혼자 사는 거예요?"

아이의 두 눈이 어둠 속에서 마치 고양이의 그것처럼 반들거리는 것을 보자, 김씨는 문득 알 수 없는 두려움 같은 것을 느꼈다. 위험한 놈이니 조심하라는 순경의 말이 생각나서가 아니었다. 그 두려움은 밤중에 잠에서 깨어나 아이의 울음소리를 들었을 때부터, 아니 그 훨씬 이전부터 그의 가슴속에 자리 잡아오던 것이었다.

"말하지 않던. 나 혼자 있다고. 아, 그렇지. 개가 한 마리 있어."

아이가 걸음을 멈추었다. 그리고 처음으로 흥미를 가진 표정으로 물었다.

"개라구요?"

"저, 저게 대체 뭐이냐?"

김씨가 아들을 따라 이 아파트에 처음 온 것은 한 달 전, 그러니까 여름이 막 시작되던 어느 날이었다. 아파트 문을 들어서면서 김씨는 외마디 비명을 지를 만큼 소스라치게 놀라고 말았다.

"참, 아버지도. 개지 뭐예요. 개 처음 보세요?"

아들의 천연덕스런 대답대로 그것은 개였다. 개치고는 엄청나게 큰 놈이어서, 김씨는 이제껏 그놈만큼 큰 개를 본 적이 없었다. 그러나 김씨가 그처럼 놀란 것은 그놈의 흉측스런 외모 때문이 아니었다. 그놈이 짖는 소리 때문이었다.

김씨를 보자 길길이 뛰며 미친 듯이 짖어대는데, 마치 헛바람이 새는 듯한 요상스런 소리만 들리는 것이었다. 그것은 누가 들어도 개가 짖는 소리가 아니라 목구멍에서 해소가 가득 끓는 늙은이가 망령이 들어 숨 넘어갈 듯 웃어대는 소리 같았다.

"저놈의 개가 왜 저러냐?"

"낯선 사람이라 그런 거죠. 차차 정이 들 테니까 걱정 마세요, 아버지."

아들이 그놈의 목을 끌어안고, 제 자식에게나 하듯이 토닥거렸다. 그러나 그놈은 여전히 김씨를 향해 그 큰 몸을 버둥거리며 짖어대는데, 거짓말처럼 아무 소리도 들리지 않았다. 그것은 끔찍스럽고도 믿을 수 없는 광경이었다.

"저놈의 짖는 소리가 왜 저런가 말야. 소리가 나지 않으니."

"소리가 날 턱이 없죠. 목 수술을 해서 성대를 잘랐으니까요."

"성대를 자르다니. 개새끼 성대를 어따 쓰려고 잘러?"

"아파트에서 개를 키우려면 성대를 잘라야 해요. 그래야 짖어도 소리가 나지 않죠. 미국 같은 선진국에서는 다들 그렇게 하는 겁니다. 이놈이 이래도 보통 개가 아니라구요. 시시한 사람 너덧 합친 것보다 값이 더 나가는 놈예요. 족보가 있는 개라구요."

그러면서 아들은 그 개가 영어만 알아듣는다고 자랑삼아 말했다. 미국 사람들 틈에서만 자라났기 때문에 한국말은 한마디도 모르지만 영어는 웬만한 건 다 알아듣는다는 것이었다. 그러고 보니 아들이 그놈의 목을 끌어안고 뭐라고 씨부렁거리고 있는 것이 바로 영어란 것인 모양이었다. 아들은 귀여워 죽겠다는 듯이 징그럽도록 윤기가 찰찰 흐르는 시커먼 털에다 얼굴을 비벼대는데, 김씨는 그 흉측한 짐승만큼이나 아들의 모습이 낯설고 끔찍스럽게 보일 수밖에 없었다.

아들이 왜 그렇게 그놈의 집짐승을 끔찍하게 생각하는지 도무지 알 수 없는 노릇이었다. 개가 아니라 상전 모시듯 했다. 사람도 제대로 못 먹는 쇠고기, 돼지고기를 예사로 먹였고, 시간만 나면 붙어 앉아서 쓰다듬고 발톱을 다듬어주거나 심지어 제 마누라에게 하듯이 부둥켜안고 입을 맞추어대기까지 하는 것이었다.

그러나 김씨는 도무지 그놈의 비위를 맞출 수가 없었다. 첫날부터 그놈은 김씨를 제 새끼 잡아먹은 원수 대하듯 하더니, 시간이 지나도 조금도 나아지는 기색이 없었다. 아들이 미국으로 훌쩍 떠난 뒤, 여름 내내 아파트 방 안에서 둘이서만 코를 맞대고 지내왔건만, 그놈은 김씨와 눈만 마주쳐도 으르렁대는 것이었다.

그놈은 거실 한쪽 구석에 튼튼한 가죽끈으로 묶여 있었는데, 하루 세 번씩 먹을 것을 밀어보낼 때만 가까이 접근할 수 있을 뿐이었다. 언제나 구석진 어둠 속에 엎드려 감시하듯 노려보고 있다가 느닷없이 흉측한 이빨을 드러내곤 하는 것이었다. 그놈은 김씨의 발소리까지 싫어했다. 밤중에 방문을 열고 나서기라도 하면 어둠 속에서 기다렸다는 듯이 으르렁대는 소리로 달려들었고, 목을 감고 있는 가죽끈을 끊어버릴 것처럼 미친 듯이 짖어대기도 했다. 그럴 때 김씨는 등골에 찬물을 뒤집어쓴 것처럼 소름이 죽 퍼지면서, 언젠가 저 가죽끈이 끊어지고 말리라는 끔찍한 상상을 떨쳐버릴 수가 없었다.

믿을 수 없는 일이었다. 아이는 개를 조금도 겁내지 않았다. 개가 짖어대는 그 괴상한 소리조차도 재미있어했다. 더욱 놀라운 것은 그렇게 사납던 개도 아이를 보자 그만 꼬리를 사리며 맥을 추지 못하는 것이었다. 아이는 거리낌 없이 다가가 익숙한 솜씨로 그 긴 등허리를 쓰다듬었다.

"이름이 뭐죠?"

"으응, 그러니까…… 슈퍼…… 슈퍼스타라든가 뭔가 한다더라."

"와아, 멋있다. 슈퍼스타."

개는 아이의 손길이 닿자 금세 앞발을 땅에 붙이며 꼬리를 흔들기까지 했다. 김씨로서는 경탄할 수밖에 없는 광경이었다.

"그놈이 그래도 우리말은 모르지만 영어는 웬만한 건 알아듣는 놈이다."

간단하게 개를 굴복시키고 마는 아이에 대한 부러움을 감추기 위해 김씨가 열적게 말했다. 아이가 믿기지 않는다는 듯 돌아보았다.

"영어만 알아듣는 개라구요? 정말예요?"

아이는 잡아 흔들듯이 개의 목덜미를 안고 큰 소리로 지껄였다.

"헤이 슈퍼스타! 아이 러브 유. 아이 러브 유. 오케이? 땡큐, 땡큐."

혀 짧은 소리로 지껄이고는 어떠냐는 듯 돌아보았다. 알아들었는지 어쨌는지 개는 앞발을 땅에 붙이고 아이를 향해 낑낑거렸다.

"영어도 할 줄 아는구나. 할아버지는 영어를 못해."

"다른 건 몰라도 돼요. 이것만 알면 만사 오케이라구요. 날 따라 해보세요. 아이 러브 유."

"그만둬라. 할아버지가 그런 걸 어떻게 해."

"쉽단 말예요. 헤이, 슈퍼스타. 아이 러브 유."

"난 못해."

김씨 자신이 생각해도 어처구니없고 한심한 일이었다. 한밤중에 어디서 튀어나온 줄도 모르는 이 괴상한 아이 녀석과 도대체 무슨 짓인가. 그 말똥말똥한 눈으로 빤히 쳐다보고 있는 개를 보며 김씨는 언젠가 아들이 전화로 하던 말을 생각했다.

"아버지도 영어 좀 배워보시지 그래요."

"뭐라고? 뭘 배우라고?"

"영어 좀 배워보시라구요. 아버지가 영어를 모르고 알아듣지 못할 말만 자꾸 하니까 그놈이 싫어하는 겁니다. 그러니 영어를 배워보시는 게 어때요. 요즘은 그저 남녀노소 없이 영어 배우는 것이 유행이랍디다. 농담이 아니라니까요, 아버지. 혼자 아파트에서 심심하실 텐데 말동무도 하고 좀 좋아요?"

농담이 아니라면, 녀석이 팔자에 없는 미국 물을 먹더니 아주 혼이 빠진 게 아닌가 싶었다. 평생 땅만 파먹고 살아온 늙은 애비에게 이제 와서 영어를 배우라니, 그것도 개와 말동무하기 위해서 말이다. 그때 김씨는 하도 어이가 없어서 뭐라고 대꾸도 못하고 헛웃음만 웃을 수밖에 없었던 것이다.

"그만 해. 할아버진 너무 늙어서 영어를 할 수가 없어. 그보다 넌 먼저 목욕부터 해야겠다."

"쌍! 싫어요. 내가 세상에서 제일 싫어하는 게 목욕하는 거란 말예요."

김씨가 아이의 손을 잡아 일으키자, 아이가 세차게 뿌리치며 소리 질렀다. 그리고 금세 눈알을 굴려 김씨의 눈치를 살피더니 난데없이 깔깔대며 웃기 시작했다.

"식인종이 목욕탕에 들어갔걸랑요. 그런데 욕탕 안에 사람들이 물 밖으로 대가리를 내놓고 있는 걸 보고 뭐라고 그랬는지 아세요?"

우스워 죽겠다는 듯이 아이는 배를 잡고 깔깔거렸다.

"누가 내 밥에 물 말아놨어?"

아이는 몸을 던지다시피 하며 숨 너어갈 듯 웃었다.

"그러자 목욕탕 주인이 뭐라고 대답했는지 아세요? 주스는 빨고 알맹이는 씹어주세용!"

이렇게 우스운 얘기가 세상에 또 어디 있겠느냐는 듯 아이는 개를 안고 뒹굴었다. 그 사납던 개가 마치 오래 알던 친구처럼 아이와 함께 장난질을 치며 뒹구는 것이 김씨는 도무지 신기하기만 했다. 그런데 갑자기 개의 으르렁대는 소리가 들려왔고, 그 순간 김씨는 소스라쳐 놀라 일어섰다. 개의 끈이 풀어져 있었던 것이다. 아이가 풀어준 것이 틀림없었다.

"뭘 하는 거야. 저 개새끼 풀어놓으면 안 돼!"

"괜찮아요. 우리 슈퍼스타는요, 물지 않아요."

그러나 개는 금방이라도 김씨를 향해 덮칠 듯이 온몸의 털을 곤두세우고 흉측한 이빨을 드러내며 으르렁거렸다. 김씨는 뒷걸음질로 벽에 붙어서며 소리를 질렀다.

"뭣 해, 저놈을 빨리 잡지 않고!"

그러나 아이는 그런 김씨의 모습이 오히려 재미있다는 듯이 깔깔대었다. 개는 그 괴상한 소리로 짖어대기 시작했고, 김씨는 온몸에 힘이 빠지는 것이 금방이라도 쓰러질 것 같았다.

"빨리 잡으란 말야, 이놈의 자식아! 순경을 불러 파출소로 보내기 전에."

그제야 아이가 웃음을 그쳤다. 아이의 손에 잡히자 개는 거짓말처럼 양순해졌지만 여전히 김씨를 쏘아보며 으르렁대었다. 개가 다시 묶었다는 사실을 확인하고서도 김씨는 쉽게 진정할 수가 없었다.

아이는 벽에 기댄 채 식은땀을 흘리고 있는 그를 말없이 지켜보고 있었다. 아이와 눈이 마주쳤을 때 김씨는 다시금 몸이 오싹하게 떨려왔다. 어쩐지 장차 무슨 끔찍하고 무서운 일이 벌어지리라는 생각이 들었고, 그것은 저 맹랑한 아이놈을 한밤중에 집으로 데려올 때부터, 아니 그 훨씬 이전부터 정해져 있었으리라는 불길한 예감을 떨쳐버릴 수가 없었다.

몇 년 만에 고향에 내려온 아들이 이제부터 아버지를 모시겠다고 했을 때도, 김씨는 반갑다기보다 내키지 않는 마음이었다. 하나밖에 없는 아들 자식이지만, 왠지 어렵고 서먹하게만 느껴졌던 것이다.

군대에 들어가기 전 스무 살 무렵까지만 해도 다른 집 자식과 조금도 다를 바가 없던 아들이었다. 그런데 군대에 가서 월남엔가를 갔다온 뒤로 영 딴 사람이 되고 말았다. 도무지 새끼손가락 하나 까딱하기 싫어하는 게으름뱅이가 된 것이었다. 그 대신 입만 열면 월남 이야기였다. 그것도 전투에서 피를 흘리고 싸우던 이야기가 아니라, 월남 처녀 꽁까이가 어떻고, 양코배기 미군들

258

이 어떻고, 미제 물건들을 어떻게 빼돌렸고 하는 이야기를 신이 나서 늘어놓는 것이었다. 월남에서 총을 들고 싸운 게 아니라 무슨 미군 보급창에서 근무를 한 모양이었다. 마을 사람들은 아들이 월남에 가더니 출세했다고들 농반 진반으로 말했다. 그런 소리를 들을 때 아들은, 그럼 자기 같은 촌놈이 군대가 아니라면 어떻게 물 건너 남의 나라에 가서 미국 놈들하고 같이 근무하며 끗발을 부려보았겠느냐며 정색을 하고 말하는 것이었다.

어쨌든 제대하고 난 뒤 아들은 완전히 농사일을 우습게 알고 말았다. 마을을 다니며 그 또래의 청년들을 모아놓고 월남 이야기만 하면서 나날을 보내는 것이었다. 이야기 밑천이 떨어지고 듣는 사람도 시들해지니까 나중엔 방 안에 틀어박혀 무슨 꿈을 꾸는지 눈뜨고 자는 사람같이 허구한 날 누워만 있었다. 그러다가 어느 날은 온다간다 말도 없이 고향을 뜨고 말았다.

고향을 떠난 지 몇 해 동안은 통 소식이 없었다. 그러다가 마을 사람 중에 누군가 우연히 의정부 근처 어디에선가 아들을 만났다고 했다. 미군 부대에 취직을 해 있더라는 것이었다. 그런데 지내기가 어떠냐고 물어도 왠지 시무룩하니 얘길 하지 않더라는 것이었다. 눈치로 봐서 고생이 심한 모양이더라고 그 마을 사람은 덧붙였다.

그리고 아들은 제 어미가 죽었을 때, 고향 떠난 지 몇 해 만에 처음으로 내려왔다. 그러나 마치 못된 계모가 죽은 것처럼 눈물 한 방울 흘리지 않았다. 괜히 볼이 부어터져서 화난 사람처럼 말이 없다가 장례를 치르자마자 그날 밤차로 올라가버리고 말았다.

그러나 두번째 내려왔을 때는 딴판이었다. 뭔가 의기양양하고 자랑스러움을 숨기지 못하는 표정이 역력했고, 마을 사람들을 불러모아 푸짐하게 술대접을 해서 인심을 샀다. 마을에는 아들이 진짜 출세를 하게 되었다는 소문이 나돌았다. 아들이 아주 높은 자리에 있는 어떤 미국 사람의 신임을 톡톡히 얻게 되었다는 소문이었다. 그 미국 사람의 하나밖에 없는 자식이 죽을 뻔한 것을 아들이 살려놓았다는 이야기였다. 그런가 하면 죽을 뻔한 것은 그 미국 사람의 자식이 아니라 한 마리 개라는 것이었고, 미국 사람들이란 원래가 개를 사람만큼이나 끔찍이 생각하는데 아들이 다 죽게 된 그 개를 살려주어서 신임을 얻었다는 도무지 거짓말 같은 소문도 있었다. 소문이야 어찌 되었든 아들의 형편이 좋아진 것은 틀림없었다.

아들은 김씨를 서울로 모셔가겠다고 말했다. 김씨로서는 마땅히 반가워해야 할 이야기였다. 마을 사람들은 이제 김씨가 자식복이 터져 늘그막에 호강을 하게 되었다고들 했지만, 김씨는 선뜻 내키지 않는 마음이었다. 그것은 칠십 평생을 지켜온 고향을 떠나야 한다는 섭섭함 때문만은 아니었다. 왠지 아들의 뒤를 따라나서기가 두렵고, 아들이 낯설고 어렵게만 느껴진 탓이었다.

서울로 올라오면서 김씨가 아들에게 몇 번이나 물으려다 만 것이 있었다. 그것은 아들의 결혼 문제였다. 마흔을 눈앞에 보고 있는 나이인데, 아들은 한 번도 자신의 결혼에 대해 입을 뗀 적이 없었다. 김씨가 결국 묻지 못했던 것은 명색이 애비가 되어서 자식에게 "너 결혼은 했냐, 어쨌냐" 하고 묻기가 스스로 생각해도 한심스러웠던 것이다. 마을에서는 아들의 결혼에 대해 종잡을 수 없는 소문이 떠돌았다. 벌써 이혼을 두 번이나 했다는 말이 있는가 하면, 자기가 직접 들었는데 아들이 미국 여자하고 산다는 해괴한 소릴 하는 놈도 있었다. 그래서 김씨는 서울까지 오면서 줄곧 아들이 산다는 아파트의 문을 들어설 때 노랑머리를 한 미국 여자가 나타날 것 같은 해괴한 상상에 시달려야 했던 것이다. 그러나 정작 아들의 뒤를 따라 아파트의 문으로 들어섰을 때, 김씨를 기다리고 있던 것은 노랑머리 미국 여자가 아니라 한 마리 개였던 것이다.

"차라리 죽여버리지 그러세요."

"뭐라구?"

"저 개를 죽여버리면 될 거 아녜요."

마치 개가 엿듣기라도 하는 듯 아이는 목소리를 낮춰 은근하게 말했다.

"할아버진 저 개가 무섭고 싫으시죠. 그런데 어쩔 수 없이 키우고 있잖아요. 어쩔 수 없이 밥을 먹이고, 키우고 있죠. 그런데 저놈은 그것도 모르고 으르렁대며 물어뜯을 기회만 노리고 있잖아요."

아이는, 어때 내 말이 맞지 않느냐는 표정으로 눈을 빛내며 그를 보았다.

"저놈을 죽여버리시라구요. 쥐약을 밥에 타서 먹이면 돼요. 아주 영리한 놈이니까 어쩌면 냄새를 맡고 눈치를 챌지 몰라요. 그러니까 처음엔 아주 눈꼽만큼만 탄다구요. 진짜 쥐 눈꼽만큼요. 그리고 조금씩 양을 늘이면……"

아이는 바싹 몸을 굽히고 귓속말을 하듯 속삭였다.

"결국 죽고 말 거예요. 나중에 병이 나서 죽었다고 그러면 누가 알겠어요?"

아주 신통한 생각을 해낸 것처럼 의기양양한 표정으로 눈을 빛내며 아이는 김씨를 빤히 쳐다보았다. 김씨는 지금이라도 아이를 내쫓아야 하리라고 생각했다. 당장 아이를 떠밀어 문 밖으로 내보내야 했다. 자신이 아무리 늙었지만 이 깡마른 아이 하나쯤은 이겨낼 수 있을 것이다. 그리고 문을 닫아 걸어버리면, 모든 것은 아예 없었던 것처럼 될 것이다. 그러나 이상하게도 김씨는 꼼짝할 수가 없었다. 이제는 시간이 너무 늦었다는 생각이 들었고, 마치 저놈의 무서운 개 앞에 꼼짝할 수 없는 것처럼 조그만 아이놈에게도 어찌할 수 없는 무력감을 느끼고만 있었다.

아이는 이제 이 방 저 방 함부로 돌아다니기 시작했다. 도둑괭이처럼 재빠른 걸음으로 다니면서 마치 제집에 오기나 한 듯이 이것저것 가리지 않고 손을 대고 만져보았다. 냉장고 문을 열어 무엇인가 집어먹기도 했고, 전축을 틀어놓기도 해서 시끄러운 전축 소리가 꽝꽝 울려대기도 했다. 김씨가 전축을 끄라고 소리쳤지만 아이는 아예 들은 척도 하지 않았다. 마치 춤추듯이 전축의 음악에 맞춰 괴상한 몸짓으로 걸어다녔다.

"테레비는 틀어도 소용이 없어. 나올 시간이 지났으니까."

아이는 또 텔레비전까지 만지고 있었다. 김씨가 소리쳐도 코웃음 치듯 대꾸했다.

"뭘 모르시네. 이건 언제라도 볼 수 있는 테레비란 말예요. 비디오요, 비디오."

기술자나 되는 것처럼 아이가 능숙하게 이것저것 만지자, 텔레비전의 화면이 보이고, 소리가 들려왔다. 처음에 김씨는 화면에서 보이는 것들이 무엇인지 얼른 알아차릴 수가 없었다. 차츰 눈에 익었을 때에야 그것이 인간의 벌거벗은 몸뚱어리들이라는 것을 알았다. 뜨겁고 끈끈한 소리가 숨 가쁘게 들려왔다. 아이가

262

히죽 웃으며 돌아보았을 때, 김씨는 소름이 끼쳤다. 아이의 눈알이 짐승의 그것처럼 이상스레 빛나고 있었던 것이다.

김씨가 달려들어 텔레비전의 스위치를 끄려고 하자 아이가 천연덕스런 얼굴로 막아섰다.

"괜히 좋으면서 뭘 그러셔."

"뭣이 어째?"

너무 너무 맛있는 거 있지

갑자기 아이가 소리 높여 신나게 노래를 부르기 시작했다.

그래 그래 자지콘
콕 깨물고 싶은 거 있지
그래 그래 자지콘!

"그만두지 못해!"

김씨가 소리쳤다. 화면은 더욱 희한한 장면이 벌어지고 있었고, 해괴망측한 신음 소리가 뜨겁게 방 안을 가득 채우고 있었다. 김씨는 참을 수 없는 구역질을 느꼈다.

너무 너무너무 맛있는 거 있지이
그래그래 맞어맞어 자지콘!

"말을 듣지 않으면 내쫓아버릴 거야!"

김씨가 달려들어 아이의 팔을 잡았다. 그러자 아이는 픽 코웃음이라도 치는 듯한 표정으로 그를 빤히 올려다보며 말했다.

"할아버지 집도 아니면서 뭘 그래요."

"뭐라구?"

"내 눈은 못 속여요. 할아버진 이 집 주인이 아니라고요. 이 방안에 있는 물건은 다 미제예요. 개도 영어만 알아듣는 개구요. 근데 할아버진 시골에서 갓 올라온 촌 할아버지잖아요. 척 보면 알 수 있어요. 할아버진 남의 집을 지키고 있죠. 이 집 주인은 따로 있고요. 어때, 내 말이 맞죠?"

김씨는 소름이 끼쳤다. 밤 두시에 뜻하지 않게 찾아든 아이, 이 거대한 도시의 바닥 모를 깊은 어둠 속에서 빠져나온 듯한, 깡마르고 때에 전 그 조그만 아이가 갑자기 더없이 무섭게 느껴졌던 것이다.

"육 개월이요, 아버지. 눈 딱 감고 육 개월이라구요."

미국으로 떠나야 한다고 아들이 말을 꺼낸 것은 김씨가 서울에 올라오고 며칠이 지나서였다. 그날 아들은 술이 엉망으로 취해 들어와 쉴 새 없이 떠들어대었다.

"그동안만 참아주세요, 아버지. 이번 기회를 놓치면 끝장이에요. 난 아직 장가도 못 갔어요. 나이 사십이 낼 모렌데 말입니다. 다 돈 때문이죠. 사실은 이 집도 제 것이 아니라구요. 제 것은 하나도 없어요. 다 양놈 거요. 난 지금 불알 두 쪽뿐이라구요. 이러다간 양놈들 좆이나 빨다가 세월 다 보내겠어요."

이 아파트건 가구건 모두가 어느 높은 자리에 있는 미국 사람 것이라는 이야기였다. 자기는 그저 그 미국 사람이 미국에 가 있는 동안 개를 봐주고 있다는 것이었다. 특히 개는 그 미국 사람이 자기 자식처럼 애지중지하는데, 아들이 그 미국 사람의 신임을 얻게 된 것도 오로지 그 개 때문이라는 것이었다. 그런데 그 미국 사람이 이번에 아들을 미국으로 불러들였다는 것이었다. 아들의 말에 의하면, 이번이야말로 두 번 다시 오지 않을 황금 같은 기회라는 것이었다. 김씨는 도무지 무슨 소리인지 알 수가 없었다. 그러나 분명히 알 수 있는 것은 아들이 자신을 서울로 데려온 것은 늙은 애비를 모시기 위해서가 아니라는 것이었다. 바로 이 아파트와, 그리고 그놈의 사나운 개를 맡기기 위해서란 사실이었다.

"그러니 아버지, 이번 한 번만 날 도와주세요. 아버지가 해주실 것은 별거 아니에요. 내가 미국 가 있는 동안 이 집 좀 지켜주시고, 특히 이놈만 잘 봐주시면 돼요. 이 슈퍼스타란 놈이 내 밥줄이라구요. 이야기하자면 길고 아버진 들어도 모르실 거예요. 이놈이 내 행운의 상징이고, 밥줄이고, 생명이라구요."

말을 하면서도 아들은 연방 개의 목덜미를 쓸어안고 얼굴을 비벼대었다. 그러나 그런 아들에 비해 개는 그 큰 목을 쳐들고 움쩍도 않는 것이 거만하기 짝이 없었다. 그 모습은 바로 이 집의 주인은 그놈의 개새끼이고 아들은 그 앞에 알랑방귀나 뀌는 몸종일 뿐이라는 것을 보여주는 것 같았다.

"나가, 이놈아! 너 같은 놈은 파출소로 데리고 가야 해. 도둑놈 자식 같으니."

김씨가 아이의 팔을 잡아끌자, 아이는 완강하게 뿌리치며 김씨를 똑바로 노려보았다.

"날 건드리기만 해봐. 가만 안 둘 테야. 다 늙어빠진 영감탕구가."

"이 망할 놈의 새끼!"

김씨는 아이의 뺨을 후려쳤다. 아이는 손바닥으로 얼굴을 감싸쥐더니 무서운 얼굴로 소리 질렀다.

"씨팔 놈의 영감!"

아이는 거실의 구석에 있는 개에게 달려갔다. 김씨가 소리치기도 전에 재빨리 가죽끈을 풀어주었고, 개는 기다렸다는 듯이 으르렁대며 달려나왔다. 김씨는 거실 한쪽 구석으로 몸을 피했다.

"얘, 무슨 짓을 하는 거야. 저 개를 붙잡아, 빨리!"

아이는 재미있는 장난이나 하듯 웃음을 터뜨렸다. 개는 단숨에 김씨의 목줄기를 물어뜯을 듯이 그 괴상한 쉰 소리로 그악스럽게 짖어대었다.

"얘, 이러지 말어. 저 개가 날 죽일 거야."

김씨는 더 이상 어찌해볼 수 없는 두려움으로 다리가 후들거렸다. 이리저리 쫓겨다녔지만 마침내 더 도망갈 곳이 없었다.

"이 영감탕구야 어디 말을 해봐!"

아이는 이제 얼굴을 빨갛게 물들인 채 웃음을 참지 못해 씨근거렸다.

"이제 하란 대로 말을 잘 듣겠다고 해봐!"

"그래, 뭣이든 하란 대로 하마. 그러니……"

"그럼 어디 날 따라 해봐. 헤이, 슈퍼스타. 아이 러브 유."

"이제 장난은 그만 해 응? 제발 저놈의 미친 개를 붙잡어."

"어서 따라 해보라니까. 헤이, 슈퍼스타. 아이 러브 유."

그놈은 이제 아이가 아니었다. 목소리조차 성대가 가라앉은 어른의 쉰 목소리였다.

"아이 러브 유."

"아 이 러 브 유."

"오케이. 헤이, 슈퍼스타. 아이 러브 유."

"헤이, 슈퍼스타. 아이……"

김씨는 이 모든 것을 도무지 믿을 수가 없었다. 자신은 지금 무서운 악몽을 꾸고 있을 뿐이라고 생각했다. 저 사나운 아이 놈도, 괴상한 소리로 짖어대며 날뛰고 있는 저 개새끼도, 어쩌면 도무지 낯설기만 한 이 아파트 방조차도 다만 악몽 속에서 보는 헛것에 지나지 않을 것이다.

문득 김씨는 자신의 눈앞에 있는 것이 아이가 아니라 아들의 얼굴임을 알았다. 그러더니 금세 모습이 변해 알지 못하는 다른 얼굴이 되었다. 만약 식인종이라는 것이 있다면, 하고 김씨는 생각했다. 지금 눈앞에 있는 이것이 식인종의 얼굴일 것이었다. 김씨는 어느새 개의 캄캄하게 벌어진 입이 눈앞에 다가온 것을 보았다.

28동 수위실에서 근무하는 경비원 박씨는 아침 일찍 관리사무소로부터 급한 연락을 받았다. 1203호에 혼자 살고 있는 노인에게 무슨 일이 생겼나 확인해보라는 것이었다. 미국에 가 있다는 노인의 아들이 관리사무소로 부탁을 한 모양이었다. 밤새도록 전화를 했는데 노인이 받지 않더라는 것이었다. 박씨는 한 달 전부터 눈에 띄기 시작하던, 이런 고급 아파트에 어울리지 않게 시골티가 꾀죄죄하게 흐르던 한 늙은이를 떠올렸다. 경비실을 지나면서 늘 무슨 말을 할 듯하면서도 그러나 도무지 말이 없던 늙은이였다. 1203호의 문은 굳게 잠겨 있었고, 몇 번이고 벨을 눌러도 대답이 없었다. 어쩌면 송장을 치게 될지도 모르겠다고 그는 생각했다. 그러나 비상 열쇠를 가지고 문을 따고 들어갔을 때, 뜻밖에도 방 안은 온통 난장판이었고 밤새 무슨 난리라도 치른 양 형편없이 어질러진 거실 한 가운데에 노인이 앉아 있었다. 노인은 정신이 돌아버린 듯 초점 없는 눈으로 끊임없이 뭔가 씨부렁거리고 있었다. 영어 같기도 하고, 전혀 알아들을 수 없는 헛소리 같기도 했다. 다만 노인의 곁에 커다란 개 한 마리가 앉아 마치 그 모든 소리를 다 알아들을 수 있다는 듯이 측은한 눈길로 물끄러미 지켜보고 있었다.

(『학원』, 1985)

꿈꾸는 짐승

노새는 지금 없다.

이제 다시 그놈을 볼 수 없게 되었다. 그 생각이 바지 단추를 푸는 대기의 손을 부르르 떨게 하고, 단추를 채 끄르기도 전에 몇 방울의 오줌을 찔끔거리게 했다. 개천 건너편 쭉쭉바 공장의 드높은 굴뚝을 마주보고 오줌을 갈기면서 대기는 줄곧 몸을 부르르 떨어야 했다.

쭉쭉바 공장 위로 노을이 길게 몸을 눕히고 있었다. 노을은 눈을 감았다 뜨기만 해도 감쪽같이 사라지고 말 것 같은 주홍빛이었다. 그 빛깔은 솔로 문지르고 빗질을 하고 나면 빨갛게 윤기를 띠던 노새의 그 반들반들한 등허리 빛깔과 닮았다.

노을의 주홍 빛깔은 이제 곧 어두운 자줏빛으로, 죽은 노새의 몸에 엉겨 있던 말라붙은 피 색깔로 변할 것이고, 속 모르게 깊은 도시의 어둠이 다시 그 모든 것을 삼키고 말 것이었다. 이미 공장의 굴뚝에서 솟구쳐오른 연기가 먹물처럼 번지면서 노을을 얼룩지게 하는 중이었다.

바지 단추를 잠글 생각도 않은 채 대기는 하늘을 향해 높게 솟은 공장 굴뚝을 망연히 올려다보았다. 굴뚝은 언제 보아도 높고 당당하게 몸을 일으켜 세우고 있었다. 대기는 마치 그 굴뚝에다 견주어보기라도 하듯이 자신의 생식기를 내려다보았다. 그러나 그의 것은 애당초 자신이 없다는 듯이 짧은 음모 속으로 머리를 처박고 있어서 도대체 눈에 띄지도 않을 초라한 모습이었다. 그 것은 뿌리 뽑힌 고추 대궁이처럼 변함없는 모습으로 시들어 있 었다.

그것에 비해 공장의 굴뚝은 높고 당당하게 직립해 있었다. 그 밑으로 죽 늘어선 공장 건물이 없다면 그것이 단순히 공장의 굴 뚝이라고 생각하기는 어려운 일이었다. 그것은 거대한 탑이나 기 념비와 같았고, 하늘을 떠받치고 있는 기둥처럼 보이기도 했다.

대기는 침을 퉤에 내뱉은 뒤에, 시든 생식기를 손에 쥐고 추슬 러서 바지 속으로 밀어넣었다. 그리고 가방을 집어든 채로 잠시 자기가 걸어온 둑방길을 돌아보았다. 공장의 기계 소음이 웽웽 대며 들려왔고, 마악 스러져가는 노을이 보였고, 개천 주위에 납 작하게 엎드린 재건주택이 침울한 정적에 싸여 있었다. 공장의 폐수가 뻑뻑하게 흐르는 개천은, 상류에 있는 염색 공장의 물을 받아서 어느 땐 눈부신 노랑색이었다가 때로는 처녀의 달거리처 럼 색감 좋은 빨강색이기도 했는데, 지금은 시커먼 감탕물이 흐 르고 있었다. 지난 여름엔 여섯 살 난 아이가 그 개천에 빠져 죽 었다. 재건주택 사람들이 밤을 새워 작업을 했지만 어린애는 종 내 떠오르지 않았다.

재건주택이란, 개천 연변에 죽 늘어선 집들을 말한다. 이 도시 의 한쪽에 거창한 공업단지가 들어서게 되자 시 당국이 그곳에 살고 있던 사람들을 이곳으로 옮겨다놓고 시멘트 블록으로 집을 지어주었다. 그것은 개천을 따라 줄지어 납작하게 엎디어 있었고, 죽은 벌레의 부패한 옆구리를 파먹으며 개미떼가 들락거리듯이 온갖 종류의 사람들이 그곳에 몰려 살고 있었는데, 시청 청소과의 임시 직원인 대기도 그 중의 한 사람이었다.

개천 건너에는 바야흐로 대규모 공업단지가 건설되고 있는 중이었다. 하루에도 몇 차례씩 쓰레기차들이 개천 둑길을 따라 달려와서 아직 공장이 들어서지 않은 공지에다 쓰레기를 버리고 갔다. 쓰레기는 엄청난 속도로 밭과 논들을 덮어갔다. 그 쓰레기 더미들을 보고 있으면 도시는 하루에 한 번씩 털갈이를 하는 비대한 동물 같아 보였고, 먹은 것을 그대로 토해내는 위장질환에 걸린 늙은이 같기도 했다. 시청 청소과 소속의 청소부인 대기가 하는 일은 그 쓰레기들을 실어 나르는 일이었다. 하루에 두 차례씩 대기는 노새를 몰고 도시의 구석구석을 돌아다니며 그것들을 쓸어모았던 것이다.

대기는 그곳에서, 그러니까 쓰레기 하치장이나 또는 재건주택의 여러 개로 칸막이된 방들 중의 하나에서, 멀리 희뿌연 매연 위로 아침이면 눈부신 이마를 드러내는 키 높은 건물들, 엄청나게 솟아오르는 한낮의 먼지, 밤이면 숨 가쁘게 할딱거리는 공장의 기계 소음을 듣기도 했다.

이제 대기는 그 모든 것들에게 작별을 할 참이었다. 그는 둑방길을 향해 천천히 걸음을 옮겨놓았다. 둑방길은 차츰 어두워지고 있었다.

누군가 술에 취해서 비틀대면서 걸어오고 있었다. 그는 입 밖으로 무언가 소리 내어 웅얼거리고 있었는데, 가까이 갔을 때 대기는 그것이 노랫소리라는 것을 알았다.

"어제 처음 만나서 사랑을 하고 우리는 하아나가 되었습니다
아, 이게 누구야?"

녀석은 걸음을 멈추고 대기의 턱밑으로 얼굴을 바싹 들이대었
다. 그러자 술 냄새가 먼저 대기의 코를 쏘았다.

"김형 아니요, 어딜 가셔?"

대기는 우선 녀석의 웃음을 알아보았다. 그 웃음은 아주 낯익
은 것이었다. 그런데도 유감이지만, 대기는 첫눈에 그가 누군가
를 알아볼 수가 없었다.

"형씨도 참. 나요 나, 그래 날 몰라보시우?"

녀석은 셔츠 단추를 두어 개쯤 풀어놓고 있었고, 그래서 반쯤
드러난 가슴팍이 술기운에 발갛게 물들어 있었으며, 방위병처럼
머리를 짧게 깎고 있었다. 대기가 녀석을 몰라본 것은 아마 치켜
깎인 녀석의 머리통 때문이었을 것이다. 녀석은 고개를 뒤로 슬
쩍 젖히며, 손을 머리로 가져갔다. 마치 버릇처럼 이마를 덮는
긴 머리칼을 쓸어넘기기라도 하려는 투였는데, 그제야 대기는
녀석의 얼굴을 자세히 쳐다보았다.

"기동이구만."

"젠장할, 눈치 한번 빠르시군. 형씨, 보시다시피 나 술 한잔 했
수다."

대기가 알기로는 기동은 결코 술을 마시지 않는 녀석이었다.
재건주택에서 알깍정이같이 착실한 놈이라는 것을 모르는 사람
이라고는 없었으니까. 그러면서도 무늬가 요란한 남방이나 엉덩
이에 꼭 들어붙는 바지를 입고 다니는 녀석이었다. 쭉쭉바 공장
에 다니는 녀석은 입을 열었다 하면 자기 공장의 여공들 얘기만
했고, 제 또래의 여자애들이 지나가면 손가락을 입에 넣고 휘파

272

람이래도 불어대지 않으면 직성이 풀리지 않는 녀석이었다. 대기는 저녁이면 개천둑 위에서 들려오던 녀석의 유행가 소리를 잘 알고 있었다.

또한 녀석은 머리를 길게 기르고 다녔다. 윤기가 찰찰 넘치는 긴 머리칼을 멋지게 빗어넘긴 것을 자랑으로 삼아서, 시간만 있으면 손거울을 꺼내 제 머리 모양을 살펴보는 녀석이었다.

"그런데 형씨, 이 해질 녘에 웬일이슈."

기동은 자신이 술에 취했다는 것을 꼭 좀 표시를 내야겠다는 듯이 몸을 건들건들 흔들면서 히죽거리고 웃었다. 녀석의 웃는 모양은 좀 특이해서, 입술 한쪽을 묘하게 치켜올리고 슬그머니 이빨을 드러내는데 그럴 때 한쪽 눈만 찡긋 하고 감기는 것이었다. 그것은 쭉쭉바 공장의 여공들에게 써먹기 위해서 자신이 특별히 고안해낸 것으로서, 평소에도 그것을 실습해보기 위해선지 누구 앞에서나 그렇게 웃는 것이었다.

"보따리 싸가지고 야간도주라도 하는 거야?"

기동이 대기의 손에 들린 가방을 보고 말했다. 그 웃음을 빼고 나면, 녀석의 얼굴은 금세 낯설어 보였다. 녀석의 치켜깎인 머리통을 예전의 그 긴 머리칼을 덮어놓고 보면 낯익은 얼굴이 되었다가 그것을 빼고 나면 다시 낯선 얼굴로 변하는 것이었다.

"영 딴 사람 같은데."

"아, 이 머리 말씀인가요?"

기동은 갑자기 기가 죽어서 시무룩하게 말했다.

"그게 그렇게 되었수다."

그러면서도 지금도 예전의 그 긴 머리칼이 덮여 있기라도 한 듯이 고개를 뒤로 젖히며 손으로 쓸어넘기는 시늉을 했다.

"형, 내가 술 한잔 사죠."

녀석이 대기의 팔을 끌었다.

"내가 오늘 머리 깎은 기념으로다 한잔 살 테니까."

대기는 구태여 마다하지 않고 녀석이 끄는 대로 따라 걸었다. 그는 재건주택을 떠난다는 것을 아무에게도 알리지 않을 작정이었지만, 어쨌든 이 녀석을 만나게 된 것이었고 녀석을 굳이 뿌리칠 이유란 없었던 것이다.

한길로 이어지는 다리목에 이르자 거리는 이미 불이 들어와 환하게 밝았다. 공업단지가 생긴 덕분에 갑자기 흥청거리게 된 곳이었다. 극장이 있고, 양복점이 있고, 양장점, 정육점, 살롱, 다방, 부동산 소개소, 직업 안내소 등이 즐비했다. 이따금 재빠르게 지나가는 차량의 헤드라이트와, 길가의 상점에서 흘러나온 불빛, 허공에서 할딱거리며 돌고 있는 술집의 네온사인들이, 번쩍거리거나 더러 눈앞으로 달려오기도 했으며 빙글빙글 돌기도 했다. 거리는 이제 술이 오르기 시작해서 적당한 취기로 기분 좋게 흥얼대고 있는 참이었다.

"이 밤이 새이며는 첫차를 타아고오……"

기동은 여전히 대기의 팔을 붙들고 비치적댔다.

"그런데 형은 도대체 어딜 가려는 길이었수?"

그 흥청거림을 바라보고 있자니까, 대기는 이곳을 떠난다는 생각에선지 가슴이 텅 비는 듯한 느낌이 들었다. 마치 야박한 계집년의 화냥기를 보는 것 같았다. 대기가 없어도 술집의 네온사인은 돌아갈 것이고, 상가의 진열창은 번쩍거릴 것이고, 거리는 여전히 흥청댈 것이었다.

"나 밤차를 탈 거야."

"어디 가시려구, 고향엘? 영감님이 편찮으시다구 소식이라두 왔수?"

"나 고향에 다니러 가는 게 아냐. 아주 가는 거지."

기동은 걸음을 멈추고 휘파람을 날카롭게 불었다. 길 건너편에서 공장 일을 마치고 난 듯한 한떼의 계집애들이 지나가고 있었던 것이다.

"그놈은 어쩌구?"

기동은 이제 취기가 가셔진 듯 바지 주머니에 두 손을 찌르고 멋을 부리며 걸었다.

"그 네 발 달린 친구 말이요."

"그놈은 죽었어."

기동이 걸음을 멈추었다.

"그게 정말이요?"

그놈이 길바닥에 죽어 자빠졌을 때, 놈의 속 모르게 깊은 눈망울은 무엇인가 꿈꾸듯이 치켜떠져 있었다. 콧구멍으로부터 아직 더운 입김이 빠져나오고 있었고, 깨어진 머리통에서 흘러나온 피가 아스팔트 위를 끈끈하게 적시었다. 그것이 그놈의 마지막이었다. 인근 파출소에서 나온 순경이 대기의 성명과 주소를 묻고 사고 경위를 간단하게 적어나갔다.

"절대로 내 잘못이 아니었단 말씀예요. 저 망아지 새끼가 갑자기 차 앞으로 미친 듯이 뛰어들었으니 낸들 용뺄 재주가 있을 게 뭡니까." 트럭 운전수가 번질번질하게 땀 밴 목덜미에 핏대를 세워가며 변명을 늘어놓을 때, 대기는 마치 살아서 무엇을 곰곰이 생각하고 있는 듯한 놈의 눈망울과, 길바닥을 흥건히 적신 피가 검게 엉기는 것을 말없이 바라보고만 있을 뿐이었다. "어이, 당신 망아지가 왜 차 앞으로 뛰어들었어? 이 친구 얘기가 맞느냐구." 순경이 고개를 돌려 물었고, 대기가 대답이 없자, 운전수가 기가 나서 떠들었다. "저것 보세요. 저놈의 망아지 새끼가 미쳐버린 게 틀림없다구요." 순경은 구경꾼들 중에서 몇 사람의 이야기를 더 들어본 다음에 사고 보고서를 적어나갔다. 피해란에 망아지라고 쓸 때, 대기가 비로소 입을 열었다. "저거 망아지가 아닙니다." "뭐야." 순경이 눈살을 찌푸리며 고개를 쳐들었다. "망아지가 아니라니 무슨 소리야." "저놈은 노새란 말입니다. 망아지도 아니구, 당나귀도 아니라구. 아무리 죽은 짐승이지만 이름 하난 바로 불러줘야지. 노새라고 적어주쇼."

"거참 불쌍하게 되었군. 그놈은 우리 재건주택의 한 식구였는데."

기동이 제법 안됐다는 듯한 표정으로 말했다.

"그놈이 갑자기 왜 트럭 앞으로 뛰어들었을까. 설마 정말로 미친 건 아닐 테지요?"

"자, 이제 그 얘긴 그만두자구."

"그러니까 형의 밥줄이 떨어졌다는 말씀 아뇨? 하긴 이곳을 떠나게도 되었수다. 자 그런 의미에서……"

녀석은 대기를 길옆의 포장마차로 끌었다.

"술 한잔 안 마시고 맹숭맹숭하게 형을 보낼 수 있나요? 오늘 같은 날 마시지 않으면 언제 마시겠수. 차 시간 말요? 그까짓 걱정 없어요. 새벽차도 있구, 차 못 탈까 봐. 걱정 마슈?"

기동이 앞서서 휘장을 들치고 들어섰다.

"어서 오십쇼."

"여기 오뎅이나 몇 꼬치하고, 소주 한 잔씩 줘요."

그들은 나무의자에 엉덩이를 걸치고 앉았다.

"근데 내가 듣기론 말씀야."

기동이 국물부터 한 모금 마시고 난 뒤, 대기에게 고개를 돌렸다. 녀석은 새끼손가락을 입에 넣어 소리 나게 쪽 빨고, 대기의 눈앞에서 그걸 까딱까딱 해보였다.

"그 노새란 놈이 고자라던데 정말이요?"

대기는 한 손으로 눈앞에서 까딱거리는 녀석의 손가락을 잡아내렸다.

"고잔 아냐. 새끼를 낳지 못할 뿐이지."

"그게 그거지 뭐요, 난 시골에서 돼지 불알 까는 걸 봤는데, 끔찍해서 못 보겠습디다. 그래도 그걸 까고 나면 살도 더 찌고 고기 맛도 좋아진다니 정말 알다가도 모를 일이거든."

카바이드 불이 바람에 일렁이며 춤을 추었다. 기동은 그들 앞에 놓여진 소주잔을 유심히 들여다보면서 말을 이었다.

"따지고 보면 말요, 우리네 신세도 노새란 놈과 다를 바 없어요."

노새는 아주 커다란 생식기를 가졌었다. 그래서 그것은 단순한 생식기라기보다는 그놈만이 가진 특제의 연장처럼 보이는 것이었다. 때때로 그 연장은 믿기지 않을 만큼 길게 자라나곤 했다. 대기는 그 끝이 땅에 닿을 만큼 길어지던, 그래서 영화에서나 보던 무사의 칼같이 장대해지는 그놈의 연장을 알고 있었고, 그럴 때 불타는 도토리나무처럼 빛나던 그 눈동자도 잘 알고 있었다. 예기치 못한 때, 그놈의 연장은 불쑥불쑥 커지곤 했다.

도시 한복판에서 불현듯 시작되는 놈의 기묘한 발정을 대기는 도무지 이해할 수가 없었다. 깊게 드리워진 아파트 건물의 그늘 사이에서, 차량이 바쁘게 지나다니는 길 한복판에서 갑자기 놈은 걸음을 멈추고 발이 땅에 박힌 듯 꼼짝도 않는 것이었다. 그럴 때 대기는 어쩔 수 없이 놈의 오랜 발기가 그치기를 기다리며 서 있는 수밖에 없었다. 그놈은 오랫동안 그 자리에 멈춰서서 꿈꾸는 듯한 두 눈을 불태우며 안간힘을 쓰느라 무섭게 마비되었다가, 이윽고 빼어낸 칼을 서서히 거두어들이면서 몸을 부르르 떨고 다시 걷기 시작하는 것이었다.

"김형, 내 얘기 하나 할 테니 들어보시겠수?"

두 잔째의 소주가 기동의 목으로 넘어갔다. 소주는 목구멍을 넘어갈 때는 차가웠고, 뱃속에 들어가서는 뜨거웠다. 기동은 딱 소리가 나게 소주잔을 내려놓고 입을 열었다.

"우리 공장에 이런 일이 있었어요. 아시다시피 겨울철엔 따끈따끈한 호빵을 만들구, 여름엔 쭉쭉반가 쪽쪽반가 하는 아이스케키를 만드는 회산데…… 지난 여름에 이상한 소문이 공장 안에 돌더라 이 말씀예요. 저번 여름의 더위가 보통 더위였수? 성한 사람을 그냥 죽여줬지."

날씨가 더워서 사람들은 누구나 쭉쭉바를 먹었다. 길거리에서나, 집 안에서나, 버스 칸에서나 쭉쭉바를 빨아대었다. 쭉쭉바는 특히 여자들이 좋아했다. 덩치가 말만한 처녀들이 쭉쭉바를 입 안에 넣고 염치도 없이 빨아대는 것을 볼 때면 기동은 자신의 몸이 발가벗기우는 것 같은 느낌에 사로잡히곤 했다. 달고 시원하긴 해도, 그것은 적당한 단맛을 주는 인공 감미료와 맹물을 비닐주머니에 담아 얼린 조잡한 제품이라는 것을 기동은 잘 알고 있

278

었다. 거짓말같이 굉장한 양의 쭉쭉바가 굉장한 양의 입 속에서 녹아 사라졌는데, 이 도시 사람들이 기를 쓰고 빨아대는 것은 따지고 보면 적당한 단맛과 잠깐 동안 입 안에 배었다가 사라지는 그 시원함이었다.

어쨌든 여름만 되면 사람들은 쭉쭉바를 찾았고, 회사는 장사가 잘 되었다. 열두 시간씩 이교대로 스물네 시간 철야 작업을 하지만 늘 제품의 공급이 달린다고 성화였다. 그런데 공장 안에서 이상한 소문이 나돌았다. 공장 내에서 매일 제품이 조금씩 없어지고 있다는 것이었다. 그리고 여공원 화장실 안에서 쭉쭉바의 빈 껍질이 쌓이고 있다는 것이었다. 소문은 전염병처럼 돌아서 공장 내의 남자 공원들 중에서 모르는 사람이 없었다.

"소문인즉, 그게 왜 그런고 하니 말씀야……"

기동은 말을 멈추고 소주잔을 집어 입 안으로 털어넣었다.

"쭉쭉바가 꼭 뭐같이 생겨먹었소, 김형. 그게 바로 계집애들이 좋아하는 물건처럼 생긴 거 아뇨? 크기도 모양도 꼭 같잖어."

소주가 목 안으로 넘어가자 기동은 몸을 부르르 떨며 대기의 얼굴을 쳐다보았다. 그러자 지글지글 타오르는 연탄불 너머로 얼굴을 들고 주인남자가 낄낄거렸다.

"하긴 그게 꼭 실물처럼 생겨먹었지. 아마 장삿속으로 일부러 그렇게 만든 걸 겝니다."

"내 말이 바로 그 말이라구요. 그래서 여공원들이 틈만 나면 치맛자락에 하나씩 숨겨서 화장실로 들어간다는 거예요. 그 더운 날씨에도…… 가슴까지 시원해올 거라나."

"도무지 거짓말 같은 얘기로군."

대기는 연탄불 위로 타오르는 생선의 비릿한 연기가 포장 안을 연막처럼 부옇게 탈색시키는 것을 바라보며 입을 열었다.

"하긴, 어쩌면 거짓말인지도 모르지."

기동은 빨갛게 열기가 오른 얼굴로 고개를 끄덕였다.

"나도 그 말을 믿지 않았으니깐. 아마 밤을 새우는 야간 작업에 졸음을 쫓기 위해서 꾸며낸 이야기인지도 모르지요. 몸은 무겁구, 졸리기는 하지, 눈 속엔 모래가 박힌 듯이 따갑구…… 그러자 나중엔 이런 소문이 또 있었어요. 계집애들이 그 짓을 몰래 하게 되면 병이 생겨서 결국 불임증이 된다는 거예요. 불임증 아슈? 아기를 못 낳는 병 말유. 그게 너무 차갑기 때문에 여자들한테 좋지가 않다는 거였어요. 소문은 꼬리를 물고 잇달아서, 젠장할 어디까지가 거짓이고 진담인지 알 도리가 있어야지."

기동은 잠시 카바이드 불꽃이 길어졌다 짧아졌다 하면서 너울대는 모양을 침울하게 바라보았고, 주인남자가 말을 받았다.

"아마 나중 것은 공장 간부들이 제품의 유실을 막기 위해서 꾸며낸 것인지도 모르겠구먼."

"어쨌든, 여공원들이 불임증이 될 거란 이야기는 기분 확 잡치데요. 여기 술 한 잔 더 주쇼. 아니 아예 병째로 줘요."

"무리하는 거 같은데, 전작이 있으면서."

"이거 왜 이래요, 형. 오늘 같은 날 마시지 않으면 언제 마실 거요."

기동이 주인 앞에 놓인 소주병을 성급하게 집어 따랐다. 포장에 비친 그의 그림자가 커다랗게 흔들렸다.

"생각해봐요. 우리 공장에 여공원들 얼마나 많습니까. 그 중엔 제법 예쁘게 생긴 계집애들도 수두룩하다구요. 내가 찍어놓은 계집애들도 너댓 명 돼요. 아침 출근할 때 공장으로 들어가는 계집애들 얼굴이 햇볕에 반짝반짝하는 걸 보면 정말 신난다구요. 여공원 작업장은 우리완 떨어져 있지만 점심 시간에 잔디밭에 파란 작업복 차림으로 나와 앉은 걸 보면 휘파람을 불어대지 않구서는 못 배겼으니까. 그런데 그 애들이 애를 낳지 못한다니, 김형이라면 그래 기분이 좋으시겠수?"

그것은 정말 기분 잡치는 일이었다. 언제부터인가 대기의 연장은 도무지 일어설 줄을 몰랐던 것이다. 스물네 시간을 이교대로 주야간 작업을 하는 쭉쭉바 공장에서는 새벽 여섯시면 작업 교대의 사이렌이 불었는데, 그 시간이 대기가 잠에서 쫓겨나오는 시간이었다. 잠에서 깨면서 대기가 제일 먼저 하는 일은 바지춤에 손을 집어넣어 보는 일이었다. 아랫배에서부터 거친 음모가 손가락에 닿을 때까지 천천히 손을 밀어넣으면서, 대기는 늘 자신의 연장이 힘차게 일어서 있기를 바라곤 했다. 그러나 그 기대는 매번 빗나가서, 그때마다 그의 손에 잡히는 연장은 기맥 없이 오그라붙은 것이었다. 그것은 뜨거운 국물 속에 담가져서 축 늘어진 오뎅처럼 노골노골해 있었다.

고향을 떠나 이 도시로 오고부터 그것은 도무지 일어날 줄을 몰랐다. 고향에서는 새벽마다의 싱싱한 기운으로 싸리나무 밑동처럼 빳빳하게 일어서서 바지 앞을 천막 치듯 부풀게 하던 자신의 연장이었던 것이다. 이곳에 와서 노새를 몰고 도시의 구석구석을 코끝에 하얀 먼지를 뒤집어쓴 채 돌아다니는 동안 어느 때부터인가 모르게 맥없이 시들어버리고 만 것이었다. 대기는 자기가 병신이나 다름없다고 생각했다. 일어서지 않는 연장이란 아무 쓸모도 없는 것이고 쓸모없는 연장을 가졌으니 병신 중에도 제일 꼴사나운 병신이었다.

"이왕 애기가 나온 김에 한마디만 더 할까요?"

기동의 얼굴은 점점 더 빨개졌고, 그의 말도 더 헤퍼졌다.

"나도 공장에서 들은 얘긴데, 우리 회사 사장이라는 영감 말이요. 돈 많겠다, 공장 잘 돌아가겠다, 자식들 차례로 미국으로다 공부시켜서 전무 상무 자리에 앉혀왔겠다. 걱정이 뭐겠수? 그래도 사람 욕심이란 게 끝도 한도 없는 법이어서, 요즘은 정력 보강이라나 뭐라나 한답시고 맨날 젊고 싱싱한 여자들을 곁에 두고 산답니다. 그것도 진짜 품질 보증품 숫처녀만으로요."

"계집들을 끼고 있다구 정력이 좋아지나, 더 쇠해질걸."

주인남자가 오뎅 꼬치를 두 사람 앞에 옮겨놓으며 끼어들었다.

"그게 모르는 말씀이란 말예요. 정력이 철철 넘치는 계집들을 끼고 있으면서도 그 짓만 하지 않으면 그 정력이 모조리 영감한테로 옮아간다는 거예요. 늙은 영감들 양기 돋우는 덴 그 이상의 보약이 없다는 겁니다."

"거참, 하도 별난 세상이니 우리네 대가리론 상상도 못할 요지경 속이지."

"여하튼 돈은 있고 봐야 하겠습니다. 어, 형. 왜 일어나요?"

"그만 가봐야지."

자리에서 일어나자 대기는 자기가 어느새 꽤 취해 있다는 것을 깨달았다. 내가 낼 테니 그만두쇼…… 어쩌구, 하면서 기동이 말했지만 대기는 술값을 계산했다. 그는 가방을 옆구리에 끼고 비치적대며 포장을 헤치고 나왔다.

"정말 오늘 떠날 참이요?"

기동이 그의 옆으로 붙어왔다. 그들은 똑같이 비틀거렸다.

"내가 역까지 바래다드리지. 이렇게 헤어질 수 없지 않수?"

그들은 발걸음으로 갈짓자를 그리면서 걷기 시작했다. 신호등이 있는 횡단보도를 건넜고, 문이 내려진 은행을 지났고, 환하게 불을 켜고 연이어 있는 진열창을 지났다. 어두컴컴한 공사 중인 건물 앞에서 그들은 똑같이 걸음을 멈추었다. 그들은 담벼락을 마주보고 나란히 서서 오줌을 누기 시작했다. 대기의 오줌줄기는 형편없었다. 술을 마신 데다가, 그의 연장은 고장 난 고무물총처럼 오줌줄기를 힘없이 발치에 흩뿌렸다.

갑자기 기동이 허리를 꺾고 주저앉았다. 울컥 하더니 발치에 토악질을 시작하는 것이었다. 대기는 그의 등을 두드려주었고, 기동은 입 속에 손가락을 집어넣고 토악질을 계속했다.

"이것 좀 보시라구요."

기동이 아직 눈물이 글썽글썽한 얼굴로 일어서며 뒷주머니에서 수첩을 꺼내들었다. 그는 대기에게 무언가를 내밀었다. 그것은 한 장의 명함판 사진이었다.

"이게 누군가 한번 보시란 말씀야."

극장의 쇼프로 선전판에 흔하게 붙은 가수나 영화배우의 모습을 흉내 내고 찍은 사진이었다. 사진 속의 기동은 머리를 곱상하게 기르고, 입술 한쪽을 묘하게 치켜올린 예의 그 웃음을 짓고 있었다.

"이래 뵈도 난 우리 공장에서 제일 멋진 머리 모양을 하고 있었어요. 이건 비밀이지만, 김형. 내 머리 손질을 누가 해준 줄 아슈? 시내에선 첫손 꼽히는 최고급 이발사가 해주었다구. 그것도 공짜로 말씀야."

기동의 얼굴은 어둠 속에서 핼쑥해 보였다. 녀석은 늘 하던 버릇대로 고개를 뒤로 슬쩍 젖히며 긴 머리칼을 한껏 멋 부린 손동작으로 쓸어넘기는 시늉을 했다. 그러나 녀석의 머리털은 아무리 센 바람에도 까딱 않을 만큼 짧아서 대기는 녀석의 그 묘한 버릇을 볼 때마다 등 뒤의 손 닿지 않는 어느 한 곳이 참을 수 없이 가려워지는 것 같았다.

"난 일주일에 한 번씩 이발을 했어요. 난 모델이라구요. 무슨 말씀인지 아시겠수? '제일 미용학원.' 일주일에 한 번씩 내가 거기 학원생들 앞에 앉아 있기만 하면 강사 선생께서 내 머릴 손질하는 거지요. 최신 유행하는 스타일로요."

기동은 똑바로 서려고 노력하면서, 골이 아픈지 머리를 좌우로 흔들었다.

"오늘도 난 이발을 했어요. 월요일이라 공장을 쉬는 날이었거든. 이발을 마치고 돌아오는데, 파출소 앞에서 순경이 날 부르대요. 글쎄, 방금 이발을 하고 나온 놈보구 뭐라는지 알아요? 장발이라는 거예요. 그리고는 즉심에 넘기느니 하는데, 그 죄명 하나 거창합니다."

기동은 킬킬거리며 웃고 팔을 홰홰 내저으면서 소리를 질러댔다.

"타인에게 혐오감을 유발하고, 범죄를 저지를 가능성이 충분히 있다고 보여짐."

대기는 자신의 눈앞에서 빙글빙글 돌아가는 거리의 불빛들, 여전히 들떠 있고 흥청거리는 도시의 활기를 바라보았다. 생각해보면 자신은 한 번도 그 속에 섞여 들어가본 적이 없었다. 그는 시청 청소과 소속의 임시 직원이었을 뿐이었다. 그가 노새를 끌고 도시의 구석구석을 비질을 하며 돌아다닌 것은, 결국 자기와 아무 상관도 없는 이 도시의 흥청거림이 뱉어놓은 쓰레기들을 치워주는 일밖에는 안 되었던 것이다.

"따지고 보면, 내가 그 짐승을 데리고 이곳으로 온 것부터가 잘못이었는지도 모르지."

"무슨 소리요. 그게?"

"도시란 노새가 살 곳이 못 되거든."

사람들은 노새의 주위를 둘러싸고 킬킬거리며 구경을 했다. 노새란 놈은 한번 발기를 시작하면 그 자리에 네 발이 땅에 박힌 듯 꼼짝도 않는 것이어서 그 엄청나게 자라난 연장은 늘 사람들의 좋은 구경거리가 되는 것이었다. 그들은 땅을 향해 무서운 위용으로 내리뻗은 놈의 포신을 보고 감탄을 하고, 음탕하게 웃고, 손가락질을 했으며, 동네 꼬마들은 돌을 던지며 깔깔거리기도 했던 것이다. 그래도 그놈은 아랑곳하지 않았다. 그럴 때 그놈의 눈망울은 언제나 허공의 어느 한곳을 뚫어져라 노려보면서 무엇을 꿈꾸듯이 무섭게 빛나고 있을 뿐이었다. 대기는 그놈이 도시 한복판에서 도대체 왜 그런 무모한 발정을 시작하는지, 그놈의 눈망울이 무엇을 그리며 무엇을 꿈꾸고 있는지 도무지 영문을 알 수가 없었다.

"고향에 가면 뭘 할 생각이슈?"

기동이 이제 침울하게 가라앉은 목소리로 물었다. 대기는 한참 동안 도시의 활기를, 점점 빛나는 어둠을 바라보고 있었다.

"글쎄, 생각해본 적이 없어. 그냥 고향이니까 가는 거지."

그러나 역까지 왔을 때, 대기는 갈 길이 막혀버린 것을 알았다. 역 대합실은 초만원이었다. 그들은 사람들 틈을 비집고 안으로 들어갔다. 고만고만한 또래의 대학생들인 듯한 등산객들이 발 들이댈 틈도 없이, 진을 치고 있었다. 그러고 보니 오늘이 일요일이었고, 아마 그들은 가까운 관광지에서 캠핑을 마치고 돌아가는 중인 것 같았다. 그들은 차시간을 기다리느라고 바닥에 주저앉아 있으면서도 아직 산에서의 싱싱한 활기를 그대로 지니고 있어서, 기타를 치며 손뼉 장단에 노래를 불러대고 있었다.

반월형으로 조그맣게 뚫어진 매표 창구는 굳게 닫혀 있었다. 그 위에 댕그마니 붙은 흰 종이가 이렇게 말하고 있었다. 금일 차표 완전매진.

"젠장할, 가는 날이 장날이라더니."

기동이 젊은 여자애들이 손뼉을 치며 깔깔대는 모습에 눈을 주며 투덜거렸다.

"이건 장날이 아니라 숫제 잔칫날이로군요."

"이게 잔치라면 우린 불청객인 셈이지."

그들은 마주보고 웃었다. 이상하게도 대기는 닫혀진 매표구를 보자 으레 이렇게 되리라는 것을 알고 있었던 것 같은 느낌이 드는 것이었다. 이젠 내일 아침 차를 타는 수밖에 다른 도리가 없었다.

"형, 이제 어디로 갈 거요."

기동이 물었다. 그들은 역 광장을 걸어나왔다. 그들 뒤에서 스피커의 안내 방송이 발차 시간을 알리고 있었다.

신호등이 그들 앞에 있었다. 불이 바뀌고 사람들이 길을 걷기 시작한 뒤에도 그들은 그 자리에 서 있었다.

상점에서 셔터가 내려지고, 불빛이 갑자기 어두워지고, 사람들이 분주하게 걸었다.

"처량한 신세가 되었군. 다시 집으로 돌아가시려우?"

"여기 아무 데서나 밤을 새우고, 내일 첫 차로 갈 거야."

버스 정류장에는 버스를 찾아서 사람들이 이리저리 뛰어다녔다.

"형, 여기서 잠깐만 기다려요."

기동이 갑자기 어둑신한 역 광장 쪽으로 뛰어갔다. 제 버릇 개 못 준다더니, 기동의 뒷모습을 눈으로 쫓던 대기는 혀를 차고 말았다. 어둠 속에서도 저만큼 서 있는 두어 명의 젊은 여자들이 보였던 것이다. 처음에는 기동이 무슨 말을 하는 것 같았고, 녀석의 솜씨가 들어맞았는지 금세 한 여자가 따라나서는 것을 볼수 있었다. 기동은 여자를 데리고 이쪽으로 걸어왔다. 그런데 이상한 것이 여자는 기동의 곁에 바싹 붙어서 팔짱을 끼고 있었고 기동은 마지못한 발걸음이었다.

"이 아저씨예요?"

가까이 왔을 때 대기는 여자의 얼굴에 그려진 지저분한 화장을 볼 수 있었다.

"가요, 최고로 멋진 서어비스 해드릴께."

여자가 대기의 팔을 끌었다.

"어떻게 된 거야?"

"글쎄 말예요, 난 등산하러 왔다가 차시간 놓친 계집애들인 줄알았지 뭡니까?"

여자가 깔깔거리고 웃었다. 바쁘게 지나가는 사람들이 그들의 모습을 힐끔힐끔 돌아보았고, 기동은 어쩔 줄 모르고 서 있었다. 여자는 찰거머리처럼 달라붙었다.

"싸게 해드릴께. 이것두 인연이잖아요?"

대기는 여자의 손을 거칠게 뿌리쳤다. 그러자 여자가 그의 허리띠를 움켜쥐면서 사람들이 모두 들으란 듯이 소리쳤다.

"이제 봤더니 이 아저씨 고자로구만."

대기는 찔끔해서 돌아섰다. 여자는 여전히 웃고 있었다. 제법

교태어린 웃음이었다. 여자가 얼굴을 대기의 어깨에 묻다시피
하고 코먹은 소리를 냈다.

"호호…… 진작에 따라오실 일이지."

여자는 대기와 기동의 가운데에서 양쪽으로 팔짱을 끼고 걸었
다. 그들은 골목으로 꺾어들었다. 지저분한 집들이 어깨를 맞대
고 늘어서 있었고, 여인숙이니 하숙이니 하는 아크릴 간판이 보
였다. 그녀는 그 중의 한 집 앞에서 발을 멈추었다.

안으로 들어서자 머리가 헝클어진, 살이 찐 늙은 여자가 곰보
유리창을 열고 얼굴을 내밀었다.

"몇이니?"

"둘이에요."

중년 여자가 그들을 위아래로 훑어보았다. 어디선가 역한 냄
새가 풍겨왔다. 대기는 그녀의 눈매에서 시선을 피하였고, 기동
은 고개를 숙이며 낮게 헛기침을 했다.

"선불(先拂) 먼저 받아야 한다아."

"알았어요."

중년 여자의 눈매가 다시 한번 아래위로 이동을 한 뒤에 곰보
유리창이 소리 내어 닫혔다.

"신 벗어들고 와요."

어두운 거리에서 볼 때완 달리, 복도 천장에 매달린 전구의 불
빛이 여자의 얼굴에 덮인 짙은 화장을 제법 가슴 설레게 하는 색
조로 뽀오얗게 드러냈다. 그들은 갑자기 기가 꺾여서 순순히 구
두를 손에 들고 마루 위로 올라갔다. 계단은 발을 디딜 때마다
삐걱거렸고, 그 소리에 맞춰 앞서 오르는 여자의 엉덩이가 좌우
로 흔들렸다. 갑자기 기동이 대기의 팔을 잡았다.

"나 말이요, 김형. 자신이 없어지는데 어쩌지요?"

"무슨 소리야."

기동은 한 손에 하나씩의 구두를 들고 대기를 바라보며 아주 힘들게 웃음을 지어냈다.

"나 솔직히 말해서 이런 거 처음이라구요. 어쩐지 겁이 나요. 벌써부터 덜덜 떨리는데……"

"뭣들 해요? 빨랑 올라오지 않구."

여자가 층계 위에서 소리쳤다. 그들은 잠깐 서로의 얼굴을 마주보았다.

"젠장할……"

기동이 먼저 계단을 올라갔다. 머리가 이층 마룻바닥 위로 솟자 우선 눈앞에 보이는 것은 여자의 두 다리였다. 여자의 뒤로 한 사람이 겨우 지나다닐 만한 좁은 복도가 있고, 천장에 역시 꼬마전구가 매달렸고, 방이 셋 있었다. 여자가 복도 끝엣방의 문을 열었다.

똑같은 무늬의 벽지가 방 안을 둘러싸고 있었는데, 오래되어서 거뭇거뭇하게 변색된 것이었다. 천장은 복도와 똑같은 베니어로 되었고 여기저기 비 샌 얼룩이 드러나 보였다. 벽에 달력 사진이 한 장 달랑 붙어 있었다. 낯익은 여배우가 웃고 있었다. 한번 눈길이 지나치면 반드시 다시 한번 자세히 들여다보게끔 만든, 몸의 어떤 부분들을 아슬아슬하게 감추는 수영복 차림이었다. 그들은 약속이나 한 듯이 그것을 물끄러미 올려다보았다. 이 방 안에서 낯익은 풍경이란 그것밖에 없었기 때문이었다. 그 여배우의 얼굴은 너무나 낯이 익어서 마치 이 방의 주인처럼 느껴졌고, 무엇이든 원하는 대로 주겠다는 식의 선심을 내보이는 그녀의 벌거벗은 웃음이 갑자기 그들을 안심시키고 묘한 환상을 불러일으켰다.

"호호…… 색시 방에 들어와서 꼭 초상집에 온 사람들같이 심각한 표정들이우?"

여자가 말했다. 그녀는 방 안에 들어오자 어쩐지 좀 다소곳해진 것 같았다.

"두 사람인데, 왜 아가씨 혼자요?"

"걱정도 팔자네, 신방에 드는데 몸단장을 해야지."

그녀는 쌍갈래로 묶은 머리를 풀어내렸다. 두번째로 들어선 여자는 파마머리였다. 그녀는 치맛자락을 무릎 위까지 보란 듯이 걷어올린 채 펑퍼짐하게 주저앉고는, 숙박계를 내밀었다.

계산을 치르고 나자 파마머리가 말했다.

"자아 이제 짝을 지어야지. 나하고 잘 사람은 저쪽 방으로 건너가요."

그녀는 두 사람을 번갈아 보았다.

"누가 갈 거우?"

파마머리의 손이 기동의 무릎 위에서 오락가락하더니 무언가를 움켜잡듯이 힘을 주었다. 얼굴이 벌겋게 달아오른 기동이 어쩔 수 없는 힘에 이끌리듯 비치적거리고 일어섰다. 여자가 깔깔거리며 기동의 허리에 팔을 감고 매달렸다.

방문이 닫히기 전에 기동이 대기를 돌아보고 무슨 말인가를 하려는 듯이 멈칫거렸다. 그러나 여자에게 떠밀려가면서 그가 겨우 나타낼 수 있었던 것은 입을 묘하게 치켜올리는 그 웃음이었다. 베니어 합판으로 된 방문이 세차게 닫힌 뒤에도 그 웃음은 그대로 남아 있는 것 같았다.

벽에 등을 붙인 채 대기는 앉아 있었다. 대기는 자신이 어디에 와 있는지 도무지 알 수 없는 느낌이었다. 이 좁은 방 안이 숨이 막히게 답답하기도 했고, 허허벌판에 혼자 내던져진 기분이 들기도 했다.

여자가 조용히 일어났다. 그녀는 방 한쪽에 개켜놓은 이불을 깔고, 대기의 앞에 마주 서서 아주 얌전을 빼는 음성으로 말했다.

"인사받으세요."

그녀는 두 눈을 눈높이에서 모으고 그 자리에서 천천히 주저앉더니 고개를 숙였다. 말하자면 옛날식의 큰절을 하는 것이었다. 대기는 어리둥절해서 여자의 하는 짓을 바라보았다. 앉은 채로 그녀가 말했다.

"잘 부탁드립니다. 미자라고 해요."

대기가 어찌할 바를 모르고 있자, 여자가 갑자기 고개를 쳐들고 깔깔거리며 웃었다.

"호호…… 그러고 있는 거 보니까 진짜 새신랑 같애."

여자가 무릎걸음으로 벽 쪽으로 가서 스위치를 내렸다. 갑자기 캄캄한 어둠이 방 안에 가득 들어찼다. 대기는 이제부터 자신이 무엇을 해야 하는가를 분명히 알 수 있었지만 몸을 움직일 수가 없었다. 얇은 칸막이로 나뉘어진 여러 개의 방들은 어디에선가 모르게 들려오는 쉴 새 없이 부스럭대는 소리로 가득 차 있었다. 그러다가 어느 순간이면 뚝 끊어지고 아무 소리도 들리지 않았다.

"내 아저씨에게 꿈 이야기 하나 할까요?"

자리에 누웠을 때 여자가 말했다.

"어젯밤에 내가 꿈을 꾸었거들랑요. 꿈속에서 난 말이죠. 아주 좋은 옷을 입고 예쁘게 화장을 하고 누굴 기다리고 있었어요. 사람들이 모두 내 머리를 빗겨주고 화장을 고쳐주며 야단법석이었다구요. 그러고 보면 날 찾아올 사람이 아주 멋지고 굉장한 사람인가 부죠? 그런데 난 그 사람이 누군지를 모르고 있었어요. 그냥 가슴이 설레면서 예쁘게 단장을 한 얼굴을 거울에 비춰보며 빨리 그 사람이 오기만을 기다리고 있었으니까요. 그러다가 잠이 깨고 말았어요. 참 이상한 꿈이죠?"

대기는 여자의 목소리가 아득하게 먼 곳에서 들려오는 것 같았다. 반면에 자신의 몸은 끌어올리려 해도 손 닿지 않는 땅 속 깊은 곳에 가라앉아 있었다. 온몸이 딱딱하게 마비되어서 손가락 하나 까딱할 수가 없었다.

트럭에 치여 길바닥에 죽어 자빠진 노새의 모습이 눈앞에 떠올랐다. 녀석의 눈망울은 죽은 뒤에도 여전히 무엇인가를 꿈꾸는 듯이 치켜떠져 있었다. 도대체 그놈은 무엇을 꿈꾸고 있었을까. 점심을 먹고 왔을 때, 대기는 그놈이 또 발기를 시작한 것을 알았다. 동네 꼬마들이 그놈의 주위에 몰려 앉아 낄낄대고 있던 것이다. 놈의 그 커다란 연장이 땅에 닿을 만큼 엄청난 크기로 뻗어 있었다. 꼬마 녀석들이 무슨 기다란 작대기 같은 것을 그것에 갖다대는 것을 대기는 보았다. 그것이 불에 달군 쇠꼬챙이인 것을 알았을 때는 이미 손을 쓸 수가 없었다. 노새는 머리를 쳐들고 무서운 소리로 울어대며 날뛰었다. 아이들이 혼비백산해서 흩어졌고, 그놈은 차량이 홍수처럼 밀리는 길 한복판으로 미친 듯이 뛰어들고 있었던 것이다. 아스팔트 위에 머리를 대고 누웠어도, 녀석의 눈망울은 여전히 살아 있는 듯이 허공의 어딘가를 응시하고 있었다. 그것은 아직도 꿈에 잠긴 것처럼 무언가를 곰곰이 생각하는 듯한 눈망울이었다.

"쭉쭉바 줄까."

어둠 속에서 여자가 아주 비밀스럽게 대기의 귀에다 대고 끈끈한 음성을 부어넣었다. 그리고 대기가 미처 놀랄 틈도 없이 부드럽고 따스한 것을 그의 입 안에 밀어넣었다.

"공짜로 먹는 진짜배기 쭉쭉바예요. 아저씨한테 특별 서비스로 드리는 거라구요."

그것은 젊은 여자의 것이라곤 믿을 수 없을 만큼 물컹물컹 늘어진 여자의 유방이었다. 대기는 금방이라도 부서져내릴 것처럼 낡고 닳아진 물건을 다루듯이 여자의 몸을 소중하게 안았다. 아리숭한 슬픔이 물결치듯 지나가고, 그 뒤를 뜨거운 피가 충만해오는 것을 느낄 수 있었다. 그는 참을 수 없는 갈증 때문에 칼칼해진 음성으로 여자를 불렀다.

"야."

"야, 자, 하지 말아요. 이름을 불러요. 내 이름이 미자라고 했잖아요."

여자가 곱상맞게 몸을 뒤척거렸다. 몇 올의 긴 머리카락이 대기의 입술 사이로 기어들었고, 욕지기를 불러일으키는 비릿한 머리 냄새가 입 안에서 감돌았다.

"미자."

"네에."

여자는 몸을 바싹 붙인 채 속삭이듯 대답했다. 대기는 한 움큼의 뜨거운 침을 삼켰다.

"너두 아이를 낳을 수 있어?"

한동안 아무 소리도 없었다가 갑자기 여자가 키들키들 웃기 시작했다. 좁은 방 안에 가득 찬, 캄캄한 어둠을 바라보면서 대기는 끈기 있게 여자의 대답을 기다렸다. 이윽고 여자가 웃음을 참으면서 말했다.

"아까 손님한테 꿈 이야기 했었죠? 그거 거짓말예요. 지어낸 이야기라구요. 난 손님을 받을 때마다 맨날 똑같은 꿈 이야길 해주거든요. 어젯밤에 이런 꿈을 꾸었는데 해몽을 해달라구요. 손님마다 해몽이 다르고 난 또 그때마다 꼭 그 해몽대로 될 거란 생각을 해요. 그거 큰일 났다. 연탄 가스 조심해라. 복권을 사면 떼돈 벌 꿈이다. 어떤 사람은 뭐라구 그랬는지 알아요? 자기는 진짜 점쟁인데, 아이를 낳을 꿈이라나요……"

여자의 손이 대기의 몸을 더듬어갔다. 어둠 속에서 그녀는 대기의 몸 구석구석을 아주 세밀하게 애무했다. 갈증이 대기의 입 안을 바싹바싹 죄어왔다. 신체의 어느 한 구석에서 무엇인가 꼼지락거리면서 일어나고 있었다. 그것이 무엇인지 대기는 알았다. 그것은 맥없이 시들어 있던 자신의 연장이었다. 믿을 수 없게도, 그것은 비 오고 난 아침에 물기 축축한 땅바닥에서 마악 머리를 내민 죽순만큼이나 싱싱하게 일어서고 있었다. 그것이 커갈수록, 대기는 온몸이 죄어드는 벅찬 기쁨을 감지했다. 그것은 거만하고 당당한 모습으로 일어나서, 매일 아침 바라보던 개천 건너편 쭉쭉바 공장의 굴뚝처럼 하늘을 향해 우뚝 서 있었다.

어둠 속에서 대기는 칼집을 더듬어 찾았고, 부러질 듯이 단단한 그의 칼을 힘있게 끼워 넣었다.

대기는 불시에 눈을 떴다. 아침 햇살이 좁은 방 안을 희끄무레하게 밝혀주고 있었다. 검게 얼룩진 벽지가 눈에 들어왔다. 여자

294

가 아직 자고 있었다. 대기는 잠깐 귀를 기울였다.

거리의 소음이 들려오고 있었다. 차 소리가 들렸고, 사람들이 떠드는 소리가 들렸고, 그리고 무슨 소린지 구별할 수 없는 소리도 들렸다.

아침 햇빛이 그녀의 실타래처럼 헝클어진 머리털을 뚫고 메마른 입술 위를 비추었다. 그녀는 입을 반쯤 벌리고 희미하게 미소를 짓고 있었다. 여자가 달콤한 꿈에서 깨어나지 않도록 대기는 조심스럽게 옷을 걸쳐 입었다.

나무계단을 내려와 거리에 나섰을 때, 바깥 길에서 차들이 분주하게 밀려다니고 있었다. 아침 햇살이 미끄러운 차체 위에 반사해서 은빛의 화살처럼 빠르게 지나다녔다. 그 모든 것에 싱싱한 아침이 있었다. 누가 대기의 어깨를 툭 쳤다. 기동이었다.

"난 형이 혼자 가버린 줄 알았지."

대기는 그의 손을 잡았다. 그들은 처음 알기 시작한 사람들처럼 마주 보고 서 있었다. 그러나 대기는 기동의 머리칼이 점점 자라서, 아침 햇살에 눈부시게 빛나는 노새의 갈기처럼 탐스러워지는 것을 보았다.

기동이 말했다.

"형 정말 떠날 거유?"

(『소설문학』, 1983)

전리(戰利)

1

수화기를 들고 동전을 집어넣은 다음, 천천히 다이얼을 돌렸다. 수초 동안 가늘고 긴 신호음이 들리고, 이윽고 전화기가 동전을 꼴까닥 삼켰다. 노래를 부르는 듯한 한 여자의 해맑은 음성이 흘러나왔다.

"헬로우."

그 순간 나는 끔찍한 욕설이라도 들은 것처럼, 아니면 숙녀용 화장실 문을 무심코 열었다가 못 볼 것을 본 것처럼 황급히 수화기를 걸어버렸다.

팔월의 어느 뜨거운 오후였다. 도시 전체가 지독하게 무더웠고, 내 생각에는 그 중에서도 마장동 시외버스 주차장 앞 공중전화 부스 안이 가장 무더운 것 같았다. 나는 바로 그 마장동 시외버스 주차장 앞 공중전화 부스 안에서 땀에 젖은 팬티가 제발 엉덩이에 들어붙지 말아주었으면 하고 간절히 바라던 중이었다. 수화기를 놓고 난 뒤, 나는 우선 엉덩이에 꼭 끼어 붙은 팬티부

296

터 잡아당기며 잠깐 동안 멍청하게 서 있을 수밖에 없었다. 이것은 정말이지 뜻밖이었다. 전화를 걸 때까지 그곳이 미국인 거주 지역이라는 사실을 까맣게 잊고 있었던 것이다. 나는 비로소 한남동 일대를 장악하고 있는 외인촌(外人村)을 기억해냈다. 나는 바야흐로 그곳에 살고 있는 한 여자에게 전화를 걸려던 참이었던 것이다.

손바닥 안에서 땀에 젖어 축축해진 한 장의 명함을 내려다보면서 나는 잠시 내가 알고 있는 몇 개의 영어 단어를 헤아려보았다. 그것으로 간단한 문장을 만들었을 뿐만 아니라 입 밖으로 더듬거리며 발음해보기까지 했다.

헬로우 플리즈 푸트 미 넘버…… 아니, '플리즈' 대신 '우드 유'라고 시작해야 하지 않을까?

중학교 시절 평화 봉사단원인 미국인 여자가 영어 회화를 가르친 적이 있었는데, 그녀 앞에서 나는 늘 주눅이 들어 쩔쩔매지 않으면 안 되었다. 나는 왜 그녀의 키가 학교 뒷산에 늘어선 리기다소나무들처럼 엄청나게 커 보였는지, 바다 색깔마냥 푸르던 그녀의 눈동자와 생고무처럼 믿을 수 없이 길게 늘어지던 젖은 미소 앞에서 오금을 못 폈던지, 지금도 이해할 수가 없다. "홧 이즈 유어 네임?"이라는 간단한 질문에도 대답할 수가 없었던 것이다. 빨갛게 물들인 고개를 아래로 박은 채, 곁눈으로 그녀의 황금색 털이 보송보송한 희고 긴 팔을 훔쳐보고 있는 것이 고작이었다. 그녀가 끈기 있게 미소를 띠고 내 대답을 기다리다가 하는 수 없다는 듯이 고개를 설레설레 흔들며 걸음을 옮길 때까지, 내가 기껏 머릿속에서 기억해낼 수 있는 것이란 학교 변소의 음습한 벽마다 그 미국인 여자의 비밀스런 신체 부위를 갖가지 모습으로 그려놓은 낙서들뿐이었던 것이다.

어쨌든 서둘러 전화를 걸어야 했다. 시간이 갈수록 전화 부스 속은 점점 더 무더워질 것이고, 망할 놈의 팬티는 계속 엉덩이에 달라붙을 것이기 때문이었다.

내가 표현할 수 있는 최선의 문장을 몇 번이고 입 안에서 확인한 다음, 동전을 집어넣고 다이얼을 돌렸다. 길고도 연속적인 신호음이 들리고 전화기가 동전을 삼켰다. 세상 근심을 모르는 듯한 여자의 명랑한 음성이 들려왔다.

"헬로우."

그 순간 머릿속에서 힘들게 조립했던 영어 문장이 순식간에 사라져버리고, 아무것도 생각나지 않았다. 어느새 나 자신도 모르게 다급하게 고함을 질러대고 있을 뿐이었다.

"42번 바꿔주시겠어요? 교환 42번입니다. 42번! 알아들었어요?"

젠장할, 온몸에서 기운이 쑥 빠져 달아나는 것 같았다. 나는 자포자기의 심정으로 여자의 다음 음성을 기다렸다. 그러자, 놀랍게도 더욱 명랑하고 음악적인 소리가 이어졌다.

"네에, 잠깐만 기다리세요."

그제야 나는 그 교환수가 한국 여자임을 알아차렸다. 나는 길게 한숨을 내쉬었다. 그리고 어쨌든, 이 땅이 한반도와 그 부속 도서의 일부임을 감사했다. 신호음이 그치고 또 다른 여자의 기름진 목소리가 흘러나왔다.

"헬로우."

정말이지 그 소리는 왜 들을 때마다 사람을 깜짝깜짝 놀라게 하는지 그 순간 수화기를 냅다 던져버리고 싶었던 게 내 솔직한 심정이었다. 그러나 그 전에 간신히 이렇게 말할 수 있었다.

"오미자 씨 계십니까?"

그러면서도 미시즈 아무개가 아니고, 오미자라고 말한 것이 제발 실례가 아니기를 마음속으로 빌었다.

"누구세요? 제가 오미잔데요."

여자의 목소리가 높아졌다. 나는 다시 한번 길게 한숨을 내쉬고, 비로소 사랑하는 모국어를 아끼듯이 침착하게 한마디씩 내보냈다.

"아, 안녕하십니까? 저 구본숩니다."

"옴머, 안녕하세요. 구본수 씨, 웬일이세요? 정말 웬일이야, 내게 전화를 다 걸구."

그녀가 내 이름 석 자를 듣고 그렇게 반가워할 줄은 나로선 조금 뜻밖이었다.

"정말 반가워요. 난요, 전화로 '오미자 씨 계십니까?' 하는 말 듣기가 참 오랜만이거든요. 지금 거기가 어디죠?"

"여긴 마장동 시외버스 주차장입니다."

"어마, 어디 놀러 가시는 길인가 봐. 아니면 갔다 오는 길? 누구랑 같이 있어요? 친구? 애인? 재미 좋아요?"

나는 그녀에게 전화를 걸기 위해서 수화기를 들었을 때부터 겪어야 했던 예상 못한 수차례의 난관 중에서 이제 마지막이자 결정적인 과제가 남은 것을 짐작했다.

나는 잠시 말을 삼켰다.

"저어, 실은 미자 씨께 알려드릴 일이 있어 전화했습니다. 김장수 씨가 죽었습니다."

한순간 아무 소리도 들려오지 않았다. 나는 만약에 그녀가 잘 알아듣지 못했을 경우를 생각해서, 다시 한번 그 작은 구멍이 송송 뚫린 수화기에다 불길한 입김을 불어넣었다.

"듣고 있습니까? 김장수 씨가 죽었습니다."

끽소리도 없었다. 나는 그녀의 충격이 가라앉아 다시 무슨 말이고 해줄 것을 끈기 있게 기다렸는데, 실은 어쩌면 그녀가 당하고 있는 충격의 길이를 내심 음미라도 하고 싶었는지도 모른다. 오랜 침묵 후에, 이윽고 나는 외국 영화를 보는 도중에 가끔 들은 바 있는 한 여자의 고통 어린 신음 소리를 들을 수 있었다.

"오우, 가아드."

정말이지 그녀의 약간 쉰 듯한 목소리는 자신의 절박한 감정 상태를 극적으로 표현하는 듯싶었다. 곧이어 그녀는 더듬거리며 이렇게 말했다.

"죄송해요, 본수 씨. 조금 있다가 다시 전화해주시겠어요? 지금은 뭐가 뭔지 모르겠어요."

"좋습니다. 끊었다가 다시 걸겠습니다."

나는 수화기를 놓았다. 손바닥에 땀이 축축하게 내배어 있었다. 나는 엉덩이에 끼어 붙은 팬티를 떼어놓기 위해서 주머니에 손을 집어넣었고, 그러자 무엇인가 손끝에 만져졌다.

우습게도 나는 지금까지 그것이 내 호주머니 속에 들어 있었다는 사실을 까맣게 잊고 있었다. 시외버스 속에서 내려 공중전화 부스를 찾아오는 동안 걸음을 옮길 때마다 줄곧 그 조그마한 물체가 얇은 바지 속의 땀 밴 허벅지를 비벼대며 쓰라리게 했지만, 이상하게도 나는 그것을 의식하지 못했던 것이다. 그것은 딱딱하긴 하나 가볍고, 타다 만 무슨 고체 연료처럼 아직 식지 않은 온기가 남은 조그마한 고형 물질이었다.

손끝으로 그 딱딱한 각질의 표면을 만지작거리면서 비로소 나는 생각지도 못했던 골칫거리가 생긴 것을 깨달았다. 이것은 내 호주머니에 들어와 내 손끝에서 만지작거려질 물건이 아니었다. 뿐만 아니라 바지 주머니에 넣고 다니기엔 너무 딱딱했고, 손으로 들고 다니기에도 결코 어울리는 물건이 아니었던 것이다.

문득 내 몸에서 진행 중인 어떤 낌새가 느껴졌다. 내 몸의 저 밑바닥에서 무엇인가 슬그머니 고개를 쳐들고 일어나는 것이 있었다. 그것은 뜻하지 않게 주책 없이 몸을 일으켜 세우고 있는 성욕이었다. 아마 호주머니 속에서 사타구니 부근을 압박하면서 뜨끈한 사람의 입김 같은 온기를 전해주고 있는 그 물체 때문인지도 모른다.

나는 눈살을 찌푸리며 팔월의 달아오른 거리를 바라보았고, 빈털터리 가난뱅이가 갑작스레 수중에 들어온 큰돈을 주체하지 못해 거북해하는 것처럼, 바지춤을 비집고 일어선 성욕의 발기 때문에 쩔쩔매고 있었다.

그리고 그 성욕의 당연한 대상인 양 오미자를 생각했다. 반드시 오미자를 만나야 하리라고 다짐했다. 내가 오미자에게 전화를 걸었던 것은 단순히 김장수가 죽었다는 소식을 전하기 위해서만은 아니었던 것이다.

김장수는 죽었고, 나는 아직 그것을 실감할 수 없었다. 슬픔과 고통을 느끼기 이전에 그의 죽음에 대한 나의 첫 반응은 엉뚱하게도 오미자에 대한 까닭 모를 성욕인 셈이었다. 나는 얼굴을 찡그렸다. 찡그리고 또 찡그리면서 나는 김장수가 처음 발작하던 날 밤을 생각했다.

그날 새벽 두시의 간호사실에는 당직 간호사가 혼자 책을 보고 있었다. 간호사는 안경을 벗어서 책 위에 놓고, 피곤한 듯 눈을 힘주어 깜빡이는 것으로 어떻게 왔느냐는 물음을 대신했다.

"환자가 발작을 일으켰습니다."

간호사가 나를 말끄러미 올려다보았다. 마치 내가 한밤중에 그녀를 깜짝 놀라게 해주려고 그런 말을 하지만 그쯤엔 어림도 없다는 식의 표정 같았다.

"몇 호실이죠?"

"319홉니다."

그녀가 조금도 서두르는 기색이 없이 한껏 느린 손끝의 동작으로 병상 카드철을 뒤적이고 있었기 때문에, 나는 병실에서 어두운 복도를 지나 이곳까지 달려오는 동안의, 헐떡거리며 목에까지 차오른 흥분이 몹시도 무안스러워지는 것 같았다.

"319호…… 김장수, 간경변(肝硬變), 29세…… 그렇죠?"

"네, 맞아요."

"이 환자가 어떻게 되었다구요?"

"발작을 일으켰습니다. 정신을 잃은 듯이 헛소리를 하고, 웃기도 하구요."

나는 혀뿌리를 탈탈 치는 것 같은 기묘한 웃음을 간호사의 무표정 앞에서 실연해보고 싶은 충동을 억눌렀다. 느닷없이 그런 웃음을 내지르는 것이란 발작임이 분명하였고, 그것을 밤 두시의 야간 근무에 지친 여자에게 설명해줄 적당한 말을 찾을 수가 없었던 것이다.

"잠깐만 기다려보세요. 당직 의사가 곧 올 테니까요."

"기다리세요. 연결해드리겠어요."

교환양의 변함없는 친절한 목소리에 나는 하마터면 '생큐'라고 말할 뻔했다. 변함없는 신호가 가고, 변함없는 목소리가 다시 들려왔다.

"헬로우."

"접니다, 미자 씨."

"오우, 기다렸어요."

불과 몇 분 동안에 오미자의 목소리는 놀랄 만큼 생기를 되찾고 있었다.

"그이가 죽었다는 게 도무지 믿기질 않아요. 언제였죠?"

"그저께 오후 한시 삼십분이었죠. 지금 장례를 마치고 오는 길입니다……"

나는 잠시 말을 멈추고 엉덩이를 움직여 팬티를 잡아당겼다.

"장수 형에겐 가족이라고 변변히 있지도 않으니까 장례랄 것도 없이 친구들 몇 명이 모여 간단하게 해치웠습니다. 사실은 그 자리에 꼭 있어야 할 사람은 미자 씨였는데……"

나는 그녀가 뭐라고 대꾸할 기회를 주기 위해 잠깐 말을 끊었으나, 그녀는 가타부타 말이 없었다.

"화장을 하고, 서울 가까이는 물이 더러울 것 같아서 멀리 한탄강까지 나갔었죠. 우리들 손으로 뼈를 뿌렸습니다. 한탄강 푸른 물결에……"

어째 이야기를 하다 보니까 조금 신파조가 된 것 같았다. 아니나 다를까, 내 말이 채 끝나기도 전에 난데없이 깔깔거리는 웃음소리가 들려왔다. 알아듣지 못할 영어가 웃음소리에 뒤섞여 한참 동안 빠르게 이어졌다.

"여보세요, 여보세요?"

"듣고 있어요, 본수 씨."

"지금 뭐라고 하셨죠?"

"신경 쓰지 마세요. 전화가 혼선이 되고 있는 모양이에요."

그녀가 말을 끊고 있는 동안은 그 빠르고 단조로운 이국의 말소리가 계속되고 있었다. 오미자가 다시 물었다.

"그이의 죽음은 평화로웠나요?"

아주 차분한 목소리였다. 전화를 끊고 있던 동안에 기껏 그 연극 대사 같은 한마디를 생각해낸 모양이었다. 나는 수화기를 잡은 손바닥에 진득하게 배어든 땀과, 공중전화 부스를 뜨겁게 달구고 있는 팔월의 무더위, 그리고 수화기에 대고 냅다 쌍욕이나 퍼부어주고 전화를 끊지 못하는 나 자신에게 더할 나위 없는 적의를 느끼면서 대꾸했다.

"스물아홉의 나이로 죽으면서, 어떻게 죽어야 평화로운 죽음일까요?"

"뭐라구요?"

잡음 사이로 오미자가 소리를 높였다.

"여보세요, 무슨 소린지 잘 들리지가 않아요."

나는 그녀가 알아듣도록 또박또박 낭독하듯이 말해주었다.

"아주 평화로운 죽음이었어요. 고통도 없이 잠자듯 죽어갔지요."

낡은 병원 건물의 삼층 복도에 깃든 어둠은 회복할 수 없는 깊은 내상을 입고 있음에 틀림없었다. 수술 환자가 숨을 내쉴 때마다 독한 에테르 냄새를 풍기는 것처럼 늦여름 밤의 무더위와 크레졸 냄새, 그리고 온갖 악취가 불길한 정적과 함께 그곳에 뒤엉켜 있었다. 복도 천장에 군데군데 붙은 형광등의 흐릿한 불빛이 그 탁한 어둠을 우울하게 침식하고 있을 뿐이었다. 그나마 접촉전구가 고장이 난 그 중의 하나는 끊임없이 깜박거리기만 하면서, 금방이라도 불이 켜질 것처럼 덧없는 노력을 계속하고 있었다. 그 어둠의 끝에, 그러니까 복도의 마지막 방인 319호실의 낡은 쇠침대 위에 김장수가 누워 있었다.

당직 의사와 함께 들어섰을 때, 병실은 이미 끔찍하리만큼 조용했다. 때마침 날벌레 한 마리가 병실 방충망에 갇혀서 끊임없이 붕붕거리고 있는 것이 흡사 병실 내의 그 불길한 정적을 강조하고 있는 듯했다.

"왜 이렇게 조용하죠? 아깐 분명히 발작을 일으켰는데……"

"어디 봅시다."

의사는 능숙한 솜씨로 수의 같은 환자복을 열고 청진기를 가슴에 들이대었다. 그래도 김장수는 눈을 멀거니 뜬 채 아무런 반응도 보여주려 하지 않았다.

나는 이미 그의 눈동자가 초점이 흐려 있는 것을 볼 수 있었다. 광택이 없는 고기 비늘처럼 탁하게 번들거리며 형광등 불빛을 무료하게 담고 있는 그의 두 눈은 차라리 굳어버린 듯 미동도 않고 있었다. 일정한 간격을 두고 조용히 오르내리는 복부의 움직임만 없다면, 나는 그가 죽어버린 줄 알았을 것이다. 그러나 만삭의 임산부처럼 솟아오른 채 흰 시트에 덮여 있는 그의 복부는 실제로 조그만 봉분처럼 보여서, 살아 있다는 생각보다는 죽음을 더 자주 연상시켜주곤 했다.

그런데 한 가지 눈에 띄는 것은 김장수의 빡빡 깎은 머리였다. 그것은 칼날처럼 파랗게 윤기를 띠고 있었고, 이 병실의 다른 모든 것에 비해서 어울리지 않게 슬프리만큼 청정한 빛깔이었다.

청진은 오래 끌었고, 그동안 젊은 인턴의 얼굴은 꽤나 심각해 보였다. 그는 머릿속에서 두꺼운 의학 원서를 재빨리 넘기면서,

자신의 앞에 놓인 복잡한 임상 증세와의 대조 작업을 하고 있는 듯했다. 이윽고 확신이 선 듯 단호한 음성으로 입을 열었는데, 그것이 너무 뜻밖이어서 나는 조금 어이가 없었다.

"이게 몇 개지요?"

그는 두 개의 손가락을 내밀어 환자의 눈앞에서 흡사 어린애를 어르듯 흔들어보였던 것이다. 당연히 환자는 아무런 반응도 없었다. 그럼에도 불구하고 의사는 사뭇 진지한 얼굴로 그 어린애 장난 같은 짓을 끈기 있게 계속하면서 "몇 개지요? 몇 개지요?" 하는 소리를 반복했다.

의사의 안쓰러운 노력은, 그러나 환자의 입에서 새어나온 기묘한 소리 때문에 좌절되고 말았다. 그것은 들릴락 말락한 웃음소리였다. 그 웃음은 의사에게도 뜻밖이었던지, 또는 자신을 비웃는 것으로 알았던지 일순 배반당한 표정으로 환자를 노려보았다.

"이 사람 왜 이렇게 머리를 빡빡 깎았죠?"

의사가 한 말이다.

"걱정 마세요. 탈옥수는 아니니까."

"네에?"

"얼마 전까진 교도소에 들어가 있었는데."

나는 그 젊은 의사의 반응을 살피기 위해 잠시 말을 끊었다.

"한 달 전에 집행정지로 나왔죠."

원래가 조금 긴 듯한 의사의 얼굴이 놀라움을 표시하느라 더 길어지는 것 같았다.

"그래요? 내가 보기엔……"

내가 보기엔, 의사의 얼굴에 확실히 기가 좀 질린 표정이 나타나는 것 같았다.

"착한 사람으로 보이는데, 무슨 죄로……"

그때 환자의 손이 천천히 들어올려졌다. 그리고 허공에서 두어 번 까딱거렸는데, 나는 그것이 가까이 오라는 신호임을 짐작했다. 그의 입술이 무슨 말을 하려는 듯이 달싹거렸다. 나는 그의 손을 잡고 얼굴을 바싹 들이대었다. 작지만 또렷한 음성으로 그가 말했다.

"오미자를 찾아줘."

"뭐라고 그래요?"

의사가 조급하게 물었다. 나는 환자의 손을 잡은 채 의사에게 난해한 웃음을 지어 보였다. 환자의 손마디는 딱딱했고, 섬뜩하도록 차가웠다.

"오미자를 찾지 마세요."

내가 환자에게 해준 말이다.

"그 여자를 아무리 찾아봤자 소용이 없다구요. 그 여잔 이미 죽어버렸으니까요."

정말이지 내게 별다른 뜻이 있어서 그런 말을 한 것은 아니었다. 다만 새벽 두시의 병실이 빚어내는 이 심각한 분위기에서, 환자의 그 이야기가 몹시 어울리지 않는 것이라고 생각했을 뿐이었다. 못 미더워서 나는 한 번 더 못을 박듯 일러주었다.

"알아들었습니까? 그 여자는 죽어버렸어요."

그 다음에 환자가 보여준 모든 것은 아마도 젊은 인턴의 의구심을 씻어주기에 충분했을 것이다. 그 순간 그는 참을 수 없는 우스갯소리를 들은 것처럼 갑작스레 웃음을 터뜨리기 시작했는데, 그것은 틀림없는 발작이었다. 혀뿌리를 탈탈 치는 것 같은 그 미친 듯한 웃음소리는 그칠 줄을 모르고 계속되어서 그를 낡

은 쇠침대 위에서 시트를 휘감고 뒹굴게 했으며, 드디어는 희뿌
옇게 치켜떠진 두 눈에서 검은자위가 사라지고 입가로 흰 거품
이 내물리게 했던 것이다.

　나는 그의 새로운 발작이 내 말에 충격을 받은 때문인지, 또는
육체의 고통 때문에 어쩔 수 없이 일어난 증상이었는지는 알 수
가 없었다. 또한 어느 쪽이든지 그것을 멈추게 할 방법이 없다는
점에서는 마찬가지인 것 같았다. 나는 의사의 얼굴을 돌아보았
는데, 그 역시 나와 같은 생각을 하고 있었던 모양으로 고개를
좌우로 설레설레 내젓고 있었다.

　"정말 고마워요, 본수 씨. 내게 일부러 연락해주셔서."

　"잠깐, 미자 씨."

　그녀가 곧장 전화를 끊을 것 같은 말투였기 때문에 나는 다급
하게 소리쳤다. 그리고 주책 없이 발기해서 내 옆구리를 찌르며
시종 치근거리고 있는 까닭 모를 성욕과, 아직 식지 않은 온기를
지닌 주머니 속의 물체, 지나치게 무더운 전화 부스 등등의 이유
로 해서 어느새 내 목소리는 비굴하게 기어들고 있었다.

　"저어 미자 씨를 꼭 만나고 싶습니다. 장수 형에 대해서 할 이
야기도 있구요…… 또……"

　저쪽에선 아무런 반응도 없었다.

　"안 될까요?"

　대답 대신 깔깔거리는 웃음소리가 들려왔다. 전화 혼선으로
끼어 있는 미국 여자의 목소리가 지금은 요란스레 웃고 있는 중
이었다. 재빠르게 이어지는 그 이국어 중에서 내가 알아들을 수
있는 유일한 말은 "따아링, 따아링" 하는 소리였다. 그 여자는
그 말을 콧소리를 섞어서 아주 부드럽게 속삭이듯 되풀이했다.

나는 그 말끝에 입 속으로 "씨팔, 씨팔" 하면서 후렴을 붙여나가고 있었다.

"좋아요, 그렇게 하죠. 언제 만날까요?"

"지금 곧 만나고 싶습니다."

다시 그녀가 대답을 망설였고, 대신에 그 부드럽고 달콤한 '따아링'이 계속되었다.

"절 꼭 만나고 싶으세요?"

한참 만에 그녀가 입을 열었다.

"글쎄요. 그러니까…… 장수 형이…… 아까도 말했지만."

나는 그 자리에서 수화기에 대고 냅다 숨이 끊어져라 소리를 내지르고 싶었으나 간신히 억누르고, 그 대신 주머니에 한 손을 밀어넣었다. 그리고 팽팽하게 발기된 신체의 일부를 힘주어 움켜잡았다.

"어쨌든 지금 미자 씰 꼭 만나고 싶습니다."

"좋아요, 어디로 나갈까요?"

젠장할, 나는 땀에 젖은 손으로 땀에 젖은 얼굴을 쓸어내렸다. 마땅한 약속 장소가 생각나지 않았다. 나는 초조하게 머릿속을 헤집었다.

"이러면 어떨까요, 본수 씨. 우리 학교 앞에서 만나요. 지금 그곳에 다시 가보고 싶어지는군요. 정문 앞 상아탑 그대로 있겠죠?"

그녀가 말했다.

"그럼 상아탑 다방에서 기다리겠습니다. 미자 씨."

"오우케이."

2

"어마, 왜 이러세요?"

간호사가 짧게 소리치며 물러섰다. 환자가 그녀의 치마를 잡아당겼기 때문이었다. 그녀는 혈압계를 환자의 팔뚝에 감으려다 말고 기묘한 표정으로 의사를 돌아보았는데, 그 표정에 가장 가까운 동의어가 있다면 '이 사람 혹시 미친 것 아니에요?'가 될 것이었다. 그리고 의사가 천천히 고개를 끄덕이는 것과 환자가 킬킬거리며 웃는 것이 거의 동시였다.

"좀 잡아주세요."

간호사가 내게 말했다. 나는 김장수의 어깨를 붙들었다. 혈압계에 바람을 집어넣는 동안 그녀는 눈살을 찌푸린 채 환자의 얼굴을 주시하고 있었는데, 그 모습은 환자의 몸에 깃든 성가신 악령을 내려다보는 무당의 얼굴을 방불케 하였다. 김장수는 쉴 새 없이 몸부림치며 낄낄거렸고, 간간이 그 웃음 사이에 무슨 말인가 토막토막 내뱉었는데, 나는 그 중의 어떤 소리도 알아들을 수가 없었다.

간호사는 시종 노련한 입놀림으로 경쾌하게 껌 씹어대는 소리를 내고 있었다. 마치 그 껌 소리로 환자의 미친 짓을 한껏 경멸해주자는 심사인 것 같았다.

"체온은 어떻게 할까요?"

"체온계 물려요."

새벽 두시의 병실은 별로 덥지 않았는데도 젊은 의사는 땀을 뻘뻘 흘리며 진지한 표정을 짓고 있었다. 아마 대단한 직업적 흥미와 사명감을 느끼고 있는 모양이었다. 그래서 나는 이번에는 환자가 체온계를 뱉어내지 않도록 두 팔로 그의 목을 결박하고 있지 않으면 안 되었다.

"체온은 정상인데요."

간호사가 그래서 좀 섭섭하다는 투로 말했다. 의사는 고개를 숙이고 한참 심사숙고하다가 이윽고 뭔가 결론을 얻었다는 듯이 단호하게 날 바라보았다.

"어떻게 된 겁니까?"

내가 되도록 공손한 음성으로 입을 열자, 그는 조금 망설이는 투로 말했다.

"글쎄요…… 여기선……"

환자가 있는 곳에선 이야기하기가 곤란하다는 뜻인 것 같았다.

"어때요, 내가 보기엔 무슨 얘기고 귀에 들어갈 것 같지 않은데요."

"그렇지만 어째 환자 곁에서 이런 얘기하기가 미안한 느낌이 드는군요."

결국 무슨 끔찍한 선고라도 내릴 작정인 모양이었다. 그는 다시 말을 끊고 안경을 벗어들었다. 나는 안달이 났지만 그가 눈언저리에 맺힌 땀을 닦은 뒤에 안경을 고쳐 쓸 때까지 한참을 기다리지 않으면 안 되었다. 마침내 의사가 입을 열었다.

"저게 마지막 증셉니다."

그는 턱끝으로 환자를 가리켰다.

"간경변의 마지막 증세, 간성 혼수 상태(肝性昏睡狀態)라는 거죠. 두 가지 경우가 있습니다. 첫째 미친 듯이 발작을 일으키는 경우와, 또는 죽은 듯이 깊은 잠에 빠지는 경우. 두 가지가 한 꺼번에 오는 수도 있어요. 어느 경우나 깨어날 수 없다는 점은 마찬가지죠."

의사는 미리 외어둔 것을 말하는 양 자신의 전문 지식을 친절 하게 늘어놓았는데, 그래서 그것이 환자에 대한 사형 선고라는 느낌은 전혀 들지 않았다.

"전연 가망이 없나요?"

"손을 쓸 시기는 이미 지났습니다. 저런 상태로 지금까지 방치 해둔 게 잘못이죠. 환자의 가족인가요?"

그는 일순 내게 힐책하는 눈빛을 던졌다.

"아뇨, 대학 후뱁니다."

"그럼 가족에게 빨리 연락을 취하셔야겠군요."

"얼마나 남았습니까?"

"에…… 또…… 그게 고약한 점이라는 거예요. 저 상태로 아주 오래 끌 수가 있거든요. 의식은 이미 죽었는데, 젊은 사람이 라 심장과 폐는 튼튼하단 말씀예요. 빠르면 몇 시간, 길면 하루 를 넘기는 수도 있답니다."

"그럼 병원에서 환자를 위해 할 수 있는 것이 아무것도 없다는 말씀인가요? 이를테면 생명을 조금이라도 연장시킨다든가……"

"글쎄요…… 이건 내 사견입니다만 저쯤 되면 더 이상 생명을 연장한다는 것이 무의미하지 않을까요? 본인을 위해서도 말이 죠."

그 순간 마치 의사의 말에 갈채라도 보내는 듯이 환자가 요란 하게 웃음을 터뜨렸다. 간호사가 질겁을 하고 물러났다. 간성 혼 수 상태의 두 가지 증세 중 첫번째 경우, 즉 미친 듯한 발작 증세가 시시각각 그 강도를 더해가고 있음이 틀림없었다.

"환자의 가족에게 곧 연락하시고 퇴원 수속을 밟는 것이 좋겠습니다. 아무래도 병원보다야 가족의 품이 낫지 않겠습니까?"

"……실은, 환자에겐 연락할 만한 가족이 없답니다. 젠장할."

마지막 말은 소리 나지 않게 마음속으로 덧붙였다. 내 머릿속에 아무에게도 연락이 되지 않고 혼자서 김장수의 죽음을 감당해야 하는 끔찍한 광경이 펼쳐졌던 것이다.

"부모님은 모두 돌아가셨고, 고향에 가까운 친척들은 있는 모양인데 모두 나 몰라라 하는 형편입니다. 환자가 감옥에도 들어가고 했기 때문에……"

"참 아까 물어보려다 말았지만."

의사가 갑자기 은근하게 목소리를 낮추었다.

"오미자가 누굽니까?"

"네에?"

"오미자란 이름이 아니었던가요? 아까 환자가 찾았던."

"환자의 애인이었습니다."

"예쁜가요?"

나는 의사의 얼굴을 똑바로 쳐다보았다. 그러자 그의 긴 얼굴이 웃을 때면 꼭 소리 없이 이빨을 드러내는 말을 닮았다는 생각이 들었는데, 지금 마침 웃고 있는 중이었다. 이거 농담이오, 하고 그 표정은 말하고 있었다.

"네, 아주 예쁜 여자였죠."

지금 난 농담하고 싶은 생각이 전연 없는데요, 하는 표정을 지으며 내가 대답했다.

그는 재빨리 얼굴에서 웃음을 지우고 심각하게 고개를 끄덕였다.

"참 아까운 일이죠. 젊은 나이에 세상을 떠난다는 것. 더구나 예쁜 애인을 두고 말이죠."

그가 갑자기 깜짝 놀라서 입을 다물어버렸다. 덫에 걸린 짐승이 포효하는 듯한 요란한 고함 소리가 의사의 말끝을 삼켜버렸던 것이다. 김장수는 이제 미친 듯이 날뛰고 있었다. 침대가 날카로운 쇳소리를 내지르며 바닥에 끌리었고, 낡은 스프링이 세차게 튀어오르고 있었다.

한동안 잠잠하던, 방충망에 갇힌 날벌레가 기다렸다는 듯이 다시 요란하게 붕붕거리기 시작했다.

사실을 말하면 나는 오미자가 예쁘다는 생각을 해본 적이 없었다. 어느 편인가 하면, 그녀는 여자라기보다는 차라리 사내 같달 정도였다. 아니 사내 같다면 좀 과장이고, 정확하게는 성적 매력을 거세당한 여자에 가까웠다.

아무렇게나 자른 머리, 소매를 걷어붙인 헐렁한 셔츠, 물 날린 청바지, 항상 가슴 위에 무장된 네댓 권의 책들, 이런 등등이 내가 기억하는 오미자의 차림새 목록이었다. 요컨대 그녀는 흡사 신문에서 가끔 만나곤 하는 남미 어딘가의 여자 게릴라 대원 같은 인상이었고, 당연히 학교에서는 구제 불능의 여학생쯤으로 대충 인식되고 있던 터였다. 오미자를 이야기하자면 또한 그녀의 어머니를 빼놓을 수 없다. 지금은 도로 확장 공사로 헐려버렸지만, 그 당시 학교 앞에는 서로 어깨를 밀치며 늘어선 판자촌들이 있었다. 그 중의 하나가 우리가 늘상 틀어박혀 낮술에 취하던 '어마이집'이라는 무허가 식당이었다. 또한 그곳에는 기름때 묻은 전대를 허리에 차고 평안도식 육두문자를 퍼부어대던 주인할

314

멈이 있었던 것이다. 할멈은 굉장히 비대했고, 또한 목소리가 걸걸해서 남정네 같았다. 그녀의 빈대떡 솜씨 앞에서 꼼짝도 못했던 우리는 그녀의 평안도 기질과 당해낼 수 없는 욕설 때문에 '어마이 동무'라고 불러주었다. '동무'라고 불렀다 해서 우리가 무슨 수상한 사상을 가졌던 것은 아니었고, 그저 텔레비전의 우스꽝스런 반공 드라마의 흉내를 내었을 뿐이었다. 그리고 할멈에게 애지중지하는 고명딸이 있음을 생각해서 때로는 '장모님'의 위치로 격상시키기도 했는데, 바로 그 딸이 오미자였던 것이다.

오미자는 가끔 바쁠 때 빈대떡과 술을 날랐고, 우리 술꾼들 틈에 끼어서 막걸리 사발을 들이켜는 것을 주저하지 않았다. 그때 우리 술자리의 분위기를 주도하던 사람은 김장수였고, 우리는 그의 술 솜씨와 민족이니 민중이니 분단 현실이니 하는 등등을 외치는 높은 목소리 앞에서 늘 주눅이 들어 굴복하지 않으면 안 되었다. 김장수는 흰 고무신을 신고 다녔고, 학교 안 어디에서나 시위하듯이 하얗게 반짝이는 그의 고무신은 어느새 그만의 등록 상표로 통용되었을 정도였다. 그리고 그의 곁에는 항상 오미자가 붙어다녔던 것이다. 나는 어마이집의 술자리에서 오미자가 김장수 등과 어울려 구시대의 낱말들을 동원해가며 격렬한 토론을 벌이고 있거나, 김장수의 뒤를 "혀엉, 형"하며 혀 짧은 목소리로 따라다니는 것을 자주 목격하곤 했다. 그럴 때 나는 그녀가 혹시 저 이차 성징(二次性徵)이라는 것을 생략하고 자란 것이 아닌가 의심을 하기도 했던 것이다.

"개새끼!"

그것이 지금 내가 기억할 수 있는 오미자의 마지막 말이었다. 그러니까 김장수가 우리들의 눈앞에서 끌려가던 학교 로터리에서였다. 그녀가 반드시 나를 지적해서 그런 것은 아니었지만, 그녀는 현장에 있었던 우리 모두에게 욕을 했고 나도 그 중의 한 사람이었으니까 그녀의 눈에는 나 역시 한 마리의 개새끼로 보였을 것이었다.

그 후에 나는 곧 입대했으므로 오미자와 오랫동안 다시 만날 기회가 없었다. 군에 있을 때, 나는 가끔 오미자를 생각했고, 특히 그녀의 마지막 말이 생생하게 떠오르는 것이었다. 혼자서 야간 보초 근무를 서고 있을 때, 또는 취침 시간에 모포를 덮어쓰고 누운 채 손을 팬티 속에 집어넣고 있을 때, 나는 알고 있는 모든 여자들을 차례로 떠올렸는데 오미자는 항상 그 마지막 순서였다.

"개새끼!"

거친 군용 모포 속에서 갖가지 모양으로 얽혀 숨 가쁘게 헐떡이는 빨간 속살들이 내 머릿속을 지나가면, 마침내 나는 오미자의 쨍쨍한 목소리를 귓전에 생생하게 들을 수 있었고, 그럴 때 기묘하게도 단칼에 찔리는 듯한 날카로운 쾌감을 참을 수가 없었던 것이다.

제대하고 돌아왔을 때, 나는 학교 앞 어마이집이 헐려버렸다는 것을 알았다. 아무도 오미자의 소식을 아는 사람은 없었다. 나는 복학을 했고, 이제는 정문 앞에 새로 생긴 생맥주집에서 술을 마셨다. 내가 그녀를 다시 만난 것은 졸업하고 나서 아주 우연한 기회를 통해서였다.

"구본수 씨."

초콜릿 빛깔의 고급 승용차 한 대가 내 곁에 와 멎으며 한 여자의 목소리가 들려왔다. 막 퇴근을 하고 버스길까지 내려가던

중이었다. 나는 차창을 반쯤 내린 틈으로 짙은 화장을 한 여자의
얼굴을 볼 수 있었다. 아니, 그 얼굴을 반쯤 덮은 커다란 잠자리
안경을 먼저 보았다.

"나예요, 나. 나 모르겠어요?"

"누구시더라?"

"무심도 하시라. 날 몰라보다니."

그녀가 잠자리 안경을 벗자, 믿어지지 않게도 낯익은 얼굴이
나타났다. 그러나 나는 그녀가 오미자임을 쉽게 믿을 수가 없었
다. 더구나 그녀가,

"인사하세요. 마이 허스."

하고 자기 옆자리의 운전석을 가리켰을 때, 그리고 내 앞에 살진
바닷게처럼 털이 숭숭 난 커다란 손이 내밀어졌을 때, 나는 도무
지 영문을 알 수가 없었다. 나는 우선 그 손을 잡았고, 허리를 굽
혀 차창 안을 들여다보고서야 그 손의 주인이 외국 영화에서나
보았음직한 잘 익은 포도주 빛깔의 분홍색 얼굴임을 알았다. 그
미국인은 내 손을 꽉 움켜잡고 알아들을 수 없는 말을 길게 늘어
놓았고, 오미자가 깔깔거리며 덧붙였다.

"만나서 반갑단 소리예요. 뭐라고 한마디 하세요. 그쯤은 할
수 있잖아요."

유감이지만 나는 그쯤도 대꾸할 수가 없었다. 내가 겨우 입을
연 것은 마침 뒷좌석에 앉은 늙은 한국인 여자를 발견하고서였다.

"여어, 안녕하십니까?"

나는 하마터면 '어마이 동무'라고 부를 뻔했다.

"날 알갔어?"

어마이 동무는 여전히 위풍이 당당했다.

"얼마 만이죠, 본수 씨?"

"글쎄요. 졸업하고 처음인 것 같군요."

"그러니까 이 년 반? 삼 년 반? 그동안 뭘 하셨죠?"

"군대 갔다 오고, 또……"

"호호…… 그만 해도 알겠어요. 군대 갔다 오고, 취직하고, 결혼하고, 아참 결혼은 아직 안 하셨나?"

"아직 못했습니다."

"타세요, 본수 씨. 시내로 들어갈 것 아니에요? 태워드리죠."

나는 그녀의 어머니와 함께 뒷자리에 앉았다. 차가 움직이기 시작하자 오미자의 어머니가 입을 열었다.

"직장이 이 근방인 모양이구만, 어디야?"

나는 차창 뒤쪽을 애매하게 가리켜보였다. 언덕배기에 허술한 성곽처럼 위태롭게 세워진 그 건물은 차가 멀어질수록 더욱 길어지는 것 같았다.

"저 건물 말예요? 학교 아니에요?"

오미자가 몸을 돌리고 물었고, 나는 또 애매하게 고개를 끄덕였다.

"학교 선상님이야? 고생 많았구만."

오미자가 내게 대해서 그녀의 남편에게 설명을 하는 모양이었고, 뭐라고 했는지 그 중년의 미국인이 소리 내어 웃어댔다. 그가 웃을 때 가늘고 부드러운 주름이 일시에 잡히며 복잡한 도형을 그리는 것을 나는 조금 얼빠진 듯이 바라보고 있었다.

"얼마 받디?"

할멈이 내게 물었는데, 내가 무슨 말인지 못 알아듣자, 그 여전히 큰 손바닥으로 내 어깨를 철썩 두들겼다.

"야아, 봉급 말이야."

"아 예, 한 삼십만 원……"

될까 말까 해요, 나는 내 자신에게 옹색하게 덧붙였다.

"힘들갔네. 그걸로 생활이 돼?"

"어디 돈 보고 선생 하나요."

말을 해놓고 보니, 그건 내가 들어도 거짓말 같았다.

"길티, 보람으로 하갔디. 자넨 옛날부텀 돈에는 신경이 좀 둔한 편이었디. 거 왜 술값도 제때에 못 갚고 몇 달씩 미루지 않았간?"

할멈은 기세 좋게 왁왁 웃어댔고, 나는 그 웃음 뒤에 낮은 소리로 헤헤 하면서 꼬리를 달아주었다. 앞자리의 남자와 여자는 시종 깔깔거리고 낄낄거렸다. 오미자의 어깨 위에 얹힌 그 미국인의 팔뚝은 온통 황금색 털로 반짝였다. 그의 두툼한 손은 여자의 귓바퀴에서부터 목을 경유하여 어깨까지 부드럽게 어루만지고 있었고, 나는 생면부지의 외국인이 내가 잘 아는 한국 여자를 애무하는 광경을 경이의 눈으로 바라보았다. 그가 뭐라고 할 때마다 그녀는 "예스, 따아링. 예스, 따아링" 하고 대답했다. 그녀가 영문과 출신이긴 했지만 그처럼 영어를 잘하는지를 나는 처음 알았고, 또한 '따아링'이란 말의 어감이 그토록 감미로운 것인지를 처음 알았다.

"김장수 씨가 미자 씨를 찾고 있다고 하더군요. 감방 안에서요."

나는 한참 만에, 그것도 벼르고 별러서 그렇게 말할 수 있었다.

3

"참 많이 변했군요."

오미자가 자리에 앉으면서 한 말이다. 나는 고개를 끄덕였다.

"그래요. 내가 변한 만큼 미자 씨도 많이 변했군요."

"내 말은,"

그녀가 잠깐 웃었다.

"이 다방이 변했다는 거예요. 옛날의 상아탑은 이렇게 시끄러운 곳이 아니었잖아요."

변하지 않은 것이 있었다. 그녀가 웃을 때 눈언저리와 콧잔등 사이에 감쪽같이 잡히는 미세한 주름살이었다.

그것을 보고 있자니까 나는 갑자기 맥이 탁 풀리면서 가벼운 현기증 같은 것이 일순 몸 전체를 휩싸는 것을 느꼈다. 그것은 나 자신의 가장 치명적인 부분이 누군가의 부드러운 손길에 의하여 슬슬 간지럼을 당하는 듯한 느낌이었고, 또한 뱃속 깊이 숨어 있던 만성질환의 재발을 알리는 여린 아픔 같기도 했다.

"예뻐지셨어요, 몰라볼 만큼."

"어마, 고마워요."

그건 사실이었다. 이 여자가 오미자인가 하고 다시 보아야 할 만큼 그녀는 성숙한 모습으로 변모해 있었다.

그 모습에는 뭐랄까, 손만 갖다대어도 짓물러 터지고 마는 무르익은 과일의 농염함이, 그리고 아찔한 향기 같은 것이 있어서 그녀가 왕년에 선머슴처럼 학교 교정을 누비고 다니던 여자라고는 도저히 믿어지지 않을 정도였다.

"그러고 보니 본수 씨도 변하셨어요, 여자 비위 맞추실 줄도 알고. 어때요, 보람을 느끼세요?"

"보람이라뇨?"

"학교 선생님으로서 말예요."

보람이라, 나는 담배를 꺼내 입에 물면서 생각했다. 셔츠 주머니에 넣어두었던 성냥은 땀에 젖어 있어서 쉽게 불이 붙지 않았다.

"그럼요. 우리야 뭐 보람이나 먹고 사는 직업 아닙니까?"

내가 그렇게 대답한 것은, 보람을 느끼지 못한다고 하면 틀림없이 이야기가 길어질 것 같아서였다. 나는 슬그머니 화가 솟구치는 것을 느꼈다. 간신히 불을 붙이면서 나는 학급별 이사 분기 공납금 납부 실적 그래프와 자율 학습 강화, 가출 학생의 명부 일람 같은 것들을 떠올렸다. 지난 육 개월 동안 그런 것들에 둘러싸인 채, 손가락으로 분필을 뚝뚝 부러뜨리며 출석부로 애 녀석들의 머리통을 후려치면서, 차라리 그들의 가출을 강요하고 싶은 심정이었던 것이다.

잠시 동안 둘 사이에 말이 끊겼다. 그녀는 상복처럼 아래위 검정 옷을 입고 있었다. 그러나 상복으로 보기엔 목 언저리가 지나치게 깊이 팬 그 옷은, 그래서 기묘하게도 육욕과 금욕을 동시에 연상시켜주는 것이었다. 나는 그녀의 옷 바깥으로 눈부시게 드러난 팽팽한 맨살을 훔쳐보았다. 그리고 가슴 밑바닥에서부터 차츰 커오는 초조감을 느끼기 시작했다. 이제부터 무슨 이야기를 해야 하는가를 나는 잘 알고 있었다. 오미자도 분명히 그것을 깨닫고 있는 눈치였다. 한참 동안 소리에 귀를 맡기고 있다가, 마침내 나는 입을 열었다.

"장수 형은……"

"장수 씨가……"

우린 똑같이 입을 다물었다.

그리고 다시 침묵이 계속되었다. 의미심장한 침묵이었고, 그 의미심장함을 대변해주듯 지금 한창 음악이 간드러진 목소리로 숨넘어가듯 다급하게 신음을 내지르고 있었다.

구 선생 전화, 앞자리에 앉은 생물 선생 윤이 내게 소곤거렸다. 누군데 이따가 걸라고 하지, 하는 뜻의 입 모양을 만들어 나는 얼굴을 찡그려보았다. 때마침 직원 회의 중이었고, 더구나 교장의 연설 도중이었다. 연설하기를 좋아하는 우리 교장은, 또한 연설하기를 좋아하는 사람답게 자신의 열변이 방해받는 것을 가장 싫어했던 것이다. 윤 선생이 내게 수화기를 내밀었다. 받아봐, 누군지 성질 되게 급한 사람인데. 나는 수화기를 입에 갖다 대고 낮게 속삭였다.

"여보세요."

"나다. 형님이다."

"여보세요, 누구십니까?"

"나다, 임마. 벌써 내 목소리꺼정 잊었냐?"

차가운 전율이 내 몸을 수직으로 관통해갔다. 잊을 게 따로 있지. 그 목소리를 내가 어떻게 잊는단 말인가.

"누구세요, 누구……?"

그러나 나는 여전히 목소리를 낮춰 물었다. 가능한 한 그가 김장수임을 확인하고 싶지 않았던 것이다. 아니 그것이 김장수의 음성이라고 믿을 수가 없었다.

그 음성은 저 어둡고 차가운 망자(亡者)의 땅에서 들려오는 듯했던 것이다.

"새끼야, 나 김장수다."

그가 와랑와랑 소리쳤다.

"왜 그렇게 놀라니? 허깨비라도 본 것 같은 목소리구나. 새꺄, 탈옥한 거 아니니까 안심해. 일주일쯤 됐어. 여기? 여긴 바로 네 코앞이야. 그래 임마. 널 만나러 여기까지 왕림하셨다. 요즘 이급 정교사 초봉이 얼마냐? 죄수 번호 2509호에게 술 한잔 사라. 무슨 중? 회의 중? 알았어, 기다리지. 삼 년을 기다렸는데 두 시간을 못 기다리겠니."

"김장수 씬 욕심이 많은 사람이었어요."

오미자가 이야기를 시작했다.

"난 커피, 미자 씬?"

"나두요."

"내가 알기론."

레지가 차 주문을 받아 가고 난 뒤, 내가 말했다.

"미자 씨도 누구보다 욕심이 많은 여자였죠."

"그래요, 내가 김장수 씨를 좋아했던 것도 그 때문이었어요. 그런 점에서 우린 상통하는 바가 있었죠. 사람들은 장수 씨의 욕심을 무모한 것이라고 생각했고 심지어는 위험하고 어리석다고까지 생각했지만, 난 그이의 욕심을 믿었어요. 그가 꿈꾸는 것을 같이 꿈꾸었죠."

이마 위로 머리카락 한 타래가 흘러내리자, 그녀는 손으로 쓸어넘겼다. 깊게 팬 원피스 바깥으로 그녀의 풍만한 젖가슴의 윗부분이 약간 보였다. 그것은 잘 익어 탐스러운 과일을 보았을 때처럼 순간적으로 손을 내밀어 만져보고 싶은 충동을 느끼게 했고, 그것이 내 손에 결코 닿을 수 없는 과일이라는 것에 생각이

미치자 가슴 한구석이 무얼로 찌르는 듯이 아파왔다.

"난 졸업하고 미국 회사의 한국 지점에 근무했어요."

커피를 저으면서 그녀가 천천히 이야기를 시작했다.

"내가 영문과 출신이라는 걸 본수 씨도 아시죠? 난 그 회사 미국인 책임자의 비서로 일했어요. 그리고 그 책임자가 한 번 이혼한 경력이 있는, 두 아이가 딸린 홀아비란 걸 알았구요. 어느 날 그 사람이 우리 가족을 저녁 식사에 초대했어요. 가족이라 해봤댔자 어머니와 나뿐이었지만, 우린 호텔 레스토랑에서 만났어요. 어머닌 그런 곳이 난생 처음이었죠. 미국 사람과 식사하는 것도 물론 처음이구요. 보이가 주문을 받는데, 메뉴판에 적힌 그 괴상한 음식 이름들 중 뭐 아는 게 있어야지요. 얘, 난 짜장면이나 먹을란다, 하시더군요. 난 좀 짓궂은 마음으로 그 사람에게 우리 어머니가 원하는 것은 짜장면이라고 말해주었어요. 그 사람이 보이한테 그대로 주문했고 보이가 그건 우리 집에 없다고 대답했죠. 그걸 잡수시려면 중국집에 가셔야죠. 난 그대로 통역했어요. 그러자 그 사람은 지배인을 부르더군요. 중국집에서 짜장면을 불러달라구요. 생각해보세요. 중국집 배달 아이가 그 레스토랑의 손님들이 주시하는 가운데 짜장면 한 그릇을 우리 자리에 내려놓는 광경을요."

그녀는 내게 그 광경을 연상할 기회라도 주려는 듯이 잠시 말을 끊었다.

"그게 미자 씨 결혼의 이유입니까?"

"난 그때 알게 된 거죠. 내가 반했던 김장수 씨의 욕심이랑 그 호텔 레스토랑에서의 짜장면 한 그릇이 동질의 것이라는 걸요."

"그래서 김장수를 버리고 짜장면을 택하셨군요."

"버린 게 아니에요. 난 그때 내가 꿈꾸었던 욕심의 실체를 봤을 뿐이었어요. 김장수 씨는 욕심은 있었지만 힘은 없었거든요. 그런데 그 미국인은 욕심은 없었지만 힘은 있었거든요. 그러나 그걸로 족했어요. 욕심은 내게 있었으니까요."

나는 주머니에 손을 집어넣었다. 주머니 속에 여전히 그것은 들어 있었다. 손가락을 통해서 산 사람의 체열 같은 온기가 전해 왔다. 내 손 안에서 그것은 이 여름 저녁의 무더위만큼이나 뜨끈뜨끈했다. 나는 갑자기 참을 수 없는 요의(尿意) 같은 것을 느껴야 했다.

"네 궁금증을 이게 다 설명해줄 거다."

술집에서 마주앉았을 때, 김장수는 자신의 허리띠를 풀어 내게 보여주었다. 그리고 허리띠 끝부분을 손가락으로 가리켰다. 나는 원래 있던 구멍 외에 새로 뚫은 많은 구멍들을 보았다. 그 구멍들은 점차 끝부분을 향해 가까이 가고 있었고, 속가죽이 희게 패어 나온 마지막 구멍은 거의 끝에서 달아날 듯 위태롭게 매달려 있었다.

"배가 불러서 허리띠를 채우지 못하는 병이지. 똥물이 가득 찬 거야."

그는 마치 남의 말을 하듯이 만삭의 임부처럼 부풀어 있는 자신의 배를 슬슬 어루만졌다.

"그들도 어쩔 수 없었던 모양이다. 그래서 날 풀어줬다. 말하자면 내게 대한 심판을 인간의 손에서 하늘의 손으로 넘겼다는 이야기지."

그의 넉살은 여전했다. 그는 허공을 올려다보며 성호를 긋는 시늉을 했다. 나는 그가 복부의 밋밋한 포물선이 그리는 엄청난

체적에다가 한 잔의 맥주 용량을 첨가하는 것을 지켜보았다.

"술이 몸에 해로운 것 아뇨?"

"그래도 맥주는 오줌을 잘 나오게 한다. 이놈의 병은 말야, 오줌 누는 게 지랄이야. 한땐 고무 호스로 빼내기도 했다. 간이 팅팅 부어서 오줌 하나 제대로 걸러내지 못하게 된 거야. 참 이상한 일이지. 난 아프기 전까지 간이란 놈이 우리 몸에서 무슨 일을 하는지도 몰랐다. 간이 아플 때 비로소 간의 존재를 알게 되고, 맹장이 아플 때 비로소 맹장의 존재를 인식하게 된다는 말이야. 왈, 존재는 곧 고통이요, 고통이 곧 존재란 말씀이다. 오미자 소식 들었니?"

나는 당황했고, 그의 질문이 너무 갑작스러웠으므로 그 당황함을 숨기지 못했다.

"학교 앞에 가보았더니 어마이집은 헐려버리고 흔적도 없었다. 아무도 그녀의 소식을 몰라. 너 이 자식."

그가 날 똑바로 쏘아보았다. 그의 빡빡 깎은 머리가 불빛에 칼날처럼 번득였다. 그것은 오랜 세월 벽을 타고 흐르는 냉기 같은 것으로 순간 내 등골을 오싹하게 했다. 나는 그의 시선을 외면해 버렸다.

"뭔가 숨기는 게 있구나. 그렇지?"

"전 다음 달에 미국으로 가요. 남편의 고향은 테네시 주 멤피스라는 곳이에요. 남편은 그곳이 엘비스 프레슬리가 묻힌 곳이라고 항상 자랑이죠."

그녀가 약간 웃었다. 그녀의 입술이 벌어지고 단단하게 빛나는 잇몸이 드러나자, 어찌할 수 없는 허전한 욕망이 가슴속을 휘저었다. 나는 낮게 중얼거렸다.

"개새끼."

"네에?"

"기억나세요? 김장수가 끌려가던 날 미자 씨가 우리들에게 한 말, 학교 시계탑 밑에서."

약간 내배인 땀이 그녀의 목 언저리에 윤기를 더해주고 있었다. 나는 내 두 팔이 그녀의 목을 감고 있는 광경을 연상했다. 다음 순간 그 희고 매끄러운 살결에다 입을 맞추고 있는 광경이 뒤를 이었다. 나는 내 입술에 전해지는 그녀의 땀 냄새를 분명히 느낄 수 있었고, 또한 그녀의 몸에 문신처럼 찍혀진 내 입술 자국을 생생하게 보는 듯했다. 나는 갑자기 '따아링' 하는 소리가 몹시 듣고 싶어졌다. 그것도 오미자의 입에서 직접 말이다.

그녀가 일어서면서 말했다.

"나가요. 여긴 너무 답답하군요."

4

김장수의 발작은 이제 절정을 이루고 있었다. 그는 쉴 새 없이 고함을 질러대고 몸을 비비꼬면서 한창 신이 오른 무당처럼 침대 위에서 껑충껑충 뛰기까지 했다. 그러나 끊임없이 요동을 치고 있으면서도 그의 시선은 허공 어딘가에 못 박혀 있었다. 우리 눈에는 보이지 않는 누군가가 매질을 해대고 있었고, 그 견딜 수 없는 고통에 필사적으로 저항하기 위해서 안간힘을 쓰고 있는 듯했다.

우리는 망연히 환자의 발작을 지켜보았다. 우리란, 김장수를 기억하는, 지난날 어마이집에서 막걸리깨나 축내던 자들로서 이제는 보험 회사 직원, 대학원생, 잡지사 기자 등이었다. 나는 우선 급한 대로 그들을 호출했던 것이다. 전화에서 그들은 지난밤의 과음과 수면 부족을 핑계댔지만, 곧 부석부석한 눈들을 하고 나타났다.

"아까도 말했지만 이제 집으로 데려가는 것이 좋겠습니다. 병원에서 할 수 있는 일이 아무것도 없어요. 남은 것은 임종뿐인데, 임종은 집에서 하셔야죠."

"우선 저 발작이래도 가라앉힐 방법이 없겠습니까? 가령 마취 주사를 놓는다든가……"

"글쎄요. 저 지경이 된 환자에게 마취를 하면서까지 발작을 막는다는 것이 잔인한 짓이 아닐까요?"

"잔인한 걸로 친다면야 저런 환자를 병원에서 내쫓는다는 것도 너그러운 처사로 볼 순 없을 테죠."

"어차피 환잔 병원에 있으나 집으로 돌아가나 마찬가지 운명예요. 병원으로서는 할 수 있는 최선을 다했지만 어쩔 수가 없군요. 지금부터는 병원에 있는다는 것이 무의미해요. 병원이 길바닥과 다를 바 없죠."

"저런 발작이 얼마나 계속될까요? 죽을 때까지 저럴 건가요?"

"보통은 그칠 때가 되었는데, 이 환잔 끈질긴 편이군요. 이런 환자들이 나중에 가서도 애를 먹입니다. 발작이 끝나면 이제 잠에 떨어질 텐데 잠을 자면서 서서히 죽어가는 겁니다. 아주 서서히 끊어질 듯 끊어질 듯하면서도 오래 끌죠. 두고 보세요. 아주 진이 빠질 테니."

"어쨌든 병원에서 환자의 최후까지 맡아주셔야 되겠습니다.

우린 갈 데가 없어요."

"저렇게 소리를 지르고 있으니 문제예요. 다른 병실의 환자에게까지 피해를 주고 있으니. 바로 옆 병실 환자만 해도 내일 수술을 받을 환잔데, 통 잠을 못 자겠다구 성화예요. 아시다시피 수술 전엔 뭐니 뭐니 해도 안정이 제일인데…… 환자의 가족과는 전연 연락이 되지 않습니까?"

"연락이 된다 하더래도 지금은 시간이 늦었어요. 사실은 환자의 가족 상황에 대해선 저희도 잘 모르고 있습니다. 환자의 집이 전라도 어느 시골구석이라는 것과, 노모가 한 분 계셨는데 얼마 전에 세상을 떠났다는 정도인데…… 그나마 이 사람은 고향에 아주 발을 끊은 형편이었죠."

고향 사람들이 나보고 뭐라는지 알아? 언젠가 김장수는 그렇게 말했었다. 빨갱이 귀신에 씌었다는 거야. 난 유복자였어. 내가 우리 어머니 뱃속에 있을 때 아버지는 빨갱이 짓을 했다고 맞아 죽었지. 그러니 그 애비에 그 아들이라는 거야.

창밖으로 날이 밝아오고 있었다. 우중충하게 늘어선 병동 건물 뒤로 도시의 아침이 어지러운 잠에서 깨어나는 중이었다. 멀리 아침놀이 걸려 있었고, 핏빛처럼 붉은 그것은 오늘 하루의 무더위에 대해서 우울한 예고를 해주고 있었다.

"귀찮은 짐을 맡게 되었군."

보험 회사 직원이 혀를 찼다.

"나는 오늘 부산까지 가야 할 몸이라구."

"무슨 소리냐? 이건 짐이 아니고 의리라는 거다."

대학원생이 말을 받았다.

"나도 처음엔 그렇게 생각했어. 우리들 공동 부담으로 김장수를 입원시킬 때만 해도, 그것이 짐이 되긴 하겠지만 우리들 지난날의 의리가 감당할 수 있을 정도의 무게인 줄로만 알았지. 의리를 위해서라면 나는 출장을 포기할 수도 있다구. 아프다고 핑계를 대면 출장이야 나 아니고 누구라도 가겠지. 그러나 이제 우린 그의 죽음을 떠맡아야 할 판이야. 난 김장수의 죽음이 내 책임이 되는 걸 원치 않았어."

그의 말이 사실이었으므로 우린 아무 대꾸도 할 수 없었다. 그때 간호사가 소리쳤다.

"어마 이를 어째. 이리 좀 와보세요."

그녀는 손가락으로 환자의 몸을 둥둥 감은 흰 시트를 가리켰다. 시트의 허리께가 거멓게 젖어오고 있었다. 환자가 갑자기 조용해졌다. 우리는 침대 곁에 둘러서서 무슨 신기한 구경거리라도 보듯이 숨을 죽이고 젖어오는 면적이 점점 커가는 것을 주시하고 있었다. 간호사가 탄성 어린 소리로 조그맣게 말했다.

"오줌을 싸고 있어요."

"웬 호들갑이야? 환자가 오줌 싸는 것을 처음 보나."

의사가 점잖게 꾸짖었다. 그러나 그 역시 빠르게 젖어가는 시트에서 눈길을 떼려 하지 않았다.

"드디어 발작은 끝났습니다. 보세요. 환자가 조용하지 않아요?"

그가 우리들에게 설명했다.

"원래 간경변이라는 병은 배뇨(排尿)가 잘 되지 않는 병이죠. 그것 때문에 환자가 아주 고생하게 돼 있어요. 그런데 지금은 저렇게 시원하게 오줌줄기가 터지죠? 저게 마지막 신홉니다. 자율신경은 마비되었구, 그냥 새는 겁니다. 오줌 때문에 징징 우는 사람도 있는데 마지막엔 소원 푸는 셈이죠. 저렇게 시원하게 갈 수 있으니 말예요. 한 가지 안된 것은 환자가 의식이 마비되었으니 저 시원함을 느낄 수 없다는 거죠."

그러나 우리가 보기엔 환자는 그 배설감을 즐기고 있는 것 같았다. 그는 이젠 믿을 수 없을 만큼 얌전해졌고, 입가엔 만족스런 미소까지 띠고 있었다. 부드럽게 코를 골고 있는 것이 마치 행복한 꿈이라도 꾸고 있는 양 평화롭기 그지없었다. 의사가 조용히 말했다. "이제부터 기나긴 잠의 시작입니다."

5

"장수 형이 어떻게 죽었는가를 한 번도 묻지 않는군요."

나는 술병을 들어 빈 잔을 채웠다. 진한 액체가 유리잔 꼭대기까지 올라와 걸쭉한 거품을 잔 바깥으로 토해냈다.

"궁금하지 않으십니까? 병으로 죽었는가, 교통사고로 죽었는가, 아니면 자살을 했는가……"

우리는 지금 어느 호텔 건물의 맨 꼭대기에 있는 나이트클럽에서 술을 마시고 있었다. 홀 안에는 한창 요란한 디스코 음악이 연주되고 있는 중이었고, 붉고 푸른 조명이 발작적으로 번쩍거리고 있는 중이었고, 그 조명 속에서 일단의 남녀가 뒤엉켜 몸을 흔들어대는 중이었다.

"그건 중요한 문제가 아니에요."

오미자가 술잔을 들어올렸다. 나는 그녀의 희고 긴 목이 깔딱거리며 술을 아래로 밀어넣는 것을 지켜보았다. 그녀는 술잔을 비워낸 뒤 말했다.

"아까 전화로 그의 죽음은 평화로웠다 하셨죠. 나는 그 말을 믿지 않아요. 그의 죽음은 아주 비참했을 거예요. 그게 김장수 씨다워요."

우리는 다시 서로의 잔을 채웠고, 동시에 잔을 비웠다. 가벼운 오한이 등골을 빠르게 타고 올라가 머리에 가서 머물렀다. 나는 술이 취해오는 것을 알았다. 그녀가 내 얼굴을 빤히 쳐다보면서 맥주 거품에 젖은 입술을 혀끝으로 살짝 닦아냈다. 그러자 어떤 간지러움 같은 것이 내 피부의 솜털들을 자석에 이끌린 쇳가루처럼 일제히 일어서도록 만들었다. 그리고 몸 안에서 낚시의 찌가 까딱거리듯 무엇인가 꿈틀거리기 시작하는 것이었고, 찌와 연결된 줄이 차츰 팽팽하게 당겨져왔다. 그것이 무엇인지 나는 알았다. 그것은 방심한 때면 어김없이 기습해오는 복병과 같은 성욕이었다.

"우린 언제나 김장수가 감기조차 걸리지 않을 만큼 강한 인간이라고만 알고 있었지, 형편없이 허물어진 속을 감추고 있는 줄은 몰랐던 거죠. 간경변이었습니다."

"그게 어떤 병이죠?"

"간이 시멘트처럼 굳어지는 병이죠. 의사에게 들었습니다. 어렸을 때, 즉 유아기의 영양실조가 원인이라더군요."

그녀는 사람들이 춤추고 있는 무대 쪽을 한참 동안 바라보았다. 한 여자가 신체의 각 부위를 모조리 분해하고 나서, 다시 그것을 조립하는 것 같은 야단스런 동작으로 춤을 추고 있었다. 색정적인 불빛 속에서, 그녀의 얼굴은 견딜 수 없는 고열에 신음하고 있는 것 같았다.

"왜 그 사람이 장수란 이름을 갖게 된 줄 아세요?"

여전히 시선을 돌린 채 오미자가 말했다.

"난 그 사람의 어린 시절에 대해서 알고 있어요. 그 사람 53년 생인 건 아시죠? 장수 씨의 아버진 휴전이 나기 얼마 전에 죽었대요. 무슨 부역자로 몰렸다더군요. 피투성이가 되어 실려온 남편의 시체를 보고 그의 어머니는 유산을 하고 실신을 해버렸대요. 나 장수 씨한테 들은 대로 얘기할께요. 사람들이 그 핏덩이를 갖다 버리려고 두 다리를 잡아 쳐들었을 때, 그 핏덩이가 꼼지락거리며 끼룩끼룩 울어대기 시작했다더군요. 사람들은 그래서 장수란 이름을 붙여주었대요. 죽을 뻔한 목숨이니 오래 살라구. 길 장자, 목숨 수자."

우리는 다시 술잔을 비웠다. 아까보다 더 강한 오한이 더 빨리 치달아 올라와 머리 위에 몰려들었다.

"아까 장수 씨 병의 원인이 유아기의 영양실조라고 그러셨던가요? 그렇다면 그 사람의 죽음은 처음부터 예정이 된 것이로군요. 태어날 때부터."

그녀가 말을 맺었다. 나는 주머니 속의 물건을 움켜잡았다. 그것은 김장수가 우리에게 남긴 선물이었다. 장례식을 마치고 돌아오면서 우리는 그것을 하나씩 나눠가졌던 것이다. 나는 그것을 이제 어떻게 처리해야 할 것인가를 생각해보았다. 내가 알기로는, 적어도 이 도시의 하늘 밑에서는 그것을 처리할 수 있는 방법이 없었다. 친구 녀석들은 어떻게 처리했을까. 나는 신들린 듯이 춤추고 있는 사람들을 바라보았다. 그러자 그 사람들이 모두 주머니 속에 내가 가지고 있는 물건과 똑같은 것을 하나씩 숨겨두고 있는지 모른다는 생각이 들었다. 아무도 내색하고 있지 않을 뿐이다. 토기(吐氣) 같은 것이 소화 기관을 서서히 맴돌다가 치밀어 올랐다.

나는 오미자를 보았다. 그녀는 이제 술에 취한 것이 분명했다. 나는 갑자기 그녀에게 끔찍한 욕설이라도 퍼부어주고 싶은 충동을 참을 수가 없었다.

"김장수는 그냥 죽은 게 아녜요. 그는 타살됐어요. 우리 모두가 그를 죽인 거죠."

"공범자란 얘긴가요?"

오미자는 고개를 젖히고 깔깔거리며 웃었다. 그녀의 눈에서 무엇인가 반짝하고 빛났다. 그것은 믿을 수 없게도 쥐 오줌처럼 쬐금 내비친 눈물이었다.

내 몸의 저 밑바닥에서 당겨진 줄이 이제는 더 이상 버틸 수 없을 만큼 팽팽해져서 나는 그것이 성욕인지 아픔인지 분간할 수조차 없을 지경이었다. 힘을 쓸 때마다 줄은 당겨지고, 고통과 순번을 바꿔가며 다가왔다. 나는 참을 수 없는 아픔에 움찔움찔 놀라듯이 반사적으로 주머니 속의 물건을 움켜잡았다.

로터리의 시계탑 밑에 남은 것은 김장수의 발에서 벗겨진 고무신 한 짝뿐이었다. 김장수가 왜 허구한 날 고무신만을 끌고 학교에 나오는지 아무도 이해할 수 없었듯이, 우리는 왜 그가 혼자서 그처럼 무모한 짓을 저질렀는지 이해하지 못했다. 그가 끌려간 뒤 우리들의 시선 안에 남은 그 한 짝의 닳아빠진 고무신은 교통사고 후의 유류품처럼 끔찍한 느낌을 주고 있었다.

"개새끼들!"

아직도 채 흩어지지 않고 있는 학생들을 향해 오미자가 부르짖었다. 그녀는 고무신 한 짝을 한 손에 들고, 다른 한 손의 손가락으로 우리들을 겨냥했다. 우리는 그 총구가 우리들 하나하나를 겨누며 천천히 반원을 그리는 것을 보았다. 사실 오미자를 제외하고는 아무도 김장수의 무모한 짓거리에 반응을 보여준 사람은 없었다. 오직 그녀만이 과 교수의 완강한 손아귀에 붙들린 채 김장수가 부르는 애국가를 따라 불렀고, 김장수의 행동에 대단한 감동이라도 받은 양 "혀엉, 형" 하고 발을 굴렀을 뿐이었다.

그녀의 손가락이 360도를 한 바퀴 다 돌 때까지 우리는 침묵하고 있었다. 그런 다음 그녀가 말했다.

"개자식들, 너희는 다 공범자야."

"맞아요. 우린 공범자예요."

웃음을 그치면서 오미자는 말했다. 술을 마실수록 갈증은 더욱 심해져왔다. 그녀는 고개를 젖히고 천천히 술을 들이켰다. 마치 자신의 목이 얼마나 예쁘게 생겼는지 어디 구경이라도 해보라는 것 같았다. 물론 나는 똑똑히 볼 수 있었고, 동시에 그 긴 목에다 팔을 감고 그녀의 얼굴에 한 번, 두 번, 세 번, 연거푸 입을 맞추어대는 광경을 발작적으로 연상했다.

우리는 환자의 호흡 소리를 듣고 있었다. 그것은 이미 호흡 소리라고 하기에는 지나치게 거칠어진, 말하자면 낡아빠진 압축기의 소리와 같았다. 그 소리는 크게 둘로 구분할 수 있는데, 숨을 빨아들일 때의 날카로운 쇳소리와 그 다음에 이어지는 가래 소리였다.

육신의 모든 부분은 이제 그 기능을 숨쉬는 데만 이용하고 있어서, 숨을 들이마실 때는 발끝에서 머리끝까지 끌려 올라가면서 깊디깊은 땅 속으로 꺼져가는 펌프의 물소리에 흡사한 음향을 만들어내었다. 우리가 긴장하는 것은 바로 이 대목이었다. 숨을 들이마시고 나서 환자는 한순간 침묵하는 것이었다. 우리는 그 침묵이 영원히 계속될 것 같은 긴장감으로 환자의 목을 응시하며 기다려야만 했다.

그러나 잔뜩 긴장한 우리를 매번 비웃기라도 하듯 그 다음에 이어지는 것은 숨을 내쉴 때의 천연덕스러운 가래 소리였다. 늘 속으면서도 우리는 그때마다 긴장하지 않을 수 없었고, 숨이 끊어졌다가 다시 가래 소리로 이어질 때면 실망과 안도감을 동시에 맛보아야 했다.

그의 가래 소리는 목구멍에서 나는 것이 아니라 훨씬 더 깊은 곳에서 빠져나오는 듯했다. 그가 쇠판을 긁는 듯이 날카롭게 목을 울릴 때면 그 누렇게 흐물거리는 가래가 어느새 우리들 입 속으로 가득 옮겨온 듯한 답답함을 참을 수가 없는 것이었다.

나는 벌떡 일어나 창께로 갔다. 병원의 뒤뜰이 내려다보였다. 나는 온몸을 쥐어짜듯 가래를 돋우어 그것을 뱉어버렸다. 나는 그것이 긴 포물선을 그으며 저 아래 땅바닥에 떨어지는 것을 지켜보았다.

그러자 한 녀석이 내 옆으로 달려와 역시 가래를 뱉어내었다. 그의 가래가 채 땅에 떨어지기도 전에 또 다른 것이 발사되고 있었다. 드디어는 우리 모두가 창문에 매달려 가래침을 뱉어내느라 온몸을 쥐어짜고 있었다. 우리들은 제각기의 가래침이 남보다 더 큰 포물선을 그리면서 더 멀리 낙하하도록 분발했다.

"몇 시간이나 지났어?"

"일곱 시간 이십 분째야."

"김장수답게 참 끈질기게도 버티는군."

"혹시 우리가 속고 있는 것은 아닐까?"

보험 회사 직원이 말했다. 가래침을 억지로 긁어올리느라 그의 눈가엔 눈물이 번져 있었다.

"김장수는 지금 실제로 자고 있단 말이야. 아주 깊은 잠에 곯아떨어져 있는 거야. 그리고 이제 곧 일어나서 '어이, 니들 거기서 뭘 하고 있어?' 할 거라구. 저 봐, 저 태평스런 얼굴."

그는 마치 대단한 발견이라도 한 양 신이 나서 떠들어댔다.

"또는 지금 자고 있는 것이 아닐지 몰라. 그는 우릴 속이고 있는 거야. 자고 있는 척하면서도 우리가 곁에서 무슨 소릴 하고 있는지 다 듣고 있단 말야. 내 말 맞지요, 장수 형!"

그리고 그는 털썩 의자에 주저앉았다.

"아아, 비라도 좀 왔으면."

나는 오미자를 보았다. 그녀는 반쯤 찬 술잔을 손에 든 채 고개를 숙이고 있었다. 그녀가 거칠게 숨을 몰아쉴 때마다 젖가슴이 높은 진폭으로 들먹거리고 있었다. 나는 내가 무엇을 원하고 있는가를 깨달았다.

나는 그녀를 부축해서 어디론가 가고 있었는데, 그곳은 사면이 밀폐된 어떤 방이었다. 그녀는 완전히 술에 취해 녹초가 되어 있었다. 나는 그녀를 눕히고 옷을 벗겼다. 그녀의 옷은 양파껍질처럼 하나씩 벗겨졌다. "따아링, 따아링." 그녀가 쉴 새 없이 중얼거리고 있었다. 나는 내 손가락이 그녀의 살갗에 닿을 때 전해지는 뜨거운 체온을 생각했다. 그리고 손가락에 부딪쳐오는 탄력과 꽃가루가 묻어날 것 같은 부드럽디부드러운 질감을 생각했다.

"지금 몇 시죠?"

그녀는 자신의 팔목에 찬 시계는 들여다보지도 않고 내게 물었다.

"열한시가 좀 지났군요."

열한시가 조금 지난 시간이 별로 신경 쓰이지 않는 모양인지 오미자는 애매하게 고개를 끄덕였다. 나는 웨이터를 불러 맥주를 더 시킬 것인가를 생각했다. 그녀의 술 실력은 인정하고 있는 터였지만, 오늘 마신 양은 틀림없이 기준치를 넘어서 위험 수위를 육박하고 있을 터였다. 정신을 차리지 못할 만큼 술에 취하게 하자면 그녀의 위장에 알코올을 더 공급해야 했다. 나는 지금 하고 있는 생각이 얼마나 황당무계한 것인가를 잘 알고 있었지만, 그 생각을 버릴 수가 없었다. 그러나 만약 맥주를 더 시킬 때 그녀가 시간이 늦었다는 것을 깨닫게 된다면?

"김장수는 죽은 게 아니에요."

그녀가 고개를 숙인 채 말했다. 나는 그녀가 눈치 채지 않도록 앞에 놓인 램프를 들어올렸다.

"그는 살아 있어요. 오직 그만이 살아 있어요. 그 사람은 더 이상 죄를 짓지도 않고, 시험에 빠지지도 않을 테니까. 그는 영생해요."

램프의 붉은 불빛이 그녀의 얼굴 전체에 그림자를 드리웠으나 그녀는 깨닫지 못하는 것 같았다. 웨이터가 이쪽으로 다가오고 있었다. 나는 무언극을 하듯이 손가락 두 개를 펴보였고, 그것이 맥주 두 병을 의미한다는 것을 분명히 전달시키기 위해 앞에 놓인 맥주병을 가리켜 보였다. 웨이터는 고개를 끄덕이고 되돌아갔다.

"그가 살아 있으면, 우리가 죽은 것이로군요."

나는 느긋한 기분으로 대충 그 정도의 대꾸를 하고 담배를 피워 물었다. 그러자 그녀가 나의 손등에 자기 손을 올려놓았다.

그것은 미지근했고, 그 미지근한 체온은 순간적으로 보다 더 뜨겁고 육욕적인 감정을 연상시켰다.

"그래요. 죽은 것은 우리들예요."

그녀는 거의 속삭이듯 낮은 소리로 말했다. 그때 웨이터가 맥주병을 들고 나타났다. 나는 그가 소리 내어 병마개를 따려는 것을 제지하고 내 손으로 마개를 땄다. 내가 술잔에 맥주를 반쯤 붓고 있을 때 그녀가 일어섰다. 일어서면서 그녀는 약간 비틀거렸다.

"왜 그래요?"

"이젠 가야죠."

"방금 술이 왔는데."

"난 먼저 가야겠어요. 남은 술은,"

그녀가 입술 한쪽으로만 웃어 보였는데, 그렇게 생각해서 그런지 비웃는 것처럼 보였다.

"본수 씨가 먹고 오세요."

"어, 같이 갑시다. 내가 바래다드리죠."

나는 그녀의 핸드백을 집어들었다. 내가 보기에 그녀는 분명히 취해 있었고, 검은 원피스 바깥으로 드러난 그녀의 목 부분이 그점을 확실하게 해주고 있었다. 나는 붉은 반점이 엷은 피부 밑에 화려한 무늬로 뒤엉켜 있는 것을 멍하니 바라보았다. 순간 몸을 바닥에 던져 큰대자로 뻗고 누워버리고만 싶었다. 이제 와서 그녀를 붙잡기 위한 방법으로는 간질의 발작밖에는 딴 도리가 없을 것 같았던 것이다.

"손님."

문을 나서려고 했을 때, 누군가 내 어깨를 건드렸다. 웨이터 녀석이 나를 보고 웃고 있었다.

"이거 손님 물건이죠? 의자에 빠뜨려져 있더군요."

그가 뭔가를 내 손에 쥐어주었다. 나는 그것을 얼른 주머니에 집어넣었다. 그리고 돌아서려는 그를 다시 불러세웠다.

"이게 뭔지 알아?"

"글쎄요. 뭔지 모르겠지만 제가 보기엔 아주 이상한 물건 같더 군요."

녀석이 알쏭달쏭한 표정으로 웃고 있었기 때문에 나는 그가 도대체 무슨 생각을 하고 있는지 알 수가 없었다.

"안녕히 갑쇼."

그가 정중히 허리를 굽히며 말했다. 나는 클럽 문을 나섰다.

"괜찮아요?"

엘리베이터 앞에 선 오미자를 향해 내가 큰 소리로 물었다. 그 녀는 엘리베이터 문이 열리기를 기다리고 있다가 나를 무심히 바라보았다. 도대체 이 사람이 누굴까, 하는 것 같은 얼굴이었 다. 그리고 겨우 내 얼굴을 알아보겠다는 듯이 천천히 고개를 끄 덕여주었다. 나는 시계를 보았다. 열한시 삼십분이었다. 통금이 있다면 얼마나 좋을까, 하고 나는 생각했다.

"얼굴색이 좋지 않아 보이는군요."

"본수 씨는……"

나를 찬찬히 뜯어보던 그녀가 웬일인지 당황해서 말끝을 흐려 버렸다.

"아주 얼굴색이 좋군요."

그리고 급히 고개를 돌리고 엘리베이터의 숫자판을 쳐다보기 시작했는데, 어쩐지 몹시 어색하게 굳은 모습이었다.

숫자판의 불이 천천히 올라오고 있었다. 나는 복도의 거울에 비친 내 모습을 슬쩍 훔쳐보았다. 얼굴이 아주 붉어져 있었다. 얼굴뿐 아니라 적어도 옷 밖에 나온 부분은 다 붉어져 있었다. 거울에서 고개를 돌리려던 나는 깜짝 놀라고 말았다.

바지 앞춤이 불쑥 일어서 있는 것이 눈에 띄었기 때문이었다. 누가 본다면, 아니 내가 보아도 그것은 신체의 한 부분이 주책 없이 발기해서 천막을 치고 있는 꼴이었다. 그러나 실인즉 아까 급히 쑤셔넣은 그 물건 때문이었다.

엘리베이터의 문이 열리고, 몹시 뚱뚱하고 나이 든 여자가 몹시 마르고 젊은 남자와 함께 술에 취해 비틀거리며 걸어나왔다. 문이 닫히고, 좁은 엘리베이터 속에 우리 둘만 남았을 때도 오미자는 입을 열지 않았다. 그녀는 내게 등을 돌리고 머리 위의 숫자판만 열심히 쳐다보고 있었다.

나는 갑자기 웃음이 솟구치는 것을 느꼈다. 그녀가 왜 갑자기 외면을 하고, 어색한 태도를 보이는지 그 이유가 방금 생각났던 때문이었다. 나는 바지춤을 내려다보았다. 그것은 여전히 우뚝 솟아 있었다. 나는 황급히 입에 손을 대고 웃음을 죽였다. 어쩐지 이 모든 것이 우스꽝스러워 견딜 수가 없었던 것이다.

"태액시이!"

호텔 문을 나서자마자, 나는 냅다 소리를 질렀다. 길 저쪽에서 택시의 불빛이 달려오고 있었다. 나는 길 중앙으로 달려나가 손을 흔들었다.

"한남동!"

택시는 잠깐 멈칫하다가 그대로 달아났다.

"택시 잡기가 힘들겠는데요."

몹시 걱정스러운 표정을 꾸미며 오미자에게 말했다. 그녀는 호텔의 현관에서 꼼짝도 않고 서서, 무언가를 정신없이 생각하고 있었다. 그때 저쪽에서 불빛이 느린 속도로 다가오고 있었다. 틀림없이 택시였고, 또한 합승 손님을 태우려는 것이 틀림없었다.

나는 손을 들어 택시를 세웠고, 운전수가 창밖으로 고개를 내미는 것을 보았다.

"한남동."

"한남동 좋아 태워!"

뒷자리에서 술에 곯아떨어진 중년 남자가 잠꼬대처럼 소리쳤다.

"미자 씨!"

나는 택시 문을 열어놓고 여자를 불렀다. 그녀는 천천히 다가왔다. 그리고 허리를 굽혀 택시에 올라타는 대신 운전기사에게 말했다.

"그냥 가세요."

"네에?"

"안 탈 거니까 그냥 가세요."

"이 양반들이 취했나."

운전기사는 재수없다는 듯이 왈칵 앞으로 차를 몰아갔다. 나는 얼떨떨해서 오미자를 보았다. 그녀가 내게 말했다.

"나 오늘 집에 들어가지 않겠어요."

"그게 무슨 소리죠?"

"여자가 집에 들어가지 않겠다면, 그게 무슨 뜻인지 모르세요?"

342

6

호텔 보이가 벽에 붙은 스위치를 올렸다. 나는 갑자기 밝아진 조명에 눈을 껌벅이면서, 불빛에 드러난 풍경을 조금 얼떨떨해서 바라보았다.

"조용하고 전망이 좋은 방입니다. 서울의 야경이 한눈에 보이는 곳이죠."

"고마워요."

오미자가 핸드백을 열더니 지폐 한 장을 꺼내 능숙하게 보이의 손에 쥐어주었다. 녀석의 허리가 90도로 꺾여졌다.

"감사합니다. 그럼……"

그는 내게 고개를 돌리더니 한쪽 눈을 찡긋해보였다.

"즐거운 밤을 보내시기 바랍니다."

나 역시 보이 녀석에게 답례를 하기 위해 한쪽 눈을 찡긋했는데, 제대로 되지 않아서 기묘하게 일그러진 표정이 되고 말았다. 왠지 모르게 호텔 문을 들어서면서부터 기가 죽어 있었고, 갑작스레 취기가 내 몸을 사로잡기 시작했던 것이다. 나는 짐짓 태연하게 입을 열었는데 지나치게 큰 소리여서 나 자신도 깜짝 놀라야 했다.

"티비 있어, 티비?"

"그럼요, 있고 말고요."

녀석이 예상이라도 했다는 듯이 재빨리 대답했다.

"칼라 말이야."

"물론 칼라죠."

녀석이 방으로 들어가 텔레비전의 스위치를 넣었다. 요란한 박수소리가 들렸고, 뒤이어 귀에 익은 노랫소리가 들려왔다. 오미자가 말했다.

"됐어요. 이젠 가보세요."

보이 녀석이 나가기 전에 다시 한번 한쪽 눈을 찡긋해보였지만 나는 답례를 포기했다.

"거기서 뭘 하세요?"

먼저 들어간 오미자가 말했다.

"아, 들어가야죠."

당연히 들어가야 할 것이지만, 웬일인지 발걸음이 떨어지지 않았다. 나는 지금과 같은 장면을 오랫동안 상상해왔으며, 그 횟수를 따진다면 아마 수천 번은 될 것이다. 그런데도 정작 호텔 방 속에서 여자와 단둘이서 남게 되자 이제부터 무엇을 어떻게 해야 하는지, 어떤 표정으로 무슨 말을 시작해야 할 것인지 도무지 생각이 나지 않았다.

오미자는 침대 위에 걸터앉아 텔레비전을 보고 있었다. 그 모습은 방금 자기가 호텔 방으로 남자와 함께 들어왔다는 사실을 까맣게 잊어버리고 있는 듯했고, 그래서 나는 슬그머니 문을 열고 도망가버렸으면 하는 생각까지 들 정도였다.

나는 창가로 가서 바깥을 바라보았다. 멀리 한강 연변의 불빛들이 어둠을 껴안고 있었고, 길거리에는 차량의 행렬이 점점 줄어들면서 적막과 어둠을 위해 자리를 비워주고 있는 중이었다. 목을 꺾고 창 아래를 내려다보았다. 십오층 아래로 호텔 현관 입구가 보였고, 길바닥에 손수건처럼 하얗게 펼쳐진 불빛이 있었다. 갑자기 창밖으로 뛰어내리고 싶은 충동이 일어났다. 내 몸은

눈 깜짝할 사이에 낙하해서 마침내 길바닥에 부딪치고 말 것이
었다. 아무리 십오층 높이라 하더라도 시간은 그리 오래 걸리지
않을 것이다. 어쩌면 소리를 지를 틈도 없을 것이다. 내 얼굴은
으깨어져 길바닥에 입을 맞추고 말 것이다. 그와 같은 모습들이
생생하게 떠오르면서, 나는 내 몸에 와 닿는 아스팔트의 그 단단
하고 차가운 촉감까지를 느낄 수 있었다. 그것은 동시에 어떤 둔
중한 쾌감까지를 함께 전해주고 있었다.

　나는 김장수의 마지막 모습을 생각했다. 그는 발작을 일으킨
지 스물여덟 시간 만에, 잠에 빠져든 지 스물네 시간 만에 죽었
다. 그 스물네 시간 동안 그는 서서히 죽어갔다. 호흡이 차츰 거
칠어지고, 몸은 점차 수척해갔다. 마치 그동안 일생을 다 산 것
같았다. 마침내 그의 얼굴은 피골이 상접해서 하나의 해학적인
탈바가지로 남았다. 그 이튿날 아침 그는 숨을 거두었다. 그의
환자복을 벗기고 수의(壽衣)로 갈아입히던 순간이 또렷이 떠올
랐다. 우리는 그의 팬티를 벗기다 말고 잠시 손을 멈추었는데,
때마침 창문을 뚫고 들어온 아침의 첫 햇살 속에 그의 성기가 생
생하게 드러났던 것이다. 놀랍게도, 그것은 아직 포경(包莖)이
었다. 우리는 마치 감동적인 물건을 바라보듯이 죽은 자의 성기
가 신생아의 그것같이 깨끗한 빛깔로 한줄기 햇빛 속에 반짝이
는 것을 한참 동안 바라보고 있었다.

　"언제까지 그러고 있을 참이에요?"

　오미자가 돌아앉은 채 말했다. 그 순간 나는 그녀에게 달려들
어 머리채를 잡아채고는, 도대체 이제부터 내가 어떻게 해주기
를 바라는지 어디 말 좀 해보라고 호통을 치고 싶은 심정이었다.
그러나 그 대신에 나는 겨우 이렇게 말했는데 내가 들어도 좀 바

보 같은 소리였다.

"이제 어떻게 하지?"

오미자가 깔깔거리고 웃으며 돌아섰다.

"이것 봐요, 본수 씨."

그녀는 똑바로 나를 쳐다보며 달착지근한 목소리로 속삭이듯
말했다.

"내가 왜 본수 씨를 따라 들어온 줄 아세요."

그녀가 한쪽 눈을 찡긋하고 웃었다. 이 호텔 방에서 그렇게 웃
는 것을 나는 벌써 두번째로 보는 셈이었다. 그러나 보이 녀석보
다는 이쪽이 훨씬 보기가 좋았다. 즉 윗입술을 살짝 말아올리고
엷게 빛나는 잇몸을 드러내는 것이었다. 묘하게 생생하고 타일
처럼 견고한 잇몸이 호텔 방의 은은한 불빛 아래에서 황홀한 색
감으로 반짝이는 것을 나는 정신없이 바라보았다. 그녀의 손가
락 하나가 곧게 세워져서 내 바지 앞춤을 겨누고 있었다.

"난 아까부터 그걸 봤어요. 그리고 본수 씨가 무얼 원하고 있
는지 알게 된 거죠."

나는 머리를 숙여 바지춤을 내려다보았다. 그것은 여전히 불
쑥 튀어나와 있었다. 그러나 맹세해도 좋지만, 그것은 호주머니
에 든 그 딱딱한 물체 때문이었다. 그게 바지 속에서 저녁 내내
왜 그렇게 수상쩍은 모양으로 불쑥 튀어나와 있는지 정말 알다
가도 모를 일이긴 했지만 말이다. 나는 주머니 속에 든 물건을
꺼내어 잘 좀 보라고 그녀의 눈앞에 들이대고 싶은 충동을 누르
면서 말했다.

"그것이 미국식 사고 방식인가요?"

"천만에, 그 반대예요. 본수 씨가 한국인이기 때문이죠. 나는

한국인 남자와 자본 적이 한 번도 없거든요."

그녀가 내 쪽으로 다가오는 듯하더니 걸음을 멈추었다. 그리고 눈을 가늘게 뜨고 두 팔을 약간 쳐들었다. 그녀가 낮게 말했다.

"자아, 우리들의 공범을 축하해야죠."

나는 천천히 다가섰다.

그녀의 몸은 생각보다 훨씬 풍만하고 부드러웠다. 그녀의 육체가 내게 이렇게 부드러운 탄력으로 응답해주리라곤 너무 뜻밖이었다. 그러나 나의 두 손은 여자의 허리 위에 놓인 채 꼼짝도 않고 있었다. 내가 당장 하고 싶은 대로 하자면 그 손을 어떻게 움직여야 할 것인가를 잘 알고 있었으나, 유감스럽게도 나는 그렇게 할 수가 없었다. 무엇인지 모를 공포가 무겁게 짓누르고 있었고, 또 바야흐로 내가 마음먹고 실행에 옮기려는 일이 너무나 어마어마하고 두려운 일로 느껴졌기 때문이었다.

"자아, 네 차례야."

대학원생이 내 등을 밀었다. 나는 자리에서 일어나 앞을 바라보았다. 잡지사 기자가 지금 막 자기 차례를 끝내고 걸어나오고 있었다. 무릎까지 젖어 있었다. 그는 아주 못할 짓을 하고 나온 사람처럼 핼쑥하게 질린 얼굴로 비틀거리며 물살을 헤쳐나오고 있었다.

"난 기권하겠어."

나는 그 자리에 주저앉았다.

"웬일이야."

"속이 좋지 않아. 난 한 번도 내 손으로 그걸 만져본 적이 없다구."

"미친 자식. 누군 몇 번씩 해본 줄 아냐?"

그가 날 밀었다. 나는 비틀거리며 강물을 헤치고 걸어나갔다. 잡지사 기자가 내 옆을 지나치면서 경기장에서 선수 교체를 하는 것처럼 자못 엄숙하게 손바닥을 맞부딪쳤다. 발밑은 미끄러웠고, 물살은 세차서 한 발짝을 옮길 때마다 몸을 위태롭게 비척거려야 했다. 나는 몸을 간신히 가누면서 앞을 바라보았다. 한탄강이었다. 한강보다 푸르고 물결이 세찬 한탄강이었다. 화장을 마친 뒤 우리는 김장수의 뼛가루를 들고 여기까지 찾아온 것이었다. 이제 우리들은 한 사람씩 차례로 물살을 헤치고 들어가 그것을 강물에 뿌리는 순서를 남겨두고 있었다.

우리는 입술을 맞대었다. 그녀가 말랑말랑한 해면체 같은 것을 내 입 속에 집어넣었다. 그것은 점액질의 끈적끈적한 성욕을 내 입 안 곳곳에다 침질하고 다녔다. 나는 어떤 캄캄한 습지 속으로 빨려 들어가면서 산소가 희박해 숨이 턱턱 막히는 것 같았다. 동시에 똑바로 서 있기도 힘들 만큼 전신이 노곤해왔다. 우리 두 사람 중 누구의 입에선가 신음 소리가 새어나오고 있었다. 우리는 그 자세를 유지한 채 뒷걸음질치며 어디론가 가고 있었는데, 그 종착지는 아마도 분홍색 시트가 덮여진 침대가 될 것이 틀림없었다. 우리는 둘 다 몸의 균형을 잡지 못해 비틀거렸고, 그래서 이인삼각의 경주라도 하는 것처럼 숨을 헐떡이고 있었다. 그녀가 벽의 스위치를 더듬어 끄자, 어둠의 휘장이 우리를 감아버렸다. 우리는 어딘가에 부딪쳐 넘어졌다.

물살이 두 다리를 부둥켜안고 미끄러뜨렸다. 나는 다시 몸을 일으켰다. 몇 번이고 거꾸러지려는 몸을 일으키며 나는 앞으로 가고 있었다. 강의 중간쯤에 김장수가 있었다. 아니, 그의 뼛가루가 보험 회사 외무 사원의 손에 들린 채 내 손에 의해 뿌려지기를 기다리고 있었다. 녀석이 그것을 내 앞에서 흔들었다.

"어서 와라. 김장수 씨께서는 목하 네 손길을 기다리고 계시다."

나는 물 속으로 처박히고 말았다.

어디선가 소방차의 사이렌 소리가 들려왔다. 그 소리는 처음에는 아주 먼 곳에서 희미하게 시작했다가 점점 커지면서 창문 안으로 뛰어들었고, 얼마 동안 무서운 소리로 울어대다가 다시 어둠 속의 보이지 않는 곳으로 서서히 빠져나가는 것이었다. 그리고 불길한 정적이 찾아들었다.

입 안의 침이 바짝바짝 말라갔고, 오미자의 입 속에서 풍기는 냄새가 나를 조금씩 현기증 속으로 빠뜨려갔다. 과일이 짓물러 터지는 아찔한 향내. 그것은 세상의 온갖 것이 부패하는 냄새이기도 했다. 무엇인가 거대한 것이 불길 속으로 천천히 넘어졌다. 불티들이 밤하늘에 날벌레들처럼 흩어져 날았다. 온 세상이 불에 타서 손만 갖다대도 푸석푸석 무너져 내리고 있었다. 그녀의 입술은 집요했고, 나는 숨이 막혔다.

나는 간신히 몸을 일으켰다. 흰 종이에 싸여진 그것이 눈앞으로 불쑥 내밀어졌다.

"자아, 한 움큼 쥐고 던져."

말할 것도 없이 그것은 사람의 뼈였다. 흰색이었고, 더러는 잘게 부수어져 있었으며 어떤 것은 굵은 덩어리 그대로였다. 쇠녹처럼 핏빛 같은 것이 점점이 박혀 있었는데, 무엇보다 그것이 눈앞에 디밀어졌을 때 내가 최초로 느낀 것은 그 뼛가루에서 물씬 풍기는, 산 사람의 입김 같은 후끈한 열기였다. 그것은 김장수의 입김이었다.

"당신은 죽었어."

헐떡거리며 나는 목쉰 소리로 오미자에게 말했다.

"김장수가 죽기 전에 당신을 얼마나 찾았는지 알아? 죽을 때까지 당신만을 찾았지. 그래 내가 그에게 말해주었어."

땀에 젖은 그녀의 얼굴이 너무나 밀착되어 있어서 내 말은 그녀에게 하는 것이 아니고 바로 나 자신에게 내뱉는 혼잣말처럼 느껴졌다.

"오미자는 죽었다고 말이야."

그러나 오미자는 살아 있었다. 뜨거운 체온을 가지고, 이 도시의 흔해빠진 호텔의 구석방에서, 육중한 젖가슴으로 나를 짓누르면서 꿈틀거리고 있었다.

"그래요. 난 죽었어요."

뜻밖에 그녀의 목소리는 태연하게 가라앉아 있었다.

"이미 우리 시대엔 모든 약속이 죽은 거예요. 난 그것을 좀더 일찍 알았을 뿐이죠. 자아 이제 우리들의 주검을 매장해야죠."

그녀의 손이 미끄러져 내리며 내 몸을 더듬어갔다. 그리고는 놀랄 만큼 빠르게 나의 성기를 찾아서 손 안에 잡아 쥐었다.

"묘비를 세워요. 나의 묘비를. 어서요."

그 목소리는 저 어둡고 깊은 곳에서, 또는 쳐다보아도 보이지 않을 만큼 아득히 높은 곳에서 거역할 수 없는 절대적인 힘을 가지고 들려오는 듯했다. 그녀의 손이 묘비를 힘있게 일으켜 세웠다.

"뭐라고 한마디 해. 명복을 빈다고."

외무 사원이 말했다. 그러나 아무것도 말할 수 없었다. 후끈한 열기가 솟구치고 그것이 김장수의 입김이라고 생각된 순간, 견딜 수 없는 욕지기를 느껴야 했던 것이다. 나는 정신없이 두 손으로 그것을 움켜잡았고, 허공에다 뿌려댔다. 그러나 그 입김은

350

사라지지 않았다. 도리어 내 몸에 달라붙어서 집요하게 핥아대고 있었다. 바람이 때마침 내게로 달려들었고, 나는 밀가루를 덮어쓴 것처럼 하얗게 그것들을 뒤집어쓰고 말았다. 나는 강물에 몸을 처박았다. 토기(吐氣)가 목구멍에서부터 맹렬한 기세로 솟구쳤다. 김장수의 입김을 떨쳐버리기 위해 물 속에서 허위적거리고 버둥거리면서, 발작적으로 계속되는 토악질을 멈출 수가 없었다.

지금까지 여러분께서는 대한민국 서울에서 보내드린 케이비에스 방송을 시청하셨습니다…… 켠 채로 두었던 텔레비전이 이제 막 방송을 끝내는 참이었다. 애국가가 우렁차게 울려퍼졌다. 언제 들어도 엄숙하고, 그러면서도 조금 슬픈 듯하고, 어쩐지 미흡하고 답답하게만 생각되던 곡이 지금은 아주 시의적절하게 흘러나오고 있는 중이었다. 애국가와 함께 국기 게양대에서 깃발이 내려지고 있었다. 그것은 오미자의 검정 옷이었다. 깃발처럼 몸을 뒤채면서, 또 깃발처럼 그것이 내려진 빈 자리에 눈부시고 풍요로운 세계를 드러내면서.

나는 정신없이 손을 놀리고 있었으나 뜻대로 되지 않았다. 상상 속에서 나는 이런 일을 무수히 겪어보았다. 그러나 실제로는 여자의 옷이 훨씬 복잡하였고, 만져보아도 도대체 뭘 하는 데 쓰이는지 모를 부속품들이, 이를테면 단추와 호크 같은 것들이 곳곳에 복병처럼 숨어 있는 것이었다.

"지금 김장수가 어떤 모습을 하고 있는지 보고 싶지 않아?"

그때 내가 왜 그 바보 같은 소리를 지껄였는지를 지금 생각해도 이해할 수가 없다.

"그게 무슨 말이죠?"

"김장수는 지금 우리와 함께 있다고. 보겠어?"

그때까지만 해도 오미자는 도대체 내가 무슨 소리를 하고 있는지 모르는 것 같았다.

"만져봐요."

나는 어둠 속에서 그녀의 손을 이끌어 그 딱딱한 각질의 물체에 갖다대었다. 그녀의 손이 그것을 만지작거렸다.

"이게 뭐죠?"

그녀가 콧소리로 속삭였다. 나는 이미 내 자신이 돌이킬 수 없는 곳으로, 한 발짝만 디디면 까마득한 허공에 곤두박질치고 말 낭떠러지 끝으로 달려가고 있다는 사실을 깨달았다. 그러면서도 동시에 가슴속에서 아슬아슬하게 번져가는 쾌감을 참을 수가 없었다. 나는 팔을 뻗어 머리맡의 불을 켰다.

"자, 자세히 보라구."

잠깐 동안 아무 일도 없었다. 그러나 다음 순간, 두 번의 짧은 비명 소리가 연이어 들려왔다. 첫번째의 것은 오미자의 입에서 나온 것이고, 그 다음은 내 입에서 나온 것이었다. 그리고 나는, 내 몸이 그 짧은 순간에 세차게 밑으로 밀려나서 턱뼈가 방바닥을 깨어져라 때리고 나동그라졌다는 사실을 알게 되었다.

"나가요."

머리 위에서 그녀가 말했다.

"나가요. 구본수 씨."

당장은 부딪친 턱뼈가 아파서 뭐라고 대꾸할 수도 없었다. 그래서 내가 겨우 나타낼 수 있었던 의사 표시라곤 "아야!" 하는 소리밖에 없었을 것이다. 그리고 그녀가 몸을 일으켜 침대 밑에 내려섰을 때야 나는 "어어, 왜 이러시죠?" 하는 소리를 겨우 입

밖에 낼 수 있었던 것이다. 여자가 야무지게 말했다.

"어서 이 자리에서 꺼져버려요."

그리고 그녀는 다시 그 말을 정정했다.

"아니, 내가 나가겠어요."

나는 한 손으로 턱뼈를 움켜쥔 채 그녀가 재빨리 옷을 고쳐 입는 것을 지켜보고 있었다. 불빛이 환한 곳에서 보니까 그녀의 옷은 의외로 간단해 보였다. 그래서 나는 다시 한번 벗길 기회가 주어진다면 쉽게 벗겨보일 수 있겠다는 엉뚱한 생각을 하고 있었다.

그녀가 나가기 전에 나는, "미안합니다, 미자 씨." "잠깐만 내 말을 들어보세요"라든지 "내가 나가겠어요. 그러니 미자 씬 여기서 꼭 주무세요" 등등 뭐라고 한마디쯤 할 수도 있었을 것이다. 내 턱뼈가 그토록이나 아프지만 않았다면 말이다. 그러나 그녀가 핸드백을 집어들고 문을 나갈 때까지 우리 둘 사이엔 기침소리 하나 오고간 것이 없었다. 등 뒤에서 문이 꽝 소리 내어 닫혔다.

나는 그 자리에 꼼짝 않고 앉아서 그녀의 발소리가 복도를 지나 빠르게 멀어지는 것을 듣고 있었다. 통증은 머리 꼭대기까지 거슬러 올라와 견딜 수 없이 아파왔다. 나는 천천히 일어섰다.

침대 위에 그 물체가 놓여 있었다. 분홍색 시트가 깔린 이인용 침대와는 결단코 어울리지 않는 그 물체는, 그러나 오래전부터 거기 있어 왔던 것처럼 얌전하게 놓여 있었다. 나는 그것을 주워 들었다.

"아직 끝난 게 아니야. 마지막 식순이 남았으니까."

보험 회사 외무 사원이 소리쳤다. 이상하게도 돌아오는 시외버스 속에서 우리들 사이에는 묘한 활기가 감돌고 있었다. 말하자면 액풀이 고사굿이라도 한바탕 치르고 난 뒤의, 그래서 생에 대한 어떤 자신감과 확신을 얻은 듯한 표정들이었다. 외무 사원이 짐짓 목을 빼어 좌중을 휘 둘러보고 잔뜩 가다듬은 목소리로 입을 열었다.

"에 또…… 무더운 날씨임에도 불구하고 이렇게 참석해주셔서 고인을 대신하여 심심한 감사를 드리는 바입니다. 본인은 가신 임의 뜻을 받들어 여러분에게 약소하나마 선물을 하나씩 증정할까 합니다. 자아, 이것이 무엇이냐?"

그는 한쪽 손에 들고 있던 물건을 번쩍 쳐들었다. 그리고 흰 종이에 싸여진 그 물건을 우리 눈앞에 대고 흔들었다.

"김장수는 비록 한탄강의 푸른 물결에 실려 갔지만, 우리는 그가 언제까지나 우리 곁에 있기를 원합니다. 우리의 이 간절한 뜻을 고인은 저버리지 않았습니다. 그래서 그는 우리에게 선물을 남겨두었던 것입니다. 우리는 고인의 정성을 받들어 이것을 공평하게 나눠가져야 한다, 이 말씀입니다."

"야아, 서론이 길구나."

대학원생이 그의 말허리를 잘랐고, 외무 사원은 차체의 요동 때문에 몸을 기우뚱하며 잠시 말을 멈추었다.

"죽은 자는 산 자를 고발하라. 산 자는 죽은 자를 증언하라. 목숨의 조건은 고독하다. 누군가의 시에도 있듯이……"

외무 사원은 다시 말을 끊었는데 이번에는 딸꾹질 때문이었다. 그는 시종 비틀거리고 딸꾹질을 해대면서, 그러나 마치 제단에 선 사제처럼 우리에게 종이에 싼 그 물건을 하나씩 분배해주었다.

"우리가 이것을 간직하는 것은 어디까지나 그를 기억하고, 그를 증언하기 위함이라는 것을 가슴에 새겨두어야 할 것입니다. 오오, 고인이여, 평안히 잠드소서. 그러나 우리와 함께 영생하소서."

"아멘."

대학원생이 다시 그의 말에 꼬리를 달았다.

"아프리카의 어떤 종족은 말이야."

내 옆자리의 잡지사 기자가 말했다.

"언젠가 사진에서 본 적이 있지. 아프리카의 어떤 종족은 아주 특이한 장신구를 목에 걸고 다닌다고 하더군. 다른 종족과의 싸움에서 얻은 전리품을 목에 건다는 거야. 그 중에서도 가장 빛나는 전리품은 자기가 죽인 인간의 뼈라는 거야."

나는 내 손에 쥐어진 김장수의 선물이라는 것을 내려다보고 있었다. 아무런 표정도 없이 손바닥 위에 놓여 있는 가볍고 딱딱한 물체, 그것은 김장수의 뼈였다.

어디선가 희미한 사이렌이 들렸다가 사라졌다. 머리가 견딜 수 없이 아파왔다. 나는 몸을 일으켜 비틀거리며 창가로 걸어갔다.

시가지는 어둠에 덮여 있었다. 나는 오랫동안 그 죽음 같은 어둠을 내려다보고 있었다. 어디선가 사람이 죽어갈 것이고, 무엇인가 썩어서 냄새를 풍길 것이고, 쥐새끼가 숨어서 썩은 가구를 갉아먹고 있듯이 잿더미 속에서 살아난 불씨가 차츰 커지며 무엇인가를 태우고 있을 것이다.

그러나 아무 소리도 들리지 않았다. 끔찍하도록 조용했다. 모두가 깨지 못할 깊은 잠에 빠져 있었다.

갑자기 나는 견딜 수 없는 부끄러움으로 숨이 막히는 것 같았다. 머리를 숙여 창문의 서늘한 유리에 이마를 대었다. 목구멍 저 깊은 곳에서 뜨거운 덩어리 같은 것이 넘어오고 있었다. 그것이 참을 수 없을 만큼 점점 커져서 마침내 나는 입 밖으로 토해 내고 말았다. 그것은 울음이었다.

나는 어둠 속에서 수류탄 투척병처럼 길게 손을 뻗었다. 그리고 김장수의 그 끔찍스런 뼛조각을 힘껏 내던졌다.

새장에서 풀려난 조그만 새처럼 그것은 허공 중에 높이 솟구쳐 올랐다가 사라져갔다. 깊은 물 속에 빠져들어간 듯 바닥 없는 정적 속으로 가라앉아갔다.

그러나 그 다음 순간 나는 똑똑히 들을 수 있었던 것이다.

그것은 이 세상의 무서운 잠을 단숨에 날려보낼 어마어마한 폭음이었다.

(『신동아』, 1983)

전통적 삶을 싸안는 성숙한 인식

진형준

이창동이 첫선을 내보인 작품인 「꿈꾸는 짐승」은 얼핏 보기에 황석영의 「삼포 가는 길」이나 「장사의 꿈」을 연상시킨다. "자신은 한 번도 그 속에 섞여 들어가본 적이 없다"고 생각하는, 서울에 몸을 담고 있되 그 삶으로부터 철저히 소외되어 있다고 생각하는 사람들을 대상으로 하고 있다는 소재의 측면에서 그렇다는 뜻은 아니다(사실상 그런 식의 소재는 황석영 개인의 전유물이 아니라 우리의 1970년대의 소설들의 공통되는 특징이기도 하다). 이창동의 「꿈꾸는 짐승」이 황석영의 「삼포 가는 길」이나 「장사의 꿈」을 연상시킨다는 것은, 그 인물의 설정이 비슷하다는 점, 일종의 '거세 콤플렉스'라 일컬을 만한 특징을 똑같이 보여주고 있다는 점이다.

「꿈꾸는 짐승」의 기동과 대기는 각각 「삼포 가는 길」의 영달과 정씨와 대비시킬 수 있으며, 고향 가는 표가 매진되어 하룻밤을 같이 지내게 된 미자라는 창녀는, 「삼포 가는 길」의 백화와 대응한다. 또한 서울에서의 그 뿌리 뽑힌 삶이 발기 불능 증세로 나타나며, 나중에 그 발기 불능 증상의 극복으로써 진정한 삶의 가치의 회복을 보여주는 소설적 장치는 「장사의 꿈」의 그것과 너무나도 흡사하다. 그러나 그 흡사함은 표면상의 흡사함일 뿐이다. 우리는 그 표면상의 흡사함만 가지고, 이창동의 첫 소설을 황석영의 소설들을 베낀 것이다라고 단정하면 안 된다. 아니 베끼긴 베낀 것이되, 그 베낌이 단순한 베낌이냐 창조적인 베낌이냐를 판단하는 일이 중요하다. 게다가 우리는, "내 생각에는……운운" 할 때의 '내 생각'이라는 것도 사실은 '타인들의, 우리들의 생각'의 베끼기에 다름 아니라는 사실을 알고 있다. 베끼기 자체에 대해 단순히 경멸적인 눈길을 보내는 것은, 소위 문화니 문학이니 창조니 욕망이니 하는 것들, 요컨대, 얼핏 보기에 막연해 보일 수밖에 없는 것들에 대한 깊이 있는 성찰을 그친 자리에 그가 머물러 있기 때문이다. 그러한 것들을 성찰의 대상으로 삼을 때, "나만의 고유한 생각은 있을 수 없다"는 비극적 인식은, "나의 남들 베끼기가 나의 독창성을 보장해준다"는 긍정적 인식으로 바뀔 수 있다. 결말이 길어졌다. 요컨대, 이창동의 「꿈꾸는 짐승」이 황석영의 작품들을 연상시킨다는 사실은, 이창동이 황석영의 소설들을 극복하려는 노력을 그의 소설의 출발점으로 삼았다는 뜻이 된다. 대상은 비슷할 수 있지만 그 대상을 바라보는 눈길은 아주 다른 눈길이다. 무엇이 달라졌을까?

한마디로 잘라 말한다면, 황석영의 주인공들은 돌아갈 곳이 확실히 있는 데 반해서, 이창동의 주인공들은 그렇지 못하다(물론, 「삼포 가는 길」의 정씨에게도 이미 고향은 사라졌지만, 그는 그래도 고향을 찾아 길을 떠난 사람이다).「장사의 꿈」의 '나'는, 이 더러운 서울에서의 삶을 청산하고(죽어버린 삶) 본래의 건강한 삶에의 투지를 일으키자 그와 함께 그동안 죽어 있던 성기가 우뚝 솟아나게 되며, 그때 '나'는 이 도시를 떠난다. 그때의 서울이란 사람이 살 만한 곳이 아니라는 정도에서 벗어나, 아예 사람이 살지 않는 곳, 혹은 사람이 살고 있더라도 모두 타락에 물들어 있는 곳, 혹은 모든 사람을 타락시키는 곳이 되어, 본래의 건강성을 회복하려면 아예 탈출을 해야만 하는 곳으로 여겨지게 된다. 그리고 그 생각을 뒷받침하고 있는 것은, 아직 돌아갈 고향이 있다는 믿음이다. 그러나 이창동에겐 돌아갈 곳이 없다. 그렇다면 더 비극적인가? 그렇지 않다. 이창동은, 황석영 소설에서의 그 돌아갈 고향이 실체가 아니라, 더러운, 타락한 삶에 대한 혐오가 만들어낸 하나의 환상임을 알고 있다. 그 환상은 낭만적이긴 하지만, 이 세계 내 실체가 아니라는 의미에서, 즉 세계 내적 실현이 불가능하다는 의미에서 그 꿈의 주체를 더욱 비극적으로 만들 소지가 충분하다. 이창동은 그 꿈을 버림으로써(작품 속에서는 노새의 죽음으로 형상화되고 있다), 그 꿈이 가져올 수 있는 비극도 함께 버린다. 그 태도는 성실한 태도이기도 하고 어찌 보면 보다 적극적인 윤리적 태도이기도 하다. 그 태도는 타락한 곳에 묻혀 있는 삶에게 "네가 지금 살고 있는 삶은 진짜 너의 삶이 아냐, 빨리 거기서 벗어나"라고 부추기는 태도가 아니라(도저히 벗어날 수 없을 때의 그 절망감!), 꿈이 거짓임을 알면서, 그래도 꿈 이야기를 하면서, 여기서 살고 있는 그 무수한 삶들을 껴안으려는 태도이다. 그 태도는 우리의 삶이 더러운 삶이 아니라고, 우리의 삶은 긍정적이라고 수락하는 태도가 아니다. 이런 표현이 허락된다면 부정적인 것에 대한 긍정에 가까운 태도이다. 「꿈꾸는 짐승」에서 대기의 죽어 있던 연장이 발기하게 되는 것은, 하룻밤을 같이 지내게 된 미자라는 여자의 허황된 거짓 꿈에 감동해서가 아니라(이창동은 황석영을 거기서 그친 것으로 본 것이리라), 그 꿈이 거짓이라고 고백하며 자신의 몸 구석구석을 더듬는 미자를 품에 안음으로써이다. 그 행위는 동등한 입장에서의 껴안음이면서 구체적 껴안음이지, 우월한 입장에서의 각성을 촉구하는 행위나 의식적 노력에 의한 감쌈의 행위가 아니다. 그 차이는 아주 중요한 차이이다. 실증적으로 살펴보았을 때, 1970년대와 1980년대의 우리의 삶의 산업화 과정의 차이에서 비롯된다고 볼 수도 있지만(이곳엔 산업화의 때가 끼지 않은 바람직한 우리의 삶이 보존되어 있다, 혹은 그 영향으로부터 어느 정도 벗어나 있다라고 이야기하는 일이 현상적으로건 인식적으로건 거의 불가능해진 것이 1980년대이다), 조금 깊이 살펴보면, 우리의 삶의 도시화(서구화에 다름 아니다)에의, 우리 식의 진정한 대응 방법 찾기와 관련이 있다. (황석영에게서건 이창동에게서건, 혹은 다른 소설가에게서건, 우리의 도시화·산업화가 거의 예외 없이 부정적으로 묘사된다는 사실은 아주 중요한 사실이다. 우리에게는, 서구가 산업화 과정을 겪으면서 경험했던, 산업화 자체에 대한 노골적 열광의 예를 찾아보기 힘들다. 우리의 산업화가 자생적인 것, 따라서 정상적인 것이 아니며, 서구로부터 강제로 이식된 것이었고, 더구나 정치 경제적 파행성과 결부된 기행적인 것이었기 때문이라는 타당한 지적이 거기엔 있을 수 있다. 어쨌든 황석영의 소설에서 잘 볼 수 있는 바와 같이, 도시화·산업화가 서구의 경우에서는 시민들의 상승의 욕구와 보조를 맞추고 있는 데 반해, 우리의 경우는 오히려 그 욕구를 죽이는 쪽으로 작용한다. 그렇다면, 산업화라는 경제적 흐름 자체가 우리의 경우엔 정상적·자생적으로 이루어지지 못했기에 그리되었다기보다는,──그 관점이 그른 것은 아니지만, 그 입장만을 고수하게 되면 산업화, 즉 서구화는 필연적으로 오게 되어 있는 과정이며, 오긴 와야 할 것이 늦게 왔거나 잘못 왔다는 식으로밖에는 설명이 안 된다. 그때 서구적 삶 자체는, 그들이 겪어온 산업화 과정은, 극복의 논리를 내세우는 경우라도 하나의 모델로서 설정되어 있음을 부인하기 어렵다──산업화 혹은 서구화라는 우리의 삶의 양식의 변모 자체가 우리의 무의식 속에 깊숙이 박혀 있는, 우리의 전통적 삶의 인식에 생래적으로 거부감을 주는 것 때문은 아니었을까? 라디오에서 방송으로 흔히 소개되는 시청자들의 엽서에서 아직도 두말할 나위 없는 미덕으로 여겨지는 것은, 대부분의 사람들이 이제는 사라져간다고 믿고 있는 전통적 가치관들, 예컨대 효도·양보·관용, 이웃 간의 정 같은 것들이지 정의로움·진실·정확함 따위의 합리적인 분위기를 풍기는 것들은 아니다. 우리에겐 아직, 부모와 자식 간의 관계는 무조건적인 효도와 애정이 강조되는 관계이지, 프로이트 식으로 합리적 분석의 대상은 아닌 것이다. 부모와 자식 간의 관계도 합리적 분석의 대상이 될 수 있다고 말하는 순간, 그는 '천하에 호로자식'이라는 손가락질을 받게 되고 또 그것을 스스로 당연하게 여기는 세계에서 우리는 살고 있다. 서구의 합리적 사고에 대한 맹목적 열광이나 거부가 아닌, 정당한 수용의 문제와 결부될 때, 상당히 복잡한 논의를 필요로 하기에 이만 줄이지만, 내 생각엔, 그 합리적인 것에 대한 생래적 거부감도, 옳고 그름의 문제를 떠난 가능한 삶의 양식으로 수용하고 제자리 매겨주는 것이 우리의 자존심 세우기와 관계되는 합리적 삶의 인식 태도인 듯이 보인다. 이창동의 소설들에서 나는 그런 노력의 흔적을 본다.)

이창동의 시선을 따라 유추해보면, 서구화의 길을 걷는 서울의 도시화 과정은, 부정·긍정의 탈을 어느 정도 벗은 우리의 도시화 과정이다. 그 도시화는 서구식에의 완전한 함몰이 아니라 여러 가치관의 혼융으로 이루어져 있다. 혼융이 자아내는 어지러운 분위기를 싫어하는 사람들에게는, 손쉽게 규정 지을 수 없는 이도저도 아닌 삶의 모습은 혐오의 대상이 되겠지만, 그 혼융 속에서 나의 모습까지 정직하게 바라보는 사람에게는 섬세한 애정을 쏟을, 혹은 찬찬히 바라보아야 할 대상이 된다. 그 대상은 단순히 거부해야 할 대상이 아니다. 피할래야 피할 수 없다는 소극적 의미에서가 아니라, 그 현상을 그렇게 되도록 한 우리의, 삶에 대한 인식의 양태가 거기 함께 섞여 있기 때문이다. 그것을 바로 보지 않는 한 우리의 삶은 언제고 같은 모습으로 뒤섞인 채 흘러갈 수밖에 없고, 그것을 외면하기만 하는 한 우리의 최소한도의 자존심은 지켜질 수 없다. 이창동의 소설에서 손쉽게 걸러낼 수 있는, 김윤식의 표현대로 샤머니즘적인 요소들은 그렇게 이해해야 한다. 그것들은 이창동을 거기에 함몰하게끔 만드는 것들이 아니라, 섬세한 애정 보내기 및 바로 보기의 균형 잡힌 인식에 의해 정당한 자리를 매겨주어야 할 대상이 된다. 따라서 그의 태도는 뿌리 뽑힌 삶, 산업화의 과정에서 그와 발맞추지 못하고 소외된 삶을 향해 맹목적 애정을 보내는 태도와는 거리가 멀다. 산업화·서구화에의 맹목적 추종도 위험한 것이지만, 역으로, 산업화·서구화의 삶도, 우리가 그것을 받아들이고 있는 이상, 우리의 삶의 한 부분, 우리의 욕망들이 실현된 모습의 한 부분이라고 인정할 수 있어야 한다는 성숙한 시선을 그의 소설들은 보여준다. 아니, 너무 단정적으로 앞질러 말하지는 말자. 좀더 솔직히 말한다면, "성숙한 시선을 그의 소설들은 보여준다"라는 발언에는 그에게서 그런 시선을 느끼고자 하는 나의 강한 욕망이 더 짙게 함축되어 있다. 차라리 이렇게 말하기로 하자. 이창동의 소설들은, 그런 성숙한 시선을 확립하려는, 소설적 노력의 모습을, 안타까운 노력의 모습을 보여준다고. 물론, 그 노력은 이창동 개인의 것이 아니라 우리 모두의 것이다.

「빈 집」과 「슈퍼스타를 위하여」에서 우리는 소외된 자=선량한 자, 다시 말해, 산업화에 적응치 못하는 자=전통적 삶의 가치를 지닌 자라는 도식으로부터 벗어나려고 이창동이 얼마나 애쓰고 있는가를 읽어낼 수가 있다. 그 도식에서 벗어나려는 노력이 세상 물정 모르는 순진한 자/세상 물정을 이용하는 영악한 자의 또 다른 이분법을 낳기도 하지만, 그 이분법의 양쪽 항을 자세히 살펴보면, 그 이분법의 근거가 경제적 있고 없음의 기준에서 행해지지 않는다는 점, 그 도시적 삶에서 철저히 소외되어 있는 사람에게도 그 도시적 삶을 지배하는 영악스러움이 강하게 나타날 수 있음을 보여준다는 점에서 그 이분법은 움직일 수 없는 이분법이 아니라, 상호 변모가 가능한 이분법이다. 부익부 빈익빈의 원리가 지배하는 자본주의 사회에서 있는 자 없는 자의 위치가 뒤바뀌거나 섞이는 일은 지극히 어려운 일이지만(또한, 그 위치가 바뀐다고 해서 있는 자=악한 자/없는 자=선량한 자의 이분적 도식이 그 자체 사라지는 것은 아니다), 순진한 자가 영악한 자로 되거나 영악한 자가 윤리적 각성에 의해 순진한 자 쪽으로 옮아가는 일은 얼마든지 가능하다. 「빈 집」에서는 "자신은 지금 까맣게 모르고 있으나 세계 전체가 공모하여 미구에 무엇인가 엄청나게 두려운 일이 벌어지고 말 것 같은 느낌이 가슴속에 점점 커져가는 것을 막을 수가" 없는 순진한 상수/그 음모의 편에 서 있는 회사의 부장과 용팔 사이의 대립을 읽을 수 있고, 「슈퍼스타를 위하여」에서는 출세를 위하여 미국으로 간 아들이 비워놓고 간 집을 지키러 시골서 올라온 김노인(그 집은 아들의 집도 아니다. 아들이 출세의 발판으로 삼으려는 미국인이 아들에게 맡긴 집이다. 그리고 정확히는 집을 지키는 것이 아니라 그 미국인이 애지중지하는 개를 지키는 것이 할 일인 셈이다)/식인종 이야기와, 영어를 지껄이는, 영악한 껌팔이 아이 사이의 대립을 읽을 수 있다. 「빈 집」의 용팔의 직책은 공원이고, 「슈퍼스타를 위하여」의 아이는 껌팔이다. 용팔은 공원이라는 점에서 공장의 생산 주임인 상수보다 하위 직급에 종사하지만, 즉 회사라는 메커니즘 내에서 훨씬 더 피수탈 계층에 속해 있지만, "아무리 노예처럼 부려먹어도 똥 눌 때만 임금처럼 대접해주면 자기가 임금인 줄 알아요"라고, 공원들 다스리는 법을 부장만큼 꿰뚫고 있는 영악한 사람으로서, 그 영악함으로 부장의 공모에 참여하며(상수는 단지 노리개가 될 뿐이다), 「슈퍼스타를 위하여」의 아이는 그 아이가 측은하여 집으로 데려온 김노인을, '무서운 개'를 손쉽게 다루면서 위협하고 비웃는 영악한 아이다. 산업화＝서구화라는 등식을 자주 강조하는 셈이지만, 어쨌든 산업화된 삶에서 소외된 사람이 속으로는 더욱더 산업화의 논리를 뒤따를 수 있다는 사실, 즉, 산업화에서 밀려난 삶 속에서 단순히 우리의 전통적 인식, 혹은 긍정적 인식의 흔적을 찾으려는 노력은 헛된 노력일

364

수 있음을 그 두 소설은 보여주는 셈이다. 대립되는 가치관은 누구에게나, 계층의 구분 없이 뒤섞여 있을 수 있다. 그 섞임을 바라보는 시선은 균형 잡힌 시선이다.

이창동의 그 균형 잡힌 시선은, 그의 비교적 최근작인 「눈 오는 날」에서는, 군대 오기 전에 목욕탕 때밀이를 했던, 군에서 요구하는 군인상에 꼭 부합되는, 달리 말해 '비인칭 주어의 군인 생활'에 알맞는 최 상병의 영악스러움과, 군대 오기 전에 학생운동을 했던, 그러나 군대에서는 '고문관' 노릇만 하는 김 일병의 순진성의 대립을 통해(그 대립을 통해, 인간을 바라보는 고정된 시선은 역전된다), 그리고 종국에, 돌발적으로 맞이한 사고를 통해 그 대립을 역전시킴에 의해, 인간에 대한 인간의 이해가 하나의 도식으로 고정될 수 없음을, 성민엽의 표현대로 하나의 '따뜻한 비극'으로 우리에게 제시한다.

그 균형 잡힌 시선에 대해 말하면서 우리는 「춤」을 빼놓을 수 없다. 이야기는 간단하다. 상철은 절약, 돈밖에 모르는 아내를 부추겨 억지로 대천으로 피서를 떠난다. 아내가 끝내 버리지 못하는 절약벽 때문에 고생하면서 어색하게 보낸 피서로부터 돌아와보니 집엔 도둑이 들었다. 그러나 잃어버린 것은 아무것도 없다. 가져갈 물건이 없는 살림이었기 때문이다. 상철은 통쾌하게 웃어젖힌다. 그 간단한 줄거리에서 아내는 두 번 춤을 춘다. 그중 하나는, 아내의 그 근검 절약의 행태, 돈 한푼에도 벌벌 떠는 행태 자체가, 이 거대한 욕망의 흐름에서 홀로 추는 허망한 춤일 뿐이라는, 상철의 인식 속에서의 춤이다.

그들은 이곳에서의 유일한 미덕이 오직 쾌락과 욕망의 향유에 있음을 잘 알고 있었던 것이다. 그러나 그의 아내는 그들로부터 외롭게 떨어져서, 거대한 군무(群舞) 속에서 끈이 풀어진 인형처럼 무모하고 허망한 춤을 추고 있는 셈이었다. (「춤」)

남들이, 욕망의 향유라는 거대한 군무에 휩싸여 있을 때도, 아내는 그 춤에 합류하지 못한다. 단적으로 말한다면 돈에 대한 집착이 너무 강하기 때문이지만 아내가 돈에 대한 집착이 너무 강한 것은 돈이 없기 때문이다. 그 삶은 돈의 지배라는 산업 사회의 원리의 측면에서 보자면 그 원리에 충실한 삶이지만 달리 보면, 그 산업 사회의 원리를 지탱케 하는 또 하나의 원리, 즉 배설의 원리에는 동참할 수 없다는 의미에서는 산업 사회와 어울릴 수 없는 삶이다. 그녀의 삶은 따라서 한쪽 원리에만 충실한, 그 원리를 지탱케 하는 욕망의 향유의 원리는 철저히 억누르는 삶이다. 그 억눌린 삶을 고집하는 모습은, 흡사, 남과 어울리지 않은, 허망한 독무(獨舞)를 추는 것과 비슷하다. 그때의 춤은 욕망을 억누르는, 혹은 진짜 춤 같은 것은 출 줄도 모르는, 그 어색한 춤 같은 삶을 나타낸다. 그러나 어느 날 다른 날보다 일찍 퇴근한 상철은 아내가 음악을 틀어놓고 "디스코인지 고고인지 괴상한 손짓과 발짓으로 온몸을 무질서하게" 흔들어대며 춤을 추는 광경을 우연히 목도한다.

하루하루를 싸움하듯 살아가는 여자, 열 평 전세 아파트를 탈출하고 오로지 내집 마련이 소원인 여자, 일당 오천 원의 파출부도 마다 않는, 한 달 곗돈 십오만 원에 매달리는 여자, 입술연지 한 번 바르길 인색해하는, 작고 고집스런 여자, 어둠 속에서 풍선 불듯 피임기구에 직접 바람을 불며 확인하는 여자. 그런데 무엇이 마법의 주문처럼 두껍고 강고한 빗장을 풀고 그 여자의 내면 깊은 곳에 갇혀 있는 자를 풀어주었을까. (「춤」)

그 춤은 눈물겨운 춤이며, 아내 나름대로의 욕망 다스리기, 짜증 다스리기이다. 그러나 상철은 아직 그 춤의 의미를 이해할 수 없다. 아내는, 결코 실현시킬 수 없는 상승의 꿈에만 젖어 있는 듯이 보였기 때문이며, 따라서 그 춤은, 나날의 허망함을 달래주는 위안 정도로 보였겠기 때문이다. 그 춤의 의미가 드러나는 것은, 작품의 끝에서 도둑맞은 물건이 없다는 사실을 알고 상철이 웃음을 터뜨리면서이다.

그래, 우린 아무것도 가진 것이 없다. 도둑이 들어도 집어갈 것 하나 없이 가난하다는 사실이 엉뚱하게도 누구엔가 극적인 복수라도 한 것처럼 통쾌했던 것이다.
"미쳤어요, 당신?"
자기가 웃고 있다는 것은 생각을 못하는지 웃음을 그치지 못하는 그에게 아내가 말했다. 어쩐 일인지 그는 아내의 그 말이 무슨 도발적인 유혹의 말처럼 자신의 몸 안 어딘가에 획 불을 댕겨올리는 것을 느꼈다. 그는 햇빛에 탄 아내의 콧등에 상처의 흔적처럼 피부가 한 점 얇게 벗겨진 것을 보았다. 문득 그의 머릿속에 한 장의 그림이 순간적으로 그려졌다. 그것은 길고도 힘든 싸움에서 돌아와 승리를 자축하는 원시인들이 그러하듯, 도둑들의 노략질이 지나간 이 끔찍스런 잔해들 위에서 아내와 그가 함께 벌이는 한바탕 신명 들린 춤이었다. (「춤」)

그 춤은, 패배를 승리로 바꾸어놓는 춤이다. 나날의 삶이 결국 패배로 돌아갈 수밖에 없음을 알고 있을 때, 그 춤은, 그 패배의 삶을 소중한 것으로 만들어주는 춤이다. 그 춤은, 일상 혹은 의식이라는 껍질 밑에 숨어 있는 욕망의 승화에 다름 아니다. 사실 드러내놓고 출 수 없달 뿐, 누구나 그런 춤을 추고 산다. 그 춤을 아는 삶은, 「슈퍼스타를 위하여」나 「빈 집」에서의 김노인이나 상수의 순진함 속에 들어 있는 강인함을 아는 삶이다. 그 춤을 의식화 · 표면화시켰을 때, 「여러분의 안전을 위해서」의, 고속버스 안에서의 노파의 행동이 있게 된다.

　「여러분의 안전을 위해서」에서 고속버스에 탄 승객들은, 초기의 이창동의 작품들보다 더욱 뚜렷하게 우리의 서구화된 삶에 아주 익숙해진 사람들이다. 고속버스 안이라는 무대가 그 사실을 압축해 보여준다. 그들이 바라는 것은, 이 고속버스가 막힘없이 달려, 무사히 목적지에 도착하는 일이다. 그런데 귀찮은 존재가 하나 나타난다. 흡사 실성기라도 있는 듯한 할머니의 안하무인격의 행동이, 그 고속버스 안의 질서를 완전히 흐트러놓는 것이다. 그 할머니의 행태는, 무사안일이라는 일상성, 조금 확대하면 산업화가 가져다주는 안락함 이면에 잠들어 있는, 혹은 직접적 표출을 꺼리는, 그 산업화에 걸맞지 않는 혹은 그것을 어색해하는 잠재 자의식의 표출이다. 남들이 얌전하게 수락하는 안전벨트를 억지로 매어주자 그 노파가 졸도해버리는 것은, 그 어색함의 한 극단적 표현이다. 나는 그 어색함을 무의식이라고 쓰지 않고 잠재 자의식이라고 썼다. 그 이유는, 그것이 아직은 완전히 사라지지 않은, 혹은 완전히 사라졌다고는 아무도 믿지 않는 현존하는 인식이기 때문이다. 단지, 대부분 그 인식의 드러냄을 꺼려하고 어색해하며 불편해할 뿐이다. 할머니의 몸에서 끊임없이 풍겨나오는 퀴퀴하고 이상스런 냄새는, 이제 우리 모두 청산해야 한다고 은연중 믿고 있는, 그리고 그렇게 주장되어지는 우리의 과거의, 그러나 아직 현존하고 있는 우리의 삶의 존재 혹은 인식 방법이다. 그것이 긍정적으로 작용했을 때 타인을 향한 믿음이나 애정, 한 걸음 더 나아가 용기로 나타나고, 그것의 맹목적인 부정이 타인의 불행으로부터의 눈돌림이나, 비겁이라는 지극히 배타적이고 이기적인 행태로 나타날 수 있음을 이창동은 노파의 행동을 바라보고 그에 반응하는 승객들의 태도를 통해 보여주며(단순한 흥밋거리에서 귀찮은 존재로, 이어서 분노의 대상으로 바뀌는 과정을 살펴보라. 그 반응은 바뀌지만, 그 반응의 변화를 지배하는 것은 변함없는 이기심이다), 한편 노파의 아래와 같은 직접적인 발언을 통해 보여주기도 한다.

"너그들이여. 바로 너그들이여. 우리 아들 쥑인 것은 바로 너그들이란 말여. 〔……〕 아이고, 애닯아라. 우리 새끼 애닯아라. 그놈만 불쌍하게 되아뿌렀제. 그놈만 속은 기여. 원래 우리 아들이 펭생 넘을 으심헐 줄 모르고, 그저 넘에 맴이 내 맴인 줄 아는 착하디착해빠진 놈이었지만 너그 놈들헌티 속은 거여. 우리 아들, 아이고 불쌍한 내 새끼, 소처럼 순하고 양겉이 착한 우리 아들, 넘들처럼 호의호식하고 잘 살진 못혜도 넘헌티 페가 될 일은 어릴 적부텀 바늘귀만큼도 못허던 우리 아들. 그런 내 아들이 아이고 무신 귀신이 씌었는지, 엄니 사람들 힘이란 게 무섭습디다. 사람들이란 게 참말로 대단혜요. 나는 사람들이란 것이 그렇기 든든하고 믿음직스럽다는 걸 처음 알았으라우. 모두가 한 뱃속에서 나온 내 형제 겉고, 그냥 아무나 막 껴안아주고 싶어라우. 무신 살판이 났다고 물 만난 고기모냥 생기가 나서 세탁소 일도 집어던져뿔고, 엄니 오늘 하루 당장 세 끼 밥 묵는 게 문제가 아니라우, 사람이 사는 데 더 중요한 일이 있어라우, 하던 내 아들을 너그 놈들이 워띠키 한겨? 너그 놈들이 그래 사람이여? 흥, 지랄들 한다. 입만 번지르해갖고 넘이야 죽든 말든 내 속만 채리자는 너그 놈들이? 에라, 썩을 놈들아. 배알도 읎고 염치도 읎는 놈들. 쥐새끼만도 못한 놈들, 버러지 겉은 놈들. 에라, 이 드럽고 치사헌 놈들아." (「여러분의 안전을 위해서」)

그러나 궁극적으로, 이창동의 시선은 균형 잡힌 긍정적인 시선이다. 그 시선은 그 큼큼한 냄새를 이제 우리 모두 우리 것으로 인정하자고 부르짖거나, 그것의 사라짐을 무조건 안타까워하는 시선이 아니다. 경철이 "갑자기 노파의 몸에서 풍기던 그 냄새가 무엇인지를, 왜 낯익다고 생각했던가"를 깨닫고 몸을 돌려 다시 고속버스를 향해 달려간 행동이나, 다시 고속버스로 올라섰을 때 할머니가 사라지고 없는 모습에서 누군가에 의해 기절한 할머니가 업혀갔으리라는 희망을 읽는 이에게 품게 함으로써, 이창동 본인이 지닌 인간에 대한 애정을 드러낸다.

「소지(燒紙)」와 「친기(親忌)」와 「끈」은, 알게 모르게 우리의 삶 속에서 그릇된 것으로 배척받는 가치관에 대한 이창동의 생각을 직접적으로 보여준다는 의미에서 동류로 묶을 수 있는 소설들이다. 단정적으로 표현하면 그 작품들에서 우리는 화해와 해원(解冤)의 노력을 읽을 수 있다. 「소지」의 종이 태우기나, 「친기」에서 아버지가, 이전에 버린 아버지의 첫 아내(버린 이유는, 그녀가 착하고 무식하고 봉건적이기 때문이다)의 제사를 지내는 것은, 모두 그들의 한을 푸는 행위이다. 그 행위는 우리의 재래적 인습의 행위이다. 그 행위는, 그러나 죽은 혼백의 명복을 비는 데서 그치는 것이 아니라, 그 죽은 혼백이 남긴 업보로 생겨난 기이한 관계의 후손들을 화해하게 한다. 「소지」에서는 동복이부(同腹異父) 형제인 성국과 성호의 입장을 모두 이해하여 그 둘을 손잡게 하려는 바람으로 이어지고, 「친기」에서는 이복형제인 덕수와 정우 사이에 따뜻한 정을 오가게 하는 실질적인 작용을 한다. 그 태도는 「끈」에서 볼 수 있듯이, 끈 자체(전통적인 삶의 방식이라고 해도 되겠다)에 집착하는 태도가 아니다. 유복자를 홀로 키운 시어머니의 한없는 투기와 며느리의 인종, 거기에 필연적으로 개입되어 있는 분단의 문제를 소재로 다루면서, 내일부터라도 가출하신 어머니를 찾아나서자고 결심하면서 아내를 껴안는 것으로 끝나는 결말에 대해, 정신을 차리고 냉정하게 인식해야 할 우리의 냉엄한 현실에 대한 그릇된, 혹은 청산하지 못한 샤머니즘적 결말이라고, 이전의 분단소설에서 한 걸음도 나가지 못한 소실이라고 비난하는 태도도 있을 수 있겠지만, 「끈」을 다시 한번 찬찬히 살펴보면, 김대식의 어려운 결단은, 끈에서 헤어나지 못한 상태에서 행한 것이 아니라, 끈을 끊고(성숙한 어른이 되어), 다시 능동적으로 그 끈을 다시 맺는 행위임을 알 수 있다. 그 차이는 아주 큰 차이이다. 끈이 맺어져 있음을 확인하며 그에 집착하는 태도는 아직 성숙하지 못한 아이의 태도이지만, 혐오스러움에 끊으려고 애쓰던 끈을 되돌아보며 확인하고 되찾으려는 행위는, 단순히 그 끈을 끊고 어른이 되려는 행위보다 훨씬 더 성숙한 어른의 태도이다. 우리의 소설에 대해, 샤머니즘 극복의 단순 논리의 틀을 자꾸 내세우는 태도는, 그 끈을 끊는 것만이 옳다고 주장하는 태도에 다름 아니다. 그 태도는, 우리의 모순된 삶의 구조는 우리의 삶의 합리화에 의해 극복될 수 있다는 믿음이나 바람을 보여주기는 하지만, 그 믿음이나 바람 자체까지 객관적 인식의 대상으로 삼는 진정으로 성숙한 태도는 아니다. 그러나 그 한층 더 성숙한 인식에 오르기란 그 얼마나 어려운 것이랴! 더욱이 화해의 논리, 손잡는 논리는 일종의 자기 방어나, 도피의 논리로 여기는, 배척의 논리의 물결이 점점 더 세지는 와중에서라면 또한, 이질적인 것을 두루 포용하는(그 포용은 말 그대로 평온하고 안이한 심리 상태에서 나오는 것이 아니다. 길게 설명할 생각은 없지만, 이질적인 것을 두루 포용하는 드넓음은 끊임없는 자기 부정에 의해서만 획득 가능하다) 화해의 원리가, 손쉽게 중간에 위치해서 온건이니, 중립이니 하는 자기 보호의 원리와 같은 것으로 오인될 소지가 많은 판에, 우리는 그렇게 어려운 짐을, 이창동과 함께, 우리들 스스로 짊어지고 있는 셈이다. 냉정함이 냉소로, 애정이 맹목성으로 떨어지지 않기를 끊임없이 경계해야 하는 그 어려운 짐을.

사족: 「불과 먼지」는 내가 억지로 엮어낸 이 글의 도식에 포함시키고 싶지 않다. 그가 지난해에 겪었던 그 불행했던 일을 잘 알고 있는 나로서는 그 불행을 겪었을 당시의 그의 아픔, 그 아픔을 극복하려 애쓰는 와중에서의 그의 고통이 너무 생생한 무게로 전해와, 작품을 객관적으로 바라보려 애쓰는 나의 시야를 가로막았기 때문이다. 그가 그 고통을 극복하고 새로이 좋은 소설들을 썼다는 사실이 고마울 뿐이다. ▨

'나쁜 피'의 불안과 고통의 뿌리
── 이창동의 『소지(燒紙)』 다시 읽기

우찬제

1

"존재는 곧 고통이요, 고통이 곧 존재란 말씀이다." 이창동의 등단작 「전리(戰利)」(1983)의 핵심 인물인 김장수는 그런 말을 남기고 지상을 등진다. 세상살이의 험난한 곡절이 있을 때마다 나올 법한, 그래서 어쩌면 흔하기 짝이 없는, 신파조 같은 말이긴 하지만, 적어도 이 소설에서만큼은 김장수라는 인물이 온몸을 걸고 그런 말을 하고 있는 것처럼 보인다. 벌써 출생 이력부터 그렇다. 휴전이 되기 얼마 전 그의 아버지는 부역자로 몰려 피살된다. 피투성이가 되어 실려온 남편의 시체를 보고 임신 중이던 그의 어머니는 유산을 하고 만다. 사람들이 그 핏덩이를 갖다 버리려고 두 다리를 쳐들자, 그 핏덩이가 꼼지락거리며 울어댄다. 사람들은 태어나자마자 죽을 뻔한 이 핏덩이에게 오래 살라고 길 장자, 목숨 수자 이름을 붙여준다. 그래서 김장수다. 그런데 이름과는 달리 스물아홉의 나이에 간경변으로 죽어간다. 의사는 간경변의 원인으로 유아기의 영양실조를 지목한다. 그의 연인이었던 오미자는 처음부터 예정되었던 죽음이라는 반응을 보인다. 죽기 전에 그는 무엇을 했던가. 사회의 불의에 맞서 실천 행동을 하다 감옥까지 가야 했던 운동권 투사였다. 그가 왜 운동권 투사가 되었는지는 자세하게 서술되어 있지 않다. 다만 그가 평소에 지녔던 '나쁜 피'에 대한 인식만큼은 분명하게 전경화되어 있다. "난 유복자였어. 내가 우리 어머니 뱃속에 있을 때 아버지는 빨갱이 짓을 했다고 맞아 죽었지. 그러니 그 애비에 그 아들"이라는 의식, 혹은 "빨갱이 귀신이 씌었다는" 의식 말이다. 물론 여기서 오해가 있으면 곤란하다. 빨갱이 귀신이 씌었으니 빨갱이 의식을 가지고, 그가 운동권 행보를 한 것이라는 따위의 천박한 속류 의식 같은 것 말이다. 그가 빨갱이의 자식이라는 가족사적 조건은 물론 빨갱이 귀신이 씌었을 것으로 추정하는 의식적 조건 또한 그의 자아와는 무관한 선험적인 조건이기 때문이다. 다만 그는 분단 이데올로기라는 일그러진 대타자와의 관계에서 나쁜 피를 가지고 태어났다는 환상 원리를 지닌 채 고통받은 인물일 뿐이다. 그리고 이 나쁜 피라는 환상 원리가 그 나름의 가족 서사를 추동케 한다. 아울러 그 가족 서사를 넘어서려고 한 행위가 바로 운동권 행동이 아니었을까 짐작된다. 그러나 그의 운동권 이상은 실재할 수 없었던 것이었기에, 그가 존재 자체를 고통으로 받아들이게 된 것이 아닐까.

이 같은 김장수의 삶과 죽음은 이창동 소설의 서사적 특성을 이해하는 데 필요한 몇 가지 실마리를 제공한다. 먼저 '아비는 빨갱이였다'는 의식. 나쁜 피와 관련되는 이런 의식은 가족사적 구성의 질료가 되면서 동시에 역사적 존재론적 인물 구성의 조건이 되기도 한다. 물론 한 세대 이전의 김원일 같은 작가들이 남로당이었던 아버지 세대에 대한 서사적 탐문에 집중했던 것과는 달리, 이창동은 그런 아비를 둔 2세대의 삶의 생태와 의식에 초점을 맞춘다는 점에서 이전의 분단 문학과는 구별된다. 아울러 한 세대 후의 김소진 같은 작가가 '아비는 남로당이었다'고 말할 수 없음을, 고작 '아비는 개흘레꾼이었다'고 말해야 하는 사정을 서사화했을 때와도 또 다른 국면이다. 과연 등단작인 「전리」를 비롯하여 「친기(親忌)」 「소지(燒紙)」 「끈」 등 여러 작품들에서 이런 사정은 되풀이된다. 서둘러 말하자면 전후 세대의 나쁜 피 의식이 불안한 둥지로서의 가족 서사와 이데올로기 서사를 잉태하는 것이다.

이창동의 소설에서 분단 2세대들은 대개 신산하고 고통스런 삶을 피하지 못한다. 특히 가난이란 질곡으로부터 잠시도 자유롭지 못하다. 그럼에도 이창동은 단지 가난에 대한 세태적 탐문으로 서사의 방향을 유도하지 않는다. 물론 가난이란 실존적 조건이 소설에서 갈등을 야기하고 증폭시키는 경우도 있지만, 대개 그것은 역사적 현실에 처한 인물의 존재론 탐색을 위한 배경막의 구실을 한다. 이창동의 서사적 관심의 핵심은 존재를 불안케 하는 고통의 뿌리로 내려가는 데 있다. 그것을 성찰하는 주체의 시선은 대개 서늘할 정도의 평형 감각에 입각해 있다. 이창동이 보이는 평형 감각은 갈등의 진정성을 알게 할 뿐만 아니라, 그것을 통해 거짓된 실존을 파헤친다. 그러면서 역사적이고 선험적인 조건들에 균열을 낸다. 현존의 문제성을 던져놓고, 우리 모두가 그 문제 상황의 공범임을 환기한다. 그러므로 우리가 이 창동의 소설을 읽는다는 것은 반성적 공범 의식을 가지고 발본적 성찰 의례에 동참하는 일이 된다.

2

등단작인 「전리」 때부터 이창동은 분단 상황을 전후 세대의 새로운 감각으로 형상화한 80년대 작가로 꼽혔다. 여기서 새로움이란 무엇이었던가. 무엇보다 분단이라는 역사적 상황과 동시대의 민중적 상황을 결합하는 복수의 이야기 줄기를 만들었다는 점, 그런 이야기들을 만드는 과정에서 역사적이고 현실적인 사실들뿐만 아니라 심리적 사실들을 정교하게 교직하여 생생하게 실감나는 이야기를 구성했다는 점 등이 주목된다. 「전리」에서 표제로 등장한 전리품이란 다른 것이 아니다. 나쁜 피 의식을 지녔던 김장수, 운동권으로 살면서 고통을 겪다가 아프게 죽어간 김장수, 그를 화장하고 나눠 지닌 유골 조각이 바로 그것이다. 전리품치고는 사뭇 섬뜩한 것이 아닐 수 없다. "딱딱하긴 하나 가볍고, 타다 만 무슨 고체 연료처럼 아직 식지 않은 온기가 남은 조그마한 고형 물질"인 그것을 '전리'로 표현한 것부터가 썩 낯설거니와, 이를 지닌 '나'(구본수)의 심리 또한 매우 낯선 것으로 전경화된다.

"내 호주머니에 들어와 내 손끝에서 만지작거려질 물건이 아니"라는 사실을 잘 알면서도 구본수는 "손끝으로 그 딱딱한 각질의 표면을 만지작거"린다. 그 다음이 문제적이다. "뜻하지 않게 주책 없이 몸을 일으켜 세우고 있는 성욕"을 고백하고 있기 때문이다. "김장수는 죽었고, 나는 아직 그것을 실감할 수 없었다. 슬픔과 고통을 느끼기 이전에 그의 죽음에 대한 나의 첫 반응은 엉뚱하게도 오미자에 대한 까닭 모를 성욕인 셈이었다." 소설은 이렇게 김장수의 옛 연인이었던 오미자에게 성욕을 느끼는 구본수가, 그녀에게 전화를 걸어 만나고, 술 마시고, 호텔에 들어갔다가 헤어지는 이야기를 현재 서사로 하고 있다. 이런 구본수와 오미자의 리비도 서사를 현재 이야기로 하여, 과거 이야기인 김장수 서사를 끼워넣어 그것을 더욱 돌올하게 부각시키는 기법을 채택하고 있는 것이다. 구본수의 전화를 받고 나온 오미자는 "상복처럼 아래위 검정 옷"을 입고 있었다. 그러나 "상복으로 보기엔 목 언저리가 지나치게 깊이 팬 그 옷"을 보면서 구본수는, "기묘하게도 육욕과 금욕을 동시에 연상시켜주는 것"이라 느낀다. 이렇게 "육욕과 금욕"이 공존하는 복합 심리를 설정한 것, 그리고 그 복합 심리의 시선과 응시의 상호작용을 교묘하게 포착한 것이 매우 인상적이다. 복합 심리의 시선은 "그녀의 옷 바깥으로 눈부시게 드러난 팽팽한 맨살을 훔쳐보"면서 "가슴 밑바닥에서부터 차츰 커오는 초조감"을 느낀다. 이 초조감 혹은 불안은 어디서 오는가. 단순히 내부의 리비도 불안은 아닐 터이다. 그렇다면 외부로부터 오는 불안의 신호는 명확한가. 물론 그 또한 분명치 않다. 이 때문에 단순한 듯 보이는 서사도 꽤 복잡하게 느껴진다. 일단 우리는 죽어 떠난 자가 살아남은 자에게 보내는 불안 신호를 하나 포착할 수 있을지 모른다. 전리의 표상처럼 김장수의 삶과 죽음이 환기하는 역사성과 현실성이 그 불안 신호를 구성한다. 오미자에 따르면, 김장수는 "욕심은 있었지만 힘은 없었"던 인물이었다. 언제나 그렇듯 욕망과 능력의 거리 내지 괴리는 현존을 불안케 하고 고통에 빠뜨린다. 욕망이 실재에 가 닿을 수 없기 때문에 인간은 그들이 처한 상황에서 불안을 느끼는 것이지만, 김장수가 느꼈던 불안은 그런 보편적인 성격으로만 얘기해서는 안 된다. 그가 지녔던 도저한 '나쁜 피' 의식과 그로부터의 탈 '피' 의식 사이의 길항을 간과해서는 안 되기 때문이다. 그 길항이야말로 이미 살핀 바 있는 "존재는 곧 고통이요, 고통이 곧 존재"라는 전언을 좀더 실감나게 하는 요인이 된다. 죽은 자의 불안 의식은 전리처럼 산 자에게 감염된다. 살아남은 자들은 외부로부터 온 역사적 현실적 불안 요인을 현실적으로 어찌하지 못한다. 그러기에 리비도 불안으로 위장하는 것이다. 분명한 트릭이요, 흐리기 어법이다. 그러나 그것은 효과적인 아이러니다. 흐리기 어법에 의해 현실의 문제성이 더욱 분명하게 떠오르는 까닭이다. 단순한 역사적 이데올로기적 상처를 넘어서, 그런 상처를 안고 모순 속에서 곰삭고 있는 현실과 인간 삶 전체에 대한 의미 있는 통찰로 이끌어간다. 밖에서 오는 현실적 신호(전리) 불안과 안에서 오는 리비도 불안이라는 복합 불안에 처했던 구본수와 오미자는 호텔에서 리비도를 해소하려 하다가 '전리'가 끼어드는 바람에 리비도를 전적으로 철회한다. 오미자가 떠난 호텔 방에서 구본수가 본 세상의 모습은 이렇다. "시가지는 어둠에 덮여 있었다. 나는 오랫동안 그 죽음 같은 어둠을 내려다보고 있었다. 어디선가 사람이 죽어갈 것이고, 무엇인가 썩어서 냄새를 풍길 것이고, 쥐새끼가 숨어서 썩은 가구를 갉아 먹고 있듯이 잿더미 속에서 살아난 불씨가 차츰 커지며 무엇인가를 태우고 있을 것이다." 불안한 실존을 해소하지 못하고 썩어가는 현상에 대한 그로테스크한 보고다. 이런 현실을 증거하기 위해 이창동은 상당히 우회해야 했던 것이다. 우회로에서 발견한 "잿더미 속에서 살아난 불씨"를 어떻게 키워나갈 것인가, 하는 문제를 이창동은 이후에도 계속 문학적으로 골몰한다.

그 불씨를 위해 작가는 「친기」 「소지」 「끈」 등을 계속해서 발표한다. 「친기」는 실패한 빨갱이임을 고백하면서 반성적 자의식을 보이는 아버지의 이야기와 그런 아버지를 둔 나(정우)와 이복형 덕수가 화해의 조짐을 보이게 된다는 이야기를 중심으로 전개된다. 한국전쟁 당시 빨갱이였던 아버지는 정우의 외삼촌과 함께 붙잡힌다. 그런데 외삼촌만 처형되고 아버지는 목숨을 건진다. 누군가 경찰에 밀고한 것인데, 아버지는 자신을 살리기 위해 덕수 어머니 쪽에서 그랬으리라 짐작하고 아내를 친정으로 내친다. 이데올로기 동지에 대한 의리와 의무감 때문에 죽은 동지의 동생을 새로 아내로 맞는다. 그래서 '나'(정우)가 태어나게 되었고, 이복형인 덕수는 어머니와 함께 애면글면 살게 된다. 물론 베트남 전쟁도 참전하고 사우디도 다녀온 덕수는 그런 속사정을 알 리 없다. 양쪽에서 이해는 불통되고 오해는 소통된다. 서로 응어리진 가슴만을 지닌 채 살아가던 이들은 아버지가 뇌졸중으로 쓰러진 상태에서 조우하게 된다. 덕수가 자기 어머니의 기일에 맞추어 찾아든 것이다. 아들을 오랜만에 만난 아버지는 당시에는 어머니가 착한 것도 봉건적인 것도 미웠고, 자신을 이해하지 못하는 어머니의 무식도 미웠다며 회한 어린 반성적 담론을 힘겹게 펼친다. "사, 사, 사……사이비였다. 하, 하, 한 여자도 사, 사, 사, 사랑하지 모, 모, 못하면서…… 우, 우째 이, 이, 인민을 사, 사, 사, 사랑한다꼬…… 그……그거 버, 벌써 자,

자, 잘못된 기……라……"이데올로기에 대한 아버지의 인간적 반성과 함께 자식들은 숙연해지고, 함께 덕수 어머니의 제사를 지낸다. 그러면서 이복형제들 사이의 갈등을 좁히고 이해의 지평을 넓혀나간다. 분단 2세대의 현실 윤리를 보여주는 대목이다.

「소지」의 갈등 상황은 훨씬 더 복잡하다. 역시 아버지는 빨갱이였다. 전쟁 중 불안에 쫓기던 아버지는 경찰이었던 매부에게 속아 붙잡혀간 다음에 소식을 모른다. 어머니는 소문을 듣고 온 시누이의 전언에 따라 어렵게 아버지를 만나러 갔다가, 만나기는커녕 오히려 다른 빨갱이에게 겁탈을 당한다. 그 결과 낳은 아들이 둘째 성호다. 겁탈을 당한 어머니를 작가는 치통 환자로 점묘한다. "마치 다른 모든 감각은 죽어버린 듯 그저 이빨의 미친 듯한 통증만을 느끼고 있었다. 그런 끔찍한 일을 당하면 아프던 것도 잊어버려야 할 텐데 참으로 알 수 없는 일이었다. 아마도 그 무서움에서 도망치고 싶었는지 몰랐다. 믿을 수 없는 현실에서 도망쳐 차라리 그 이빨의 아픔에나 매달리고 싶었는지도 모를 일이었다." 이후 어머니는 계속 치통에 시달리면서 아버지가 생환하기만을 기다린다. 반면 시누이는 아버지의 혼백이 보인다면서 이제는 아버지의 죽음을 인정하고 제사를 지내주자고 종용한다. 첫째아들 성국은 어렵게 자라 말단 공무원으로 있으면서 소시민적으로 가정을 꾸려나간다. 씨 다른 동생 성호는 운동권 대학생이다. 이 설정은 다소 작위적으로 보이기도 하지만 상당히 극적인 효과를 발휘하는 것이 사실이다. 동생 문제로 형사가 집을 다녀간 다음에 들어온 동생에게 형은 이렇게 소리친다. "똑똑히 알아둬. 난 너 같은 놈을 제일 미워해, 알았냐? 너같이 말 잘하는 놈. 말로는 뭣이든 다 하겠다는 놈들. 제 부모형제 제 새끼에게 피해를 주고 못 살게 하면서 입으로는 온갖 고상한 소리를 다 하는 놈들. 무엇을 위해 죽겠다는 놈들. 그런 놈들은 무엇을 위해서 남을 죽일 수 있는 놈이야. 니들은 한마디로 빨갱이야.” 이제껏 빨갱이였던 아버지 때문에 고통스런 삶을 살아야 했던 형이었다. 그 형의 레드 콤플렉스가 운동권 동생에게 촉발되는 대목이다. 레드 콤플렉스와 관련한 분단 2세대의 갈등은 1980년대까지만 하더라도 매우 중차대한 문제였다. 물론 동생 성호가 빨갱이와 즉각적으로 동일시될 수는 없다. 그러나 그렇게 토해낼 수밖에 없었던 형의 입장도 이해되지 않는 것이 아니다. 이 골 깊은 갈등을 어찌할 것인가. 소설의 결미에서 어머니는 손자와 더불어 둘째아들의 운동권 문헌 및 책들을 불태우며 눈물을 흘린다.

어디선가 바람이 불어와 불길은 몸을 일렁이며 타고 있는 종이들을 허공으로 밀어올렸다. 하얗게 형해(形骸)만 남은 종이들은 허공으로 빨리듯 떠오르다가 바람결에 바스러져 흩어지고 말았다.

더 올라래이. 높이높이 올라래이. 그녀는 문득 자신이 그렇게 되뇌이고 있는 것을 깨달았다. 고향에서 당제(堂祭)를 할 때는 이렇게 종이를 태워 올렸다. 죽은 혼백의 명복을 빌기도 하고 소원을 빌기도 했는데, 종이가 잘 살라져서 높이 올라갈수록 좋다고 했다. 헛거를 보고 있는 사람은 내가 아니라 바로 형님이요. 언제까지 자식을 속이고 자기 자신까지 속이며 살라능고. 시누이의 목소리가 귓전을 두들겼다. 갑자기 그녀는 오랜 세월 두 눈을 덮씌우고 있던 바늘이 떨어져 나간 것 같았다. 그래, 인자는 모든 거를 털어놓아야 될 끼다. 성국이도 성호도 앉혀놓고 저그들 아부지에 대해서 이야기할 끼다. 더 이상 숨기고만 있을 수도 속여서도 안 된다는 생각을 곰곰 다지고 있었다. (「소지」)

따온 부분에서 명료하듯, 어머니의 소지 의식은 모든 이들과 관련된다. 남편의 죽음을 받아들이고 그 명복을 비는 것이 그 하나요, 자식들에게 진실을 밝히는 것이 그 둘이며, 이를 통해 남편의 업을 넘고 자신의 한을 넘고 자식들의 갈등을 넘어서 새로운 삶의 '불씨'를 지필 수 있기를 소망하는 것이 그 셋이다. 그러니까 이창동의 소지 의식은 역사적 상처를 위무하는 것이면서 새로운 세대들의 신생의 기획을 위한 일종의 축원 행사라 할 수 있다. 물론 신생의 기획은 그리 쉬운 게 아니다. 이를 위해 「끈」에서는 "당신의 삶을 괴롭히는 모든 것은 공산당이고 빨갱이"라고 생각하는 어머니를 위무하며 화해를 시도한다. 가출한 어머니를 향해 "맞아요, 어머니. 그 줄을 끊으세요. 어머니와 절 잇고 있는 그 피비린내 나는 줄을 끊어버리세요"라고 간구하는 행위에서 구체화된다. "피비린내 나는 줄"은 물론 이데올로기적 상처의 끈이다. 그것을 끊는 것이 신생을 위한 출발점일 수 있다고 생각한다. "삼십여 년 전 몹시도 춥던 어느 겨울날, 이 세상에 한 생명을 내보내기 위해 당신 혼자 힘으로 몸을 풀던 밤"에 어머니가 "무섭고 고통스러운 어둠 속에서 그 목숨만큼이나 질긴 끈을 끊으려 애"썼던 것처럼, 다시 고통 속에서 끈을 끊으면서 신생의 "한 생명"을 내보낼 수 있기를 소망하는 것이다. 작가는 이후에도 「녹천에는 똥이 많다」 시절까지 이 문제를 계속 고뇌한다.

3

　이창동 소설에서 분단 2세대 인물들은 대개 자의식이 강하다. 「눈 오는 날」에서 "소질은 없고 자의식만 강한 배우처럼 그는 도무지 그 연극을 제대로 해낼 수가 없었다"라고 서술되는 김영민 일병처럼 「전리」의 구본수, 「소지」의 성국, 「친기」의 정우, 「끈」의 김대식 등 여러 인물들이 그러하다. 「전리」에서 오미자가 김장수를 두고 한 표현을 다시 환기하자면, "욕심은 있지만 힘은 없"는 인물의 범주에 속한다. 그들은 한결같이 가난한 삶을 산다. 「춤」에서 고학으로 어렵게 지방 대학을 나온 상철이나 그의 아내도 그런 인물이다. 그들은 현실에서 "쾌락과 욕망의 향유"를 억제해야만 하는 생활을 한다. 그것을 향유하는 무리로부터 "외롭게 떨어져서, 거대한 군무(群舞) 속에서 끈이 풀어진 인형처럼 무모하고 허망한 춤을 추고 있는" 형상이다. 특히 아내의 삶이 그렇다. 아내는 "하루하루를 싸움하듯 살아가는 여자, 열 평 전세 아파트를 탈출하고 오로지 내집 마련이 소원인 여자, 일당 오천 원의 파출부도 마다않는, 한달 곗돈 십오만 원에 매달리는 여자, 입술연지 한 번 바르길 인색해하는, 작고 고집스런 여자"다. 그런 그들이 오랜만에 대천 해수욕장으로 피서를 다녀오는 이야기가 소설의 줄거리다. 그들의 가난한 피서 행각도 연민을 자아내거니와, 돌아와서 집에 도둑이 들었음을 확인하는 장면 또한 매우 인상적이다. 그들에겐 도둑이 탐낼 만한 물건이 없었던 것이다. "도둑이 들어도 집어갈 것 하나 없이 가난하다는 사실이 엉뚱하게도 누구엔가 극적인 복수라도 한 것처럼 통쾌"

해하며 그들은 역설적인 춤을 춘다. "그것은 길고도 힘든 싸움에서 돌아와 승리를 자축하는 원시인들이 그러하듯, 도둑들의 노략질이 지나간 이 끔찍스런 잔해들 위에서 아내와 그가 함께 벌이는 한바탕 신명 들린 춤이었다." 이 허망한 신명기에 대한 예리한 포착은 이창동의 장기 중의 하나다. 이후 「초록 물고기」 「박하 사탕」 「오아시스」 등의 영화 작업에서도 이런 장기는 유현하게 발휘된다. 현실적 가난과 고통을 넘어설 수 있는 정서적 지혜로 허망한 신명을 주목한 것은 고단한 삶의 생태를 심층적으로 직관한 결과로 보인다.

그렇지만 허망한 신명을 지피기도 어디 그리 쉬운 일인가. 역설적인 힘과 지혜 없이는 그것 역시 난망에 가깝다. 그래서 "소질은 없고 자의식만 강한 배우처럼" 이창동의 인물들은 불안에 빠진다. 「빈 집」의 상수도 그렇다. 공장의 생산주임인 그는 본사 부장의 주선으로 시가 수억 원을 호가하는 집에 싸게 전세 들어 산다. 그 대가로 현장에서 노동 운동을 시도하는 박용팔 등을 제지하는 임무를 떠맡는다. 박용팔이 회사에서 쫓겨나면서 상수는 심한 불안기에 시달린다. 본사 부장과 박용팔 사이에 긴 난처한 처지가 그 불안기를 점증시킨다.

상수는 회사에서도 까닭 모를 불안에 쫓기고 있었다. 사무실에서 전화벨 소리에도 깜짝 깜짝 놀라곤 했다. 만원버스 속에서나 사무실에 앉아 창문으로 비껴들어온 오후의 햇살 속에 공장에서 날아온 먼지들이 어지럽게 부유하고 있는 것을 보고 있으면서 멍청하게 생각을 놓고 있을 때가 많았다. 무슨 생각의 실마리를 열심히 따라가고 있다가도 막상 정신을 차리면 그동안 무슨 생각을 하고 있었는지 감쪽같이 꼬리를 감추어버리는 것이었다. 〔……〕 뭔가 속여놓고 속고 있음을 눈치 채지 못한 상수의 우둔함을 비웃는 것 같았다. 공장으로 돌아가는 시내버스 속에서도 그는 예의 그 까닭 모를 불안감을 느끼고 있었다. 자신은 지금 까맣게 모르고 있으나 세계 전체가 공모하여 미구에 무엇인가 엄청나게 두려운 일이 벌어지고 말 것 같은 느낌이 가슴속에 점점 커져가는 것을 막을 수가 없었다. (「빈 집」)

"까닭 모를 불안"이라 표현되고 있긴 하지만, 그것은 "뭔가 속여놓고 속고 있음을 눈치 채지 못한 상수의 우둔함을 비웃는" 외부로부터 오는 신호 때문이다. 그 신호는 매우 강력하다. "세계 전체가 공모"한 결과로 받아들여지기도 하는 까닭이다. 이쯤 되면 불안을 넘어선 공포의 상태가 되기도 한다. 그러기에 상수는 "이 모든 것이 어처구니없는 연극"인 것 같은 느낌 속에서, "이제 이 연극의 끝을 낼 때가 된 것 같"다는 생각을 하게 된다. 그러나 그가 끝내고 싶다고 해서 세계 전체가 공모한 연극이 쉬 끝날 리는 만무하다. 한밤에 허망한 방망이질을 하다 경찰에 연행되었다가 돌아와 아내의 부재 상태를 확인한 상수는 마치 "적막과 어둠을 바라보는 것 외에는 할 일을 잊어버린 것처럼 망연하게" 앉아서 "지금까지 한 번도 경험한 적이 없는 두려움"을 느낀다. 「빈 집」에서 개인의 능력은 비어 있고, 그 자리에 불안과 공포의 심리만이 자리 잡고 있다. 그 심리들은 종종 생명력을 거세하게 마련이다. 산업화 시대의 도시적 삶에서 그 심리의 주인들은 종종 뿌리 뽑히는 경험을 한다. 「꿈꾸는 짐승」에서 죽은 노새는 그런 뿌리 뽑힌 삶의 대리 표상이다. 도시에서 뿌리내릴 수 없었던 대기가 고향으로 돌아가고 싶어 하는 것도 그 때문이다.

그렇다고 해서 황석영의 「삼포 가는 길」에서 영달의 처지처럼, 대기에게 돌아갈 제대로 된 고향이 있는 것도 아니다. 뿌리 뽑힌 자들의 우수와 비극성이 더 깊어지는 대목이다.

이런 인물들의 처지와 상황을 작가 이창동은 매우 웅숭 깊게 형상화한다. 아울러 이런 인물들과 세계 사이의 구체적인 맥락을 파헤치면서 문제에 대한 발본적 인식을 펼치고자 한다. 현실에서 이런 인물들의 고통스런 삶이 계속되는 데도 불구하고 세속의 쾌락과 욕망만을 이기적으로 향유하며 군무에 젖어 있는 인간 군상들이 많은 것을 비판적으로 조망하는 것도 그런 이유 때문이다. 「여러분의 안전을 위해서」에서 주인공은 어려운 처지의 노파나 그 손녀딸과 취재하러 가는 여배우 사이에서 퍽 곤혹스러워한다. "이 두 개의, 상호 아무 관련이 없어 보이는 존재가 양쪽에서 자신을 함정으로 밀어넣은 것 같"은 느낌 때문에 두려워한다. 그는 그 두려움 때문에 "눈을 감고 노파의 몸에서 아직도 풍기는 그 낯익은 냄새를 기억해내려고 애를" 쓰지만 버스 안에서 노파의 실제 고난을 현실적으로 돕지는 못한다. 버스 안에서의 소동으로 인해 기절한 노파를 내버려둔 채 도착지에서 사람들이 서둘러 내리려 하자 주인공은 그들을 향해 이런 항변을 하고 싶어 한다. "기다려요! 아무도 내릴 수 없어요. 〔……〕할머니를 병원으로 보내고 적어도 무사하다는 이야기를 들을 때까지 한 사람도 차에서 내려서는 안 됩니다. 왜냐하면 할머니가 저렇게 된 건 우리 모두의 책임이니까요. 생각해보세요. 우리들은 다 똑같은 사람들 아닙니까." 그렇지만 끝내 입 밖으로 발화되지 않는다. 이 발화되지 않은 발화, 즉 트릭의 언술로 작가는 아이러니컬한 주제 제시 효과를 노린다. 발화된 것보다 더 효과적인 수법이다. 세계에 의해 억압당한 자아가 억압하지 않으면서 반성적 인식을 유도하고 있기 때문이다. 일찍이 등단작인 「전리」에서 오미자도 강조한 바 있는 이런 공범 의식에 대한 반성적 촉구는 「여러분의 안전을 위해서」에 이르기까지 여러 차례 변주 반복된다.

여기서 개인의 고통과 집단의 속물적이고 이기적인 행태를 관찰하는 중도적 인물의 시선이 주목된다. 이창동의 중도적 인물은 서로 다른 이차성(異次性)의 타자들이 얽어놓은 억압의 굴레 한복판에서 근원적인 갈등을 보여준다. 두번째 작품집인 『녹천에는 똥이 많다』에 수록된 「하늘등」에서 신혜 같은 인물을 작가가 빚어낼 수 있었던 것도 이런 맥락에서다. 신혜는 이차성(異次性)의 타자들에 의해 일방적으로 억압되었을 뿐만 아니라, 자신 또한 자유 없는 허위적 욕망에 감염되었던 상황에 대한 전본질적 반성을 통한 주체 형성 노력을 보이는 인물이다. 그녀는 결국 "날이 밝으면 스러질 운명에도 아랑곳하지 않고 제자리를 지키며 말긋말긋 빛나고" 있는 "하늘등"을 보면서 "내 마음속에도 어떤 세상의 힘으로도 빼앗지 못할 별 하나 있으리라"는 소신을 지니게 된다. 등단작 「전리」에서 발견한 "잿더미 속에서 살아난 불씨"는 훗날 「하늘등」에서 "별"이 되었다. '나쁜 피'를 넘어, 불씨에서 별까지 이르는 동안 작가는 갈등의 진정성을 통해 진정한 인간적 가치를 지향하고, 문학적 촉기를 구현하고자 노력한 것으로 보인다. 그 과정에서 종종 표출했던 허무혼은 거짓된 기존 형상을 해체할 만한 건강성을 지닌 것이었다. 또 그것은 소설의 육체성을 살찌우는 것이기도 했다. 아울러 이데올로기적 편향을 넘어 평형 감각으로 이데올로기나 현실과 정직하게 정면 대결하

면서 이 땅에서 새로운 신생의 지평을 문학적으로 모색했다는 점도 이창동 소설의 진면목에 속한다. ▨

작가의 말

고맙게도 첫 창작집을 내게 되었다. 여기에 실린 글들은 그래도 내게는 지난 몇 해 동안의 숨길 수 없는 고통과 회의, 그리고 모색의 기록들이다. 모아놓고 보니 하나같이 서툴고 모자라는 것들이라 부끄럽기 짝이 없다. 그러나 부끄러움만으로 무엇을 면할 수 있겠는가. 이제 다만 시작일 뿐이라고 스스로 위로하면서 언젠가 반드시 글다운 글을 써볼 수 있으리라는 희망을 버리지 말아야 할 것이다.

변변치 못한 글을 책으로 엮어주신 문학과지성사의 여러분들, 특히 표지를 만들고 해설을 붙여준 황지우 · 진형준 두 형에게 감사를 드린다. 생각해보면 나는 많은 분들의 도움과 애정에 늘 빚지고 있다. 스스로에게 채찍질을 멈추지 않으면서 더욱 노력하는 것만이 조금이라도 보답하는 길이라 믿는다.

1987년 가을
이창동

작가의 말

언제부터인가 '말'을 많이 하게 되었다. 내 책상 위에는 늘 숱한 '말'들이 쌓여 있다. 그 중에 일부를 골라 발표하기도 하고, 질문에 답변하기도 한다. 말하는 것이 직업이 되고, 무수한 말들을 쏟아내면서도 정작 내가 사용할 수 있는 말은 한줌도 안 된다.

요즈음 내가 하는 말들은 종종 확성기를 통해, 또는 신문의 활자를 통해 전달된다. 그런데도 누군가가 내 말을 듣고 있다고, 내 말에 담긴 내 마음을 받아들인다고 상상하기 힘들다.

아주 오랜만에 지난날의 내 글을 다시 읽어보게 된 것은, 그래서 내게 아주 낯설고 쓸쓸한 느낌이었다. 나는 그 시절 그래도 내 말을 누군가 들어주리라는, 얼굴 모르는 그 누군가 소통할 수 있으리라는 믿음 하나로 글을 썼던 것 같다. 초라하고 서툰 수사학에 배어 있는 그 순진한 믿음이 새삼 가슴에 쓰라리다.

내가 쓴 글들이 십여 년의 시간의 무게를 견디어내고 다시 읽혀질 만큼의 의미가 있는지 나는 모른다. 그러나 적어도 그때 내가 건넸던 말들은 먼 시간의 물결을 거쳐 지금의 내게 와 닿았고, 쓰라린 회한과 부끄러움 없이는 그것을 받아들 수 없게 만들었다. 그런 기회를 준 문학과지성사에 감사드린다.

2003년 가을
이창동